KB082793

LARRY
WONDERFUL LIFE
KING

LARRY KING

WONDERFUL LIFE

래리 킹, 원더풀 라이프

래리 킹 지음 | **정미나** 옮김

정미나
출판사 편집부에서 오랫동안 근무했으며, 이 경험을 토대로 현재 번역가 에이전시 하니브릿지에서 전문 번역가로 활동하고 있다.

주요 역서로는,
《와인 바이블 25주년 스페셜에디션》《와인 바이블-와인을 위한 단 하나의 책》《악마의 정원에서: 죄악과 매혹으로 가득 찬 금기 음식의 역사》《엄마 미션스쿨: 위대한 아이를 키우는 위대한 엄마들의 학교》《기다리는 부모가 큰 아이를 만든다: 부모의 조급함이 아이를 망친다》《인생의 8할은 10대에 결정된다》《골프와 나의 인생》《괴짜 인재를 얻는 기술》《퀘스트》《놀랍다 탐험과 항해의 세계사 7》《세계의 대탐험》《위험을 감수하라》《호박 속의 잠자리》(전5권) 《프란시스코 피사로와 잉카의 정복》《안데르센을 만나다: 철학자 고양이 토머스 그레이》(공역) 《성혈과 성배》(공역) 외 다수가 있다.

래리 킹, 원더풀 라이프

지 은 이 | 래리 킹
옮 긴 이 | 정미나
발 행 일 | 2009년 10월 30일 초판 1쇄 발행
펴 낸 이 | 양근모
편　　집 | 김설경　디자인 | 김옥형　마케팅 | 박진성 · 송하빈
발 행 처 | 도서출판 청년정신
등　　록 | 1997년 12월 26일 제10-1531호
주　　소 | 경기도 파주시 교하읍 문발리 535-7 세종출판벤처타운 408호
전　　화 | 031) 955-4923　팩스 | 031) 955-4928
이 메 일 | pricker@empal.com

래리 킹, 원더풀 라이프

래리 킹이 최고의 인터뷰어라는 사실은 부인할 수 없다. 적절한 타이밍에, 적절한 질문을 통해 상대로부터 흥미로운 사실을 혹은 털어놓고 싶어하지 않았던 이야기들을 끌어내는 그의 탁월한 솜씨는 나로 하여금 놀라움을 금치 못하게 한다. 이런 재능을 바탕으로 래리 킹은 지난 반세기 동안 헤아릴 수조차 없을 정도로 많은 이들에게 자신의 생각이나 이야기들을 털어놓을 기회를 주었고, 수백만 명의 사람들과 소통할 수 있도록 해주었다.

이제 래리는 그의 가장 흥미로운 주제라고 할 만한 이야기를, 다시 말해 래리 자신의 이야기를 들려주고자 한다. 유태인 이민자의 아들로 태어나 브루클린의 악동 노릇을 거쳐 반세기 동안 미국 방송가의 전설이 되기까지의 이야기들이 유머 넘치게 그리고 흥미진진하게 펼쳐진다. 이 책에 수록된 래리의 개인적인 혹은 공적인 삶의 모험들은 결코 책의 제목에 부족하지 않다. 래리의 다른 저서들이 모두 그러하듯이 이 책 역시 뛰어난 통찰력이 전편에 녹아 흐르고 있고, 마음을 끌어당기는 매력이 넘친다. 래리 특유의 너그러움과 섬세함 그리고 세상 모든 것들과 모든 사람들에 대한 넘치는 호기심과 알고 싶어 하는 열망이 그대로 묻어 있음을 독자는 알게 될 것이다.

빌 클린턴

기억

기억은 재미있다. 50년 전 어느 날 오후에 겪었던 일은 기억이 나는데 바로 어제 어디에서 점심을 먹었는지는 생각이 나지 않을 때가 있으니 말이다.

문제는 나이를 먹어갈수록 기억해야 할 일들이 많아진다는 것이고, 서른 살 때에 비해서 일흔다섯 살일 때 기억력이 떨어지는 것 또한 당연하다. 내 기억 속에는 75년이 넘는 세월이 새겨져 있는데, 바로 어제 또 하루가 추가되었다. 오늘도 또 하루가 추가될 것이다.

사진은 때때로 기억을 되살려주는 역할을 하지만 사진이 기억 자체가 되기도 한다. 언젠가 존 F. 케네디 2세와 그의 어릴 적 사진에 대해 이야기를 나눴던 적이 있었다. 그가 세 살이었을 때 장례식에서 아버지 관을 향해 거수경례를 하는 유명한 사진이었다. 케네디 2세는 그 순간은 전혀 기억하지 못했으나 그 사진에 대해서는 잘 알고 있었다. 평생 동안 그 사진을 보아왔고 사진 자체가 기억이 된 것이다.

사진과 마찬가지로 이야기 역시 기억을 담는 그릇이 된다. 그러나 이야기는 기억을 바꾸어놓기도 하는데, 이야기를 하다 보면 언제나 조금씩 꾸미게 된다. 사실 그러지 않을 수가 없다. 가령 누군가가 특정 시점에 무슨 말을 했었는지를 까먹어서 더 재미있는 말로 바꾸어 이야기할 수 있다. 그리고 그 말이 웃음을 유발하면 다음번에도 또 그런 식으로 이야기하게 된다. 그렇게 한동안은 그 일을 다른 식으로는 기억하지 못하는 것이다.

따라서 앞으로 이 책에서 꺼내놓을 기억들 또한 실제와 정확하게 들어맞지 않을 수도 있다. 그래도 전반적인 요점은 사실과 다르지 않고 정확하다. 그중 많은 이야기들은 재미있는 유머로 간직된 기억들인데, 종종 뭔가가 기억나지 않아 좀 당혹스러워질 때도 있지만 유머로 간직된 기억들은 잘 잊어버리지 않는다. 문득 오래된 유머 하나가 생각난다.

"그 대단한 책 《완벽한 기억을 위한 10단계Ten Steps to a Perfect Memory》를 읽었었는데 말이야, 저자 이름이, 어… 뭐더라?"

나는 유머나 웃기는 이야기들에 관한 한 단 하나라도 잊어버린 적이 없었다. 다른 것은 몰라도 우스갯소리라면 철저히 기억한다. 웃음을 터뜨렸던 순간은 어렸을 때부터 모조리 기억해낼 수 있다. 그리고 훗날 다른 것은 다 잊더라도 유머만큼은 끝까지 잊어버리지 않을 것 같다.

CNN 토크쇼에서만 나를 봤던 사람들은 고개를 갸웃거릴 수도 있겠지만, 방송일을 하지 않았다면 아마도 나는 코미디언이 되었을 것이다. 지금도 여전히 내게 가장 큰 즐거움은, 사람들을 웃게 만드는 일이다.

우리는 누구나 기억을 간직하고 있다. 소중한 기억을 잃는다면 그것은 모든 것을 잃는 것과 마찬가지다. 특히 유머가 깃든 기억이야말로 최고의 기억일 것이다.

이 책 전반에는 다른 이들의 기억들도 함께 펼쳐진다. 바로 내 가족, 내 친구들 그리고 나를 가장 잘 아는 사람들의 기억들이다. 분명이 기억들 속에는 나 자신이 미처 깨우치지 못한 나에 대한 생각들이 담겨질 것이다. 그리고 이런 생각들은 독자 여러분이 나를 전반적으로 바라보는 데 도움이 되어줄 것이지만, 나는 책이 출간되기 전까지는 다른 이들의 이 기억들을 읽지 않으려 한다. 그 기억들을 편집하거나 왜곡하게 될까 걱정되어서이다. 그러니 재미있게도, 이 책을 집어드는 순간 나 역시 내 삶에 대해 독자 여러분만큼이나 놀라운 점을 알게 될지도 모르겠다.

CONTENTS

아버지의 자격보다 더 가치 있는 것이 없는 이유는 그 결과물 때문이다.

앤디, 래리 주니어, 카이아, 챈스, 그리고 캐논이

나에게 아버지의 자격을 만들어주었다. 그들이 나의 삶의 이유다.

1

내가 여기서 뭘 하고 있는 거지?

만일 당신이 그때 네이트 앤 알 델리(1945년에 문을 연 비버리힐즈에 있는 식당으로 유명인들도 많이 찾음)에서 나와 함께 식사를 하고 있었다면 아마도 나를 달리 보았을 것이다. 왜냐고?

첫째, 나는 그때 멜빵바지 차림이 아니었다. 둘째, 내가 계란을 싫어한다는 것을 알게 되었을 것이다. 그리고 셋째로는 자동차 트렁크에 타고 있는 내 모습을 상상해야 했을 테니까. 왜냐하면 나는 그때 '세기적인 독점 인터뷰'에 관한 소식을 듣게 될 상황에 있었다. 이것은 몇 주 전의 상황이다.

내가 진행하는 프로에는 밥이라는 피디가 있는데, 그는 좋은 사람이지만 내가 아는 사람 중에 가장 흥분을 잘하는 사람이다. 어느 날 밥은 CNN 인터내셔널(CNN의 국제서비스)의 어떤 높은 양반으로부터 전화 한 통을 받았다.

"밥! 굉장한 소식이 있네!"

"뭐라고요? 뭡니까? 무슨 일입니까?"

밥이 의자 끝에 바짝 걸터앉으며 대꾸했다.

"우리가 오사마 빈 라덴과 독점 인터뷰를 잡았다네."

"죽이는 소식이네요!"

밥의 이런 반응은 당연했다. 2001년 9월 11일 이후로 미군에서는 계속 빈 라덴을 추적하고 있었는데, 당시 TV 뉴스에서는 말을 할 줄 아는 외계인을 발견한다면 모를까 그보다 더 획기적인 인터뷰를 딸 수는 없었기 때문이다.

"인터뷰는 파키스탄에서 하기로 했네."

이 말을 들을 때 밥은 미친 듯이 고개를 끄덕이고 있었다.

"하지만 인터뷰가 성사되려면 조건이 있다네. 우선 우리가 자네와 래리를 비행기로 아주 외진 지역에 데려다줄 걸세. 촬영팀은 함께 데려갈 수 없고 일체의 장비도 가져갈 수 없네. 촬영팀도 음향팀도 그들이 직접 제공하기로 했지. 통역자도 그들이 준비한다고 하고, 녹음도 그들이 할 테고, 인터뷰가 끝나면 가지고 돌아올 테이프를 준다는군. 이렇게밖에 거래를 할 수가 없었네.

참, 그리고 또 다른 조건이 있다네. 자네와 래리가 파키스탄에 도착하게 되면 차에 실려 모처로 이동하게 될 걸세. 그곳에 도착하고 나면 자네는 그곳에서 기다리고 래리는 그곳에 준비된 다른 자동차의 트렁크에 실려 오사마가 있는 곳으로 가게 될 걸세. 그것밖에는 다른 방도가 없네. 그들이 오사마의 소재에 대해 작은 정보라도 새 나가게 될까봐 워낙 조심스러워 하는 상황이어서 말이야.

래리가 인터뷰를 마치면 그들이 래리에게 테이프를 건네준다고 하네. 그 다음엔 래리가 다시 트렁크 안에 실려 돌아올 거야. 트렁크에 래리를 실은 자동차가 자네에게 인도될 예정이니까, 래리를 트렁크에서 꺼내서 함께 귀국하면 되는 거지."

전화 통화가 끝나자 밥은 광분 상태에 빠졌다. 세기적 단독 인터뷰를 하고 싶은 마음이야 굴뚝같았지만 그에 따라 파생될 문제가 걱정되었던 탓이다. '안 그래도 심장혈관우회술[1]을 받은 래리가 트렁크에 탔다가 심장마비라도 일으키면 어쩌지? 그들이 래리를 죽이면 어떻게 해? 래리를 인질로 잡으면? 래리와 나를 전부 인질로 잡을지도 모르잖아? 하지만 이런 기회를 어떻게 그냥 날려?'

밥은 어머니와 의논하기 위해 전화를 걸었다.

"엄마, 어쩌면 좋죠?"

"글쎄, 래리가 트렁크에 얼마나 오래 있어야 되는데?"

"그런 얘기는 안 해줬어요. 그냥 트렁크에 타게 될 거라는 말만 들었어요."

밥은 흥분이 북받쳐 오른 나머지, 어느새 이 사람 저 사람에게 닥치는 대로 전화를 걸고 있었다. 그는 점점 자제력을 잃어갔다.

결국 메인피디인 웬디 워커는 밥이 완전히 돌아버리기 전에 이 만우절 농담을 끝내야 했다. 하지만 비록 그것이 사실이었다 해도 그는 걱정할 필요가 없었을 것이다. 그가 아침을 먹으러 네이트 앤 알 델리에 들렀다면 통로 쪽에 앉아 있던 조지가 바로 그의 고민을 잡아 주었을테니 말이다.

"래리는 자네가 가고 싶으냐는 질문을 다 마치기도 전에 트렁크 속으로 기어 들어갈 사람이지. 그리고 장담하네만 래리가 떠날 준비가 되면 오사마는 기꺼이 그와 함께 트렁크 속에서 계속 얘기를 나누고 싶어 했을 걸세."

상황이 좀 억지스럽긴 하지만, 그래도 나는 이 말만큼은 자신 있게 할 수 있다. 만약에 내가 트렁크 안에 타게 되었다면 그곳을 아주 친숙하게 느꼈을 것이다. 그리고 지난 50년 동안 스스로에게 던져왔던 똑같은 질문, '내가 여기에서 무엇을 하고 있지?'를 던졌을 것이다. 사실, 이 말은 내 전 생애를 요약하는 문장이다.

지금까지 살아오는 동안 꿈인가 생시인가 싶은 순간이 여러 번 있었다. 브루클린 출신의 보잘 것 없던 래리 자이거(래리 킹의 본명)가 35,888킬로미터 밖의 우주에 떠 있는 위성을 타고 타이페이에 있는 어떤 시청자에게, 전세계의 200개 국가와 지역에서 온 사람들에게 질문을 던지는 모습을 보여주고 있음을 생각하면, 나는 지금도 그것이 꿈이 아닌가 싶어 꼬집어보지 않을 수가 없다.

정말로 대학교 문턱에도 가보지 못한 내가 조지워싱턴대학교에 장학금 100만 달러를 전달했단 말인가? 정말로 내가 존 F. 케네디John Fitzgerald Kennedy와 교통사고로 인연을 맺게 되고, 리처드 닉슨Richard Mihous Nixon 이후의 모든 대통령과 알고 지내게 되었단 말인가? 정말로 내가 프랭크 시나트라Frank Sinatra와 단 둘이 분장실에서 있었고 그가 나만을 위해 불러준 노래를 들었단 말인가? 정말로 내가 마틴 루터 킹Martin Luther King 목사와 함께 산책을 했고 또 그 후엔 킹을 죽인 살인자와 함께 앉아 있기도 했단 말인가? 정말로 내가 비버리힐즈의 미스터 차우(중식 레스토랑 체인)에서 식사를 하던 중에 요르단의 왕으로부터 전화를 받았단 말인가? 정말로 내가 60대 후반의 나이에 두 아들을 보고 그 아이들이 할로윈데이 때 래리 킹의 마스크를 쓰고 멜빵바지 차림으로 사탕을 받으러 다니는 모습까지 지켜봤단 말인가?

맙소사, 생각해보면 정말로 놀랍다. 1949년, 어린 래리 자이거는 표를 살 돈이 없어서 에베츠 필드(1913~1957년까지 브루클린 다저스의 홈구장)에서 열린 올스타전을 집에서 라디오 방송으로 들어야 했었다. 그랬던 내가 40년 후에는 올스타전의 타격 연습이 벌어지는 에베츠 필드에 걸어 들어가 다른 이들도 아닌… 선수들로부터 사인을 해달라는 부탁을 받았단 말인가?

브루클린에서 곧잘 쓰는 표현처럼, '어떻게 이런 일이' 라는 말이 튀어나올 만큼 정말로 믿기 어려운 일도 많았다. 프랭클린 델러노 루즈벨트Franklin Delano Roosevelt 대통령이 서거했을 때 사람들이 브루클린 거리에서 눈물을 흘리는 모습을 지켜보던 보잘 것 없던 래리 자이거는 자신이 대통령 집무실에 들어가보게 될 줄은 꿈에도 몰랐다.

그러나 래리 킹은 한번도 아니고 몇 번씩이나 그곳으로 들어가볼 수 있었다. 한번은 백악관에서 힐러리 클린턴Hillary Clinton과 엘리너 루즈벨트Eleanor Roosevelt의 초상화 아래에 앉아 있다가, 내가 불쑥 "예, 그래요. 엘리너를 인터뷰한 적이 있지요."라고 말하자 힐러리는 까무러칠 만큼 깜짝 놀랐다.

정말로 미하일 고르바초프Mikhail Gorbachev가 나와 약속한 식사 자리에 오면서 멜빵바지 차림으로 나타났단 말인가? 대선후보였던 공화당 존 맥케인John McCain을 인터뷰하러 갔을 때 플로리다의 한 대학생 무리가 "래-리! 래-리! 래-리!"를 연호했던 게 사실이란 말인가? 대통령 경호원 중 한 명이 내게 "저희가 경호를 해드려야 하지 않을까요?"라며 배려해준 것이 정말이란 말인가? 지금 생각해도 아주 놀라울 따름이다.

그중에서도 특히 기억에 남는 일은 나의 오랜 지기인 허브 코헨Herb Cohen(협상가. 《협상의 법칙》 저자)과 함께 뉴욕 주지사의 저택에 초대받았을 때다. 그때 집사는 우리에게 다가와 "저녁을 드시기 전에 아페리티프(식전주)를 드시겠습니까?"라고 물었다. 아페리티프? 지금까지 몰츠 과자가게에 드나들던 사람들 중에 이런 말을 들은 인물이 있었을까?

어쩌면 우리를 초대한 장본인인 전 뉴욕 주지사 마리오 쿠오모Mario Cuomo는 그것이 얼마나 믿기 힘든 경험인지를 가장 잘 이해했을 것이다. 그는 한번은 나에게 엘리스섬(뉴욕항의 작은 섬. 전에 이민 검역소가 있었음) 이민자들의 자녀들에게 영예를 주는 상을 수여하기 전에 이런 우스갯소리를 해준 적도 있었다.

누군가 래리 킹에게 선물로 정장용 옷감을 주었지요. 래리는 마이애미에 있는 재단사를 찾아가 그 옷감으로 정장 한 벌과 여벌 바지 한 벌을 만들어달라고 부탁했어요. 그런데 주문을 받은 재단사는 난감한 얼굴로 이렇게 말했지요.

"미안해요, 래리. 이 옷감으로 바지 두 벌은 무리에요."

그래서 래리는 워싱턴에 있는 또 다른 재단사를 찾아갔어요. 하지만 그 재단사 또한 옷감을 재보고는 고개를 설레설레 저었지요.

"죄송하지만, 여벌 바지까지 만들기에는 천이 부족하군요."

래리는 로스앤젤레스에도 가봤지만 역시나 같은 말만 들었지요. 결국 래리는 고향 브루클린으로 돌아가 오래전부터 알고 지내온 재단사에게 부탁했어요. 그러자 그는 흔쾌히 승낙했답니다.

"되고말고. 어디 바지 두 벌뿐인가. 조끼까지 한 벌 더 만들어줌세. 브루클린에서는 자네가 그렇게 거대한 존재가 아니거든."

2

아버지의 죽음

나의 어머니 제니는 말도 못하게 고단한 삶을 살았다. 어머니로부터 어머니의 유년시절 이야기를 들었던 적이 있었는데, 그것은 엘리스 섬에서 시력검사를 받아야 할 때의 두려움이 담긴 기억이었다.

엘리스 섬에 있는 박물관에서 이민자들을 가득 싣고 미국으로 들어오는 배들의 사진을 본 적이 있었는데, 나의 어머니 또한 발 디딜 틈도 없을 만큼 사람들로 가득 들어찬 배에 실려 미국으로 건너왔을 것이다. 자유의 여신상을 처음 봤을 때의 어머니 기분이 어땠을지는 상상이 잘 안 간다.

어머니는 일곱 자매 중의 막내로 당시 일곱 살이었다. 외할머니는 일곱 자매들과 함께 증기선 아라비아호에 타고 있었지만, 외할아버지에 대해서는 잘 모르겠다. 때는 1907년이었다. 일곱 살짜리 아이가 시력검사에 대해 무엇을 알았겠는가? 의사들이 검역하고 있던 낯선 이름의 질병, 트라코마에 대한 무서운 이야기도 그때 처음 듣지 않았을까?

트라코마는 전염성이 매우 높은 눈병으로 비위생적이고 과도하게 밀집된 상태에서 있을 때 곧잘 발생하며 실명을 부를 수도 있다. 엘리스 섬의 의사들은 눈꺼풀 아래의 작은 혹으로 감염 여부를 진단했다. 상황이 상황인지라 일곱 살의 제니도 알 것은 다 알고 있었을 것이다. 시력검사에서 통과되지 못하면 러시아로 되돌아가야 했던 것을 말이다.

어머니의 머릿속에는 오만가지 생각이 다 떠올랐을 것이 분명하다. '어머니와 언니들만 시력검사를 통과하고 나는 통과하지 못하면 어쩌지? 그러면 어떻게 되는 거지?' 모두들 조마조마한 상태였을 것이다. 그때는 앞날을 장담할 수가 없었지만 지금은 그 결과를 누구나 안다. 시력검사에서 떨어져 유럽으로 되돌려 보내진 사람들은 30여 년 후에 비참한 처지에 놓여졌다. 당시에는 오스트리아·헝가리 제국에 속했으나 현재는 우크라이나에 속해 있는 콜로미야에서 아버지가 이주해 간 도시에서는, 1941년에 유대인 수백 명이 나치에게 잡혀 처형되는 운명을 맞았다.

나는 어머니의 가족들이 한 사람도 빠짐없이 모두 신체검사를 통과했을 때 잔치 분위기로 들떠 있었을지, 아니면 그저 안도감을 느꼈을지 헤아리지 못하겠다. 어쨌든 브루클린에 도착하는 순간 어머니는 셰인 지틀리츠에서 제니가 되었다. 애론 자이거, 즉 나의 아버지는 16년 후인 1923년에 증기선 미네카다호로 미국에 입국하면서 에디가 되었다. 에디는 어머니의 가족들이 살고 있던 건물에 방을 얻게 되면서 어머니와 인연을 맺었지만 아쉽게도 두 분의 결혼사진은 단 한 장도 남아 있지 않다. 다만 결혼식 날과 관련하여 달랑 한 가지 전해들은 이야기라곤, 에디와 제니가 연극 〈노, 노, 나넷No, No, Nanette〉을 보러 갔다는 것뿐이다. 아마도 이 대목은 뉴욕 양키스 팬들에게는 다른 이들에 비해 더 의미 깊게 다가올 것이다. 보스톤 레드삭스의 구단주가 이 연극의 초판을 얼마나 무대에 올리고 싶었던지 그 자금을 마련하려고 베이브 루스Babe Ruth를 양키스에 팔았었으니 말이다.

제니와 에디는 1927년에 결혼했고 결혼한 지 1년 만에 아들을 낳고 어윈이라는 이름을 지었다. 하지만 얼마 후에 불행이 닥쳤다. 두 사람의 아들 어윈은 천재에 가까웠는데, 태어난 지 몇 년 후에는 나이보다 훨씬 앞서서 초등학교 2학년 수준에 이르렀다고 했다. 그런 어윈 형은 네 살이라는 어린 나이에 맹장파열로 세상을 떠났다. 그때 우리 부모님의 절망이 어느 정도였을지는 감히 짐작도 못할 것이다. 어윈 형이 복통을 호소했을 때 부모님이 빨리 병원에 데려가지 않아 맹장파열로 사망했던 것이니 말이다.

그 뒤로 1년 후인 1933년 11월 19일에 내가 태어났다. 나는 집에서 어윈 형의 사진을 본 적이 없었다. 부모님은 형에 대해서는 한마디도 꺼내지 않았다. 그러나 형의 사망으로 얻은 충격은 내가 세 살 무렵 어지럽고 귀가 아팠을 때 다른 식으로 나타났다. 그때 택시 뒷좌석에 앉은 아버지가 병원으로 가는 운전사에게 "빨리, 빨리 좀 가줘요!"라고 소리쳤던 기억이 난다.

부모님은 나와 내 동생에게 당신들의 삶을 온전히 바쳤다. 어머니는 우리를 과보호했다. 만약에 어머니가 책을 썼더라면 '따뜻하게 입어라Dress Warm' 정도의 제목이 될 것이다. 아버지는 온종일 식당 겸 바에 나가 일하며, 더 좋은 동네인 벤슨허스트로 이사를 가서 살고 싶은 꿈을 이루려 애썼다. 아, 벤슨허스트! 5분만 가면 코니아일랜드(뉴욕시 롱아일랜드에 있는 해안 유원지)가 있고 바다가 가까운 꿈같은 곳!

사실, 브라운스빌에서 벤슨허스트로 이사 가는 것은 생계와 연관된 일이었다. 그것은 당시 집에 가져오는 돈이 연 5,000달러에서 6,000달러로 늘어난다는 것을 의미했다. 그러나 그것은 여전히 꿈일 뿐이었다.

한편 아버지는 정의감에 불타는 분이기도 했다. 일본 침공 후 진주만에 가시길 원했으니까. 하지만 나이가 너무 많다는 이유로 입대를 거부당하자, 어떻게든 나라에 조금이나마 힘이 되고 싶었던 아버지는 결국 운영하던 식당 겸 바를 팔고 뉴저지에 있는 군수공장에서 일손을 보태는 것으로 애국심을 발휘했다. 그렇게 가족과 나라를 위해 열정적으로 자신의 삶을 살던 아버지가 어느 날 갑자기 돌아가셨다. 듣기로 아버지는 심장마비를 일으켰을 당시에도 농담을 하던 중이었다고 한다.

경찰들이 우리 아파트로 찾아와 우리에게 소식을 전해준 뒤로 2주가 지났을 때 또 한 차례의 불행이 닥쳤다. 외할머니가 돌아가신 것이다. 그때 제니 자이거는 두 아이를 가진 마흔셋의 주부였고 에디는 남겨놓은 보험금도 없었다.

아버지가 돌아가신 날 나는 책 9권을 들고 도서관에서 집으로 걸어가고 있었다. 적어도 내 기억으로는 그랬다. 사실 책이 정확히 9권이었는지는 또렷하지 않다. 그때 내가 아홉 살이어서 9권이라고 기억하고 있는 것일지도 모른다. 그래도 내 나이가 아홉 살이었던 것은 확실하다. 1943년 6월 9일이라는 그날의 날짜를 확실히 기억하고 있기 때문이다. 책을 아주 좋아했던 나는 그해 여름날, 책을 잔뜩 끌어안고 있었다. 문득 그 9권의 책이 어떻게 되었는지 궁금해진다.

그날 우리가 살던 아파트 앞에는, 우리가 흔히 고물차라고 불렀던 순찰차 세 대가 서 있었다. 어디쯤부터 어머니의 애달픈 절규가 들려왔는지 정확히 기억나지 않는다. 내가 서둘러 계단을 올라가려 할 때 한 경찰관이 나를 향해 급히 내려왔고, 그 경찰관이 나를 붙잡고 안아 올리는 통에 책들이 바닥에 나뒹굴었다.

그 사람이 내가 알던 경찰관이었는지 확실히 기억나지 않지만, 그랬을 수도 있다. 아버지는 전쟁이 시작되어 군수공장으로 일을 다니기 전까지 수년 동안 동네에서 작은 식당 겸 바를 운영하면서 경찰관들과 친하게 지냈다. 경찰관들은 유머 감각이 넘치는 아버지를 아주 좋아했다. 나에게는 아주 어렸을 때 내 경찰복을 가졌던 기억이 있다. 배지와 작은 야경봉까지도 있었다. 나는 그것을 입고 동네를 어슬렁거리며 마치 순찰을 도는 경찰처럼 굴었다.

그 경찰관은 나를 순찰차에 태웠다. 그리고 아버지가 심장마비로 돌아가셨다고 말해주었다. 나는 울지 않았다. 확실히 기억하는데 정말로 울지 않았다. 나는 다른 무엇보다 어리둥절한 마음이 컸다. 경찰관은 틀림없이 난감했을 것이다. 그는 시동을 걸고 차를 몰아 브라운스빌의 거리를 이리저리 돌다가 극장 앞에서 멈췄다.

나는 그날 보았던 영화를 절대로 잊지 못한다. 로버트 테일러Robert Taylor가 빌 데인 하사관으로 열연한 〈바탄 대전투Bataan〉였다. 일본군의 필리핀 침략을 저지하려는 일개 사단의 미군 병사들에 대한 이야기를 그린 영화다.

데인 하사관과 그가 이끄는 정찰대는 적의 진군을 막기 위해 다리를 폭파하라는 명령을 받고 떠난다. 대원들이 하나 둘씩 쓰러져가고 결국에는 데인 하사관과 두 명의 대원만이 남게 된다. 그중 한 대원은 저격병에게 맞아 목숨을 잃었고 다른 대원은 죽은 척하고 있던 일본군 병사에게 칼에 찔려 죽었다. 영화는 데인 하사관이 자신을 향해 다가오는 일본군 병사들을 향해 용기와 저항심 섞인 최후의 일격으로 기관총을 발사하는 장면을 정면으로 담아내며 막을 내린다.

극장에서 나와 집으로 돌아왔을 때 기분이 어땠는지는 기억나지 않는다. 그날의 기억은 대부분 지워졌다. 남동생 마티 역시 마찬가지다. 마티는 당시 겨우 여섯 살이었으니까. 하지만 지워지지 않고 남아 있는 몇 가지 기억들도 있다.

나는 장례식에 가지 않았다. 아버지와 사이가 나빠서 그런 게 아니었다. 오히려 아버지와 나와의 사이는 누구보다 친밀했다. 다만 가고 싶지 않았을 뿐이다. 그날 나는 집에 있었다. 분명히 집에는 나를 돌보느라 누군가가 함께 있었을 테지만 나는 혼자였던 것처럼 기억된다. 어쨌든 나는 집에 남아 스틱볼(어린이들이 막대기와 고무공으로 하는 야구 놀이) 놀이를 할 때 썼던 고무공을 현관문 앞 층층대에다 통통 튕기고 있었다.

그것 말고도 자신 있게 말할 수 있는 기억이 두 가지 더 있다. 나는 그날 이후로 다시는 그 도서관에 가지 않았다. 그리고 집 근처에 순찰차가 보이면 온몸의 신경이 곤두서면서 혹여 어머니가 돌아가신 게 아닐까 두려워 집으로 내달리곤 했다.

아버지가 돌아가신 직후부터 칠판 글씨가 잘 보이지 않았다. 처음에는 선생님이 나를 앞쪽 줄로 옮겨주었지만 그래도 소용이 없어서 시력검사를 받았다. 결국 나는 안경을 쓰게 되었고, 내 인생 최초의 안경은 뉴욕시에서 사준 것이었다. 다시 말해, 당시의 복지부에 해당되는 기관에서 내준 전표를 가지고 맨해튼 14번가의 안경점에 갔더니 무료로 안경을 해주었다.

구호기금으로 해주는 안경은 철사테였다. 눈이 네 개라는 놀림을 받는 것도 정말 기분이 나빴는데 철사테 때문에 더 끔찍했다. 철사테 안경을 쓰고 다니면 누구나 가난한 집 아이라는 걸 광고하는 셈이었으므로 철사테 안경은 치욕을 달고 다니는 꼴이었다. 내 사진을 모조리 뒤져봐도 알겠지만, 그 안경이 얼마나 싫었던지 몇 년 뒤에 그런 안경이 유행하게 되었는데도 나는 열 살 이후로는 철사테 안경을 쓰지 않았다.

학업에 흥미를 잃으면서 더 이상 책도 읽지 않았다. 틀림없이 아버지의 죽음에 책을 결부시켰던 것 같다. 나는 그때까지 매우 우수한 학생이었고, 2학년에서 4학년으로 월반하기도 했다. 하지만 아버지의 죽음 이후로 어머니는 선생님들에게 자식이 숙제를 빼먹은 일을 봐달라고 부탁해야 했다.

심리학자인 한 친구가 넌지시 말해준 바에 의하면, 그때 내가 그랬던 건 나를 두고 떠난 아버지에 대한 분노 때문이었다는 것이다. 물론 진지하게 정신분석을 받은 것은 아니었지만 나는 그보다 더 적절한 설명을 생각할 수가 없다. 아니라면 나는 왜 장례식에 가지 않았던 걸까? 나는 아버지와 아주 친했다. 메이시스 백화점에서 열린 추수감사절 퍼레이드 때 아버지의 목말을 타고 구경했던 일이 아직도 눈에 선하다. 그런데 나는 왜 아버지의 죽음을 남보다 우월한 입장을 차지하는 데 이용했을까? 친구의 말을 빌리자면, 주변의 모든 사람들이 나에게 연민을 느끼게 만드는 것 또한 내 안의 존재했던 훨씬 더 큰 분노를 드러내는 왜곡된 표현이었다고 한다.

3

어머니와 라디오

어린 소년이 어머니와 아버지가 침대에서 사랑을 나누고 있는 순간에 불쑥 들어왔다.

"오, 이런 맙소사!"

소년이 소리치며 방을 뛰쳐나갔다. 아버지는 옷을 대충 걸쳐 입으며 아내에게 말했다.

"가서 좀 진정시켜줘야겠소."

하지만 아들은 자기 방에 없었다. 혹시나 해서 위층으로 올라가보니 할머니의 방에서 할머니와 한 침대에 누워 있는 게 아닌가. 아버지가 말했다.

"오, 이런 맙소사!"

놀라는 아버지를 향해 아들이 말했다.

"이제 누군가가 자기 엄마와 자고 있는 것을 볼 때의 기분이 어떤지 아시겠죠."

위의 유머처럼 아이가 자신의 어머니를 젊은 여인으로 보는 건 어려운 일이다. 나에게 어머니는 제니 자이거가 아닌 그냥 엄마였다. 나는 아버지가 돌아가신 후에 어머니가 아주 힘겹게 살았다는 것을 알았지만 내가 생각했던 것보다 훨씬 가혹했다는 것을 몇 년이 더 지난 후에야 알 수 있었다.

아이러니하게도 벤슨허스트로 이사를 가서 살고 싶어 했던 아버지의 꿈은 아버지가 돌아가시고 난 얼마 후에 실현되었다. 우리는 이모의 도움으로 벤슨허스트에 작은 아파트를 얻을 수 있었다. 집세는 한 달에 34달러 정도였는데, 문제는 집세를 치를 만한 수입이 없었다는 점이다.

우리는 정부의 구호자금으로 그럭저럭 생활을 꾸려나갔는데, 구호 담당 조사관들은 정기적으로 아파트를 찾아와 냉장고까지 샅샅이 조사했다. 특히 고기가 있을 경우에는 고기의 상태까지도 살펴보곤 했다. 구호를 받으려면 여전히 가난한 상태인지를 확인받아야 했고, 치사하긴 했지만 어쩌다 질 좋은 고기를 우리 돈으로 사 먹어서도 안 되었다.

어머니는 바느질 솜씨가 뛰어났다. 그래서 얼마 안 되는 돈이라도 생활에 보태고자 동네 사람들에게서 감침질할 옷들을 받아오곤 했다. 하지만 우리에게는 추가 수입조차 허락되지 않았다. 그래서 조사관들이 오는 것을 보면 아래층 사람들이 달려와서 귀띔을 해주었고, 우리는 허둥지둥 수선을 피우며 어머니가 수선중이던 옷들을 감추곤 했다. 혹시 가난해지거든 이러한 사소한 일들을 기억해둬라.

돌이켜보니 내가 어머니의 인생역정을 자세히 모르는 것도 당연하다. 나는 어머니나 다른 사람들이 나를 가엾게 여기도록 만드느라 너무 바빴다. 일례로 홉킨슨 시나고그에서 카디시(유대교에서 예배가 끝났을 때 드리는 송영) 기도문을 읊던 다른 사람들은 모두 최소한 40대로 보였었는데, 나는 "주의 이름이 영광되고 거룩하여이다."라는 기도문을 일부러 그들의 연민을 자극하는 말투로 암송했다.

어디 그뿐인가. 동생과 나는 어떤 남자가 어머니에게 데이트 신청을 하면 그 사람이 현관문을 들어서자마자 물건을 던지며 서로 싸워 누구든 다시 오고 싶지 않을 만큼 질리게 만들었는데, 나중에 가서 우리 둘 다 그 일을 뼈저리게 후회했다. 우리가 그러지 않았더라면 어머니는 훨씬 행복할 수 있었고, 우리 역시 더 많이 행복했을지 모른다.

어머니는 젊은 나이에 자식을 잃고 남편을 잃은 상태에서 직업도 없이 두 아들을 키웠다. 그런 와중에도 어머니는 자식들이 올바른 가치관과 삶의 자세를 갖출 수 있도록 늘 솔선수범을 보였다. 어머니는 얼마 후에 봉제공장에 취직했는데, 그 일로 큰 돈은 벌지 못했지만 구호 대상에서 벗어날 수는 있었다.

나는 어머니가 자신을 위해 뭔가를 사는 것을 본 적이 없었다. 어머니는 자식들을 위해 살았다. 날마다 때를 넘기지 않고 음식을 만들어 밥을 차려주었다. 충분히 잘 익혀 기름기가 잘잘 흐르는 램찹(양갈비), 소고기 커틀릿, 랏케(감자로 만든 유대인들의 전통음식), 보우타이 파스타(나비넥타이 모양의 파스타) 메밀볶음, 정말 맛있는 감자 쿠겔(유대인이 먹는 동그란 모양의 빵) 등등.

물론 어머니는 모르고 한 일이었겠지만 어머니의 요리는 심장마비를 불러일으키기에 딱 좋았다. 동유럽 유대인들의 음식 기호가 어떤지 알고 싶다면 뉴욕시 맨해튼 섬 동부에 있는 새미의 루마니아식 스테이크 하우스에 가보면 된다. 그곳의 음식은 환상적이긴 하지만 식사를 마치고 나갈 때 브로모 셀처(두통과 소화불량에 먹는 약)를 건네준다.

유대식 식당에 가면 1인분의 양이 왜 그렇게 많은지, 우리 집에서는 왜 그렇게 식사가 중요한 의미를 가지는지 궁금한가? 그에 대한 답은 그리 어렵지 않다. 유럽의 유대인들은 수세기에 걸쳐 안전을 보장받지 못하면서 살아왔다. 어느 순간에 재산을 몰수당하거나 생명을 빼앗기거나 지금의 식사가 마지막 식사가 될 수 있는 처지 속에서 살았다. 따라서 최고의 식사를 차리고 그것을 모두 먹는 것, 그것이 삶을 살아가는 방식이었다. 접시에 담긴 음식을 남김없이 다 먹는 또 다른 이유는 먹을 것이 없는 사람들 때문이다. 쫄쫄 굶고 있는 사람들도 있는데 앞에 음식을 두고도 먹지 않는다면 실로 부끄러운 일 아니겠는가.

우리 집에서 음식을 깨작이는 행위는 어머니에 대한 모욕이었다. 식사 후 후식으로 먹는 체리파이 한 입이 남을 때쯤이면 어머니는 "오, 너희들이 잘 먹으니 뿌듯하구나!"라고 말했다. 아무리 생각해봐도 어머니가 동생과 나와 함께 식사를 했던 기억은 없다. 어머니는 언제나 음식을 만들어 식탁에 차려주고는 앉아서 우리가 먹는 모습을 지켜보다가 빈 그릇을 가져다 씻었다.

내 기억 속에서 어머니가 가장 행복해했던 모습은 내가 라디오 방송의 명사로 떠오르면서 어머니를 마이애미로 이사시켜드렸을 때다. 아직도 어머니가 식탁에 램찹을 차려주었던 그때가 눈에 선하다.

"램찹 맛이 어떠니?"

"맛있어요, 엄마."

"그 양갈비를 어떻게 구했는지 궁금하지 않니?"

"궁금해요, 엄마. 어떻게 구하셨는데요?"

"정육점에 가서 진열장의 양갈비를 봤는데 고기가 썩 좋아 보이질 않더구나. 그냥 그저 그런 양갈비들뿐이었지. 그래서 정육점 주인에게 말했단다. '여기 있는 것들 말고 다른 양갈비들은 없수?' 그 사람은 퉁명스럽게도 '그게 답니다. 가져가시든지 그냥 가시든지 마음대로 하세요' 라고 하더구나. 그래서 내가 이렇게 말했단다. 내 아들이 누군지 아실 텐데. 아드님이 누구냐고 묻길래 래리 킹이라고 말했단다. 놀라더구나. 그러더니 주인이 나를 뒤쪽 방으로 데려갔지. 그렇게 해서 이 양갈비를 구해온 것이란다."

어머니는 이런 분이었다. 어머니는 어머니가 해줄 수 있는 한에서 최고로 해주었고 언제나 자부심을 갖고 지킬 수 있게 해주었다. 그러나 어머니가 아무리 잘해준다고 해도 아버지가 될 수는 없었다. 엄하게 매질을 해주던 아버지의 역할은 채워지지 못했다.

어린 시절, 아파트 앞에 담장못이 박힌 번들번들한 검은색 철제 울타리가 있었는데 나는 거기에서 떨어져 팔이 부러진 적이 있었다. 깁스를 한 탓에 집에 있는 날이 많았다. 그러던 어느 날 문 밖에 앉아 있을 때 커다란 검은색 차가 내 앞에 와서 섰다.

"꼬마야, 이리 와봐라."

당시 나는 낯선 사람에게 가까이 가지 말라는 주의를 수도 없이 들었기 때문에 사탕을 준다는 꼬임에 넘어가 차 안의 낯선 사람에게 다가가서는 안 된다는 것을 잘 알고 있었다. 나는 쪼르르 달려가도 될지를 가늠해보려고 한 발짝만 내디뎠다.

운전석에 있던 남자는 차에서 내려 차 뒤쪽으로 가더니 트렁크를 열었다. 그때 안에서 사탕이 보였다면 나는 도망쳤을 것이다. 하지만 호기심을 이기지 못하고 그 안을 들여다보았을 때 내 눈에 띈 것은 사탕이 아니라 만화책이었다. 트렁크 안에는 만화책으로 가득했다. 그리고 나는 만화책을 무척 좋아했다!

"우리 집 아이 것이란다. 한번만 더 나쁜 짓을 하면 가다가 처음 보는 아이에게 이 만화책들을 몽땅 줘버릴 것이라고 약속했지. 아들이 약속을 어겼구나. 그래서 내게 주려고 하는데… 너 만화책 좋아하니?"

두말 할 것 없이 나는 그 보물을 받았고 집으로 가지고 올라갔다.

"아빠, 이것 좀 보세요."

아버지가 집에 왔을 때 나는 흥분하며 말했다.

"어디서 난 거니?"

"차에 타고 있던 어떤 아저씨가 줬어요."

"그 차에 가까이 갔단 말이냐?"

"네."

기쁜 표정을 하고 있던 나와는 달리 아버지의 인상은 굳어 있었다. 나는 내가 무엇을 잘못했는지 알았다. 하지만 다른 것도 아닌 몹시 갖고 싶어 했던 만화책이었다.

"낯선 사람을 만나면 어떻게 하라고 했지?"

"그치만…."

매질이 가해졌다! 또 한번은 이런 일도 있었다. 무엇 때문에 가기 싫었던 것인지 확실히 기억 나지는 않지만 그날 히브리어 학교에 가지 않았다. 나는 아무 일도 없었던 듯 저녁을 먹으러 들어와 식탁에 앉았다.

"오늘 히브리어 수업은 어땠니?"

아버지가 수프를 떠먹으며 조용히 물었다.

"좋았어요."

철썩! 손바닥이 날아왔다. 나는 의자 밑으로 떨어졌다. 깜짝 놀라 달려온 어머니가 나를 일으키며 아버지를 향해 소리쳤다.

"여보! 왜 애를 때려요?"

"거짓말을 하잖소. 그렇게 거짓말 하지 말라고 교육시켰는데…."

내가 히브리어 학교에 갈 시간에 길거리를 돌아다녔던 것을 누군가가 보고는 아버지의 식당에 갔다가 일러주었던 것이다. 나는 그때 아버지에게 맞았다는 점보다 아버지에게 실망감을 안겨줬다는 점에서 더 가슴 아팠다.

"훈육은 아버지의 또 다른 애정 표시다."라는 말이 있다. 내 인생의 후반기에는 그런 매질이 꼭 필요한 시기들이 더 있었다. 어머니의 사랑에는 매질이 따르지 않았다. 어머니의 가장 큰 약점은 나의 상실감을 불쌍히 여겨서 버릇없게 기른 것이었다. 어머니는 내가 은행에 구멍을 뚫고 들어가 수천 달러를 가지고 나왔더라도 오히려 경찰에게 이렇게 되물었을지도 모른다.

"누군가가 우리 아이의 수표장에 실수를 저지른 게 아닐까요? 그럴 만한 이유가 있었을 겁니다."

어머니는 내가 곤경에 처할 때마다 사과를 하고 용서를 빌어 나를 빠져나오게 해주었다. 그 바람에 나는 어머니가 이번에도 어떻게든 구해주겠지… 믿고는 곤경에 휘말리는 걸 꺼리지 않았다. 수년 동안 많은 사람들이 아버지가 떠나면서 남겨놓은 구멍을 메우려고 나섰다. 하지만 나의 상실감은 쉽게 채워지지 않았다. 아니, 오히려 사람들이 나의 상실감이 어떤 것이었는지 제대로 이해하기나 했나 싶다. 어쨌든 답하기 애매한 문제다.

나의 빈자리를 채워준 것은 사람이 아니라 라디오였다. 나의 하루는 라디오로 시작해서 라디오로 끝났다. 양쪽에 스피커가 달린 둥그스름한 아치 모양에 짙은 갈색인 에머슨 사 라디오였다. 때때로 나는 어머니와 동생과 함께 라디오에 둘러 앉아 라디오에서 흘러나오는 소리에 홀딱 빠져들 듯 귀를 기울이고는 했다. 나는 목소리를 최대한 낮게 깔아서 내가 자주 듣던 라디오 프로그램 진행자의 목소리를 흉내 내기도 했다.

당시에 우리 집에는 TV가 없었으나 별로 아쉽지 않았다. 라디오를 듣는 것이 TV를 보는 것보다 더 흥미진진했는데, 들으면서 머릿속에서 뭐든 그릴 수 있었기 때문이다. 총회에서 의사봉 두드리는 소리를 듣는 것이 그런 장면을 눈으로 보는 것보다 훨씬 더 극적이었다. 그로부터 수년 후에 드라마 〈환상특급The Twilight Zone〉의 작가로 유명한 로드 설링Rod Serling과 이런 얘기를 나누었던 기억이 난다. 그는 이렇게 말했다.

"흔히들 라디오 대본이 TV 대본보다 더 쓰기 좋을 것 같다고 생각하는데 그렇지 않아요. 라디오는 상상의 여지를 더 많이 허용해요. 가령 라디오 대본으로 '언덕 꼭대기에 불길함이 감도는 성 한 채가 있다' 라고 쓴다고 칩시다. 그러면 듣는 사람은 머릿속으로 원하는 대로 그 성을 상상할 수 있어요. 그런데 똑같은 글을 TV 대본으로 쓴다면 어떤 친구가 내게 다가와 이렇게 말하겠죠. '설링 씨, 그 성을 어떻게 만들까요? 뾰족탑으로 할까요?'"

나는 라디오광이 되었다. 언제 무슨 프로그램을 하는지 줄줄 꿰었다. 내가 초반에 좋아한 프로그램 중 하나는 〈엉클 돈Uncle Don〉이라는 어린이 프로그램이었다. 엉클 돈은 훌륭한 진행자였고 일요일마다 멋진 목소리로 만화책을 읽어주었다. 나는 엉클 돈 돼지저금통까지 가지고 있었다. 녹색과 노란색으로 칠해진, 엉클 돈의 사진이 찍혀 있는 저금통이었다.

"어린이 여러분, 저금하는 거 잊으면 안 돼요."

나는 엉클 돈을 사랑했다. 그의 주제곡도 있었다.

리피티-립스카-하이-로-지
호모니오-피기디-하이-로-디
알라카존과 함께 로디-카졸츠
엉클 돈과 이 노래를 부르며
잘 자요, 어린이 여러분!

열 살이었던 것으로 기억되는 어느 날 밤에, 엉클 돈은 자신의 트레이드마크인 "잘 자요, 어린이 여러분!"이라는 멘트로 방송을 마무리했는데, 사고였던지 이어서 이런 말이 들려왔다.

"이제 내일까지는 어린놈들이 좀 얌전해지겠군."

나는 엉클 돈 돼지 저금통을 집어 창밖으로 내던졌다. 어머니는 길길이 뛰었다.

"이게 무슨 짓이니? 그 안에 든 돈은 어쩌고 그걸 내던져!"

그러고는 3층 계단을 달려 내려가 동전을 주웠다. 나는 심리학 용어에 흥미가 없다. 하지만 어떤 심리학자가 그 순간을 내 훗날 인생에서의 금전 문제와 연결시켜 말한다면 반박하기 어려울지도 모른다.

"래리는 꼬마였던 때조차 창밖으로 돈을 내던지고 있었다."

그러나 돌이켜보건대 그 순간은 결코 돈과 관련된 일이 아니었다. 내게 그 순간은 열정과 관련된 것이었다. 나는 〈엉클 돈〉을 다시는 듣지 않았다. 하지만 그렇다고 해서 라디오에 대한 나의 사랑이 없어지거나 줄지는 않았다. 오히려 나이를 먹으면서 점점 더 커져만 갔다. 프로그램 제작 현장에 가서 음향효과 담당자들이 딱딱 튀는 불꽃의 소리를 흉내 내기 위해 셀로판지를 맞대어 비비는 모습을 구경하기도 했다.

가장 좋았던 점은 레드 바버와 아서 고드프리의 존재였는데, 레드 바버는 야구경기를 생생하게 전달해주었다. 나는 그를 통해 야구를 배웠다. 그의 야구중계를 듣고 있으면 열정이 자극됐다. 특히 브루클린 다저스의 멋진 경기를 들을 때면 그 어디에서도 느낄 수 없는 긴박감이 느껴졌다. 나는 지금도 개막일에 레드 바버가 했던 멘트를 또렷이 기억한다.

"춘계훈련은 끝났습니다. 이제 선수들은 서로 적이 되어 뛰어야 합니다."

레드 바버는 중계를 잠시 중단하고 한숨 돌리는 솜씨가 탁월했다. 실제로 그의 중계를 듣다보면 몸을 꼿꼿이 펴서 라디오 쪽으로 숙이게 되었다. 한편 아나운서들은 팀을 따라 이동할 수가 없었던 터라 전보를 통해 들어오는 상황을 전했다. 나는 전보 수신기에서 똑딱 똑딱거리는 소리만으로 그 의미를 알 수 있었다.

"2루타다!"

더러는 수신기가 고장 나는 경우도 생겼다. 문득 로널드 레이건 Ronald Reagan이 해준 말이 생각난다. 그는 자신이 게임을 중계하던 도중에 수신기가 고장 나면 전보가 다시 들어올 때까지 타자가 11개의 공을 연달아 파울로 때린 것으로 처리하곤 했다고 한다. 야구는 라디오에 딱 맞는 스포츠다. 그러나 야구는 경기장에 가서 직접 보는 것이 최고다.

나는 처음으로 에베츠 필드 안에 들어섰던 때를 평생 잊지 못할 것이다. 그때 나는 야구장의 새파란 잔디, 갈색의 흙, 새하얀 선들을 보고 깊은 인상을 받았다. 나는 에베츠 필드의 외야석에 앉아 득점카드를 넘기면서 레드 바버 흉내를 내며 경기를 중계했다.

아서 고드프리는 아주 남달랐는데, 그는 최초의 규칙 파괴자였고 위험을 감수하도록 나를 북돋웠던 사람이었다. 나는 어느 날 학교에 갔다가 열이 펄펄 나서 일찍 집으로 돌아왔다. 하지만 집에는 아무도 없었다. 어머니는 일을 나갔고 동생은 아직 학교에 있었다. 그때 라디오에서 피터팬 땅콩버터 광고를 하는 고드프리의 목소리가 흘러 나왔다.

"저는 날마다 피터팬 땅콩버터 얘기를 합니다. 제가 이 땅콩버터가 정말로 맛있다고 얘기하면 그 말을 믿는 사람도 있고 믿지 않는 사람도 있을 겁니다. 그러나 오늘 저는 언제나 똑같은 식상한 얘기를 하지 않겠습니다. 대신에 오늘은 직접 이 땅콩버터를 먹어보겠습니다. 이것이 규칙을 깨는 것임은 잘 알고 있습니다. 비정상적으로 들릴 테니까요. 하지만 저는 이 피터팬 땅콩버터를 집어 들고 제 입 안에 넣고… 우걱우걱 쩝쩝…."

나는 침대에서 벌떡 일어나 옷을 입고 가게로 가서 피터팬 땅콩버터를 샀다. 그리고 그것을 먹으면서 집으로 왔다. 중학교에 진학할 즈음에 내 마음은 이미 정해져 있었다. 학교 졸업앨범에도 나와 있듯이,

장래 희망이 뭐냐는 질문에 나는 라디오 아나운서라고 대답했다.

또 다른 관점

마티 자이거(동생)

자신 있게 말하지만, 아버지가 살아계셨더라면 우리의 상황은 달랐을 것이다. 우선 정부로부터 생활보호를 받지 않아도 되었을 것이고, 집 안에서는 안정감이 더 느껴지고 기강도 더 잡혔을 것이다. 그리고 이사를 갈 일도 없었을 것이다. 형의 유년기 시절은 대체로 우리가 이사 간 곳, 즉 벤슨허스트로부터 큰 영향을 받았다. 그것은 불가피한 일이었다. 삶에 작은 변화가 생기면 그 뒤의 모든 것이 바뀌기 마련이니까.

카이아 킹(딸)

내 눈으로 직접 보지는 못했지만, 아버지의 아홉 살 때를 상상해보면 자식 사랑이 절대적인 유대인 이민자들을 부모로 둔 아버지의 모습이 어땠을지 충분히 그려진다. 자식을 과보호하는 전형적인 어머니 밑에서 자라며 아버지와 아주 친하게 지냈을 모습이 상상된다. 가족이 금전적으로 어려움을 겪었을 테지만 가족에 대한 의식이 아주 강했으리라.

어느 순간 할아버지가 세상을 떠났을 때 아버지는 영혼 깊은 곳까지 절망했을 것 같다. 아버지는 할아버지가 자신을 두고 떠난 것에 분노했을 것이다. 하지만 아버지의 분노는 할머니의 손에 이끌려 교회에 나가 하나님과 마주하게 되면서 무언가로 변화되었다. 내가 아는 한, 아버지는 할아버지의 죽음에 결코 눈물을 흘리지 않았다. 나는 그 점이 참으로 안타깝고 가슴 아프다. 아버지가 울지 않았다는 것은 할아버지에 대한 분노와 슬픔이 아직 마음에 남아 있다는 얘기이기 때문이다.

결국 분노와 슬픔은 아버지를 잠시 멈추어 생각해볼 틈도 없이 앞만 보고 나가는 성격으로 바꾸어놓았다. 어떻게 보면, 아버지는 분노와 슬픔을 유익하게 전환한 셈이었다. 유명인이 되었으니 말이다. 그러나 그렇다고 해서 분노와 슬픔이 완전히 사라진 것은 아니다.

4

고향은 친구들이 있는 곳

언젠가 폴 뉴먼Paul Newman은 장시간 비행기를 타고 지구 반 바퀴를 돌아 어떤 도시에 갈 때면 호텔 TV를 틀어 나를 봤다고 했다. 그의 말마따나, 그에게 나는 미국과 연결된 줄이자 고향과 연결된 줄이었다.

수년 동안 그런 식의 말을 하는 사람들을 숱하게 만났다. 내 CNN 방송무대를 장식하는 배경 지도는 전세계적으로 유명한 TV 화면 중 하나로 꼽힌다. 나는 그 배경을 뒤에 두고 거의 25년 동안 밤이면 밤마다 방송을 해왔다. 우디 앨런Woody Allen의 농담처럼 내 성공의 80퍼센트는 화면에 모습을 보인 덕분인지도 모른다. 그러나 사람들이 곧잘 말하는 귀속감이야말로 내가 매일 밤 마이크 앞에 앉아 있는 데 큰 기여를 했으리라. 내 추측으로는, 그런 귀속감은 브루클린에 바탕을 두고 있는 것 같다.

나는 1940년대에 성장 환경으로 브루클린보다 더 좋은 곳은 없었을 것이라고 확신한다. 당시 브루클린은 소도시의 유익함을 두루 갖추고 있었다. 거리의 정육점이나 과자가게 주인들은 가족이나 다름없었고 그것은 지금도 변함이 없다. 수년이 흘렀는데도 지금까지 벤슨허스트의 유대인공동체회관에는 아직도 내 친구 시드와 그의 선발팀 야구선수들이 찍은 사진이 유리 액자에 끼워져 걸려 있다.

그런데도 우리가 자랐던 그곳, 브루클린은 필라델피아보다 더 컸다. 지하철을 타면 메이저리그 야구팀 세 곳 중 한 곳의 경기를 골라서 볼 수 있을 정도였다. 브루클린은 수백만 이민자들의 본거지였다. 그래서 불변성과 변화가 어우러진 곳이기도 했다. 사람들 말마따나, 오늘날에는 미국에서 어느 거리를 걷든 간에 길에서 마주치는 사람 여섯 명 중 한 명은 어떤 식으로든 브루클린과 연관이 있는 사람이다.

나는 당시에도 그곳이 꽤 훌륭한 곳인지는 알고 있었으나 브루클린을 떠난 후에 그곳이 정말로 훌륭한 곳임을 깨달았다. 벤슨허스트에서 인격 형성기를 보낸 사람은 누구든지 그 시절이 자신의 인생에서 최고의 시절이었다고 말할 것이다. 그곳에서는 이사를 가는 사람도 이혼을 하는 사람도 없었으며, 한번 친구는 영원한 친구였다. 50년 후에 길거리를 걷다가 고등학교 시절에 가볍게 알고 지냈던 누군가를 만나면 5분만에 둘도 없는 친구가 될 수 있었던 곳이다. 그런 곳이야 얼마든지 많다고 이야기할 이들도 있을지 모른다. 어쨌든 나는 다른 곳에서는 자란 적이 없으므로 비교해볼 도리가 없다. 마리오 쿠오모가 언젠가 내게 했던 말 외에는 말이다.

"벤슨허스트 얘기를 들어보지 못한 사람은 없었어요. 나는 퀸스에서 자랐기 때문에 벤슨허스트가 어떤지 잘 모르겠어요. 나는 친구들이 많았고 멋진 유년기를 보냈지만 당신이 자란 그곳에는 뭔가가 있었어요. 퀸스에서 우리는 그런 이야기를 들었지요."

86번가와 베이 파크웨이 변두리를 걷기만 해도 별명을 부르는 사이의 친구들을 만날 수 있었다.

가령 잉키 캐플란Inky Kaplan이라는 별명을 가진 친구가 있었다. 선생님에게 책상 위의 잉크를 마셨다고 말한 뒤 교실에서 저지른 어떤 일을 사과해서 붙은 별명이었다. 그 친구는 여섯 달 동안 파란 이를 하고 다니더니, 커서 치과의사가 되었다.

후하 호로비츠Hoo-ha Horowitz라는 친구도 있었다. 그 친구는 상대방이 누군가의 얘기를 꺼내면 그 말을 못 들은 것처럼 "누구Who?"라고 묻기 일쑤였고 그러면 상대방은 "하Hah?"라고 대꾸하곤 했다. 그래서 후하라는 별명이 붙었다.

조 벨렌은 조 부시Joe Bush로 통했다. 왜 조 부시로 불렸는지는 나도 모르겠다. 어쨌든 그는 조 부시였고 앞으로도 계속 조 부시일 것이다. 나는 제크 더 크릭 더 마우스피스Zeke the Creek the Mouthpiece였다. 내가 시냇물creek 흐르듯 쉴 새 없이 입을 놀려댄다고 해서 붙은 별명이었다.

내 단짝친구 허브 코헨은 허비 니고시에이터Herbie the Negotiator(협상가)였다. 말썽꾸러기 허비는 우리를 심한 곤경에 빠뜨렸다가 문제에서 벗어나게 해주는 데 선수였다. 우리는 죽이 척척 맞았다. 나는 자극을 아주 좋아했고 허비는 자극 자체였다.

내가 허비를 만난 것은 128지구 중학교에서였다. 우리 두 사람이 학교 앞에서 '정지' 라고 찍힌 표지판을 들고 교통정리를 맡고 있었을 때였는데, 허비가 내게 제안을 했다.

"너는 네 쪽 차선의 차들을 통행시키고 나도 내 쪽 차선의 차들을 통행시켜보자."

우리는 양 방향의 차들에게 서로 지나가라는 수신호를 보내 몇 블록에 걸친 교통마비를 일으켰다. 그 일로 교장 선생님은 우리와 우리 어머니들에게 면담 요청을 했는데, 그 면담은 어머니가 어쩔 수 없이 교장실로 힘겨운 발걸음을 옮겨야 했던 숱한 면담 중 하나에 불과했다. 하지만 어머니는 적어도 그때만큼은 허비의 어머니와 친구가 되었다.

허비와 관련해서는 할 이야기들이 무수하게 많다. 그러나 모포이야기는 그 모든 이야기의 종합판이라 할 수 있다. 우리가 9학년 때 있었던 일이다. 뉴욕시 제도에서 9학년은 중학교의 마지막 학년이었고, 다음 해에 우리는 라파예트고등학교에 진학하기로 되어 있었다. 우리는 9학년 중반쯤에 모포Moppo라고 불리는 아이가 학교에 나오지 않고 있다는 사실을 알게 되었다. 모포의 원래 이름은 길 머멜스타인이었지만 더부룩한moppy 곱슬머리 때문에 우리들 사이에서는 모포로 통했다.

며칠이 더 지났는데도 여전히 모포는 학교에 나오질 않았다. 그래서 우리는 어떻게 된 일인지 알아보려고 모포의 집 앞을 지나가보았다. 방송인을 꿈꾸던 나, 변호사를 꿈꾸던 허비 그리고 의사가 꿈이던 브라지 애베이트, 이렇게 세 사람이었다. 모포의 집에는 블라인드가 모두 내려져 있었다. 집 안에 아무도 없는 것을 알고 돌아가려는데 마침 현관 입구의 계단에 뉴저지주에 사는 모포의 사촌이 앉아 있었다. 북동부 지역에서 생존해 있는 모포의 친척은 그 사람밖에 없었다.

사촌에게 들으니 집안에 비극이 벌어져 있었다. 모포가 결핵에 걸렸고, 모포의 부모는 그 사실을 알자마자 모포를 데리고 애리조나주의 투산으로 갔다고 했다. 그곳의 기후가 병의 회복에 도움이 되길 바라는 희망에서였다. 사촌은 모포가 이사를 간 사실을 학교에 알리고 전화회사에 연락해 전화선을 끊으려고 뉴저지에서 잠깐 와 있었던 참이었다.

"잠깐만요. 학교에 알리기 위해 괜히 내일까지 기다릴 필요 없잖아요. 그냥 전화선만 끊고 나서 뉴저지로 돌아가세요. 저희가 내일 교무실에 가서 사정을 알려드릴게요."

"정말 그래주겠니?"

모포의 사촌이 물었다.

"그럼요."

모포의 사촌은 떠났다. 우리가 거리를 걸어 내려가고 있었을 때, 허비가 아직도 귓가에 쟁쟁하게 들릴 것 같은 그 말을 했다.

"좋은 생각이 있어."

"뭔데? 뭘 하려고?"

"학교에다가 모포가 죽었다고 말하자. 그러고 나서 모포의 단짝친구로서, 모포의 가족들에게 화환을 보낼 돈을 모금하러 다니는 거야. 그렇게 모은 돈으로 네이슨 가게에 가서 핫도그와 크니슈(감자·쇠고기 등을 밀가루를 입혀서 튀기거나 구운 유대음식)를 사 먹자. 이 계획은 절대 안전해. 학교에서 모포의 집에 전화를 해보겠지만 집에는 아무도 없잖아. 학교는 뉴저지에 사는 사촌에 대해서도 모른다고."

"계획대로 성공한다면야 좋지. 하지만 모포가 고등학교 진학 때문에 돌아오면 어쩌지?"

"그때쯤이면 우린 모두 라파예트고등학교 학생들이 되어 있을 테니 그냥 하나의 장난으로 넘어가겠지."

우리는 허비의 계획대로 하기로 했다. 그리고 다음 날 이루 말할 수 없이 슬픈 표정을 짓고는 담임선생님인 듀어 부인의 교실로 갔다.

"모포가 죽었대요."

교실은 눈물바다가 되었다. 친구들 모두 눈물을 뚝뚝 흘렸다.

듀어 선생님은 교장실에 보고를 올렸다. 교장 선생님인 코헨 박사님은 모포의 집에 전화를 걸었지만 전화교환원에게서 전화가 끊겼다는 얘기만 들었다. 행정 담당자는 모포의 학생기록부에 '사망'이라고 기록했다. 허비, 브라지 그리고 나는 돌아다니며 화환을 보내자는 구실로 돈을 모았다. 그러고 나서 네이슨 핫도그집으로 가서 핫도그와 크니슈를 배 터지게 먹었다.

이틀 후에 교실에 들어가보니 우리에게 교장실에서 허비, 브라지, 래리를 찾는다는 전갈이 와 있었다. 셋이 함께 복도를 걸어 내려갈 때 나는 거의 울음이 터질 지경이었다. 아버지가 돌아가신 마당에 또 다시 말썽을 부리다니! 브라지는 계속 "의사가 되긴 글렀다. 이제 의사가 되긴 다 틀렸어."라는 말만 반복했다. 허비는 여유만만이었다.

"괜찮아. 아무 문제없어. 모포가 죽었다는 것을 우리도 그냥 들어서 알게 된 거라고 말하면 돼. 모포가 아직 살아 있다는 사실에 감동하는 척하자. 그리고 모금한 돈은 자선단체에 보냈고 다시 돌려받기 위해 최선을 다하겠다고 말하는 거야."

우리가 교장실에 들어가니 코헨 박사님이 환하게 미소를 지으며 말했다.

"자, 다들 앉으렴."

박사님은 학교를 홍보할 방법을 찾아냈다면서 고맙다는 인사로 말문을 열었다. 대다수 고등학교들은 스포츠팀을 통해 학교 홍보를 할 수 있었으나 중학교들은 그러지 못했다. 그러던 차에 교원회의에서 '어떻게 해야 우리 128지구 공립학교를 돋보이게 할 수 있을까?' 라는 질문이 제기되었고, 마침 우리가 친구 길 머멜스타인을 위해 모금을 했었다는 이야기가 나오자 우정을 위해 바람직한 일을 했다며 그 보다 더 효과적이고 좋은 홍보는 없다는 결론에 도달했다고 했다.

"그래서 우리는 추도회를 열면 좋겠다고 생각했단다. 길 머멜스타인 추도회 말이다. 이제 2주 후면 졸업이다. 그래서 우수학생에게 표창장을 수여할 계획인데, 그 표창식에서 너희 셋이 무대에 올라 세상을 떠난 친구를 기려주었으면 좋겠구나. 〈뉴욕 타임스〉에서도 괜찮은 특집 기사감이라며 취재에 합의한 상태란다."

자백을 하려면 그때 했어야 했다. 그러나 우리는 겁을 먹었거나 자만에 눈이 멀었거나 아니면 둘 다였을 수도 있었다. 우리는 교장실을 나왔고 허비는 정말로 믿기 어려운 말을 했다.

"사실, 생각해보면 모포는 언젠가는 죽을 거야. 언젠가 상이 유효해지겠지."

시간은 흘러 드디어 표창식 날이 되었다. 우리 셋은 정장을 차려입고 무대에 올라갔다. 전교생이 강당을 가득 메운 가운데 표창식은 정중하게 진행되고 있었다. 교장 선생님은 〈뉴욕 타임스〉 기자의 취재를 돕기 위해 혼신의 힘을 다하고 있었다. 그날, 하필이면 그날, 모포가 학교로 돌아왔다. 결핵 연대표에서 보면 이 날은 그야말로 의학계에서의 최고의 날이리라. 모포가 치료되었으니 말이다.

모포가 128지구 공립학교에 들어섰을 때 복도는 텅 비어 있었다. 모포는 어찌 된 영문인지 몰라 수위나 누군가에게 어떻게 된 일인지 물었고 전교생이 어떤 특별한 행사에 참여중이라는 얘기를 들었다.

모포는 강당으로 향했다. 강당에 들어올 수 있는 방법은 두 가지인데, 옆문을 연 다음에 중국풍의 커튼을 젖히고 몰래 들어오거나, 뒤쪽에 있는 황동으로 만들어진 커다란 양쪽 문을 열고 빛과 함께 당당하게 들어오는 것이었다.

모포는 우리가 국기에 대한 맹세를 마친 바로 그 순간에 황동 문을 열고 들어왔고, 들어서자마자 '길 머멜스타인 추도' 라고 찍힌 현수막을 눈이 휘둥그레져 쳐다보았다. 허비는 곧바로 그를 보았다. 그리고 모포가 그다지 똑똑한 녀석은 아니래도 '추도' 가 무슨 뜻인지는 알 텐데…라고 생각했다.

모포는 그 자리에 얼어붙었다. 뒤쪽 줄의 아이들은 즉시 모든 사태를 파악했다. '허비, 래리, 브라지가 우리를 속이고 돈을 갈취해갔구나!' 라는 사실을 아이들은 모포를 보는 순간 바로 알아챘다. 뉴욕시의 아이들이었기 때문이다. 뉴욕시 아이들은 한발 앞서 있었다. 강당 여기저기에서 웃음소리가 터지기 시작했고, 모포를 알아보지 못하는 교장 선생님은 영문을 몰라했다. 그러나 앞쪽에 앉아 있던 〈뉴욕 타임스〉 기자의 얼굴에는 불쾌한 기색이 역력히 떠올랐다.

허비는 자리에서 일어나더니, 지금까지도 자신이 왜 그랬는지 이해할 수는 없다고 하지만, 이렇게 말했다.

"집에 가, 모포. 너는 죽었어!"

모포는 문 밖으로 뛰쳐나갔다. 강당은 아수라장이 되었다. 교장 선생님은 우리를 보며 말했다.

"당장 교장실로 와라!"

우리는 겁을 먹은 채 교장실로 걸어갔다. 나는 가엾은 어머니 생각에 금방이라도 눈물이 쏟아질 것 같았다. 이번에도 어머니는 나를 구하기 위해 또 얼마나 애쓸까? 브라지는 "의사가 되긴 글렀다. 이제 의사가 되긴 다 틀렸어."라고 말하고 있었다. 하지만 허비는 이번에도 우리처럼 안절부절못할 정도는 아니었다.

"내가 어떻게 해볼 테니 나한테 맡겨."

우리가 교장실에 들어가자 교장 선생님이 말했다.

"내가 교직에 몸담고 있는 동안 이렇게 치욕스러운 일은 처음이다. 너희들 모두 정학이다. 사물함으로 가서 소지품을 다 챙겨 집으로 가라. 보기도 싫으니 어서 나가!"

그러자 허비가 말했다.

"지금 큰 실수하시는 거예요."

"뭐라고?"

"그래요. 저희가 모포가 죽은 것처럼 얘기를 꾸며냈어요. 그러니 저희에게 정학 처분을 내리는 것도 지극히 당연한 처사세요. 하지만 뒷일을 생각해보세요. 교장 선생님은 교육위원회에 보고서를 보내셔야 할 텐데, 교육위원회의 누군가가 이 일을 두고 이렇게 말할지도 모르잖아요. '이해가 안 가는군요, 코헨 박사님. 어느 날 세 명의 말썽쟁이들이 학교에 와서 어떤 학생이 죽었다고 말했고, 당신은 그 학생의 집에 전화를 걸었어요. 그런데 전화가 끊어진 상태였다고요. 그래서 단지 그것만으로 그 학생을 사망한 것으로 처리하고 추도식을 계획했다니 그게 말이 됩니까?'"

허비는 막힘없이 말을 술술 이어나갔다.

"예, 그래요. 저희는 정학이 되겠지요. 하지만 교장 선생님도 뉴욕시에서 다시는 교장 선생님이 되실 수 없을 거예요."

허비는 그쯤에서 말을 멈추지 않았다.

"참, 이제는 시가 아니라 지역이겠군요. 그러니까 그냥 없었던 일로 하면 안 될까요?"

교장 선생님은 고개를 설레설레 저으며 자신이 졌다는 표정을 지었다. 그러고는 〈뉴욕 타임스〉 기자와 얘기를 나누러 밖으로 나갔다. 기자 또한 그 사건은 〈데일리 뉴스Daily News〉에나 더 어울릴 법한 기사감이라면서 기사를 쓰지 않기로 합의했다.

허비는 그 뒤로도 계속 교장 선생님들에게 조언을 해주더니 전략무기감축협상팀의 일원이 되어 소련과 협상을 벌였고 브라지는 버펄로에서 뇌 전문의가 되었으며 모포는 플로리다주에서 여전히 살아 있다.

돌이켜보면 브루클린에서 보낸 우리의 유년기는 즉흥 연극과 같았다. 물론 당시에는 그렇게 생각하지 않았지만 우리는 아무런 생각 없이 그저 오락거리를 만들고 있었다. 허비와 나는 '스파크와 플러그'라는 보드빌(노래·춤·만담·곡예 등을 섞은 쇼) 식의 희극을 만들어 고등학교 관중들의 배꼽을 빼놓았다. 우리는 85번가 귀퉁이에 있는 샘 몰츠의 과자가게와 21번가 거리를 우리가 익살을 떠는 무대로 만들었으며, 무대로 그곳보다 더 훌륭한 곳도 없었다.

몰츠는 찌르퉁한 얼굴에 눈사람 같이 생긴 땅딸막한 사람이다. 볼 때마다 담배를 물고 있었지만 정작 담배를 피우는 모습은 한번도 본 적이 없었다. 그의 가게 정면에는 1센트를 넣으면 해바라기씨 한 움큼이 나오는 판매기가 있었다. 한쪽 벽을 네 칸으로 나누어 주크박스, 신문, 사탕 진열대도 놓았었는데 카운터에서는 그때까지 발명된 최고의 음료, 초콜릿 에그 크림을 살 수 있었다.

에그 크림이 왜 에그 크림으로 불리는지는 도무지 이해가 안 된다. 에그 크림에는 계란도, 크림도 들어가지 않는다. 사실 우유, Fox's U-Bet 상표의 초콜릿 시럽, 탄산수가 원료의 전부다. 이 음료를 제대로 만들려면 먼저, 잔에 우유를 붓고 시럽을 넣어 살짝 저어준다. 다음에는 잔 위로 거품이 차올라오도록 탄산수를 부은 후에 거품이 맥주 거품 같은 모양이 될 때까지 다시 한번 저어주면 된다.

나는 때때로 에그 크림을 사 먹는 데 필요한 7센트가 없었거나, 있었더라도 몰츠를 애먹이고 싶은 마음에 2센트짜리 보통 탄산수인 플레인을 주문하여 에그 크림처럼 마시고는 했다. 나는 그것을 한 모금 마시고는 카운터에 기대며 "아저씨, 시럽 조금만 뿌려주면 안 될까요?"라고 말했다. 몰츠는 툴툴대며 내 잔에 대고 시럽 펌프를 재빠르게 살짝 눌러주었다. 그러면 나는 그것을 저어 한 모금 더 마시고는 "아저씨, 혹시 우유 조금만 주실래요?"라고 말했다. 그렇게 마실 때의 즐거움은 이루 말할 수가 없었다. 폭발하기 직전까지 몰츠를 얼마나 괴롭힐 수 있는지를 한 편의 드라마로 지켜보는 것 같았다.

우리는 어느 날 해바라기씨가 나오는 판매기에 1센트를 넣지 않아도 손잡이를 돌리면 해바라기씨 한 움큼이 바로 쏟아져 나온다는 사실을 알아챘다. 그래서 우리는 아예 자리를 잡고 앉아서 하루 종일 해바라기씨를 먹었다. 참, 그것이 다가 아니었다. 가게 안으로 들어오는 모든 사람들의 귀에 손을 갖다 대고 "공짜 해바라기씨를 먹는 방법은…."이라며 속삭여주기도 했다. 몰츠는 그것도 모르고 판매기가 불티나게 작동되는 것을 흘긋거리며 오후 내내 미소를 짓고 있었다. 하지만 속임질은 오래가지 않는 법이다. 다음 날 몰츠는 흥분해서 우리에게 따지고 들었다.

"너희들이 내 돈을 털었지! 너희들이 하루 종일 해바라기씨를 먹고 있는 걸 내 눈으로 봤어! 기계 안에 500센트는 들어 있으리라고 기대했는데! 그런데 1센트도 없었어! 나 참 어이가 없어서! 너희들이 내 돈을 털어간 거야!"

허비가 말했다.

"잠깐만요. 법정에서 증명할 수 있어요? 증인이 있냐고요?"

몰츠는 그 후로 오래지 않아 가게를 팔았고, 우리가 그를 브루클린에서 쫓아낸 것이라는 숙덕거림이 돌았다. 가게를 인수한 사람은 다행히 쉽게 폭발하는 성격이어서 우리는 더욱 더 신나서 그의 화를 돋우곤 했다. 이름이 모였는데, 우리는 언젠가 주크박스에서 프랭키 레인Frankie Laine의 노래 '기러기의 울음The Cry of the Wild Goose'을 틀었다.

나의 마음은 기러기와 같아서,

어쩔 수 없이 기러기가 가는 곳을 향해요.

기러기여, 형제 같은 기러기여, 어떤 것이 최선인가?

방랑하는 바보인가, 휴식하는 열정인가?

이 노래는 머릿속에서 빙빙 돌기만 하고 가사가 귀에 착착 붙지 않는 어려운 노래였다. 노래를 듣는 것만으로도 괴로울 텐데, 우리는 커다란 월리처 주크박스에서 그 노래를 계속해서 틀어댔다. 아마 39번쯤이었겠지만 모에게는 그것이 139번쯤으로 느껴졌을 것이다. 그가 주크박스를 끄려고 하자 허비가 항의했다.

"돈 내고 정당하게 듣고 있는데 뭐가 문제에요. 우리는 주크박스에 들어 있는 곡을 뭐든 틀 권리가 있어요."

모는 기어코 못 견디고 폭발했다. 그는 카운터를 거의 뛰어넘다시피 나와서 주크박스의 플러그를 뽑아버리더니 그 큰 월리처 주크박스를 발로 차서 문 밖으로 밀쳐내며 소리쳤다.

"기러기가 어디로 가는지 알고 싶어? 이쪽이다! 어디 주크박스에서 마음대로 틀어보시지, 이 얼치기 악덕 변호사야. 꺼져! 꺼져버려!"

그 사건 이후로 몇 년이 더 지난 일이긴 하지만 이쯤에서 꼭 얘기하고 넘어가야 할 또 다른 이야기가 있다. 내가 즐겨 먹는 카벨 아이스크림에 대한 이야기인데 지금부터 들려주겠다.

때는 1951년 11월로, 내가 열여덟 살 때의 일이었다. 그때 나, 허비 그리고 호위 바이스, 이렇게 셋은 길모퉁이에 서서 아이스크림의 가치를 논하고 있었다. 우리는 아이스크림의 가격과 맛을 두고 결론 없는 설전을 계속하고 있었다.

허비가 말했다.

"브라이어즈 아이스크림이 최고로 맛있고 가격도 아주 훌륭해."

나는 보덴 아이스크림이 너무 좋다고 말했다. 하지만 호위 의견은 달랐다.

"너희들 말도 맞아. 하지만 여기에서 카벨 아이스크림을 빼놓으면 섭섭하지."

당시에는 곳곳에 카벨 아이스크림 체인점이 있었는데, 소프트 아이스크림과 스쿱(아이스크림을 푸는 둥근 스푼)으로 퍼서 담아주는 하드 아이스크림을 팔았다. 나는 수년 후에 카벨 체인의 창설자인 탐 카벨 Tom Carvel과 아는 사이가 되었고, 그가 내 토크쇼에 나왔을 때 이 이야기를 해주었다.

호위는 코네티컷주 뉴헤이번에 있는 카벨 체인점에서는 15센트를 내면 3스쿱을 퍼준다고 말했다. 허비도 나도 거짓말하지 말라고 대꾸했다. 어느 누가 15센트에 3스쿱을 퍼준단 말인가. 말도 안 되는 소리였다. 우리는 뉴헤이번의 그 체인점이 15센트에 3스쿱을 줄 리가 없다고 우기며 호위와 내기를 벌였다.

물론, 누구의 말이 맞는지를 입증할 방법은 그곳에 직접 가보는 것 외에는 다른 방법이 없었으므로 우리는 부모님에게 전화를 걸어 뉴헤이번에 갔다 오겠다고 말했다. 하지만 뉴헤이번에 가면서 후하를 떼놓고 갈 수는 없었다. 후하가 있어야 일이 더 재미있게 돌아갔다.

후하는 웃기는 친구는 아니었다. 아니, 웃겼지만 자신이 웃긴다는 것을 몰랐다. 말하자면 꼭 야구선수 요기 베라Yogi Berra 같았다. 요기 베라는 누구를 웃기려고 웃긴 적이 없었다. 일례로 언젠가 누군가가 "몇 시인지 아세요?"라고 물었을 때 "지금 말이에요?"라고 대꾸했는데, 농담으로가 아니라 진지하게 한 말이었다. 그리고 뉴욕 양키스 홈구장의 그늘진 외야 쪽을 두고 "뉴욕 양키스 홈구장에는 해가 일찍 저문다."고 말했을 때도 그 말은 다른 뜻으로 한 말이 아니라 글자 그대로의 뜻이었다. 요기는 틀린 말을 한 적이 없다.

후하는 무슨 말을 하든 더 맛깔나게 들리는 목소리를 갖고 있다. 후하의 목소리는 익살스러운 저음이면서 진지했고, 말로 설명하기는 어렵지만 흉내 내기는 어렵지 않았다. 한번 들으면 절대 잊을 수 없는 목소리였다. 오디오북을 녹음할 때 나도 그의 목소리를 한번 흉내 내보고 싶다. 실제로 허비는 아이들을 위해 그의 목소리를 흉내 내곤 했는데, 허비의 아이들은 후하를 아빠가 만들어낸 가상의 인물이라고 생각하며 자랐다. 그러던 어느 날 후하가 허비의 집에 나타나자, 한 아이가 다른 아이에게 달려가 "후하가 진짜 있었어!"라고 말해 한바탕 소동을 일으켰다.

우리가 후하의 집에 가보니 그는 막 저녁을 먹고 있던 중이었다.

"후하, 카벨에 안 갈래?"

후하는 우리가 '아프가니스탄에 안 갈래?' 라고 물었어도 따라나섰을 것이다. 그런데 후하의 어머니가 말리고 나섰다.

"밥 먹다가 어딜 가려고 그래."

"다른 곳도 아니고 카벨이잖아요, 어머니. 유제품을 파는 데고 지금 먹고 있는 것도 유제품이잖아요. 문제될 거 없다고요."

사실 후하의 가족은 유대 율법에 따라 음식을 먹고 있었다.[2]

"카벨은 두 블록만 가면 있으니까 금방 갔다 올게요."

후하는 차 뒷좌석에 탔고 우리는 아무 말 없이 차를 출발시켰다. 차는 벨트 파크웨이로 진입하여 브루클린 배터리 터널로 들어섰다. 후하는 왜 이리로 가느냐며 이의를 달지 않았다. 우리는 그저 축구 얘기와 야구 얘기를 나누었다. 우리는 서부 고속도로에 진입한 후에 메이저 디건 고속도로를 타서 '매사추세츠 / 코네티컷' 이라고 찍힌 표지판을 지나쳤다. 이쯤에서 후하가 말했다.

"얘기하던 중에 흥을 깨기는 정말 싫지만, 아까 3시간 전쯤에 너희가 우리 집에 와서 '우리랑 카벨에 안 갈래?' 라고 해서 내가 '좋아' 라고 말했었거든. 그런데 지금 보니 매사추세츠 아니면 코네티컷에 가고 있는 것 같네. 도대체 이게 어떻게 돌아가는 상황인지 설명 좀 해줄래?"

허비가 말했다.

"후하, 글쎄 호위 말이 카벨 뉴헤이번 점에서 15센트를 내면 아이스크림을 3스쿱이나 퍼준다잖아."

이제 후하는 어머니도, 아버지도 까맣게 잊은 채 말했다.

"호위, 그건 말도 안 돼. 아니라는 데 내 돈을 걸겠어. 15센트에 3스쿱을 퍼주는 데는 없다고."

이렇게 후하까지 돈을 걸면서, 이제 호위는 내기에 20달러가 걸리게 되었다. 우리가 뉴헤이번에 들어서자 눈보라가 휘날리고 있었다. 때 이른 눈이었다. 호위가 말했다.

"잠깐. 저쪽 블록인데! 저기 있다! 바로 저기야!"

가게 안쪽에 문을 닫으려고 정리중인 사람이 보였다. 우리는 차를 몰아 주차장으로 들어섰다. 그런데 그때 허비가 역시나 그다운 생각을 하고는 말했다.

"잠깐만. 속임수일 수도 있어. 호위랑 저 사람이랑 아는 사이일지도 몰라. 호위가 차에서 내려 저 사람에게 내기 얘기를 하고 서로 짤 수도 있잖아. 래리, 네가 가서 3스쿱을 주문하고 가격을 물어봐봐."

"알았어."

나는 대답한 뒤에 차에서 내려서 가게 안으로 들어갔다. 드디어 주문을 하고 가격을 들었다.

"15센트입니다."

나는 차로 돌아와 허비와 후하에게 우리가 내기에서 졌다고 말했다. 내기에서 진 것은 안타까운 일이지만 꼭 손해만 봤다고는 할 수 없었다. 맛 좋은 아이스크림을 싼 가격에 먹을 수 있다는 것은 큰 행운이자 기쁨이었기 때문이다. 우리는 가게의 아이스크림이 동이 나도록 먹어보자고 합의했다.

"뭐, 20스쿱쯤 먹으면 나로선 손해 볼 거 없겠다."

후하가 말했다. 그래서 우리는 주문을 하고 또 했다. 급기야 이를 이상하게 여긴 가게 주인이 우리를 쳐다보며 물었다.

"저기, 하고 싶은 말이 있는데 해도 될까?"

"그러세요."

우리가 대답했다.

"오늘이 7월 4일 이후로 최고의 날이란다. 아이스크림도 많이 팔리고 밖에는 눈도 내리고. 여기엔 어쩐 일로 왔어?"

"글쎄요, 여기에서 아이스크림을 먹으려고요."

"이 근방에 살아?"

"아니요."

"그럼 어디 사는데?"

"브루클린이요."

"브루클린? 브루클린에도 카벨이 수백 개는 될 텐데."

"그렇긴 한데, 여기 지점에 오고 싶었어요."

"왜?"

"호위가 여기에서는 15센트에 3스쿱을 준다고 해서요."

"다들 그러지 않는다는 거니?"

"네."

"내가 손해를 보는 것도 당연하군!"

이제부터 이야기가 이상하게 돌아간다. 세상에, 그날이 어제 일처럼 눈에 선하다.

우리는 뉴헤이번에 처음 와본 터여서 시내에 가보기로 했다. 우리가 차를 몰고 거리를 달리고 있을 때 갑자기 앞에 가던 차들이 멈추어섰다. 덩달아 우리도 차를 세우게 됐는데, 우리 뒤쪽에 오던 차가 한쪽에 차를 세우더니 차 안에서 사람들이 나와 스티커를 다른 차들에 다 붙이기 시작했다. '리 시장을 다시 시장으로' 라는 문장이 프린트된 스티커였다. 물론 우리 차에도 하나 붙이고 갔다.

그날은 선거를 하루 앞둔 날로 리 시장을 지지하는 사람들의 집회가 뉴헤이번고등학교에서 있었고, 우리는 그 집회 참가자들의 행렬 중간에 끼게 됐던 것이다. 허비는 자기 차에 붙은 스티커를 떼지 않고 놔두었고, 그 결과 리 시장은 브루클린에서 온 지지자들을 얻게 되었다.

우리는 뉴헤이번고등학교 체육관에서 열리는 집회에 참석했다. 체육관 안에는 좌석이 정리되어 있었고 무대 위에는 연사들을 위한 의자들도 보였다. 커피와 도너츠도 준비되어 있었다. 후하는 주머니에 도너츠 몇 개를 집어넣었다. 이쯤되면 그는 이제 게임에서 크게 이익을 본 것이다. 아이스크림도 싸게 먹은 데다 집에 가져갈 도너츠까지 챙겼으니 말이다. 그런데 누군가가 나에게 다가와 말을 걸었다.

"네 친구 허비가 뭘 하고 있는지 아니? 돌아다니면서 사람들에게 네가 아주 열심히 뛰고 있다고 말하더구나. 들어보니, 뉴헤이번에서 너만큼 리 시장을 위해 열심히 뛰고 있는 아이도 없다며?"

"정말요?"

그 말을 들으니, 나도 가만히 있을 수 없지 싶었다. 그래서 나는 여기저기 다니며 사람들에게 허비에 대해 이러쿵저러쿵 떠들어댔다. 그런데 거짓말이 아니라 정말로 선거운동의 홍보담당관이 다가와 말을 거는 게 아닌가.

"얘들아, 잠깐 좀 보자. 시장님이 너희와 얘기하고 싶어 하신단다. 우리는 너희 둘이 젊은 정치의 상징으로 시장님과 함께 무대에 올라갔으면 싶구나."

그래서 우리는 무대로 올라갔다. 호위는 오줌이 찔끔 나오도록 웃어댔고 후하는 호위와 함께 뒤쪽에 있었다. 무대 위에는 홍보담당관도 있었고 시장도 있었다. 우리는 시장을 전혀 모르면서 시침 떼고 악수를 했다. 허비는 한술 더 떠서 홍보담당관을 향해 말했다.

"저한테 좋은 생각이 있어요. 래리가 시장님을 소개하면 어떨까요? 멋지지 않아요?"

체육관 안에는 사람들이 와글와글 모여 있었는데 홍보담당관은 자리에서 일어나 그들을 향해 말했다.

"오늘밤 이 자리에는 부지런한 두 청년, 허비와 래리가 나와 있습니다. 그리고 래리가 시장님을 소개한다고 합니다."

나는 일어났다. 마이크 앞에 서본 것은 그때가 처음이었다. 나는 주위를 둘러보며 생각했다. '내가 여기에서 뭘 하고 있는 거지?'

"음, 저는 리 시장님의 소개를 부탁받고 이 자리에 나왔습니다. 음… 하지만 제 친구 허비에게 그 영광을 돌리는 것이 더 좋을 것 같습니다."

나는 마이크를 허비에게 넘겼고 허비는 일어나더니 장장 20분 동안이나 아무 말 없이 마이크를 잡고 있었다. 그러다가 독립선언문 얘기를 꺼내고는 이어서 다음과 같이 말했다.

"제가 소개할 분은 단지 차기 시장으로 그치실 분이 아닙니다. 미래의 상원의원으로만 그치실 분도 아닙니다. 신사숙녀 여러분, 지금부터… 언젠가… 미래의 미국 대통령이 되실지도 모를 분을 소개하겠습니다."

관중은 열광했다. 리 시장은 연단에 나와 연설을 했고 그렇게 집회는 막을 내렸다. 시간은 어느덧 동이 틀 무렵에 이르렀고 모두들 자리를 떠나고 있었다. 체육관에 불이 꺼지면서 체육관을 비추는 유일한 빛은 달빛뿐이었는데 그때 리 시장이 말을 걸어왔다.

"애들아, 얘기 좀 할까?"

리 시장은 우리 넷과 이야기하려고 체육관에서 배회하고 있던 사람들에게 밖으로 나가달라고 부탁했다. 리 시장은 지금부터 이야기하게 될 일을 평생 잊지 못했다. 수년이 흘러 아흔을 코앞에 둔 시기에는, 그날 저녁을 기념하기 위한 행사에 참석해달라면서 나를 뉴헤이번에 초대하기까지 했다. 사실, 내가 전국에 방송되는 라디오 프로그램을 통해 말한 적이 있었던 터라 이 일은 사람들 사이에서 잘 알려져 있다. 방송에서 처음 말을 꺼낸 후, 다시 들려달라는 요청이 자주 들어오는 바람에 나는 6개월마다 한번 꼴로 이야기했었다.

시장은 허비, 후하, 호위 그리고 나를 그 자리에 세워둔 채로 운을 떼었다.

"애들아, 너희들이 얼마나 열심히 선거운동을 했는지 들었다. 그런데 말이다, 너희들에게 꼭 해야 할 말이 있구나."

이에 후하가 대꾸했다.

"말해보세요, 시장님. 툭 털어놓고 얘기하세요."

"나는 평생 뉴헤이번에서 살았다. 그리고 날마다 선거사무실 두 곳을 방문한단다. 기분 나쁘게 들릴까봐 걱정되지만…."

그는 잠시 말을 끊고 나와 허비를 번갈아 본 후에 말을 이었다.

"내 평생 너희 둘을 본 적이 없구나."

그러자 후하가 말했다.

"저희도 시장님을 생전 처음 뵈요."

"뭐라고?"

"저희는 이전까지 여기에 와본 적도 없어요. 뉴헤이번은 이번이 처음이에요. 참, 호위만 빼고요. 호위는 전에 뉴헤이번에 와봤거든요."

"그럼 어디에서 온 거니?"

"브루클린이요."

"브루클린? 여기에 친척이 살고 있니?"

"아니요."

"그럼 예일대학교에 다니니?"

"하하하! 아니요. 저희는 예일대학교 학생이 아니에요."

우리가 일제히 말했다.

"그럼 여기에는 무슨 일로 온 거니?"

이번에는 허비가 대꾸했다.

"사실은요 시장님, 호위가 뉴헤이번에 가면 15센트에 3스쿱을 퍼주는 카벨 체인점이 있다고 해서 오게 된 거예요."

"오, 말도 안 돼! 15센트에 3스쿱을 주는 곳이 어디 있단 말이냐."

우리는 시장님에게 그 카벨 체인점의 위치를 알려주며 작별 인사를 나누고는 그곳에서 나왔다. 우리는 차를 몰고 브루클린으로 돌아왔다. 그리고 후하의 동네로 들어섰다. 후하는 집에 늦게 들어갈지도 모른다는 전화를 하지 않았고 브루클린에는 눈이 제법 내리고 있었다. 후하가 걱정됐던 후하의 부모님은 아파트 앞에까지 나와 후하를 기다리고 있었고 차에서 내리는 우리를 보고 어머니가 달려와 후하를 나무랐다.

"거짓말 할 생각 마! 솔직히 말해! 묻는 말에 대답해. 대답해보라고! 도대체 밤새 어디 갔던 거야?"

"카벨이요."

"거짓말 하지 말랬지. 거짓말 말고 솔직히 말하지 못해! 네 아버지가 오버슈즈(구두 따위의 신발에 끼어 신는 덧신)를 신고 카벨에 갔다 오셨다. 가게 주인은 너를 못 봤다고 했다던데, 대체 어딜 갔었어?"

"코네티컷주 뉴헤이번이요."

"내가 너 때문에 못 산다! 내가 정말 못 살겠다! 못 살아!"

그때쯤 사람들이 창문을 열고 우리들을 내려다보고 있었다. 후하의 아버지가 걸어오더니 허비를 붙잡고 후하 옆으로 끌고 가서는 허비에게 다그쳐 물었다.

"도대체 뉴헤이번에는 왜 갔어? 대체 뭣 땜에? 이 건달 같은 녀석아! 이 망나니! 건달! 거긴 왜 간 거냐고?"

"저기, 호위가 뉴헤이번에 가면 15센트에 아이스크림을 3스쿱 퍼주는 카벨 가게가 있다고 해서요."

그런데 하나님께 맹세코, 호위의 아버지는 이렇게 말했다.

"말도 안 돼!"

또 다른 관점

니고시에이터 허브 코헨

친구는 선택된 사람들이다. 오랫동안 누군가와 친구로 지내는 것은 그 사람과 있으면 기분이 좋아지기 때문이다. 나는 래리와 65년 동안 친구로 지내고 있다. 래리와는 내 아내보다 더 오래 알아왔던 사이다. 언젠가 아내가 "당신 삶에서 제일 중요한 사람이 누구에요?"라고 물었을 때, 나는 "글쎄, 기간이나 친밀함에서 보면 래리가 첫 번째지. 후하가 두 번째고. 당신은 세 번째야. 하지만 점점 순위가 앞당겨지고 있는 중이지."라고 답해줬다. 그때의 아내의 반응은 상상에 맡기겠다.

우리는 벤슨허스트에서 자라면서 기본적인 가치관들을 얻었다. 그렇게 얻은 가치관 중 하나는, 사람들은 저마다 독특하고 다르다는 것이다. 이 세상에 당신과 똑같은 누군가가 있다면 이 세상에 당신이 있을 이유가 없을 것이다. 세상에 래리와 같은 사람은 없다. 래리는 길모퉁이에 서서 아나운서처럼 지나가는 차들을 보며 중계하고는 했다. 우리는 래리를 제크 더 크릭 더 마우스피스라고 불렀다. 그가 시냇물처럼 쉴 새 없이 재잘대며 입을 다물 줄 몰라서였다.

내가 살아가면서 가장 크게 내세우는 슬로건 중 하나는 "들을 수 있는 코 하나는 냄새 맡을 수 있는 코 둘의 가치가 있다."다. 나는 무슨 뜻인지 잘 모르면서도 곧잘 이 말을 한다. 이 말이 래리에게 어떻게 도움이 되었을까? 래리는 기준에 순응하지 않는 것이 재산임을 본능적으로 이해했다. 그는 브루클린 특유의 거친 목소리를 가졌다. 라디오를 틀고 그의 목소리가 들리면 사람들은 단박에 그가 래리인 줄 알 수 있었다.

마티 자이거(동생)

형은 학창 시절 누구나 바라는 모범생은 아니었다. 퇴학당할 뻔했고 대학진학도 못했다.

"아빠도 큰아버지가 주의력결핍장애ADD가 있다는 걸 아시네요."

몇 년 전에 내 아들이 했던 말인데, 아들의 관찰력에 깜짝 놀랐다. 나는 그 말을 듣고 곰곰이 생각해보았다. 사실 이제는 세상을 떠나 영면에 들어가신 우리 어머니는 툭하면 학교에 불려가셨는데 그것이 다 가만히 있질 못하고 주의가 산만한 형 때문이었다. 형은 집중력도 부족했을뿐더러 늘 옆에 있는 친구들에게 이야기하지 않고는 못 배겼다.

만약 당시에 리탈린(어린이의 주의력결핍장애에 쓰이는 약)이 있었다면 형은 지금의 래리 킹이 되지 못했을 것이다. 그런 기질이 약해졌을 것 아닌가. 리탈린을 먹었다면 형은 머리가 좋았기 때문에 모범생이 되었을 것이고, 또 그랬다면 형의 인생은 완전히 다른 방향으로 바뀌었을 터다. 언젠가 형이 이렇게 물었던 기억이 난다.

"마티, 너는 사무실에 출근해서 8시간 동안 계속 붙어 있지?"

"아니. 점심 먹으러 가기도 하고, 화장실도 가고, 주변을 돌아다니기도 하는데 뭐."

"나는 죽었다 깨어나도 절대로 그렇게 못해."

나는 그에 앞서 한 아동심리학자와 형에 대해 이야기를 나눈 적이 있었는데, 그때 그녀는 ADD를 가진 이성적인 성인은 집중이 필요한 순간에는 자신이 하는 일에서 아주 뛰어난 실력을 발휘한다고 말했었다.

스튜디오에서의 형은 평소와 전혀 다르다. 방송을 하는 시간 동안에는 완전히 몰입한다. 그리고 화면상에서 한번에 네 명의 사람과 대화를 나누어야 할 때는, 마치 제 무대를 만난 양 아주 편안해한다.

5

야구, 여자 그리고 열정

뉴헤이번에서 돌아왔으니 잠시 숨 돌리는 시간을 가져보자. 나는 숨 돌리는 것에 그다지 소질이 없다. 나는 멈춰서 뒤돌아보는 성격이 못 된다. 어렸을 때부터 '가자! 앞으로 나가자!' 식의 태도로 살아왔다. 예를 들면 나는 다저스팀의 경기가 열리는 날이면 친구들의 집에 아침 일찍부터 가서 "어서, 어서! 빨리 가자!"라고 소리쳤다. 경기가 1시 5분에 시작되면 오전 9시부터 경기장에 가자고 조르는 식이었다.

나는 다저스팀 경기에 늦게 간 적이 한번도, 단 한번도, 정말 단 한번도 없었다. 타격 연습 구경을 놓친 적조차 없었다. 에베츠 필드에 가려면 지하철을 한번 갈아타야 했고 통상적으로 외야석으로 들어가려는 줄은 길게 늘어서기 마련이었는데도 우리는 언제나 앞에서 열 번째나 스무 번째 사이에 서고 싶어 했다. 다른 사람들과 함께 줄을 서 있으면서 "문 열어요, 어서! 우리 샌드위치 다 상하겠어요!"라고 소리 질렀던 많은 날들이 기억난다.

출입구가 열리면 우리는 얼른 회전문을 밀고 들어가 첫째 줄이나 둘째 줄을 차지하려고 안간힘을 썼다. 우리 같이 저렴한 비용으로 경기장에 들어온 사람들에게는 그 자리가 최고의 자리였다. 나는 그다지 빠르지 않았다. 허비나 후하도 빠르지 않기는 마찬가지였다. 하지만 네이티 터너는 빨랐다. 그래서 그 친구가 가장 먼저 달려가 우리 자리를 맡아놓곤 했다.

라디오에서 다저스팀의 경기를 듣기 시작했을 때부터, 나의 영웅은 경기장에서 가장 혈기왕성한 레오 듀로처Leo Durocher였다. 레오는 다저스팀의 감독이었는데 사람들은 레오에게 대적하는 것은 열 명과 맞서는 것과 같다고 곧잘 말했다. 그는 괄괄하고 성질이 불같아서, 판정에 항의하거나 자기 팀 선수들을 지지하기 위해 덕아웃에서 누구보다 먼저 튀어나왔다. 초반에 양키스팀에서 선수로 뛰던 시절에 베이브 루스와 주먹질을 벌인 적도 있었는데, 그 때문에 양키스에서 트레이드(프로 팀 사이에서 전력을 향상시킬 목적으로 소속 선수를 이적시키거나 교환하는 일)되었다. 베이브 루스와 싸우다니, 당시에는 안 될 일이었다. 그러나 레오는 보통 사람이 아니었다. 그는 도박을 즐기고 거칠고 사치스러운 생활을 하는 라스베이거스 사람이자 할리우드에서 떠오르는 젊은 여배우와 결혼한 사람이었다.

나는 야구를 썩 잘하진 못했지만 언제나 레오처럼 등번호 2번이 찍힌 유니폼을 입었다. 요즘엔 조 토레Joe Torre가 뛰어난 감독이자 영웅으로 각광받고 있지만 덕아웃에 앉아 있을 때 그의 얼굴을 보아서는 팀이 이기고 있는지 지고 있는지를 분간할 수가 없다. 레오는 정반대였다.

뉴욕 자이언츠의 광팬이던 나의 강적 데이비 프라이드와 맞설 때 나에게는 레오 같은 태도가 필요했다. 양키스를 응원했던 허비, 시드, 애셔와 상대할 때도 마찬가지였다. 양키스 팬들은 아주 오만하고 건방진 멍청이들이었는데 그들의 태도는 '너랑 데이비랑 그렇게 옥신각신해봐야 무슨 소용이냐? 두 팀 중 누가 이기든 간에 우리 팀한테 지고 말텐데' 라는 식이었다. 그런데 대체로 그들 생각이 맞았다. 다저스는 실력이 크게 좋아졌으나 양키스가 언제나 조금 더 나았고 운도 더 따랐다. 양키스가 이길 때마다 허비의 표정은 자만으로 가득 찼는데 아마 사전에 'gloat(흡족한, 고소한)' 라는 단어를 실을 때 허비의 사진을 함께 실으면 그 뜻을 빨리 이해하는 데 딱일 것이다.

다저스 팬들 중에는 양키스 홈구장의 경기장 관리인들이 내야 잔디에 못 같은 작은 물건들을 놓아둔다고 믿는 이들조차 있었다. 양키스 선수가 공을 때리면 공이 그 못에 부딪치면서 바운드되어 외야수의 키를 넘게 되는 것이라고 말이다. 어떤 음모가 있는 게 틀림없다는 생각이었다! 사실, 1947년에서 1953년까지 양키스는 월드시리즈에서 여섯 차례나 승리를 거머쥐었다. 그런데 그중 네 번은 다저스를 패배시키고 거둔 승리였기 때문에 우리는 "내년에 두고 보자!"면서 씩씩거릴 수밖에 별 도리가 없었다.

그때부터 나의 '어서 가자' 라는 재촉의 말투가 바뀌었다. "어서 가자. 타격 연습 시간에 늦겠어."에서 "어서 가자. 이 자식들아. 니들 때문에 속 터지겠다!"

그러나 다저스 팬들에게는 뭔가 특별한 것이 있었다. 우리에게는 재키 로빈슨Jackie Robinson, 다시 말해 유색인종 차별의 장벽을 깨뜨린 인물이 있었다. 내 친구 애론 소벨과 나는 1947년 시즌 내내 신문 스크랩을 했지만 돌이켜 생각해보면, 과연 그때 우리가 재키가 얼마나 기념비적인 업적을 이룬 것이었던가를 제대로 인식했나 싶다.

우리 집에서는 인종에 대한 편견이 없었다. 우리 사촌들 가운데는 흑인과 결혼한 이들이 몇 명 있었는데, 그중 한 부모님이 딸과 의절을 해버렸다. 그러나 나의 어머니는 그 사촌을 남편과 함께 집에 놀러오게 했고 언제나 반갑게 맞아주었다. 그래서 내가 재키를 바라보던 시선은, 레오가 1947년 시즌 초반에 도박 사건에 연루되면서 출장정지 처분을 받기 직전에 바라봤던 시선과 다르지 않았다.

"이 친구 피부가 황색이든, 검은색이든, 아니면 얼룩말처럼 줄무늬든 간에, 이 팀의 감독인 내게는 그다지 중요하지 않다. 다만 그의 실력이 중요할 뿐이다."

그래도 우리는 그가 죽음에 가까운 위협을 받았던 것을 모르진 않았다. 예를 들면 재키가 타석에 나왔을 때, 필리스팀의 감독이 덕아웃의 선수들에게 방망이를 기관총처럼 잡고 그를 쏘는 흉내를 내라고 시키면서 그를 놀래킨 일이 있었다. 또 다른 선수들이 그를 깜둥이라고 부르며 운동화 스파이크로 상처를 입힐 때마다 그는 분을 참아야 했다. 신시내티에 갔다가 관중들이 타격 연습중에 큰 소리로 대놓고 온갖 욕설을 퍼부어서 다저스팀 주장인 켄터키주 출신의 피 위 리즈 Pee Wee Reese가 재키를 감싸 안아주었다는 얘기도 들었다.

우리는 최남부 지방 출신인 레드 바버의 목소리를 통해 이런 모든 이야기를 전해 들었다. 시간이 지나, 재키와 돈 뉴컴Don Newcombe을 비롯한 다저스의 다른 흑인 선수들 몇 명이 세인트루이스에 있는 체이스 파크 플라자 호텔에서 인종적 차별 대우를 철폐했다는 소식도 들려왔다. 그러나 나는 수년이 지난 뒤 마틴 루터 킹 목사와 이야기를 나누게 되었을 때 그제야 비로소 재키가 이룬 업적이 얼마나 대단한 것인지를 이해하게 되었다. 킹은 재키는 민권운동의 선도자며 그 덕분에 자신의 일이 한결 수월해졌다고 했다.

몰츠 과자가게에서 허비와 입씨름하던 한 아이에게, 재키는 1949년 시즌에 총 593타석에서 2루타 38개와 도루 37개를 기록해 .342의 타율을 올리며 MVP를 차지한 2루수였다. 통계는 야구와 관련하여 각별한 무엇으로써, 내가 나중에 방송인이 되었을 때 도움을 주었다. 당시에 허비와 논쟁을 할 때는 수치를 정확히 알고 있어야 했다. 허비와 논쟁중에 통계를 잘못 말했다 빌미를 잡히면 다른 말도 믿을 수 없다는 식으로 나왔기 때문이다. 내가 자란 곳에서는 통계가 무기였다. 그리고 평생 동안 허비와 주먹질을 벌인 적이 딱 한번 있었는데, 허비가 양키스의 2루수 스너피 스턴바이스Snuffy Sternweiss가 재키보다 뛰어난 선수라고 우겼을 때였다.

그 시절에 나는 에베츠 필드에서 말아 올리는 식의 10센트짜리 스코어카드 안에다 중계하듯 기록을 하며 자라는 큰 행운을 누렸다. 빌리 콕스Billy Cox가 오래 써서 낡은 글로브를 끼고 3루를 지키던 모습을 내 눈으로 보다니, 그 역시 큰 행운이었다. 그는 투수가 공을 던질 때 오른손에 그 글로브를 끼고 있다가 적시에 글로브를 왼손으로 바꿔 끼면서 타자가 자기 쪽으로 내리친 땅볼을 잡곤 했다. 그리고 공을 잡으면 그 공을 한번 보고는 1루로 던져주었다.

행운 얘기를 하자면, 듀크 스나이더Duke Snider, 윌리 메이스Willie Mays, 동생이 좋아한 선수 '스탠 더 맨' 뮤지얼'Stan The Man' Musial을 지켜보았던 일도 빼놓을 수 없다. 지하철을 타고 양키스 홈구장에 가서 조 디마지오Joe DiMaggio의 경기하는 모습을 지켜본 일도 마찬가지였다. 양키스를 아무리 싫어하는 사람이라도 디마지오는 싫어할 수가 없었다. 그 시절이 최악의 시기였는데도 그런 면에서는 최고의 시기였다.

나는 1951년 시즌에 내 생애 가장 슬펐던 순간을 맞았다. 시즌이 한 달 반밖에 남지 않은 8월에 다저스는 13.5게임 차로 선두를 달리고 있었다. 그런데 하루하루 지나면서 자이언츠가 야금야금 그 격차를 좁혀왔다. 게다가 무슨 저주가 들렸는지 자이언츠의 감독이 하필이면 다저스를 떠나 다른 시에 새둥지를 튼 레오 듀로처였다. 그나마 다행이라면 우리가 아직 유리한 입장에 있었다는 것이다. 다저스는 3게임 중 2게임만 이기면 되었으나, 레오와 자이언츠는 3게임 전부를 이겨야 선두였다.

자이언츠는 격차를 따라잡고 다저스를 앞서갔지만, 다저스는 시즌 마지막 게임 때 재키가 14회에서 홈런을 쳐내 필리스를 꺾으면서 간신히 비겼다. 이로써 두 팀은 플레이오프전 3경기를 치르게 되었다. 이 플레이오프전은 대단한 이슈가 되어서 야구팬이 아닌 사람들도 그 결과를 들었을 테지만, 1차전은 자이언츠가 이겼고 2차전은 다저스의 승리로 돌아갔다. 마지막 3차전을 앞두었을 때, 딕 영은 내가 평생 잊지 못한 신문 칼럼을 썼는데 칼럼 전체에 쓰인 단어가 온통 '1'이라는 숫자를 꾸미는 단어로 나열되어 있었다.

9회에 다저스가 4 대 1로 앞서 있었다. 이제 1회만 넘기면 월드시리즈행이었다. 나는 당시에 근무하던 사무실에서 라디오로 중계방송을 듣고 있었다. 자이언츠가 점수 차를 따라잡기 시작하자 랄프 브랑카Ralph Branca가 마운드에 올려졌다. 타석에는 바비 톰슨Bobby Thomson이 들어섰다. 당시 4 대 2로 우리가 앞선 상태에서, 자이언츠는 두 선수가 주자로 나가 있었다. 레오와 자이언츠팀이 센터필드에서 포수의 사인을 읽고 있었다는 것은 아무도 눈치 채지 못했다. 그러다 톰슨이 플라이를 쳤다. 대다수 야구장에서는 그 공이 플라이가 되었지만 폴로 그라운즈는 웃기는 구장이었다. 좌측 외야 쪽의 상단 스탠드가 필드 위로 돌출되어 있었다. 공은 담장을 넘었고 레오는 3루 쪽에서 펄쩍펄쩍 뛰고 있었다.

대부분의 사람들은 러스 호지스의 목소리를 들었다.

"자이언츠의 우승입니다! 자이언츠가 우승했습니다!"

나는 레드 바버의 중계를 듣고 있었는데, 그는 이러한 상황을 예측하고 준비했는지 한국전쟁에서 자식을 잃은 모든 가족들에 대한 이야기를 함으로써 균형 잡힌 견해를 피력했다. 그는 다저스 팬들에게 아직 떠오를 내일의 태양이 있다고 말했지만, 나는 멍했다.

나는 일을 마친 후 지하철을 타고 베이 파크웨이역에서 내렸는데 그곳에서 세상에서 가장 보고 싶지 않은 사람과 마주쳤다. 데이비 프라이드였다. 그 망할 자식은 말 한마디도 없이 그저 웃기만 했다. 정말로 끔찍하고 기를 꺾는 그 웃음 앞에서 내 어깨는 축 처졌다. 절대 못 잊을 순간이었다.

1955년에 다저스가 마침내 양키스를 누르고 월드시리즈에서 승리를 따낸 뒤로도 한참이 지났을 때, 나는 양키스, 다저스, 자이언츠 출신 선수들이 다수 참석하는 연회에서 사회를 맡게 되었다. 나는 사회를 보던 중에 브랑카와 톰슨을 불렀고 브랑카를 보다 톰슨을 본 후에 톰슨에게 말했다.

"나는 아직도 당신이 싫어요."

또 다른 관점

니고시에이터 허비 코헨

자이언츠의 기적 행진이 펼쳐졌던 1951년에 래리는 날마다 자이언츠 팬들과 입씨름을 벌였다. 친구들뿐만이 아니라 친구들의 아버지들과도 입씨름을 했다. 래리는 야구의 백과사전 같았다. 그는 통계 수치를 들먹이며 50대의 어른들을 격분시켜 입에 거품을 물 정도까지 당황스럽게 만들곤 했다.

바비 톰슨이 홈런을 친 이후로 3일 동안 래리는 모습을 보이지 않았다. 이웃의 자이언츠 팬들은 하나같이 "래리 어디 있어?"라고 물으며 어서 빨리 그를 놀리고 싶어서 안달했다.

그 후에 자이언츠가 월드시리즈에 나갔다가 양키스에게 지기 시작하자 래리는 갑자기 모습을 나타내서는 자이언츠가 내셔널리그의 위신을 떨어뜨렸다며 자이언츠 팬들을 계속 들볶았다. 그것도 나이 많은 어른들을 들볶으며 환장할 지경까지 몰아가기도 했다.

야구와 몰츠 과자가게만으로 열정 발산이 모자랐던 듯, 열여섯 살 무렵 내 삶에 여자들이 등장했다. 내게 여자들은 언제나 불가사의한 존재였는데, 이상하게도 여자들에 대해 많이 알면 알수록 불가사의함이 더 늘어갔다. 언젠가 블랙홀 이론의 권위자인 물리학자 스티븐 호킹Stephen Hawking과 이야기를 나눈 적이 있었는데 내가 인터뷰의 말미에 "당신은 지구상에서 가장 똑똑한 사람으로 꼽히는데요, 그런 당신도 잘 모르는 것이 있습니까? 이리저리 생각해도 풀리지 않는 수수께끼 같은 것 말입니다."라고 묻자, 그는 "여자들입니다."라고 대답했다.

내게 여자들은 뮤지컬 영화 〈마이 페어 레이디My Fair Lady〉 속의 노래 가사와 같은 느낌을 주었다.

여자들은 왜 남자들 같지 못할까?
생일 좀 잊어버렸다간 난리를 피워대겠지?

나는 어머니에게 여자들 얘기를 한 적이 없었다. 어머니들은 여자가 아니라 그냥 어머니였으니까. 내가 처음 이성에게 다가간 것은 라파예트고등학교에 다니던 시절이었는데 출발이 썩 좋지 못했다. 발단은 허비가 돈 내기를 하면서 시작되었다. 허비는 내가 아이리스 시겔과 함께 정문 계단을 걸어 나갈 수 없다는 데 5달러를 걸었다. 아이리스는 치어리더 중에서 가장 예뻤고 가까이하기에는 너무 멀었지만 내기에 승산이 없지는 않았다. 그냥 그녀 옆에 서서 정문 계단을 같이 내려가기만 하면 그만이었기 때문이다.

"그 애의 손을 잡거나 할 필요는 없는 거지?"

"그래. 5달러다."

나는 곧장 아이리스에게 가서 부탁을 했지만 그녀는 응원 연습하러 가야 해서 시간이 없다고 했다. 나는 내기 사실을 솔직히 털어놓으며 5달러를 그녀에게 주겠다고 말했지만 그녀는 가던 길을 계속 갔다. 결국 나는 그 계단 밑에서 다른 친구들이 다 보는 앞에서 허비에게 돈을 내주면서 더할 수 없는 굴욕감을 맛보았다.

열일곱 살쯤으로 기억되는 내 첫 키스는 그보다도 더 당혹스러웠다. 그날은 추운 밤이었고 내가 막 담배를 피우기 시작한 때였다.

나는 걸어서 주디를 집까지 데려다주면서 험프리 보가트Humphrey

Bogart처럼 보일 것이라는 생각에 입에 담배를 달랑달랑 물고 있었다. 우리 둘이 집 앞 계단으로 올라섰을 때 그녀가 돌아서며 눈을 감고는 입을 오므렸다. '이런, 키스해야겠군.' 그래서 나는 그녀에게 담배를 문 채로 키스했다. 그녀는 비명을 질렀다. 이웃집의 불들이 죄다 켜졌고 허비와 후하가 달려 나왔다. 주디의 아버지는 황급히 층계를 내려왔다. 나는 울고 있는 주디에게 진심으로 사과했다.

"내가 이제 막 담배를 배워서 뭘 몰랐어. 정말 미안해. 모르고 그런 거야."

허비가 주디의 입술을 자세히 보고 난 후에 말했다.

"걱정하지 마. 구멍이 나긴 했지만 2년 후면 없어질 거야."

우리 동네에서는 남자애들 20여 명이 모여서 '전사들Warriors' 이라는 클럽을 만들었고 가슴에 'W' 가 찍힌 재킷을 입고 다녔으며 후하의 집 지하실을 클럽의 아지트로 삼았다. 그 아지트에는 파티 때 음악을 틀기 위해 빅터 축음기도 가져다놓았었다. 한번은 허비와 내가 여자애 두 명을 몰래 데리고 들어간 적이 있었다. 테레사와 안젤라라는 여자애들이었는데, 테레사가 "음악이 없으면 날 건드릴 생각도 마."라고 말하는 게 아니겠는가. 때마침 빅터 축음기가 고장이 나버린 상황이었다. 허비가 나에게 말했다.

"위층에 올라가서 후하의 라디오를 가져와. 후하의 방에 있어."

내가 라디오를 가지고 지하로 내려가기 위해 주방을 지나갈 때, 후하의 어머니 도라가 주방에서 다진 간 요리를 하다가 나를 봤다.

"내 아들 라디오를 가지고 어딜 가니?"

"아래층이요."

"뭐 하러?"

"야구중계를 들으려고요."

후하의 어머니가 눈을 가늘게 뜨고 나를 봤다.

"아래에 여자애들을 데리고 온 것 같던데."

"아줌마, 저 내려갈게요."

"아니, 안 돼!"

아줌마가 문 앞으로 서며 말했다. 바로 그때, 한 여자애가 큰소리로 외쳤다.

"음악은 어떻게 된 거야? 가져오고 있어?"

이제 아줌마는 아예 문을 가로막고 섰다. 아줌마 때문에 일이 틀어지게 되자 화가 났던 나는 아줌마의 옆구리를 때렸다. 아줌마는 넘어졌고, 그 통에 아줌마가 들고 있던 다진 간이 천장으로 튀어올랐다가 요란하게 바닥으로 떨어져 흩어졌다. 주방이 다진 간으로 뒤덮였고 우리는 모두 나와야 했다. 심리학자들은 그 순간을 어떻게 생각할지 모르겠으나, 열일곱 살이었던 그때의 나는 열 받았었다. 다음 날, 허비와 내가 길모퉁이에 서 있는데 후하가 분에 받힌 듯 씩씩대며 다가왔다.

"네가 우리 어머닐 때렸다며?"

"후하, 그건 사고였어."

"우리 어머닐 때렸다 이거지. 내가 가만있을 줄 알아?"

"어쩔 건데?"

"너희 집에 가서 너희 어머니 얼굴을 때릴 거다."

"후하, 네가 우리 집에 가서 우리 어머니 얼굴을 치면 나는 너희 집에 가서 너희 어머니 배를 때릴 줄 알아."

"네가 우리 어머니 배를 치면 나는…."

우리가 계속 이런 식으로 주거니 받거니 하자 보다 못한 허비가 끼어들었다.

"정말 못 봐주겠네. 두 사내 녀석이 서로의 어머니만 잡겠다고 난리를 치면서 정작 자기들끼리는 손도 안 대려 들다니."

또 다른 관점

엘렌 데이비드(제수씨)

브루클린에서 가난하게 자란 아이가 수년 후에 당시의 섹스심볼이었던 앤지 디킨슨Angie Dickinson과 한 자리에 앉아 식사를 하게 되었을 때 어떤 기분이 들었을지 상상이 되는가? 틀림없이 그 자신도 믿기지 않았을 것이다.

나는 한국전쟁에 참전하기에 그다지 뛰어난 후보감은 아니었던 것 같다. 게다가 나를 징병한 곳은 해군이었는데 나는 수영조차 못했다. 어렸을 때 바다에 들어갔다가 파도에 휩쓸린 적이 있었는데 정신을 차려 보니 모래사장에서 숨을 헐떡이고 있었다. 그 뒤로 다시는 바다에 들어가려고 하지 않았다.

나는 대학진학을 하지 못했다. 아버지가 돌아가신 후로 학업에 소홀했으니 마땅했고 그러던 차에 소집영장이 와서 우리 '전사들'은 내게 송별 파티를 열어주었고 나는 신체검사를 받으러 갔다. 나는 시력검사에서 하위권으로 밀렸다. 해군에서는 다른 동료들을 지체시키는 안경쟁이를 달가워하지 않았다. 입대 발령을 기다리고 있을 때 내 이름이 호명되었다.

"자이거, 집에 가라."

"집에 가라고요?"

"너는 시력검사에서 탈락했다. 시력이 너무 나빠서, 네가 전쟁중에 안경을 잃어버리면 주변 사람들을 모두 쏴버릴까봐 우려된다. 너를 받아주었다간 의병제대를 시키면서 수당을 주어야 할 상황이 발생할 수도 있다."

나는 집으로 돌아와 어머니에게 자초지종을 이야기했다. 어머니는 감격스러워했다. 나는 밖으로 나갔고 길모퉁이를 돌았더니 그곳에 친구들이 다 모여 있었다.

"어떻게 된 거야?"

후하가 물었다.

"신체검사에서 떨어졌어."

"내가 준 지갑은 어쩌라고."

작별 선물로 준 지갑 얘기였다.

"내 지갑 도로 내놔."

"하지만 이미 썼는데."

"아니지, 아니지, 아니야. 그 지갑은 해군에게 준 거였어."

사실, 그날 이후로 나는 길을 잃었다. 이제 유년기는 끝났다. 허비는 군에 입대했고 모든 친구들이 동네를 떠나고 있었다. 어머니는, 자식을 밝은 미래가 약속된 대학에 보내거나 영웅이 되도록 군에 보낸 친구들과 친척들이 늘어놓는 말들을 견뎌내야 했다. 집에서 갈피를 못 잡고 헤매고 있는 나를 보기가 힘들었을 것이다. 우등생이었던 동생이 라파예트고등학교에 들어갔을 때 학생과장이 동생에게로 다가와 말을 건 적이 있었다고 한다.

"마틴 자이거. 네가 래리 자이거의 동생이니?"

"네."

학생과장은 동생의 어깨에 두 손을 얹으며 동정적인 목소리로 물었다.

"어머니는 어떻게 지내시니?"

허비의 아버지는 나를 데리고 나가 동네를 빙 돌며 지도를 해주곤 했다. 나는 수년 동안 내가 허비였으면 좋겠다는 생각을 했었다. 아버지도 돈도 TV도 있는 허비가 부러웠다. 허비의 아버지는 내게 무엇을 하면서 살 거냐고 물었다. 그리고 내가 방송인이 되고 싶다고 대답하자 이렇게 말했다.

"무슨 말이냐, 누가 그런 허황된 꿈을 꾸라고 한 거야? 뭐야, 아서 고드프리라도 되겠다는 거냐? 어떻게 그런 말도 안 되는 소리를 하니? 일자리를 구하거라."

아저씨는 모자의 리본을 만드는 작은 공장을 운영하고 있었다.

"우리 공장에 자리를 마련해주마. 거기에서 기술을 배우거라. 그러면 언젠가, 정말 언젠가는 공장장이 될 수도 있단다. 공장장이 되면 3주의 휴가를 얻기도 하지. 꼭 방송인이 안 되더라도 사람답게 행세하며 살 수 있다."

나는 이것저것 많은 뜨내기 일들을 해봤다. 루 삼촌 소개로 UPS United Parcel Service에 들어가 화물배송 트럭의 조수로 일하기도 했다. 우리 트럭을 몰던 크레이지 크라우스는 거리를 운전하면서 주차된 차들의 백미러를 치고 가는 것을 좋아했다. 나는 잠시 보덴 사의 우유 판매원을 한 적도 있었지만 잘하지 못했다. 그나마 가장 잘해냈던 것은 백화점의 수금부에서 전화업무를 보던 때였다.

나는 동결화라는 있지도 않은 단어를 만들어냈는데 이 단어는 수금부 일을 하는 데 아주 유용했다. 나는 사람들에게 전화를 걸어, "목요일까지 대금을 내지 않으면 전 예금계좌를 동결화할 겁니다."라거나 "어쩔 수 없이 동결화를 권해야 할지도 모릅니다. 그렇게 되면 보안관이 즉시 당신의 예금계좌를 동결화하게 됩니다."라고 말했다. 이 말에 어떤 사람은 빌기까지 했다.

"동결화하지 마세요! 제발 동결화하지 말아줘요."

다저스가 마침내 월드시리즈에서 양키스를 꺾었을 때는 라디오를 들으면서 근무했다. 1955년 그날의 경기에서 가장 놀라웠던 일은 그 결말이 용두사미 격이었다는 점이다. 양키스가 마지막 공격에 나섰을 때 모든 다저스 팬들은 '우리 팀이 실책을 할 것 같아 불안해. 양키스가 3점 홈런을 때릴지도 몰라' 라는 생각을 하고 있었다. 그러나 양키스는 세 타자 모두 범퇴를 당하고 말았다. 멋진 경기였다. 물론 군에 입대해 멀리 떠나 있던 허비에게는 그렇지 않았겠지만.

허비가 떠난 이후에 좋은 순간들이 없지는 않았지만, 그래도 외로운 시간이었다. 친구들은 대부분 다른 곳으로 떠났고 나는 혼자였다. 외로워하는 나에게 사촌 줄리는 프라다라는 이름을 가진 아가씨를 소개해주었다. 화장도 하지 않는 꾸밈없는 아가씨였다.

결혼을 결심한 유대인 젊은이에 얽힌 유머를 아는지 모르겠다. 어느 날 젊은이가 어머니에게 말했다.

"어머니의 직감을 시험해보고 싶어요. 제가 세 명의 아가씨를 집으로 데려올 겁니다. 제가 결혼하려는 아가씨와 그녀의 친구 두 명이에요. 그중에서 제가 결혼하려는 아가씨가 누구인지 맞춰보세요. 저녁을 먹는 동안 힌트가 될 만한 말은 한마디도 하지 않을 겁니다."

그들은 함께 저녁을 먹었고 아가씨들은 떠났다. 젊은이가 어머니에게 물었다.

"자, 맞춰보세요."

"두 번째 아가씨다."

어떤 힌트도 없는 상황에서 어머니가 정확히 맞춘 데 놀란 젊은이가 물었다.

"어떻게 아셨어요?"

"꼴도 보기 싫어서 그 아가씨이겠거니 했지."

프라다는 이 유머에 해당하지 않았다. 프라다에게는 싫어할 만한 점이 없었다. 사실, 우리가 서로에게 끌렸던 것은 그녀나 나나 똑같이 외로웠기 때문이다. 신랑 들러리는 동생이 서주었다. 프라다와 나는 퀸스에 아파트를 얻어 결혼생활을 시작했지만 순조롭지 못했다. 우리는 6개월쯤 같이 살았던 것 같다. 그 뒤로 프라다가 어떻게 되었는지 궁금하다.

또 다른 관점

마티 자이거

나는 형과 프라다의 결혼식에서 신랑 들러리를 섰다. 그날이 마치 100년 전의 일처럼 아득하게 느껴진다. 프라다는 좋은 여자였다. 그리고 고음의 독특한 웃음소리가 매우 인상적이었다. 이상하게도, 그때 형이 성급하게 결혼하는 것 같다고 생각했던 기억이 난다.

니고시에이터 허비 코헨

내가 제대하고 돌아와보니 래리가 결혼을 했다. 내가 "왜 결혼했어?"라고 묻자 그는 "글쎄, 모두들 떠나고 아무도 없어서. 그해 겨울은 정말 추웠어. 그래서 결혼했지."라고 대답했다. 정말로 그렇게 대답했다.

마티 자이거

두 사람이 어떻게 헤어졌는지는 기억나지 않는다. 하지만 일이 그렇게 되었을 때 그다지 놀라진 않았었다.

나는 가끔씩 뉴욕에 가서 CBS나 WNEW 방송 건물들 앞에 서서 내가 그곳에서 일하는 모습을 상상하곤 했다. 내가 원했던 것은 그렇게 바로 코앞에 있으면서도 아주 멀리 떨어져 있었다. 내게는 방송인으로 성공하기 위한 자질이 이미 갖추어져 있었다. 그 자질은 나의 부모님과 브루클린에서 보낸 유년기에서 비롯되었다.

나는 아버지처럼 재미있고 호감이 넘치며 어머니처럼 솔직하고 의리가 있었다. 나는 친구들도 많았다. 뭔가를 전하고 싶은 열정이 있었고, 내가 기억하는 한 사람들은 언제나 내 목소리를 아주 좋아했다. 나는 야구를 통해 세세한 것들에 주의를 기울일 줄 알게 되었을 뿐만 아니라, 논쟁에서 이기기 위해 적절한 세부사항들을 어떻게 꺼내놓아야 하는지의 요령도 터득했다. 게다가 브루클린은 내게 훌륭한 질문을 던지는 요령을 가르쳐주었다. 이를테면 이제 막 문을 연 레스토랑이 어떻게 '페이머스Famous'라는 상호를 쓸 수 있느냐는 식의 질문을 던질 수 있게 해주었다.

어느 날, 나는 우연히 CBS 아나운서 제임스 서먼스를 만났다.

"저는 올해 스물네 살입니다. 그동안 쭉 라디오 방송국에서 일하고 싶어 했는데 어떻게 하면 좋을까요?"

"이보게 젊은이, 마이애미로 가서 한번 시도해보게. 거기에는 방송국이 많잖은가. 노조도 없으니, 마이애미에서 시작하는 편이 더 수월할 거야. 마이애미에서는 쇠퇴중이거나 인기 상승중이거나 둘 중 하나라네."

마침 마이애미비치에는 잭 삼촌이 살고 있었다. 더 이상 무엇을 망설인단 말인가. 이제 떠나야 할 시간이었다.

6

반갑다 마이애미여, 잘 있거라 자메이카여!

처음 마이애미에 도착했을 때의 두 가지 기억이 난다. 하나는 내가 마이애미행 기차에서 내렸을 때에 내 지갑에 달랑 18달러만 남아 있었다는 것이고 다른 하나는 그곳에 두 개의 분수식 식수대가 보였다는 것이다. 하나는 흑인용, 또 하나는 백인용이라고 표시되어 있었는데 나는 흑인용 식수대로 걸어가 물을 마셨다. 그러고 나서 잭 삼촌을 찾아가 그 집에 머물렀다.

나는 다음 날부터 흥분에 들떠 방송국 문을 두드리기 시작했다. 그러다 1번가에 위치한 작은 방송국, WAHR에 가게 되었고 그곳 책임자는 내 목소리를 마음에 들어 했다.

"여기에 들어왔다가 지쳐 떠나버리는 사람들이 많네. 진득이 들러붙어 있으면 첫 방송의 기회가 생길 걸세."

나는 몇 주 동안 가만히 앉아서 방송국 돌아가는 모습을 넋을 잃고 구경했다. 비록 운영 규모는 작았지만, 나는 UPI나 AP통신의 수신기들이 짤까닥대며 맹렬히 뉴스를 찍어내는 모습을 보면서 내가 곧 대단한 사람이라도 된 것 같은 기분이 들었다.

야자수들과 바다가 환상적으로 펼쳐진 마이애미비치는 꿈만 같은 곳이었다. 어느 날엔가 조스 스톤 크랩 레스토랑을 지나갔던 기억이 난다. 조스 스톤 크랩은 단순한 레스토랑이 아니라 하나의 랜드마크였다. 내가 마이애미비치에 갔었던 1958년 당시 그곳은 문전성시를 이루었었는데, 장담하건대 내일 밤에도 사람들은 그곳에서의 즐거운 식사를 위해 기쁜 마음으로 줄서서 기다리고 있을 것이다. 주머니 안에 있는 돈이 달랑 3, 4달러뿐이라 들어가 식사할 형편이 못 되었던 나는 레스토랑 정면 쪽 창밖에 멈춰 선 채 행복해하는 얼굴들을 바라보면서 어떻게 해야 저런 곳에 들어갈 수 있을까를 생각했다.

그러던 중에 좋은 기회가 찾아왔다. 탐 배어라는 아침방송을 맡았던 진행자가 개인 사정으로 금요일에 사직하게 됐던 것이다. 방송 총책임자는 나에게 월요일부터 방송을 맡아서 해보라고 말했다. 나는 잠잘 생각조차 못하고 주말 내내 연습했다. 그리고 월요일 아침에 나의 시그널 음악 '힘차게 길을 걸어서Swingin' Down the Lane'가 담긴 레코드판을 가지고 WAHR에 출근했다. 총책임자는 나를 사무실로 불러 행운을 빌어주었다.

"그런데 이름은 뭐로 할 생각인가?"

"무슨 말씀이신지?"

"래리 자이거라는 이름으로는 안 되네. 그 이름은 너무 이방적이야. 사람들이 발음하거나 기억하기가 쉽지 않아. 더 괜찮은 이름이 필요하네."

잘하는 일인지 아닌지를 가리거나 어머니가 뭐라고 말할지를 생각해볼 시간도 없었다. 5분 후면 방송 시작이었다. 때마침 그의 책상 위에 〈마이애미 해럴드Miami Herald〉가 펼쳐져 있었는데, 펼쳐진 면에 킹 주류 도매상의 전면 광고가 실려 있었다. 총책임자는 그 면을 내려다보다가 외쳤다.

"그래, 킹! 래리 킹으로 하는 게 어떤가?"

"좋습니다."

이것은 일생일대의 기회였다. 그런 기회를 놓치고 싶지 않았다.

"됐어. 이제 자네는 〈래리 킹 쇼〉의 진행자네."

곧 있으면 9시 정각이었고 뉴스가 방송될 터였다. 그리고 몇 분 후면 〈래리 킹 쇼〉의 첫 방송이었다.

나는 조정실 문을 열고 들어가 자리에 앉아 레코드판을 넣었다. 드디어 뉴스가 끝났다. 나는 내 시그널 음악을 틀었다가 소개 인사를 하려고 음악소리를 줄였다. 그런데 입이 떨어지지가 않았다. 입속이 바싹 말라붙어버려 내 인생에서 생전 처음으로 말을 할 수가 없었다. 그래서 나는 시그널 음악을 다시 틀었다가 소리를 점점 줄였다. 이번에도 단 한마디도 하지 못했다. 청취자들에게까지 내 심장 뛰는 소리가 들릴까 걱정스러웠다. 어떻게 만든 기회인데… 이렇게 기회를 날릴 수는 없었다. 나는 다시 한번 시그널 음악을 돌렸고 말을 하려 했으나 나의 바람과는 달리 말이 한마디도 나오지 않았다.

그때 총책임자가 발로 문을 차고 조정실로 들어왔다.

"이 일은 말로 먹고사는 직업이야!"

그는 총책임자만이 할 수 있는 어조로 고함을 지르고 나서는 다시 돌아서서 밖으로 나가며 문을 쾅 닫았다. 나는 떨면서 마이크 쪽으로 몸을 숙이며 말했다.

"안녕하십니까? 제 생애 처음으로 이렇게 라디오 방송을 하게 되었습니다. 그동안 쭉 꿈꿔왔던 일이었습니다. 주말 내내 연습을 했고, 몇 분 전에는 새 이름도 얻었습니다. 시그널 음악은 제대로 틀었지만 입이 바짝바짝 탑니다. 지금 너무 긴장됩니다. 방금 전에 총책임자가 문을 발로 차고 들어와 '이 일은 말로 먹고사는 직업이야!' 라고 말하고 나가기까지 했습니다."

1957년 5월 1일에 나는 이렇게 방송인으로서의 첫발을 내디뎠다. 아서 고드프리는 "이 일의 유일한 비법은… 비법이 없다는 것이다."라고 곧잘 말했다.

그의 말이 맞았다. 나는 처음 방송하던 날에 크나큰 교훈을 배웠다. 자신을 잃지 않는 데는 따로 비결이 없다. 그 후로 방송중에 그렇게까지 긴장했었던 적은 없었던 것 같다.

잭 삼촌이 내 방송을 들었던 건지, 혹은 첫 방송을 들은 다른 누군가를 만나 이야기를 전해 들었던 건지 잘 기억이 나진 않지만 삼촌은 잘했다며 진심으로 칭찬해주었다. 나는 날아갈 듯 기분이 좋았다. 내 꿈이 실현된 것이다. 다음 날, 그리고 또 그 다음 날이 되어 다시 방송을 하기만 기다려졌다. 방송국 사람들은 나의 열성을 잘 알았기에 스포츠든 뉴스든 뭐든 방송거리가 생기면 누구든 부탁하곤 했다.

그러던 어느 날, 총책임자가 전화를 걸어 심야 시간 디제이가 아프다고 말했다.

"오늘밤 방송을 자네가 메워줄 수 있겠나?"

"그럼요, 문제없습니다."

"좋아, 자정부터 6시까지네. 음악을 틀어주고 이야기를 좀 하다가 내일부터 원래 디제이가 다시 나올 거라고 말하고 끝내면 되네."

밤이 되어 나는 방송을 시작했다. WAHR은 작은 방송국이었다. 한밤중에 그곳에는 나밖에 없었다. 그런데 내가 음악을 틀어주며 진행을 하고 있던 중에 전화가 울렸다.

"WAHR 방송입니다."

어떤 여인의 목소리가 들렸다. 그녀의 목소리는 아직도 또렷이 기억난다.

"당신을 원해요."

"뭐라고 하셨습니까?"

"당신을 원한다고요!"

그것은 아이리스 시겔과 라파예트고등학교 정문 계단을 내려올 수 없다는 쪽에 걸었던 내기에서 허비에게 졌던 상황과는 판이했다. 그때 내 머릿속에는 오로지 한 가지 생각밖에 나지 않았다. '이 일을 하면 한두 가지 부가적인 이득도 따라오는군.' 그래서 나는 이렇게 말했다.

"6시에 가지요!"

"아니, 안 돼요. 그때면 출근해야 해요. 지금 와야 해요."

"하지만 지금 전 방송중인데요!"

"방송국에서 11개 블록밖에 떨어져 있지 않아요."

그녀가 주소를 알려주며 말을 이었다.

"제발, 와주셨으면 좋겠어요. 정말로 당신을 원해요."

그 옛날의 후하 어머니처럼 문을 가로막고 있는 사람도 없었다. 나는 청취자에게 다음과 같이 말했다.

"청취자 여러분, 저는 오늘밤 대신 진행을 맡게 되었습니다. 그래서 여러분에게 큰 즐거움을 선사해드리려 합니다. 지금부터 해리 벨라폰테Harry Belafonte의 카네기홀 공연 실황 앨범 전체를 끊지 않고 연속으로 들려드리겠습니다."

이제 나에게는 33분의 시간이 있었다. 그 정도면 충분한 시간이었다. 나는 레코드판을 걸어놓고 부리나케 내 고물차 51년식 플리머스로 달려갔고, 그녀의 집으로 차를 몰고 가서 한쪽에 세웠다. 집 안에는 불이 켜져 있었다. 문을 열어두겠다더니, 정말로 문이 열려 있었다. 들어가보니 그녀는 흰색 잠옷을 입고 앉아 있었다. 작은 등이 켜져 있어서 얼굴은 거의 보이지 않았다. 라디오가 틀어져 있었고, 해리 벨라폰테가 카네기홀에서 부른 노래가 흘러나왔다. 그녀가 두 팔을 벌렸다. 내가 그녀에게 달려가 서로 볼을 부빌 때 벨라폰테는 '잘 있거라, 자메이카여! Jamaica Farewell'를 부르고 있었다.

"길가에 밤이… 밤이… 밤이… 밤이… 밤이…."

레코드판이 튀었다. 나는 그녀를 밀어내고는 황급히 차에 올라타 방송국으로 향했다. 그러고 나서 유대인 특유의 자기 학대 경향이겠지만, 11개 블록을 가는 동안 내내 라디오 주파수를 그 방송에다 맞춰두었다.

"밤이… 밤이… 밤이… 밤이…."

나는 경악을 금치 못했고 방송국으로 돌아가 레코드판을 빼냈다. 전화벨이 계속해서 울려댔고, 나는 사람들에게 계속해서 사과를 했다. 특히 나이 많은 유대인 남자가 걸어온 마지막 전화는 평생 못 잊을 것이다.

"WAHR 방송입니다."

"밤이! 밤이! 밤이! 정말 내가 돌아버리겠어! 돌-아버리겠어! 돌-아버리겠다고!"

"저, 죄송하지만 채널을 바꾸지 그러셨어요?"

"나는 환자요. 사람들이 라디오를 그 채널에 틀어놓고 갔는데 다이얼에 손이 닿아야 말이지."

지금 와서 얘기하면 재미있게 들릴 테지만, 라디오 부스에 얽힌 유머는 라디오 부스 안에 있는 그 순간에는 절대 재미있지 않다. 다시 방송국에 들어섰을 때 내 머릿속에는 한 가지 생각밖에 없었다.

'빌어먹을. 이제 나는 끝장이야.'

그러나 살다보면 가끔씩 최악의 일이 비켜갈 때가 있다. 어떻게 최악의 상황을 면하게 되었는지는 아직도 잘 모르겠다. 다만 추측해보건대 경영진이 방송을 듣지 않았기 때문은 아닐까. 어쩌면 이 경우에는 정말 그랬을지도 모른다. 앞에서도 말했다시피 WAHR은 작은 라디오 방송국이라 전파 신호가 그리 강하지 않았다. 따라서 방송 책임자가 방송이 잘 잡히지 않는 먼 곳에 살고 있었다면 충분히 가능한 얘기였다.

게다가 그때 시간이 새벽 3시였다. 내가 다시 출근했을 때 '잘 있거라, 자메이카여!' 에 대해 이야기하는 사람은 아무도 없었고, 내 삶은 하루하루 더 밝아져가는 듯했다. 나는 두 번째 일을 맡으며 저녁마다 개 경주를 중계했다. 나보다 열 살 연상인 아름다운 여인과 연애를 하기도 했다. 그리고 춘계훈련이 다가오고 있었다. 춘계훈련이 있을 때 플로리다주에 있는 것보다 더 좋은 일이 있을까?

다저스가 시범 경기를 하러 마이애미에 오기로 예정되어 있던 1958년에 방송국의 스포츠국장이 나를 불렀다. 그러고는 경기장에 직접 가서 경기 시작 전에 다저스의 어떤 사람과 인터뷰를 하지 않겠느냐고 물었다. 내 대답은 물으나마나였다. 그렇게 해서 어린 시절 수년 동안 등번호 2번이 찍힌 유니폼을 입고 다녔던 내가 이제 인터뷰 섭외를 위해 나의 영웅 레오 듀로처에게 전화를 하고 있었다.

레오는 당시 다저스팀에 있었다. 물론 그는 나를 몰랐고 내가 전화를 했을 때 그곳에 없었다. 그래서 나는 래리 킹에게 전화해달라는 메시지를 남기고 나서 방송에 들어갔다. 방송을 마쳤을 때 내 앞으로 메시지가 와 있었다.

'레오 듀로처가 전화했었음.'

나의 영웅이 나에게 회신전화를 해주다니! 나는 그 종잇조각을 수년 동안 간직했다. 어쨌든 나는 메시지를 받고 나서 다시 레오에게 전화를 걸었으나 통화하지 못했다. 그 후에 그가 다시 전화했으나 이번에는 내가 받지 못했다. 우리는 오전 내내 이런 식으로 서로에게 전화를 걸었으나 끝내 통화를 하지 못했고, 결국 나는 레오 듀로처에게 5개의 메시지를 받게 되었다.

나는 그 시절에 사용했던 커다란 휴대용 녹음기를 가지고 경기장에 갔다. 녹음기는 너무 무거워서 어깨에 둘러메야 했다. 물론 그때의 장면을 지금껏 머릿속에 담아두고 있긴 하지만, 그래도 비디오테이프에 담아두고 싶도록 인상적인 순간이었다. 수천 명의 사람들이 경기장에 와서 선수들이 몸을 푸는 모습을 지켜보고 있었다. 나는 필드로 걸어나갔고, 홈 베이스에서 땅볼을 치고 있는, 등번호 2번을 단 그에게로 다가갔다.

"듀로처 씨?"

"무슨 일인가, 젊은이?"

"래리 킹이라고 합니다."

그는 나를 쳐다보더니 경기장의 상단에 앉아 있는 관중들에게까지 들릴 정도로 크게 소리쳤다.

"우라질, 대체 나한테 원하는 게 뭐야?"

나는 그 순간 열 걸음쯤 뒤로 펄쩍 뛰었던 것 같다. 무거운 녹음기를 등에 그대로 둘러멘 채 말이다.

"래리 킹이라고! 대체 당신 누구야? 왜 그렇게 계속 전화를 해댄 거야?"

그가 악을 쓰며 말했다. 알겠지만 당시에 나는 아직 애송이였고 그것이 처음하는 인터뷰여서, 당연히 좀 떨고 있었을 것이다. 하기야, 레오가 "무슨 일이에요, 친절한 선생님?"이라고 부드럽게 말했더라도 나는 어리벙벙했을 것이다. 똑같이 놀라서 펄쩍 뛰었을지 모른다. 그러나 3,000여 명의 사람들이 보는 앞에서 누군가에게 큰소리를 들었을 때 기분 좋을 사람은 없다.

그러나 나는 "죄송합니다, 안녕히 계십시오."라고 말하지는 않았다. 간신히 그를 진정시킨 후에 함께 덕아웃으로 가서 이야기를 나누었고 그것을 시작으로 하여 우리는 수년 동안 여러 차례 멋진 대화를 가졌다.

레오는 표현력이 풍부하고 자기주장이 강해서 인터뷰를 할 때마다 결코 평범하거나 진부하게 끝내는 일이 없었다. 사실, 첫 인터뷰 이후 몇 년이 지났을 때 그는 NBC에서 주간 최고의 경기로 뽑은 경기를 펼친 적이 있었다. 그와 관련하여 NBC는 그를 방송에 출현시켰으면 했는데, 그가 너무 솔직해서 그를 어떻게 다룰지 난처해했다. 그는 "그 투수 봤소? 나라도 그의 공을 칠 수 있겠더군. 이 60세의 노인이 말이오."라는 식의 말을 거침없이 할 만한 사람이었기 때문이다.

나는 더할 수 없이 멋진 첫 인터뷰를 가졌다. 자신의 영웅을 만났을 때 막상 그 영웅이 기대에 부응하지 못해서 실망하는 사람들이 많다. 그러나 내가 만난 레오는 내가 사랑했던 모습 그대로의 레오였다. 인터뷰를 마치면서 내가 말했다.

"레오, 제가 한 가지 이해 안 되는 점이 있습니다. 제가 누군지 모르셨잖습니까. 그런데 저와 얘기하고 싶지 않았다면 왜 회신전화를 주신 겁니까?"

"이름이 어쩐지 중요한 사람처럼 느껴져서 그랬네."

내가 자이거라는 이름을 그대로 썼더라면 지금의 내가 될 수 없었을지도 모른다. 토니 커티스Tony Curtis가 계속 버나드 슈와츠라는 이름으로 활동했다면 과연 배우로 성공할 수 있었을까? 무용수 프리드리히 아우스터리츠와 버지니아 맥매스가 프레드 아스테어Fred Astaire와 진저 로저스Ginger Rogers가 되지 않았다면 영화를 찍게 되었을까? 그것은 알 수 없는 일이다. 다만 한 가지는 자신 있게 말할 수 있다. 내가 흑인이었거나 중남미인이었다면, 당시에 내게는 방송인으로서 성공할 기회도 허락되지 않았을 것이다.

내 삶에는 반드시 얘기하고 넘어가야 할, 한 가지 신기한 일이 더 있다. 나는 언제나 유명한 사람들과 가까운 환경에 있었다. 일과 관련 없는 경우에서조차 그랬었다. 지금부터 직접 사례를 얘기해주겠다.

나는 마이애미로 간 직후에 우리 작은 방송국의 디제이 세 명과 함께 팜비치(플로리다주 동남 해안의 관광지)로 구경을 갔다. 우리는 싸구려에다 낡긴 했지만 누군가의 컨버터블 차를 가져갔다. 내가 운전대를 잡았고, 우리는 수정처럼 맑은 화창한 일요일 아침에 A1A 해변도로를 따라 드라이브하면서 멋진 집들을 지나갔다.

방향을 꺾어 워스 애버뉴 쪽으로 들어섰을 때 도로에는 차가 거의 없었고, 나는 아주 천천히 차를 몰면서 일행과 함께 모든 상점들을 둘러보았다. 그러는 사이 차가 신호등 앞에 가까워지고 있었는데, 나는 주위를 둘러보느라 빨리 차를 세우지 못했고 그 바람에 우리 앞의 컨버터블 차를 받고 말았다. 세게 받지는 않았으나 운전자의 머리가 앞뒤로 튕겼다. 그런데 세상에나! 차에서 내린 남자는 다름 아닌 바로 존 F. 케네디였다.

틀림없는 존 F. 케네디였다. 불과 2년 전에 아들라이 스티븐슨Adlai Stevenson은 민주당 전당대회에서 부통령 후보 지명을 공개했는데, 바로 케네디와 에스테스 케포버Estes Kefauver였다. 결과는 케포버의 승리였다. 훗날 사람들 사이에서 회자되었다시피, 이것은 케네디에게 오히려 행운이었다. 그는 후보 지명에서 떨어진 것에 연연하지 않았고 더 유리한 입지를 얻으면서 1960년에 대통령 후보로 지명되었기 때문이다.

그날의 일은 정말 잊지 못할 것 같다. 케네디는 우리에게 걸어와서 말을 건넸다.

"어떻게 이런 어이없는 일이? 어떻게 내 차를 받을 수 있나? 시간이 아침 10시인데다 날씨도 맑은데. 또 도로에는 다른 차들도 안 보이고 내 차뿐인데. 이런 상황에서 어떻게 내 차를 받을 수 있나?"

"죄송합니다, 의원님. 면허증을 교환하길 원하십니까?"

내가 말했다.

"자, 이렇게 하지. 자네들 모두 오른손을 들게. 그리고 '2년 후에 존 케네디에게 투표할 것을 맹세합니다' 라고 말하게."

우리는 엄숙히 맹세했고 그는 미소를 머금으며 떠났다. 하지만 떠나기 전에 한마디 말을 남기는 것을 잊지 않았다.

"내 뒤에서 멀찌감치 떨어져서 오게."

한편 지방의 한 레스토랑 주인 찰리 북바인더는 유명한 사람들과 잘 마주치는 나의 능력을 직관으로 알아봤는지, 아니면 내 프로그램을 듣길 정말로 좋아해서 그랬는지는 모르겠으나, 어쨌든 내 삶을 바꿔놓을 만한 아이디어를 내놓았다. 찰리의 레스토랑은 펌퍼닉스라는 상호를 단 유대인 식당이었다. 하루 24시간 영업을 했으나 아침식사 시간이 지난 10시와 11시 사이에는 그다지 장사가 되지 않았다. 찰리는 내가 그 시간대에 레스토랑에서 생방송을 해주길 원했다. 나는 흔쾌히 승낙했고 6시에서 9시까지 WKAT의 스튜디오에서 진행하는 모닝쇼에서 내가 10시와 11시 사이에 펌퍼닉스에서 생방송을 할 것이라는 사실을 홍보했다.

나는 WAHR에서 자리를 옮기는 것이 나의 스타일을 얼마나 발전시켜놓을지에 대해서 몰랐다. 정말로 내 주의를 끌었던 것은 급료 인상이었다.

처음 펌퍼닉스에 생방송하러 나와보니 환경이 열악하기 그지 없었다. 창문에 〈래리 킹 쇼〉 간판이 붙어 있었고 바닥보다 높게 만든 무대 하나가 달랑 있었다. 피디도 없었고 나 혼자였다. 그런데 방송을 하다 보니 그곳은 그야말로 최적의 환경이었다. 누가 알았겠는가? 레오 듀로처와의 딱 한번의 인터뷰를 제외하고는 인터뷰 경험이 없었던 내가 이제는 웨이터, 휴가중인 손님, 회의 참가자들 등 그곳에 오는 온갖 사람들과 인터뷰를 하게 될 줄을.

또한 펌퍼닉스는 무슨 일이든 일어날 수 있는 예측 불가능의 환경이기도 했다. 다음에는 누가 올지 알 수 없었기 때문에 미리 준비할 수가 없었고, 그래서 빨리빨리 생각하지 않을 수가 없었다. 나는 당시에 한 배관공과 45분 동안 인터뷰했던 일을 아직도 기억한다. 배관공은 이렇게 말했다.

"사람들은 무심하게 여기고 있지만, 배관은 집의 핵심입니다. 배관공사 없이 집은 제 기능을 못하죠. 침대가 망가지면 바닥에서 자면 됩니다. 하지만 배관공사가 엉망이 되면 제가 필요해집니다. 제가 집을 제대로 돌아가게 해주죠."

"배관공사에도 어떤 기교가 있습니까?"

"물론입니다. 다른 설비보다 더 좋은 설비를 만드는 것이 무엇일까요? 제대로 된 기준에 맞추는 겁니다. 왜 뉴욕시의 물이 세계 최고인지 아십니까? 수년 전에 수도관 설비를 지을 때 동을 사용했기 때문입니다. 동은 관으로는 최고의 재질입니다. 동은 녹슬지 않고 물을 맑게 유지시킵니다. 당신의 집 욕실을 동관으로 해놓으면 골칫거리가 크게 줄어들 겁니다."

이러한 인터뷰의 특별함은, 정말 특별하지 않다는 것이었다. 사실 그것이 나의 방송의 핵심이다. 나는 평범한 사람이고 나의 인터뷰는 평범한 사람을 끌어들인다. 그러나 특별할 수 있는 사람들 속에서 평범한 사람의 모습을 끌어내기도 한다.

내가 펌퍼닉스에서 일한 지 2주일가량 지났을 때 가수 바비 달린Bobby Darin이 안으로 들어섰다. 그는 밤에 잠을 이루지 못해 그날 아침 6시까지 깨어 있다가 라디오에서 나의 홍보 멘트를 듣고 찾아왔던 것이다. 나는 '칼잡이 맥Mack the Knife'을 비롯한 바비의 다른 곡들을 아주 좋아했지만 그가 올 줄 알고 그의 곡들을 미리 준비할 만한 예지력은 없었다. 나는 1시간 동안 그와 인터뷰했는데 멋진 인터뷰였다. 그는 지금 생각하면 데뷔곡 '첨벙첨벙Splish Splash'을 쓴 것이 참으로 멋쩍은 일이라고 털어놓기도 했다.

그 후에 우리는 콜린스 애버뉴를 따라 오랫동안 걸었는데 정말로 내게 감개무량한 경험이었다. 브루클린의 보잘 것 없는 아이였던 래리 자이거가 인기 최고의 가수와 함께 콜린스 애버뉴를 걷고 있었고, 그가 내게 속마음까지 털어놓고 있었다. 달린은 태어나면서부터 심장 류머티즘(류머티즘열로 인한 심장병)을 앓았다고 했다. 그는 자신이 오래 못 살 것임을 알고 있다면서, 그래서 그렇게 열심히 일하며 자신의 삶에 더 많은 것을 채우려 애쓰고 있다고 말했다. 그는 자신이 덤으로 살고 있다는 것을 알았고, 어떻게 될지 모를 내일이 오기 전에 모든 것을 하고 싶어 했다.

한 신문에서는 바비 달린이 펌퍼닉스에서 래리 킹과 이야기를 나누었다는 기사를 실었다. 그로부터 얼마 후에 트럭운전사 노동조합위원장인 지미 호파Jimmy Hoffa가 펌퍼닉스에 왔다. 배관공들과 이야기를 나누다보면 자연스럽게 트럭운전사 친구들도 생기게 된다. 지미 호파가 펌퍼닉스를 찾았을 당시 시내에서는 트럭운전사 노동조합의 집회가 열리고 있었고, 나와 알고 지내던 몇 사람이 호파를 데려왔다. 일단 호파가 이야기를 시작하자 식당 안으로 사람들이 빽빽이 모여들었다. 호파는 정말 인물이었다. 참 의연한 사람이었다.

나는 호파에게 어떤 트럭을 모느냐고 물었다가 그가 트럭 운전사가 아니라는 사실을 알게 되었다. 그는 짐을 싣는 하역부였다. 바로 그런 이유로 그는 계약 협상에 들어갈 때마다 사측에게 하역장에 난방 시설을 해달라는 약속부터 받는다고 했다. 디트로이트에서 새벽 4시에 트럭에 짐을 싣다보면 엉덩이가 떨어져나갈 정도로 시려오곤 했었고, 그래서 협상장에 나가 이렇게 으름장을 놓았다는 것이다.

"하역장을 따뜻하게 해주지 않으면 대화를 거부하겠소."

바로 이런 것들이 준비할 시간 없이 이야기를 나누게 되었을 때 알게 되는 사실들이다.

호파는 리무진 뒷좌석에 타고 싶었던 적이 한번도 없었다고 말했다. 그는 노조 지도자들도 회사를 운영하는 사람들과 다르지 않게 여기저기 돌아다닌다면서, 자신은 언제나 시보레 앞좌석에 타고 다닌다고 했다. 그런데 그는 재미있게도 자신의 이름을 이용하여 말할 때마다 '호파가 말하길,' 을 붙여 사용했다. 그가 그렇게 말하면 나는 '킹이 응답하길,' 을 붙여서 말했다. 그는 그런 면에서 유머 감각이 뛰어났다. 나는 프로그램이 끝나고 나서야 펌퍼닉스가 사람들로 만원을 이루고 있었음을 알았다.

그 뒤로도 배우 대니 토머스Danny Thomas를 비롯한 유명인사들이 몰려들기 시작했다. 토요일은 어린이들의 날이어서 사람들이 인터뷰를 시키려고 아이들을 데려오기도 했다.

펌퍼닉스는 명소가 되었고 나는 Mr. 마이애미가 되었다. 이것은 의도한 일은 아니었다. 나에게는 홍보 담당자도 없었다. 그래도 사람들은 나를 좋아했다. 코미디언 레니 브루스Lenny Bruce와 배우 돈 리클스Don Rickles도 즐겨 찾아왔다. 언젠가 한번은 레니가 주 교도소의 죄수복을 입고서 왔다. 마이애미는 레니가 경찰들과 마찰을 빚을 일이 그다지 없는, 몇 안 되는 곳 중 한 곳이었다. 내가 그를 보고 말했다.

"레니, 왜 그렇게 입고 왔어요?"

"나는 죄수복 입길 좋아해요."

"왜요?"

"경찰관들에게 다가가 길을 묻는 게 좋아서요."

"왜요?"

"그들의 반응을 보려고요. 다들 경찰관들이 무슨 생각을 하는지 알잖아요. 그들은 처음에는 '길을 묻는 이 사람이 탈옥범은 아닐까?' 라고 생각하겠죠. 그 다음에는 '아니야, 탈옥범일 리가 없어. 탈옥범이라면 경찰관에게 길을 묻겠어?' 라고 생각했다가, 이어서 이렇게 생각할 테죠. '내가 자신의 의도를 알아채지 못할 거라고 생각하는 영리한 탈옥범이면 어쩌지?' "

그러자 리클스가 말했다.

"레니, 그 방면으로 나가지 그래."

펌퍼닉스에서의 시간은 재미있고 얽매임이 없어 좋았는데, 내가 6시에서 9시 사이에 진행하는 모닝쇼도 서서히 그런 성격을 띠기 시작했다. 아마 내가 그 방송을 계속 진행했었더라면 아이머스Imus와 같이 인기 있는 디제이가 되었을지도 모른다.

어느 날 나는 방송중에 아침 교통정보를 듣고 있었다. 교통정보를 전해주는 사람은 운전자들에게 1-95도로가 정체되고 있으니 7번가를 이용하라고 알려주었다. 그때 이런 생각이 스쳤다.

'저 사람 말 때문에 1-95도로의 문제가 다소 해결되겠군. 하지만 7번가는 막히겠어.'

그래서 나는 상황을 고칠 의도로 웨인라이트 대령이라는 가상 인물을 만들었다. 그러고는 웃기게 들리도록 내 목소리도 약간 변형시켰다. 웨인라이트 대령은 그 목소리로 등장하여 말했다.

"방금 교통정보를 들었는데요, 래리. 청취자 여러분, 1-95도로가 뻥 뚫렸음을 알려드립니다. 다시 1-95로 가세요."

그러고 나서 웨인라이트 대령은 '헤, 헤, 헤' 하고 짧게 웃었다. 또 5분 후에 다시 그 목소리와 웃음으로 돌아와서는 말했다.

"차들이 다시 1-95도로로 몰리는 바람에 브로드 카운티 쪽이 정체되고 있어요."

웨인라이트 대령은 나의 분신이었고 경찰이 자신들의 입으로 할 수 없는 말들을 거침없이 했다. 걸프스트림 파크 경마장이 문을 열었을 때 웨인라이트 대령은 이렇게 말했다.

"걸프스트림에 가지 마십시오. 데이드 카운티의 경찰관들과 내기를 했다간 그들이 당신의 돈을 가져갈 것입니다. 돈을 그냥 사시는 곳에 얌전히 놔두십시오."

나는 마이애미의 주 검사 딕 걸스타인에게 곧잘 전화를 연결했었는데 그때 웨인라이트 대령은 이렇게 말하곤 했다.

"이보게, 디키, 지금 어디인가? 오늘은 월급날인데 5분 내로 사무실에서 안 나오면 병사들을 소집하겠네."

나는 도로공사가 진행중인 곳에서 우회 표지판을 지나갈 때마다 새로운 얘깃거리를 얻었고, 그럴 때면 웨인라이트 대령은 이렇게 말하기 일쑤였다.

"지금 1-95를 타고 마이애미비치 쪽으로 꺾으면 우회 표지판이 나올 겁니다. 그 표지판을 무시하십시오. 저희가 지금 그것을 치우러 가는 중이니 그냥 쭉 가십시오."

방송이 나간 후 시 직원이 나에게 전화를 걸어왔다.

"래리, 우리가 당신을 싫어했다면 당신을 죽여버렸을 거예요."

돌이켜보면 나는 허비와 내가 중학교 시절 교통정리를 하며 도로를 막히게 했던 일과 별 다르지 않은 일을 하고 있었는지도 모른다. 다만 이번에는 교장실로 불려가지 않아도 된다는 차이만 있었을 뿐이다. 한편 그 즈음 시내에는 '나를 막지 마시오. 나는 웨인라이트와 아는 사이요' 라고 적힌 범퍼 스티커를 붙이고 다니는 자동차들이 눈에 띄기도 했다.

나는 로터리 클럽에 나와 연설을 해달라는 요청을 받게 되었다. 신작 영화가 개봉될 때마다 사회를 보기도 했다. 또 작은 TV 방송국에서 내게 주간 인터뷰 프로그램을 맡기는가 하면 〈마이애미 해럴드〉는 내게 칼럼을 내주었다. 나는 조스 스톤 크랩에 들어가 사람들이 모여 있는 바 끝에 서서 밤새 대기줄에 서 있었던 것 같은 표정을 짓곤 했다. 보통은 줄이 길어서 2시간 30분은 기다려야 할 듯했으나, 나는 5분도 안 되어 "킹 씨. 래리 킹 씨."라며 나를 부르는 소리를 듣곤 했다. 그러나 나를 더 높은 단계로 데려다줄 사람은 어떤 버스 운전사였다.

7

재키와 프랭크

지금부터 하려는 이야기는 내가 CNN에서 방송을 하기 전의 일로, 지난 시즌에 방영했던 드라마 〈신혼부부들The Honeymooners〉을 다시 보고 있었을 때의 일이다. 그 드라마는 언제 봐도 기운을 북돋워주는데 특히 그곳에 나오는 배우 재키 글리슨Jackie Gleason(버스 운전사 랄프의 역할을 연기했음)은 처음 만난 날 이후로 항상 기운을 북돋워주는 사람이었다.

내가 가장 좋아했던 에피소드 중 하나는 'TV를 통해 더 나아진 삶Better Living Through TV' 편이었는데, 우연의 일치인지는 몰라도 재키를 만난 시기는 내가 마이애미에서 처음으로 지방의 TV 프로그램을 맡았을 무렵이었다. 어쨌든 그 에피소드를 간략히 소개하자면 이렇다. 랄프와 노튼은 만능 주방용구를 발견했다. 일명 '헬프풀 하우스와이프 해피 핸디'라는 이 주방용구는 사과의 속을 도려내는 것에서부터 알루미늄 캔을 따는 것까지 가능했다. 그래서 랄프와 노튼은 이 용구를 팔기 위해 요리사 복장을 하고 TV에 출연하기로 결심했다. 이 TV 출연은 아마 최초의 인포머설(유사홈쇼핑 형태의 광고)이었을 것이며, 이 장면은 재키가 얼마나 시대에 앞서 있었던가를 보여준다. 어쨌든 드라마 속에서 랄프와 노튼은 헬프풀 하우스와이프 해피 핸디를 팔아 부자가 될 판이었다.

단, 피디들이 그들의 출연 할당 시간을 크게 늘려 2분 동안 방송을 타게 될 것이라고 알려주고, 랄프가 "음… 어… 어…"를 연발하며 카메라 앞에서 얼지만 않았다면 그랬을 것이다. 그는 사과씨를 도려내는 시연을 하면서 기존 방식대로 하고 있던 노튼보다 시간이 더 오래 걸렸다. 또 캔을 따려고 했다가 손가락을 베고 말았다. 게다가 시연을 끝낼 즈음에는 주방 세트를 몽땅 쓰러뜨렸다. 이 장면은 50년이 지나서 봐도 여전히 웃긴다.

바로 여기에서 재키의 진가가 드러난다. 문득 풀턴 신Fulton Sheen 주교가 재키를 기리는 만찬에서 했던 이야기가 기억난다. 신 주교는 아이들과 유머에 대한 이야기를 꺼내면서, 아이들은 재미있는 것을 몇 번씩 반복해서 보길 아주 좋아한다고 말했다. 그런 후에 재키를 쳐다보며 말을 이었다.

"그게 내가 당신에게 하려는 말이에요, 재키. 우리는 모두 아이들입니다. 또 보여줘요. 한번 더 보여줘요."

버스 운전사 랄프 크람덴에게는 그 사회계층에 속하는 사람들뿐만이 아니라 모든 사람의 마음을 움직이는 무언가가 있었다.

내가 재키를 만난 것은 뉴욕발 열차 안에서였다. 재키는 1년 내내 골프를 치고 싶어 했고, 그래서 CBS에서는 〈재키 글리슨 쇼〉를 마이애미로 옮겨 촬영하는 데 동의했다. 그 여행에 보도진이 초대되어 나도 그 열차를 타러 갔었고 우리는 먼 여행길에 올랐다!

우리가 목적지에 도착했을 때, 재키가 마이애미비치에 온 것을 환영하는 공식 환영회가 열렸는데 내가 사회를 맡았다. 재키와 나는 그날 밤에 가까워졌으며 그는 내 라디오 프로그램을 청취하기 시작했다. 그가 나보다 열다섯 살이 많긴 했으나, 우리는 서로 배경도 비슷하고 마음이 잘 통해서 좋은 친구가 되었다.

우리는 둘 다 브루클린에서 소수 인종으로 자랐다. 그의 아버지는 집을 나갔고 나의 아버지는 일찍 돌아가셨다. 그의 집에는 전화가 없었고 나도 열다섯 살이 되기 전까지는 집에 전화가 없었다. 우리는 관심받길 좋아한다는 공통점도 있었다. 언젠가 한번은 재키가 어머니를 따라 쇼를 보러 갔었던 이야기를 들려주었다. 그때 그는 쇼가 끝나고 박수갈채가 터질 때 돌아서서 관중을 마주보았고, 그 순간에 자신은 무대가 아니라 관중을 보는 것을 더 좋아한다는 사실을 알았다고 했다. 또 한번은 이런 말도 했다.

"사실, 이 안에는 나보다 더 재미있는 사람들이 50명이나 있을지도 모르네. 다만 그들은 카메라 앞에 서질 못할 뿐이네. 카메라 앞에 서려면 뭔가 다른 것이 필요하거든."

"그러니까 당신은 엄청난 자신을 가졌다는 말씀이로군요."

"맞네."

"자부심이 강하시군요?"

"자신이 있는 거지."

재키의 자신 있다는 말은 스포트라이트를 원하지만 재능이 없는 누군가에게는 상당히 중요한 의미를 가지고 있었다. 그는 말하길, 불이 들어오면 그때부터 자신의 세상이 된다고 했다. 그리고 나에게서도 그와 같은 자질을 보았다. 그는 내가 쇼를 이끌어가는 방식을 좋아했고, 나는 재키를 보면서 많은 것을 배웠다.

어느 날 밤의 일이었다. 우리는 그의 촬영이 끝난 후에 함께 저녁을 먹으러 나가기로 했고 나는 그가 촬영을 하는 동안 무대 밖에 서 있었다. 그런데 카메라가 노튼과 트릭시를 잡는 장면으로 바뀌는 사이에 그가 무대에서 내려와 내게로 왔다.

"라이문도에게 전화해서 촬영이 끝나자마자 밥 먹으러 가겠다고 말하게."

"15초 전입니다."

한 촬영 스태프가 그에게 알렸다.

"내가 좋아하는 식대로 게 요리를 준비해달라고 하게. 그 미네-."

"10초 전입니다!"

"그 미네스트로네(마카로니 및 야채 따위를 넣은 수프)랑 함께 말이야. 갓 구운 빵도 먹고 싶어 한다고 얘기해주게."

"이제 5초 전입니다."

"그리고 빵은 잘, 아주 잘 구워야 한다고 분명히 말해두게. 노튼!"

그는 그렇게 말한 뒤에 정확한 순간에 무대로 올라섰다. 나는 생각했다.

'우와, 정말로 능수능란한 사람이야.'

재키와 똑같이 나도 머릿속에 시계를 가지고 있다. 라디오 방송일을 하려면 그런 시계가 반드시 필요하다. 재키는 내게 그런 머릿속 시계의 제어 요령을 가르쳐주었다. 나는 누가 30초라고 얘기하면 시계를 보지 않고도 30초를 가늠할 줄 안다. 침착함을 잃지 않는 요령도 가르쳐주었다. 또한 그를 지켜보면서 얻은 자신감은, 내게 첫 TV쇼의 기회가 찾아왔을 때 톡톡히 성과를 나타냈다.

라디오에서 방송을 하던 사람이 TV로 진출했다가 실패하는 경우가 많은데, 그것은 그들이 TV라는 것을 너무 인식하기 때문이다. '맙소사, 내가 TV에 나오고 있어!' TV 방송이라고 해서 특별히 더 어려운 일이 아닌데, 그 사실을 잊어버린다. 그냥 테이블에 앉아서 질문을 하면 그만이고, 당신을 잡는 카메라가 있을 뿐이다.

당신이 웃기 시작하면 사람들은 그저 당신의 말에 귀 기울이는 대신에 당신의 웃는 모습을 볼 것이다. 언젠가 한번은, 라디오 스튜디오 안에서 어떤 사람이 옷을 벗고 알몸으로 바나나를 먹으며 앉아 있었다. 나는 그 사람을 보고 웃었지만 방송중일 때에는 그 사실을 잊어버렸다. 만일 그가 TV 방송중에 카메라 밖에서 알몸으로 앉아 바나나를 먹고 있었더라도 전혀 다르지 않았을 것이다. 라디오와 TV의 본질적인 차이는, 아무런 차이가 없다는 것이다.

그러나 나의 첫 TV쇼는 특이한 프로그램이었다. 매주 일요일 밤 12시에 10번 채널에서 방영되었는데 방송시간의 제한이 없었다. 이야기중이던 화제가 끝나면 그때가 바로 종영시간이었다. 그래서 현재 CNN에서 방송중인 나의 토크쇼에서는 듣지 못할 만한 질문을 던질 기회가 있었다. 지금 나는 사람들을 인터뷰할 때 대체로 15분이나 30분의 제약을 받는다. 그런 면에서 방송시간의 제한이 없는 그 첫 TV쇼의 틀은 내게 탐험의 기회를 안겨주었다. 가령, 2008년 올림픽에서 8관왕에 오른 마이클 펠프스Michael Phelps에게 다음과 같은 식의 질문을 던질 수도 있었다.

"언제부터 수영을 했나요? 처음부터 수영하는 것을 좋아했나요?

수영을 돈벌이 수단으로 생각했던 적은 없나요? 바다 속 수영에 대해서 어떻게 생각해요?"

이제 TV쇼에서는 이런 질문들을 절대 하지 않는다. 그런 한담을 나눌 시간이 있으면 다음과 같은 질문을 하나라도 더 물어야 하기 때문이다.

"오늘 승리했을 때 기분이 어땠나요?"

이라크 주둔 미군 사령관 페트레이스Petraeus 장군을 불러놓고 "증파작전은 어떻게 되고 있습니까?"라고 묻는 것과 "왜 군인이 되셨습니까? 군대 생활이 마음에 드십니까? 전략에 대해 어떻게 생각하십니까? 이라크인들은 전투원으로서 어떻습니까?"라고 묻는 것은 아주 다르다.

물론 시간만 있다면 나는 이런 질문들을 하고 싶다. 마이애미에서의 그 일요일 밤 쇼에서는 그런 즐거움이 있었다. 나는 나 자신을 호기심에 한껏 내맡겼다. 그러다 보면 때때로 쇼가 새벽 2시까지 이어졌고 3시에 끝날 때도 있었다. 우리는 청취자의 전화를 받기도 했으나 청취자와 직접한 전화 통화를 방송할 만한 기술을 갖추지는 못했었다. 그래서 사연과 질문들이 종이에 적혀 내게 건네지는 방식으로 진행되었다.

첫 방송에서의 토론 주제는 중국의 UN 가입을 허용해야 하느냐 마느냐에 대한 것이었다. 나는 서로 다른 견해를 가진 두 사람을 사이에 두고 테이블에 자리를 잡게 되었다. 그런데 그 배치는 큰 실수였고 큰 실책이었다. 하필 내가 회전의자에 앉아 있었던 탓에 맞은편 화자에게 몸을 돌릴 때마다 의자가 잘 멈추어지지 않아서 방송 내내 회전의자를 멈추느라 애를 먹었다. 그렇게 몸을 이리저리 돌리고 있는 것이 이상했고, 몸을 돌려대는 내 모습을 시청자들이 보고 있다고 생각하니 기분이 더 이상해졌다. 게다가 케네디와 닉슨의 대선 토론 당시에 TV의 힘을 깨달은 바가 있던 터라, 그것이 더욱 더 강하게 의식되었다.

나는 케네디와 닉슨의 대선 토론을 라디오로 들었다. 그때 나는 두 지성인이 기본적으로 의견의 일치를 보았다는 결론을 내렸었다. 그런데 내가 방송을 하기 위해 라디오 방송국에 나갔을 때 모두들 이렇게 말했다.

"와, 케네디의 완승이었어."

"뭐라고?"

"케네디가 닉슨을 완패시켰다고."

그들이 그런 식으로 생각하게 된 것은, TV에서 토론을 지켜본 까닭이었다. 닉슨은 얼굴을 찡그리고 있었던 탓에 어둡고 확신에 찬 표정이 아니었다. 반면에 케네디는 세련된 옷차림에 더 꼿꼿한 자세로 있었다. 말하자면 두 사람이 하는 말의 질과는 무관하게, 모든 것이 그들의 보여지는 모습과 관련되어 판단이 내려졌던 것이다. 그때 나는 시각매체로서의 TV의 영향력을 깨닫게 되었다.

그래서 나는 몸을 돌릴 때 실수하지 말아야겠다고 의식했다. 방송이 나간 후, 〈마이애미 해럴드〉는 다음과 같은 기사를 썼다.

"TV 토크쇼의 진행자가 점차 개성을 띠어가는 이 시대에, 새로운 특징의 인물이 나왔다. 회전의자에 앉아 진땀을 흘리는 진행자다."

라디오 방송국의 누군가는 이렇게 말했다.

"지금까지 봐왔던 쇼들과는 아주 다르던데. 그 회전의자를 그대로 놔두지 그러나?"

재키 글리슨은 그 방송을 본 후에 인터뷰 게스트로 출연했는데 제작진이 마련한 무대 장치가 불안했던 모양인지 나보다 먼저 방송국에 도착해 방송 총책임자의 사무실로 침입하다시피 들어가 의자를 가져왔고 다른 전등이 없느냐며 찾기도 했다. 나는 아직도 그가 무대에 서서 다음과 같이 지시했던 모습이 눈에 선하다.

"이봐, 그게 아니야. 이건 여기에 두고. 그것은 거기에다 놔두고. 이건 이쪽으로 옮겼으면 좋겠는데."

그는 조종실로 들어가 무대 조명을 미리 조절하기까지 했다. 그때 우리가 어찌해야 했을까? 그를 말려야 했을까? 그의 심미안은 예사롭지 않았다. 과연 현재 TV쇼에 게스트로 나와서 무대를 바꿀 수 있을 만한 사람이 있을까?

더욱이 그는 훌륭한 게스트기도 했다. 그는 생각이 깊었고 사색하는 철학가였으며, 삶과 죽음에 대해 호기심이 많았다. 스스로를 방랑하는 가톨릭교도라고 부르면서 천국에 들어가 아무 걱정 없이 살 수 있으리라는 생각과 그것에 도전하는 논리 사이에서 괴로워했다. 또한 종교 지도자들과 그들의 종교적 신조에 흥미를 가지고 있었다. 그는 불면증이 있어서 이런 문제에 대해 생각할 시간이 많았다. 그는 소설은 절대 읽지 않았고 논픽션만 보았다. 그와 같은 성향의 사람은 좋은 질문을 알아볼 줄 안다. 그리고 그것이 우리 두 사람의 우정에서 핵심으로 작용했을 것이다.

배우 겸 감독 겸 소설가인 피터 유스티노프Peter Ustinov는 언젠가 내게 말하길, 자신은 훌륭한 인터뷰들을 아주 좋아한다고 했다. 내가 그 이유를 묻자, 자신이 미처 생각해보지 못한 문제에 대해 생각해보게 해주기 때문이라고 답했다. 그러면서 훌륭한 인터뷰 진행자란 바로 그런 일을 하는 사람이라고 덧붙였다.

나의 인터뷰 스타일은 재키와 완벽하게 조화를 이루었고 그날 밤 방송은 무려 5시간 동안 진행되었다. 내가 또 다른 지방 채널에서 더 좋은 제안을 받고 자리를 옮겼을 때, 재키는 홍보를 해줌으로써 나를 도와주었다.

"여러분은 정말 운이 좋은 겁니다. 여러분은 이제 4번 채널에서 래리 킹을 만나보실 수 있습니다."

그러나 그가 나를 위해 해준 일 중 가장 최고는 내게 던진 간단한 질문이었다. 재키는 질문으로 게임하길 좋아했다. 어느 날 밤의 게임에서는 '자신이 일하고 있는 분야에서 불가능한 것은 무엇일까?' 였다. 그날 밤에 한 의사가 우리와 함께 했는데, 그가 먼저 말을 꺼냈다.

"아무리 의학계가 발전한다고 해도 실험실에서 혈액을 만들어내지는 못할 겁니다. 그건 정말 불가능한 일입니다. 천만 년 후의 미래로 갈 수 있다 하더라도 여전히 실험실에서 혈액을 만드는 것은 불가능한 일로 남아 있을 겁니다."

재키가 나를 보며 물었다.

"자네의 분야에서 불가능한 일은 뭔가?"

"글쎄요, 저는 매일 밤 9시에서 12시까지 지방의 라디오 방송을 하고 있는데, 프랭크 시나트라를 제 라디오 방송에 출연시켜 3시간 동안 인터뷰하는 것이야말로 불가능한 일이겠죠."

그때는 1964년이었다. 당시 세계에서 최고의 인기를 누리고 있었던 프랭크 시나트라는 절대로 인터뷰를 하지 않는 사람이었다. 내가 아는 한, 프랭크 시나트라는 〈뉴욕 타임스〉의 인터뷰 요청 전화도 거절할 줄 아는 단 한 명의 사람이었다. 재키는 내 말이 끝나자마자 말했다.

"프랭크는 다음 주에 퐁텐블로 호텔에서 공연할 예정이네. 공연이 없는 요일이 언제지?"

"월요일이에요. 월요일에는 공연이 없어요."

"그럼 됐네."

"무슨 말씀이세요?"

"월요일 밤에 자네 방송에 프랭크 시나트라가 출연하게 해주겠네."

"보세요, 다음 주 월요일 밤에 제 방송에 정말 프랭크 시나트라가 나온다면 좋아서 여기저기 떠들고 다니겠네요. 선전도 할 거고요."

"그럼 선전하게!"

나는 그를 믿고 그날 밤 라디오 방송중에 정말 그대로 말해버렸다.

"청취자 여러분, 다음 주 월요일 밤에 프랭크 시나트라가 출연해 3시간 동안 함께 할 예정입니다."

방송국 임원이 전화를 걸어 다시 확인했다.

"자네 그 말 농담이지?"

나는 임원이 그렇게 반응하는 이유를 잘 알았다. 당시 내 쇼에 프랭크 시나트라가 출연할 가능성은, 미국에서 인터뷰를 한번도 한 적이 없었던 블라디미르 푸틴Vladimir Putin의 경우와 비슷하기 때문이다.

지금 현재 쟁쟁한 앵커들인 바바라 월터스Barbara Walters, 케이티 쿠릭Katie Couric, 찰리 깁슨Charlie Gibson, 브라이언 윌리엄스Brian Williams, 다이앤 소여Diane Sawyer, 래리 킹이 인터뷰 요청을 했다가 거절을 당했다고 상상해봐라. 그러다 어느 날 저녁에 푸틴이 3시간 동안 지방의 라디오 방송에 출연하기로 했다면 어떻겠는가.

그러나 임원은 재키 글리슨이 생각하는 영향력의 의미를 알지 못했다. 그에게 영향력이란 다음과 같은 의미였다. '가지고 있다고 생각하면 정말 있을 것이고, 안 가지고 있다고 생각하면 갖지 못할 것이다. 또한 안 가지고 있다는 생각을 하면서 가지고 있다면, 그것은 여전히 가지지 못한 것이다.' 나는 임원에게 말했다.

"재키 글리슨이 출연시켜주겠다고 했습니다."

"알았네."

그는 그렇게 말했으나 반신반의하는 듯했다. 금요일 밤이 되었을 때, 임원이 전화를 걸어 방송국에서 〈마이애미 헤럴드〉 월요일 판에 광고를 크게 낼 생각이라고 말했다.

"전면 광고라 엄청난 비용이 들 걸세. 정말로 출연하는 게 확실한가? 방송 출연 사실을 확인하려고 퐁텐블로 호텔에 전화를 걸어 프랭크 시나트라 앞으로 메시지를 계속 남겼지만 도통 회신전화가 없네. 이젠 슬슬 걱정이 되어서 말이야."

"알겠습니다. 제가 재키에게 전화해보겠습니다."

나는 재키에게 전화를 걸었다.

"재키, 방송국에서 걱정을 하고 있어요."

"이보게, 나를 못 믿는 건가? 내가 출연할 거라고 말했으면 출연하는 거네!"

"알았어요, 재키. 미안해요."

결국 방송국은 광고를 내보냈고 드디어 월요일 밤이 왔다. 아무도 퇴근하는 사람이 없었다. 9시에서 5시까지가 근무시간인 비서들조차도 집에 가지 않고 방송국에 남아 기다리고 있었다. 어느덧 9시 5분 전이었다. 그러나 들어오는 차도 없었고 아무 일도 일어나지 않았다.

이제는 4분 전, 3분 전으로 접어들었다. 아무 일도 없었다. 나는 9시 5분이 되면 방송을 시작해야 했다. 그런데 정확히 9시 정각에 리무진 한 대가 들어오더니 그 안에서 프랭크 시나트라의 홍보 담당 짐 마호니가 나왔고 이어서 프랭크 시나트라가 모습을 보였다. 그는 계단을 올라와서 물었다.

"래리 킹이 누굽니까?"

나는 주뼛주뼛 손을 들었다.

"접니다."

"좋네, 시작하세!"

우리가 방송 부스 안으로 들어가려 할 때 홍보 담당자가 나를 한쪽으로 잡아당겼다.

"어떻게 섭외했는지는 모르겠지만 이것만은 알아두시오. 그는 이런 방송을 하지 않으려고 큰돈을 주면서 나를 데리고 있는 거요."

내가 부스 안으로 발을 디딜 때 홍보 담당자가 다시 나를 끌어당기며 경고했다.

"한 가지만 말하겠소. 아들 유괴에 관한 얘기는 묻지 마시오."

"알겠습니다. 그 이야기는 묻지 않겠습니다."

프랭크와 나는 부스 안으로 들어가서 자리에 앉았다. 이어서 불이 들어왔고 방송이 시작되었다. 최근 토크쇼 진행자들 대부분은 첫 인사말을 이렇게 시작하곤 한다.

"오늘 밤 모실 게스트는 제 오랜 친구인 프랭크 시나트라입니다. 다시 보게 되어 반갑군요, 친구."

이 말은 엉터리다. 나는 오래 전에 라디오 청취자들, 아니 어떠한 관중에게든 거짓말을 해서는 안 된다는 것을 터득했다. 내가 프랭크 시나트라를 친구라고 부르는 순간, 모든 청취자는 고개를 갸웃했을 것이다. '래리와 프랭크가 친구라고? 래리와 프랭크가? 말도 안 돼. 프랭크는 세계 최고의 인기인이고 래리는 고작 지방의 라디오 방송국에서 주급 120달러를 받고 일하는 친구인데. 어떻게 그런 그가 프랭크 시나트라를 알고 있지?' 라는 의문을 갖게 됐을 것이다. 나는 그와 아는 사이인 척하고 싶지 않았다. 그래서 정직하게 방송에 임했다. 나는 그를 소개하자마자 가장 먼저 청취자들이 궁금해할 질문을 던졌다.

"여기에는 어떻게 나오신 겁니까?"

그것은 좋은 질문이었다. 그는 내 방송에 나오게 된 것과 관련하여 분명 나에게 뭔가 할 얘기가 있었을 뿐 아니라 정직한 질문을 좋게 평가한 것 같았다.

"사실, 한 달쯤 전 마지막 밤 공연이 있기 직전에 후두염에 걸린 적이 있습니다. 노래는 고사하고 말도 할 수 없었죠. 팬들로 꽉 찬 상황에서 어떻게 해야 할지 난감했어요. 그래서 재키에게 전화를 걸어서 말했죠. '재키, 와서 공연 좀 해주게나.' 그 친구는 '알았네.' 라고 대답하고는 와서 공연을 해주었죠. 멋진 공연이었어요. 공연이 끝난 후에 그를 리무진까지 데려다주면서 몸을 바짝 대고 속삭였어요. '재키, 내가 자네에게 신세를 졌네. 언젠가는 이 신세를 갚을 날이 오겠지.' 그런데 퐁텐블로 호텔에 체크인을 했을 때 재키가 전화해달라는 메시지를 남겼더군요. 그래서 전화를 해 '재키, 프랭크네.' 라고 했더니 이렇게 말하지 뭡니까. '프랭크, 이제 자네가 신세를 갚을 차례네.'"

프랭크와 나는 정말 호흡이 잘 맞았다. 프랭크는 멋진 인터뷰 상대였다. 재즈의 여왕 엘라 피츠제럴드Ella Fitzgerald는 자신의 목소리의 원천이 어딘지 몰랐다. 루이 암스트롱Louie Armstrong도 그냥 연주할 뿐이라고 했다. 그러나 프랭크 시나트라는 자신의 음악적 원천이 어디에서 오는지 확실히 알고 있었다. 그가 했던 이야기가 생각난다.

"나는 하이페츠Heifetz의 바이올린 연주를 들으며 누워 있었네. 모르는 곡이었지. 클래식 음악을 잘 몰랐거든. 처음 듣는 멜로디였는데도 눈물이 흐르더군. 그때 혼자 중얼거렸지. '어떻게 저런 연주를 할 수 있을까?' 나는 토미 도시Tommy Dorsey의 트럼본 연주도 즐겨 보곤 했지. 그의 재킷 자락은 전혀 움직이지 않았어. 정말로 전혀 움직이지 않았어! 단지 멋진 호흡조절로 놀라운 선율을 만들어내고 있었던 거야. 나는 그걸 흉내 내보려 했어. '어떻게 하면 그 소릴 낼 수 있을까? 어떻게 해야 그 음악을 이해할 수 있을까? 어떻게 해야 사람들을 울게 만들 수 있을까?'"

프랭크는 자주 이런 생각들을 했다고 한다. 프랭크는 인터뷰를 하면서 점차 편안함을 느끼게 되었다. 사실, 인터뷰는 정직함을 지키며 있는 그대로의 자신의 모습을 보이는 것이 어떤 것인가에 대한 교훈이 되는 사례였다. 인터뷰 중간에 나는 그에게 물었다.

"프랭크, 당신과 언론 사이의 문제인데요. 그동안 언론이 당신에 대해 과장해서 기사를 다룬 겁니까? 아니면 당신이 부당한 비난을 받아온 겁니까?"

"글쎄요, 언론에서 과장해서 다루어온 면이 있는 것 같습니다. 하지만 내가 부당한 비난을 받은 면도 있어요. 가령 내 아들 유괴 사건의 경우에…."

그 순간 나는 홍보 담당자를 넘겨다보았는데 그는 기절이라도 할 것 같은 표정이었다. 프랭크는 아들 유괴 사건의 전말과 언론이 자신을 어떻게 다루었는지에 대해 털어놓았다! 왜 그랬을까? 그가 편안함을 느꼈기 때문이다. 수년이 흐른 뒤에, 그러니까 라디오 및 TV에서 그와 여러 번의 인터뷰를 한 후에 그에게서 편지 한 통을 받았는데 그 안에는 미소를 짓게 할 만한 글이 담겨 있었다.

"자네에게는 카메라가 앞에 있다는 것을 잊어버리게 만드는 묘한 재주가 있네."

나는 프랭크와의 첫 인터뷰 덕에 그와 아주 친해졌다. 3시간이 흘러 인터뷰가 끝난 후에 그는 말했다.

"이보게, 공연을 보고 싶은가?"

"물론이죠!"

"내일 밤에 오게. 앞좌석을 주겠네. 한 사람 더 데려오게."

이제 나는 시내에서 마음에 드는 여성에게 당당하게 데이트 신청을 할 수 있게 되었다.

"프랭크 시나트라의 공연을 같이 보러 갈래요? 바로 앞에서 볼 수 있는데!"

이런 말보다 더 달콤한 유혹도 없을 테니까.

다음 날 밤 나는 마음에 드는 예쁜 아가씨와 함께 공연을 보러 갔다. 우리는 무대 바로 앞에 앉아 멋진 만찬을 즐기며 프랭크 시나트라의 노래를 들었다. 정말로 대단했다. 하지만 더 대단한 일이 기다리고 있었다. 프랭크 시나트라는 공연을 할 때마다 공연 중간에 차를 마시며 관중에게 이야기를 했는데, 내가 앞으로 일어날 일을 까맣게 모르고 있던 그때 그가 차를 마시면서 불쑥 이렇게 말했다.

"오늘 밤 저는 여러분에게 어떤 젊은 친구를 소개할까 합니다. 그 전에 이 이야기부터 해야 되겠군요. 저는 재키 글리슨에게 신세를 진 적이 있었습니다. 며칠 전 신세를 갚으라는 재키의 메시지를 받았는데, 내용인즉슨 이 친구가 진행하는 라디오에 나가 인터뷰를 하고 오라는 것이었습니다. 원래 인터뷰를 잘 하지 않는 성격이라 당황스럽긴 했지만 후회는 없습니다. 그만큼 멋진 인터뷰였기 때문입니다. 앞으로 여러분은 이 친구 얘기를 자주 듣게 되실 겁니다. 자, 그럼, 그 멋진 인터뷰를 끌어준 진행자를 소개합니다. 래리 킹, 일어나요."

나는 디저트 타임에서 관심의 한가운데에 놓여졌다. 나는 체리쥬빌레(바닐라 아이스크림 위에 달콤한 체리소스를 얹은 디저트)를 먹고 있었다가 허둥지둥 일어나는 바람에 테이블에 부딪혔고 체리쥬빌레가 허공에 붕 떴다가 떨어지면서 내 흰 셔츠와 바지에 사방으로 튀었다.

숨을 곳만 있다면 숨고 싶었다. 새빨간 체리쥬빌레를 뒤집어쓴 내 모습이 어땠겠는가. 시나트라도 밴드도 관중도 같이 온 아가씨도 모두 웃음을 터뜨렸다. 정말로 당혹스러웠다. 그렇다고 그런 상황에서 내가 뭘 어떻게 할 수 있었겠는가? 나는 옷에 묻은 체리쥬빌레를 닦아내고 나머지 공연을 즐겁게 구경했다.

8

60년대를 추적하다

"대체 돈이 다 어디로 나간 거지?"

나는 마약을 하지 않았다. 술꾼도 아니었고 나이트클럽에 빠진 것도 아니었다. 단지 분수에 넘치게 살았다. 나는 시보레를 가져야 했고 링컨을 몰고 다녔다. 그것도 매년 새 링컨을 말이다. 여자들도 만나야 했고 경마장에도 다녔다. 결국 나는 더 많이 가질수록 더 많은 빚을 지게 되었다.

나의 진짜 문제는 금전개념이 없다는 것이었다. 나는 10만 달러를 빚지고 있는 처지면서도 누군가가 다급한 일로 전화해서 돈을 부탁하면 내 수중에 있는 돈을 탈탈 털어서 빌려주었다. 또한 거절의 말을 잘 못했다. 무책임한 생활 방식이었으나 그럭저럭 버텨나갈 수 있었던 까닭은 은행장들이 나의 팬이어서 신용조사 없이도 대출신청서에 사인을 해주었기 때문이다. 나는 재능 덕분에 궁지에서 벗어날 수 있었다.

한번은 방송국 책임자가 나를 불러 충고했다.

"래리, 가구점에서 전화가 왔네. 자네는 일은 아주 잘하는 사람이, 왜 가구점에 대금을 제대로 치르지 못하나?"

그럴 때면 나는 이렇게 대답했다.

"예, 앞으로 더 잘하겠습니다. 노력하겠습니다."

설령 진심으로 한 대답일지라도 나는 별 노력을 하지 않았다. 나는 자신을 돌아보며 '정신 차리고 이제부터는 변한 모습을 보여주는 거야' 라고 다짐한 적이 없었던 것 같다.

나는 어느 정도는 그런 위태위태한 생활 방식을 좋아했던 것 같다. 그러나 좀더 분별력이 있어야 했다. 나는 멍청이가 아니다. 왜 똑똑한 사람들이 멍청한 짓을 하는 걸까? 더욱이 왜 똑똑한 사람이 멍청한 실수를 반복하는 걸까? 제정신이 아니라서 그렇다. 즉 똑같은 행동을 반복하면서 다른 결과를 기대하기 때문이다. 예를 하나 들어볼까.

한 남자가 라스베이거스를 떠나고 있었다. 그는 많은 돈을 잃어 완전히 낙담에 빠진 채 지칠 대로 지친 상태였다. 그때 어떤 목소리가 그에게 말했다.

"라스베이거스로 돌아가."

그는 고개를 절레절레 흔들며 주유소로 들어가 기름을 넣었다. 그런데 또 다시 그 목소리가 불쑥 들려왔다.

"라스베이거스로 돌아가!"

그는 주유소 종업원을 보며 물었다.

"무슨 소리 못 들었어요?"

"못 들었는데요."

그는 그것이 하나님의 음성이라고 확신하고는 유턴을 해서 다시 라스베이거스로 차를 몰았다. 차가 스트립 구역에 들어서자 목소리가 또 다시 그에게 말했다.

"시저스 팰리스 호텔로 가."

그는 주차장에 차를 세워놓고 시저스 팰리스 호텔로 들어갔다. 목소리가 또 다시 말했다.

"룰렛 테이블로 가. 빨간색에 돈을 걸어!"

그는 환전원에게 가서 그가 가진 돈 전부인 수천만 달러를 수표로 써서 칩으로 바꾼 뒤 그것을 모두 빨간색에 걸었다. 룰렛이 돌아갔다. 검은색이 당첨되었다. 그러자 목소리가 말했다.

"제기랄!"

나는 도박 중독자는 아니었다. 블랙잭을 했었으나 나에게 나쁜 카드를 준 딜러에게 욕을 퍼부으려다 급히 멈춘 뒤로 그만두었다. 사실 그것은 딜러의 잘못이 아니었다. 그는 오히려 내가 이기길 원했다. 그래야 팁을 두둑이 받을 수 있으니 말이다. 그래서 나는 내 말을 알아듣지 못할 말들에게 고함을 치는 편이 훨씬 더 낫겠다고 생각했다. 경마장에 갔다가 당첨이 되긴 했으나 내가 걸었던 말이 다른 말에게 반칙을 범해 실격된 것을 알았을 때의 쓰라림은 아직도 잊지 못한다.

내 금전상태가 얼마나 나쁘든 간에 일단 방송이 시작되면 나의 모든 문제와 압박은 사라졌다. 나는 방송중일 때는 돈을 갚지 않아도 되었다. 나는 통제력이 생겼다. 활기차게 순간순간을 살았다. 그리고 60년대는 순간이 점점 더 급박하게 돌아가던 때여서 순간에 몰두하지 않을 수 없는 시대였다. 내 삶은 늘 '무조건 전진'이었다. 그러나 그런

나도 따라잡지 못할 만큼 60년대는 빠르게 흘러갔다. 다 지나고 난 이후에야 자신이 광란의 시기를 살고 있었음을 알게 되는 때가 있다.

60년대는 소용돌이 속에 있음이 그대로 느껴지던 시기였다. 날마다 눈을 뜨면 '또 무슨 새로운 일이 일어날까?' 라는 생각부터 들었다. 그리고 실제로 날마다 뭔가 다른 일이 생겨나곤 했다.

60년대는 미국 역사상 가장 놀라운 10년이었고, 그 놀라움은 존 케네디의 대통령 당선에서부터 시작됐다. 또한 정보부에서 쿠바의 핵무기를 발견하면서 흐루시초프 및 소련과 대결로 치달았을 때[3]에도 그러했는데, 그때 도로 위로 탱크가 지나갔던 모습도 기억난다. 뒤이어 케네디의 암살 사건이 터졌다.

그 외에도 베트남전, 마틴 루터 킹 목사의 '나에게는 꿈이 있습니다' 연설[4], 비틀즈, 말콤 X, 무하마드 알리, 냉전, 민권법[5], 여성해방운동, 이스라엘의 6일 전쟁(3차 중동전), 히피, 마약, 여성해방운동가들의 브래지어 불태우기 시위, 베트남전 반전운동, 마틴 루터 킹 목사의 암살, 존 F. 케네디의 동생 바비 케네디의 암살, 1968년 민주당 전당대회에서의 경찰의 폭력 진압[6], 올림픽 시상식에서 검은 장갑을 끼고 불끈 쥔 주먹으로 표시한 항의[7], 인종폭동, 이글호의 달 착륙 등이 일어났다.

당시에는 이 모든 사건을 다룰 24시간 뉴스 네트워트가 없었다. 그저 CBS, NBC, ABC 방송에 의존해야 했고, 베트남에서의 소식은 하루 늦게 들어오던 판국이었다. 따라서 당시의 모든 사건들은 전후 상황에 맞추어 이해될 필요가 있었는데, 마이애미에서는 그런 것을 들을 수 있는 최고의 장소가 내가 진행하던 라디오 및 TV 방송이었다.

나는 소용돌이의 중심에 있었다. 일단 프랭크 시나트라가 방송에 나오고 나니 누구든 섭외할 수가 있었다. 리처드 닉슨의 친구 베베 레보소는 내 프로그램의 왕팬이었고, 덕분에 닉슨도 마이애미 방문중에 출연했다. 또한 60년대의 주역들은 누구든 휴가중에 마이애미를 왔다 가곤 했으며, 마이애미를 찾은 이들은 모두 내 프로그램에 나왔다.

나는 강한 영향력을 갖게 되었을 뿐만 아니라, 내 삶이 다른 모든 이들과 개인적으로 얽혀 있는 듯 느껴졌다. 총탄의 위력 앞에서 케네디의 고개가 앞으로 푹 꺾이는 것을 봤을 때는 팜비치에서 그의 컨버터블 후미를 받았던 그 순간이 떠올랐다.

나는 점심을 먹으러 차를 몰고 가던 중에 라디오에서 대통령이 총에 맞았다는 뉴스를 들었다. 처음 뉴스를 듣는 순간 나는 부정했다. '아니야, 그럴 리 없어. 며칠 전에도 눈앞에서 봤는데.' 사실, 케네디는 일주일 전에 마이애미에서 열린 한 회의에 참석하여 연설을 했다. 그때 그는 세 번째 줄에 있던 나를 알아보고 윙크까지 했었다. 그러나 부정의 순간은 오래 이어지지 못했다. 나는 유턴을 한 뒤 차가 망가지든 말든 상관없이 자갈길 다리를 달려 라디오 방송국으로 되돌아갔다.

그 이후로 미국은 예전과 같지 않았다. 케네디는 20세기에 출생한 최초의 대통령이었다. 그는 우리에게 젊음과 가능성을 가져다주었다. 또한 60년대 말이면 우주선을 달에 착륙시키게 될 것이라고 단언했다. 그의 암살은 받아들이기에 너무도 끔찍한 일이었다. 한편 나에게는 닉슨이 암살 소식을 알게 된 과정도 잊지 못할 만한 일이었다.

1960년 대선에서 케네디에게 패했던 닉슨은 우연의 일치인지 모르겠으나, 댈러스가 대통령을 맞기 위해 준비중이던 1963년 11월 22일에 비행기로 그곳을 떠났다. 그는 민간항공기를 탔는데 그 당시에는 부통령조차 비밀 경호를 받지 않을 때였다. 철저한 경호가 시작된 것은 케네디의 암살 후였다. 닉슨이 탄 비행기가 이륙했을 때 그의 옆에 앉아 있던 사람이 그에게 말했다.

"2,000표만 더 얻었더라면 오늘 도착하는 사람이 당신이었을 텐데요."

"그런 생각은 해본 적이 없소."

그가 뉴욕에 도착해보니, 그를 맞이하기로 했던 차가 엉뚱한 터미널에서 대기하고 있었다. 그는 어쩔 수 없이 택시를 탔으나 택시는 길을 잘못 드는 통에 퀸스의 한 거리에 이르고 말았다. 그때 어떤 여인이 집에서 비명을 지르며 뛰쳐나왔다. 닉슨은 차 창문을 내리며 물었다.

"무슨 일입니까?"

여인은 그를 보고 기절해버렸고 닉슨은 그녀를 도와주려고 택시에서 내렸다. 뒤이어 여기저기에서 사람들이 달려 나왔고 닉슨은 케네디가 암살되었다는 사실을 그렇게 알게 되었다.

여파는 계속되었고 때로는 즉각적으로 이해될 수 없는 방식으로 나타나기도 했다. 나는 라디오 방송국으로 돌아와 케네디와 친분이 있는 사람들에게 전화를 걸기 시작했다. 그러던 중에 전 아일랜드 대사인 에드워드 그랜트 스톡데일Edward Grant Stockdale과도 통화를 하게 되었다. 그는 유명한 시인인 아내와 마이애미에서 살고 있었는데, 말도 하지 못할 정도로 슬픔에 잠겨 있었다. 전화선을 타고 한탄스럽고 괴로운 신음소리가 들려왔다. 내 말을 듣기나 하는지조차 알 수 없었다. 그런데 그는 나중에 시내에 있는 사무실 건물 창에서 뛰어내려 자살했다. 그때 그의 책상 위에는 표지에 케네디의 사진이 실린 〈라이프

Life〉만이 덩그러니 놓여 있었다.

나의 라디오와 TV쇼에서는 2주 동안 연속으로 케네디의 암살에 대한 이야기를 나누었다. 한번은 주 검사 딕 걸스타인과 대담을 나누었는데, 걸스타인은 케네디가 암살 일주일 전 내가 지켜봤던 그 연설을 하러 왔을 당시에 데이드 카운티에서의 경호 상황에 대해 이야기해주었다.

시간이 지날수록 케네디의 저격에 의문이 커지기 시작했다. 젊고 활기차고 매력적이고 정력적이고 부유한 남자를 어떤 풋내기 불량배가 쐈다니? 리 하비 오스왈드Lee Harvey Oswald가 저지르기에는 너무 엄청난 일이었다. 나는 JFK가 어떤 거대한 음모에 엮여 암살된 것이라고 확신하고 있던 뉴올리언스의 지방검사와 아는 사이였던 덕분에 나중에 그 모든 미스터리에 깊이 관여하게 되었다. 한편 그 지방검사와의 관계는 70년대 초에 내 삶을 거꾸로 뒤집어놓기도 했지만, 그 얘기는 다른 장에서 따로 얘기하겠다.

케네디의 암살은 그 뒤에 일어난 모든 일을 촉발시킨 듯했다. 지금 와서 돌이켜보면, 내가 그 모든 일을 얼마나 따라잡고 있었는지 잘 모르겠다. 60년대는 하루 종일 민권운동에 대해 훤히 꿰고 있어야 하는 것이 할 일이었다. 그런 민권운동 중 하나로 마틴 루터 킹 목사와 관련된 사건을 빼놓을 수 없다.

당시에 그는 탤러해시(플로리다주의 주도)에 있는 한 개인소유 모텔에서 인종적인 차별을 받았고 그 불평등을 깨기 위해 온힘을 쓰고 있었다. 사정은 이러했는데, 그는 그 모텔에 머무르기 위해 예약을 해두었으나, 막상 예약을 확인하기 위해 프런트에 다가서자 직원이 방이 없다며 몰아냈던 것이다. 당시 실정상 킹 박사가 직원에게 방을 달라고 무조건 우겼다간 감옥에 갇힐 수도 있었다. 마침 나는 플로리다주에서 그를 대변해줄 변호사와 아는 사이였고, 그 변호사는 나에게 같이 가지 않겠느냐고 물었다. 킹 박사가 다시 모텔로 들어갔을 때 나는 바로 그의 옆에 있었다. 모텔에는 방이 20개쯤 되는 것 같았다. 그는 프런트로 걸어가 직원에게 말했다.

"여기에 예약을 해두었다니까요."

"아니, 몇 번을 얘기해야 알아듣겠소. 우리는 흑인은 안 받아요."

킹 박사는 밖으로 나와 현관 입구의 계단에 앉았다. 때마침 경찰 순찰차가 다가오자 모텔 주인은 밖으로 나와 킹 박사에게 말했다.

"뭘 바라고 이러시오? 뭘 바라느냐고?"

킹 박사는 위를 올려다보며 말했다.

"나의 존엄성이오."

나는 놀라서 몸이 얼어붙었다.

편협함보다 나를 짜증나게 하는 것도 없다. 도대체 피부색을 따져야 할 일이 무엇이 있는가? 직업? 선거? 운동경기? 집? 이것들하고 피부색하고 무슨 상관인가? 나는 이해할 수가 없다. 내가 언젠가 〈마이애미 해럴드〉에 이런 마음을 글로 실었을 때, 어떤 사람이 그 글을 읽고 편집장에게 편지를 보내왔다. 그는 편지에다 "당신 딸이 흑인과 결혼하면 어떻게 할 거요?"라고 말했고, 나는 다음 칼럼에 그의 편지를 실으면서 이렇게 대꾸했다.

"딸에게 당신 같은 사람들을 조심하라고 말해야 할 것 같소."

그로부터 40년이 더 흘러 버락 오바마Barack Obama가 대선에서 승리한 지금조차 우리는 여전히 이와 같은 문제를 다루고 있다. 우리는 크게 진보했으나 아직도 갈 길이 멀다.

그러나 그 시절에는 400년 동안 부글부글 끓어오르던 긴장이 갑자기 표출되었다. 흑인해방 지도자 스토클리 카마이클Stokely Carmichael은 인종차별이 철폐중이던 때 학교에 다닐 때의 이야기를 들려준 적이 있었다. 한 경찰이 어떤 흑인 학생을 땅바닥으로 넘어뜨리고 군화발로 그 아이의 목을 누르고는 총을 꺼내며 소리를 질렀다고 했다.

"너, 저 학교에 들어가면 쏴버릴 줄 알아."

그는 그날 이후로 다시는 조용히 지내지 않았다고 덧붙였다.

나는 앨라배마주지사 조지 월리스George Wallace가 내 TV쇼에 나왔을 때 분을 꾹 눌러야 했다. 월리스는 앨라배마대학교의 정문에 서서 흑인 학생들이 들어가는 것을 막았던 장본인이었다. 그는 나와 인터뷰를 하기 위해 TV 방송국을 방문했을 때에도 방송국 안을 둘러본 후에 미소를 짓더니 점잔을 빼며 말했다.

"여긴 흑인이 없군."

일순 몰려드는 화 때문에 눈살이 저절로 찡그려졌고 사적인 감정이 실린 대답이 나왔다.

"이 방송국에는 흑인들이 있습니다. 지금은 점심을 먹으러 나간 겁니다."

나는 의견 차이가 큰 사람들과 인터뷰를 해야 할 때마다 언제나 내 감정을 배제하며 최선의 대답을 찾으려고 애써왔다. 그러나 월리스의 경우에는 논쟁적으로 나가게 되었다. 나는 그에게 CORE(인종평등회)라는 민권단체 지도자에게서 들은 이야기를 했다.

CORE의 지도자는 제2차 세계대전 중에 전원이 흑인으로 이루어진 군 분견대와 함께 텍사스주 갤버스턴에 주둔하고 있었다. 그러다 독일 잠수함이 문제가 발생해 수면으로 떠오른 때를 틈타 이 흑인 병사들은 독일의 승무원들을 포로로 잡았다. 그들은 포로를 이끌고 버몬트로 향하던 중에 식사를 하기 위해 한 식당에 멈춰섰는데 억울하게도 독일인 포로들은 안에서 음식을 먹었지만 흑인 병사들은 밖에서 먹을 수밖에 없었다. CORE의 지도자는 그 이야기를 해주면서 이렇게 덧붙였다. '어떻게 화가 나지 않을 수 있겠습니까!'

"주지사님, 그 사람에게 뭐라고 말씀해주시겠습니까?"

"나는 모든 사람과 이야기를 할 만큼 한가하지 않아요."

그는 여러 해가 지나서야 그 질문에 제대로 맞설 능력을 갖추었고, 그때는 입장을 바꾸었다.

존 하워드 그리핀John Howard Griffin을 인터뷰했던 일도 기억난다. 그는 남부에서 흑인으로 사는 것이 어떤 기분인지를 알기 위해 인위적으로 피부를 검게 만든 백인이었으며, 자신이 경험했던 부당함을 《나 같은 흑인Black Like Me》에 진솔하게 담았다. 나는 그에게 작가 제임스 볼드윈James Baldwin8과 전화연결을 해주었다. 그리핀은 볼드윈을 가엾게 여기며, 자신은 3개월이 지나면서부터 어서 빨리 검은 피부색이 제 색을 찾기를 바랐다고 말했다. 피부색이 원래대로 돌아오려면 1년이 걸리는데, 어떻게 남은 9개월 동안 그 피부색을 한 채로 살아갈지 막막한 지경이라면서 말이다.

"그래도 당신은 피부색이 바뀔 희망이라도 갖고 있지요. 제 피부색은 바뀌지 않습니다. 나는 평생을 이 피부색으로 살아가야 합니다."

볼드윈이 말했다. 이 말에 뭐라고 말하겠는가?

나는 그 감동적인 순간을 가진 후에 FBI 국장 J. 에드거 후버J. Edgar

Hoover와 우연히 만났다(나중에 가서야, 그가 조스 스톤 크랩에서 킹 박사를 염탐했었다는 것을 알게 되었다). 우리는 대화를 나누게 되었고 나는 처음으로 샌프란시스코로 여행을 떠날 계획이라는 말을 꺼냈다. 후버는 언제 떠나느냐고 물었다. 나는 언제쯤 떠날 것이며 몇 시 비행기로 샌프란시스코에 도착할 예정이라고 답해주었다.

놀라운 사실은 내가 샌프란시스코공항에 내렸을 때 FBI 요원이 나를 기다리고 있었다는 것이다. 그는 4일 동안 나를 샌프란시스코 여기저기로 안내해주었다. 여기에서 안내해줬다는 말은 말 그대로다. 그 요원은 내가 극장에서 나올 때도 차를 가지고 기다리고 있었다. 그는 최고의 레스토랑들도 모조리 꿰고 있었다. 나중에서야 나는 그것이 J. 에드거 후보의 대외홍보 요령이었다는 것을 알았다.

그런 경험을 한 후에 내 쇼에 나온 로스앤젤레스의 경찰국장 윌리엄 파커William Parker에게 FBI에 대해 물었다가 그만 맥 빠지고 말았다. 파커는 허튼 소리를 하지 않는 진지한 사람이었다. 현재 LA 시내에 있는 경찰국 건물은 그의 이름을 따서 불리고 있기도 하다. 경찰국장들은 내가 FBI에 대해 물으면 대체로 찬사를 늘어놓았다. 그런데 파커는 그렇지 않았다.

"J. 에드거 후버는 경찰이 아니에요. 그는 미국 최고의 홍보맨입니다. 저는 모든 LA 경찰관들에게 어떠한 조사에서든 모든 FBI 요원을 경계하게 시킵니다. 그들은 협잡꾼에 사기꾼들이에요."

그 방송 후에 두 명의 FBI 요원들이 방송국으로 찾아와 방송 테이프를 요구했다.

나는 어떤 날은 베트남전을 선전하는 장군들과 대담을 나누었고 또 어떤 날은 애비 호프만Abbie Hoffman을 인터뷰했다. 애비 호프만은 전쟁을 막으려는 시도로 집회를 열었던 인물이며, 그때 집회에 모인 5만 명의 사람들은 정신력을 이용해 국방부를 공중부양시키려고 했었다. 모세 다얀Moshe Dayan과 골다 메이어Golda Meir 같은 이스라엘의 지도자들이 모금 활동중에 내 쇼에 출연하기도 했다. 그런데 그 후에 나는 내 쇼에 이집트의 대표단을 초대했다가 유대인 청취자들로부터 거센 항의를 받았다. 이집트인의 관점은 고려할 가치도 없다는 듯한 항의였다.

마이애미에 살고 있던 사람들은 어딜 가든 내 모습을 보거나 내 목소리를 들었다. 1962년에 나는 그 지역 최대의 라디오 방송국인 WIOD로 옮겼고 나의 인터뷰는 평일 밤 9시에서 12시까지 방송되었다. 나는 지역 TV에서 정상에 올라서기도 했고 하여, 만 20주년을 맞은 ABC의 계열사인 채널 10을 떠나서 시장을 지배하고 있던 CBS의 계약사 채널 4로 들어갔다.

나는 매주 토요일과 일요일 저녁 6시와 11시에 인터뷰 꼭지를 배정받았다. 특히 일요일의 쇼는 시사 프로그램 〈60분60 Minutes〉 것과 같이 배정받았는데, 사실 〈60분〉은 처음에는 〈보난자Bonanza〉[9]에 맞서 화요일 밤에 방송하는 바람에 대실패를 했었다. 〈60분〉이 일요일 밤으로 방송시간이 옮겨진 배경 가운데는, 마이애미에서 그 시간대에 시청률이 잘 나왔던 이유도 있었다. 나는 〈마이애미 해럴드〉에 신문 칼럼을 잇따라 싣고 있었고 마이애미 전역의 행사에 나가 연설을 했다. 보수주의 운동의 창시자인 윌리엄 F. 버클리William F. Buckley가 마이애미를 방문했다가 이런 농담을 할 정도였다.

"당신을 벗어날 수가 없군요."

나는 내 재능과 영향력에 기대어 궁지에서 벗어나길 되풀이했다. 방송국 책임자는 나와 관계를 가진 여인의 남편으로부터 제기된 고소 문제로 나를 불러서 "래리, 일은 그렇게 잘하는 사람이 왜 이런 일들을 벌이나?"라고 말할 수도 있었다. 그러나 그가 무엇을 할 수 있었겠는가? 나는 Mr. 마이애미였다. 마이애미 돌핀스가 NFL(미식축구리그) 신규 가맹팀으로 창단되고 방송팀의 최초의 유색인 해설자가 중계를 썩 잘하지 못했을 때, 경영진이 청취자를 더 끌어 모으기 위해 누구에게로 관심을 돌렸겠는가?

래리 킹의 중계로 일요일 돌핀스 미식축구 경기를 즐기십시오!

나의 사회생활은 내 금전 상태만큼이나 통제되지 않았다. 토크쇼 사회자 데이비드 레터먼은 내가 6명의 여자들과 7번 결혼했다며 놀려댄 바 있는데, 사실 7명의 여자와 8번 결혼한 것을 그가 몰라서 한 말이었다. 나는 이것을 어떻게 설명해야 할지 모르겠다. 다만 내가 늘 신조로 삼아온 어떤 것을 말해줄 수 있을 뿐이다. 사람은 20대 때와 30대 때가 다르고 또 30대 때는 40대 때와 같지 않다. 그 뒤로도 계속 그렇다. 그런 식으로 세상사를 보면 평생 3번의 결혼은 오히려 건전한 쪽에 속할지도 모른다. 그러나 세상사를 어떻게 보든, 8번은 건전하지 못하다.

나는 플로리다주에서의 첫 번째 결혼에 대해서 누구에게도 말한 적이 없었다. 동생에게조차 말하지 않았다. 결혼식 파티도 하지 않았다. 나는 당시에 한창 젊은 나이였고 나보다 열 살 많은 아름다운 여인과 사랑에 빠졌는데 그 여인은 바로 서른네 살의 아네트였다. 그녀는 내게 좋은 조언자였다. 얼빠진 생각이지만, 우리가 만났을 때 그녀가 결혼한 몸이었다는 사실 때문에 나의 모험심은 더 자극되었던 것도 같다.

아네트에게는 3명의 아이가 있었다. 그녀의 결혼생활은 확실히 순조롭지 않았다. 결국 그녀는 이혼을 한 뒤에, 나 때문에 이혼했다며 자신과 결혼하자고 졸랐다. 그녀는 사람을 제어하는 능력이 뛰어났고 나는 거절의 말을 잘 못했다. 우리는 브로드 시청에서 결혼식을 올렸지만, 나는 아직 젊었고 진로가 막히는 것을 바라지 않아서 그녀와 같이 살지는 않았다. 결혼식 후에 그다지 많이 보지도 않았다. 내 기억으로는 두세 번 정도 봤던 것 같다. 당연한 결과겠지만 끝내 이혼 서류를 쓰게 되었다.

그 일로 나는 사람이 계획대로 사랑에 빠질 수는 없다는 교훈을 얻었다. "그래, 오늘이야. 나는 오늘 사랑에 빠질 거야."라고 쉽게 말할 수는 없다. 그리고 누군가를 만나서 사랑에 빠진다면 마음대로 벗어날 수도 없다. 사건들이 생겨 억지로 벗어나게 해줄 수는 있지만 스스로 벗어날 수는 없다. 사랑의 감정에 대해서는 지금껏 그 누구도 제대로 설명하지 못했다. 세익스피어도 시도에 그쳤을 뿐이다. 내게 이런 감정을 최선을 다해 묘사하라면 이렇게 말할 수 있을 따름이다. 사랑에 빠진다는 것은, 당신이 누군가를 만났을 때 그녀가 "6시에 전화할게요."라고 말하는 것이고 6시 5분이 되었는데도 그녀가 전화하지 않을 때 당신이 제정신을 잃게 되는 것이다.

알렌이 바로 그런 경우였다. 나는 펌퍼닉스에서 플레이보이 클럽의 버니걸을 주제로 토크쇼를 진행하던 중에 그녀를 만났다. 알렌은 사촌과 함께 왔었고 당시에는 버니걸이 되기에 너무 어렸다. 버니걸의 나이 조건이 스물한 살이었는데 그녀는 스무 살이었다. 그러나 그녀는 버니걸이 되고 싶어 했고 나는 그녀에게 바로 마음을 빼앗겼다.

굳이 비교해야 한다면, 그때의 경험은 다저스에 대한 감정으로밖에는 비교할 수 없다. 어떤 팀에 애착을 갖게 되면 그때부터 감정 건강은 다른 이들의 행동에 따라 좌우된다. 말하자면 다저스 선수들이 나를 아주 행복하게 만들 수도 있고, 아니면 아주 마음 아프게 만들 수도 있다는 얘기다. 그들은 그 사실을 알지도 못하는데 나 혼자 울고 웃는다. 순진한 아가씨도 "나중에 전화할게요."라는 말로 사람을 울리고 웃길 수 있다.

구애 단계는 간단하지가 않았다. 알렌은 나와 만났을 당시에 다섯 살짜리 아들이 있었다. 하지만 만나보니 걱정할 일이 아니었다. 앤디는 착한 아이였고 내가 썩 중요한 사람인 것처럼 느끼게 해줬다. 특히 입양이 공식화되던 날을 나는 잊지 못할 것이다. 판사가 앤디에게 새 이름이 마음에 드느냐고 물었을 때 앤디가 "예."라고 말하는 순간, 이제껏 느껴보지 못했던 뿌듯함이 밀려왔다.

갑작스럽게 나는 사람들에게 아이가 생겼다고 말하고 다녔다. 나는 언제나 나 자신이 좋은 아빠라고 생각해왔다. 반면 좋은 남편은 그다지 못 되었다. 나는 언제나 내 중심으로 치우쳐 있었으며 결혼을 했을 때조차 내 마음 한구석에서는 독신인 것처럼 생각했다. 게다가 이번에도 또 다시 〈오지와 해리엇Ozzie and Harriet〉[10]과 같은 결혼생활이 아니었다. 나는 어느 날 욕실에 들어갔다가 버니걸 복장이 걸려 있는 것을 보게 되었다.

플레이보이 클럽은 그 당시에 새로운 경험이었다. 성의 혁명이 진행되고 있었던 것이다. 알렌은 버니걸로 일하면서 팁으로만 내 수입의 세 배를 벌었다. 그녀는 목소리가 아주 낮은데다 말을 많이 하지 않았기 때문에 상당한 신비감을 자아냈다. 나는 충실한 면에서는 서툴렀는지 모르지만, 질투심은 강했다.

한번은 알렌이 집에 와서 어떤 남자이야기를 했다. 들어보니 그 남자는 날마다 점심을 먹으러 와서 그녀의 테이블에 앉았고 무엇을 먹든 팁으로 50달러를 주었다. 플레이보이 클럽의 버니걸들은 결혼반지를 끼지 못하게 되어 있어서 그는 그녀를 미혼으로 생각했다. 그는 수줍음이 많은 사람이었고 분명히 그녀에게 반한 것 같았다. 그녀는 어떻게 하고 싶은지에 대해 마음의 갈피를 잡지 못했다. 다음 날 나는 친구 두어 명과 함께 그곳에 가서 옆 테이블에 자리를 잡았다.

"이야, 저기 내 아내가 있네!"

나는 최대한 큰 소리로 외치며 이 남자의 마음을 찢어놓았다.

시간이 지나면서 사랑이라는 감정이 어떻게 될지는 아무도 모른다. 정말 어디로 가버리는 걸까? 알렌과 나는 이혼을 했다. 나는 서로 갈라선 후에 라디오 방송국에서 재즈공연을 했었던 남자를 소개시켜주었다. 그는 당시의 피리 부는 사나이 같은 사람으로 자유 연애주의와 그런 주의에 따라붙는 모든 것을 옹호했으며, 알렌을 아이오와주로 데려갔다. 그 일은 내 자존심에 타격을 주었고, 그에 대한 반동으로 방송국에서 일하는 여인과 결혼하게 되었다.

결혼생활은 오랫동안 순탄하지 않았고 지금까지도 그 여인은 자신의 이름이 밝혀지지 않길 바라고 있다. 나는 그녀의 바람을 존중할 생각이다. 그러나 말하기 힘들지만 꼭 해야 할 이야기가 있다. 사실 우리 사이에는 딸이 있었는데, 그 여인이 다른 남자와 사랑에 빠졌을 때 그 아이를 입양하게 해달라고 부탁했다. 나의 삶은 마이크 앞에서의 시간 외에는 통제를 벗어난 상태여서 나는 그 여인의 바람대로 해주었다. 그것이 옳은 일인 것 같았다. 알렌이 아이오와에서 돌아왔을 때, 불꽃같은 감정이 다시 돌아왔고 우리는 또 한번 결혼했다.

가끔씩 드는 생각이지만, 복잡하게 얽힌 관계, 서툰 금전관리, 그것으로부터 비롯되는 모든 스트레스가 방송을 더 잘하도록 만들어주지 않았을까? 그래서 더 투지로 불탔던 것은 아니었을까? 알 수 없는 노릇이다. 다만 이것만큼은 자신 있게 말할 수 있다. 마이크는 나의 성역이다. 나는 마이크를 속일 수 없고 마이크는 절대로 내 등을 치지 않을 것이다. 사람들은 나에게 돈을 달라고 전화할 수도 있었고, 결혼생활이 내 눈앞에서 파탄에 이를 수도 있었다. 바비 케네디와 마틴 루터 킹 목사가 눈 깜짝할 사이에 우리 모두를 떠날 수도 있었다. 그러나 마이크 앞에 서면 나는 통제 상태 속에 놓였다.

알렌과의 두 번째 결혼생활도 원만하지 못했다. 그러나 삶에는 음과 양이 있다. 때로는 어려운 시기 속에서 큰복이 터지기도 한다. 알렌이 임신을 했다. 1967년에 내가 북마이애미 종합병원으로 가기 위해 비스케인 대로를 달리고 있었을 때, WIOD에서 내가 들어본 것 중 최고의 두 문장이 뉴스 해설자에 의해 전해졌다.

"방금 들어온 소식입니다. 래리 킹이 3.26킬로그램의 건강한 딸을 얻었습니다."

그 행복은 이루 다 표현할 수가 없었다. 나는 병원 주차장에 차를 세우고 병실로 뛰어들어갔고 의사가 귀여운 여자 아이를 번쩍 안아 올려주었다. 우리는 아이에게 카이아라는 이름을 지어주었다. 알렌은 카임 포톡Chaim Potok의 《선택된 자들The Chosen》을 아주 좋아했고, 나의 외할머니 이름이 카이아이기도 했다. 카이아는 히브리어로 건배할 때 말하는 '인생을 위하여'와 발음이 비슷하기도 하다.

어렸을 때 아버지를 여읜 것이 언제나 마음에 그늘로 남아 있었기 때문에, 알렌과 두 번째 이혼을 한 후에도 나는 같이 살지는 않았지만 좋은 아버지로 살았다. 나는 아직도 디즈니월드 개장 때 카이아의 모습과 카이아의 오빠 앤디가 마이애미 돌핀스 경기중에 사이드라인에서 웃고 있던 모습을 머릿속에 간직하고 있다.

어쩌면 이것이 내가 세상을 보는 방식일지 모른다. 그러나 격동의 10년을 마무리하려 하니 문득 두 가지 추억이 더 떠오른다. 그것은 각각 웃음과 기대에 관련된 기억이다. 유대인으로 태어난 것과 관계가 있을 수도 있다. 아무리 어려운 시기라도 코미디는 언제나 살아남아 승리한다는 것을 보여주는 그런 기억이다.

나는 달 착륙이 이루어진 날 밤에 멜 브룩스Mel Brooks를 게스트로 맞고 있었다. 브룩스는 내가 만나본 사람 중에 가장 재미있는 사람일 것이다. 그의 코미디 앨범 〈2000살 먹은 노인2000 Year Old Man〉11에 견줄 만한 것은 없었다. 내가 그에게 말했다.

"자, 〈2000살 먹은 노인〉 식으로 가보지요. 이제 당신은 2000살 먹은 노인이에요. 그리고 오늘 밤, 드디어 성공적으로 달에 착륙했어요. 거기에 대해 어떻게 생각하시죠?"

"이제 나는 전 우주에서 달을 가장 좋아하네. 달이 최고야. 이제 나는 달을 숭배하고 달은 나의 친구이네."

"왜죠?"

"나는 400년 동안 내가 백내장이 있는 줄로 생각했거든. 어느 날 어빙이라는 친구가 '오늘 밤 달이 참 아름답지 않나요?' 라고 물었었지. 그때 내가 말했어. '뭐가?'"

또 다른 기억은 1970년 초에 돈 슐라Don Shula가 돌핀스의 감독으로 임명되었을 때의 일이다. 나는 환영 오찬식에서 사회를 맡게 되었는데, 그날 모든 선수들이 북적이는 사람들 속에 섞여 있었다. 함께 상단석에 앉아 있을 때 돈이 내게 말했다.

"누가 그리스Griese요?"

그는 쿼터백 밥 그리스가 누구인지 모르고 있었다. 나는 밥을 가리켜 알려줬고 돈은 밥을 올라오게 해달라고 했다. 그래서 나는 밥을 올라오게 했다.

"자네와 같이 공격에 대한 구상을 하고 싶네."

그때는 오프시즌이었고 연습이 시작되기까지는 아직 몇 달이 남아 있었다.

"좋아요. 다음 주에 어떠세요?"

"내일은 어떤가?"

나는 그때 알았다. 슐라가 뭔가 특별한 일을 낼 사람임을. 결국 그는 돌핀스를 14전 전승으로 NFL 사상 최초의 '퍼펙트 시즌' 달성 팀으로 키워냈다. 이 기록은 37년이 지난 후에도 여전히 스포츠계에서 회자되는 이야기며, 당시 마이애미에 살았던 사람이라면 누구에게나 달 착륙만큼이나 잊을 수 없는 기억으로 남았을 것이다. 그러나 나는 그 자리에서 소외자였다. '내가 도대체 왜 여기에 있는 거지?' 라는 생각을 했던 때는 내 평생 그때가 유일했다.

또 다른 관점

마티 자이거

나는 곧잘 농담 삼아 이렇게 말한다.

"형, 조지 워싱턴이 이 나라의 아버지 같은 존재라는 건 잘 알지? 형은 이 나라의 남편 같은 사람이야."

형은 그 말에 민감하게 반응한다. 사실, 형은 아주 보수적이다. 여자들과 동거하는 것을 부정적으로 보아 결혼을 하면 했지 동거는 하지 않았다. 따라서 여러 번 결혼을 하게 된 것은, 어느 정도는 보수적 사고에 결기와 불안이 결합되면서 빚어진 상황일지도 모른다. 돌다리도 두드려보고 건너라는 말이 있는데 형은 그러지 못했다. 다른 사람들은 그저 지켜볼 뿐 아무것도 할 수 없었다. 나중에 가서야 '어떻게 된 거야?' 라고 말하게 되는 상황이었다.

니고시에이터 허비 코헨

솔직히 나는 그의 모든 결혼들에 대해 그다지 놀라지 않았다. 왠지 궁금한가. 우선 마이애미는 당시에 광란의 도시였다. 프랭크 시나트라가 있었고 재키 글리슨이 있었다. 그런 문화에서는 여자들을 만나 관계를 갖는 것이 용인되었다.

또한 래리는 사랑에 빠지는 것과 사랑에 빠지는 사람이다. 래리는 누군가를 사랑하면 대다수의 사람들이 그러는 것처럼 그녀와 잠자리를 갖지 않고 그녀와 결혼했다. 이상하게 들릴지 모르겠으나, 래리가 그렇게 많은 결혼을 한 것은 그의 보수주의 성향 때문이었다. 엘리자베스 테일러가 그러하듯이 말이다. 다만 정도를 따지자면 내 생각에 래리가 엘리자베스 테일러를 초월할 것이다.

앤디 킹(아들)

우리 아빠에 대해 이것만큼은 꼭 알아주어야 한다. 사실, 아빠의 삶은 엄청난 선택을 누리도록 해주었다. 그런 아빠 밑에서 자라는 것은 환상의 나라에 와 있는 느낌이었다. 내가 어떤 환상을 품든 실현이 되곤 했다.

"조 나마스Joe Namath를 만나고 싶다고 했지? 그와 저녁을 먹기로 했다."

나는 무하마드 알리를 보러 5번가 체육관에 찾아가곤 했고 그러면 그는 내 머리에 잽을 날리며 같이 장난을 쳤다. 그것도 그가 아빠의 친구여서 가능한 일이었다. 아빠는 자주 내게 물었다.

"커서 뭐가 되고 싶니?"

내가 어떠한 대답을 하든 아빠는 그 분야의 전문가와 이야기할 수 있게 자리를 마련해주었다. 한번은 아빠가 항공업에 종사하는 누군가와 인터뷰를 하다가 그쪽에서 아빠에게 무료 조종훈련을 해주겠다는 제안을 받은 적이 있었다. 아빠는 웃으며 거절했다.

"고맙지만 사양하겠습니다. 하지만 우리 아들은 좋아할 것 같은데요."

그 뒤의 일은 이미 짐작하겠지만, 덕분에 나는 비행자격증을 땄다. 그 밖에도 아주 많은 선택을 선사받았다. '부족할 것 없는' 삶이었다. 나는 아빠의 모든 결혼식에 다 갔었던 것 같다. 내 기억으로는 정말 모든 결혼식에 참석했었다. 적어도 내가 아는 한은 말이다. 아빠는 언제나 순간을 사는 사람이다. 그래서 나는 아빠에게는 딱 맞는 '짝'이 없다는 생각을 일찍부터 했던 것 같다. 아빠는 누군가 새로운 사람을 만나면 내게 묻곤 했다.

"네가 보기에 어떠니?"

내 대답은 언제나 이랬다.

"그분 때문에 행복하세요?"

아빠는 그 순간에는 정말 행복했기 때문에 "그럼."이라고 말했다. 그러면 나는 이렇게 말했다.

"그럼 행복하셔야죠."

마티 자이거

모든 사람들이 자신의 경험에 비추어 래리를 바라본다. 영화 〈라쇼몽 Rashomon〉12과 같은 식이다. 같은 장면이라도 보는 관점에 따라 아주 다르게 해석되기 마련이다.

알렌은 정말 아름다웠었다. 나는 형과 알렌의 두 번째 결혼식에 신랑 들러리로 섰다. 그날의 결혼식을 회상하면 신랑 신부의 웃음이 떠오른다. 모든 결혼식에는 마땅히 행복이 느껴져야 하지만, 그날 결혼식에서의 웃음은 어쩐지 경박함이 묻어 있었다. 나는 그 결혼이 오래 가지 못할 것 같다고 예감했다.

형을 잘 알기 때문에 한마디 덧붙이자면, 그날의 결혼으로 세상에 나오게 된 아이를 포기하는 일이 형에게는 크나큰 고통이었을 것이다.

카이아 킹(딸)

아빠는 초반기에 날카로운 인터뷰어로 알려졌었다. 사회가 변해서 이제는 그런 날카로움을 예전만큼 중요시하지 않는다. 이제 토크쇼는 빠르게 진행되어야 한다. 화면 하단에 요점이 표시되고 패널도 나온다. 그러나 아빠의 재능은 일 대 일 인터뷰를 하면서 감추어져 있던 이면을 알아내는 데 있다. 아빠는 그런 방면에서 정말 뛰어나다. 위협감을 주지 않으면서 다른 사람들의 깊은 내면을 파고들 수 있다. 하지만 정작 아빠 스스로의 내면에 대해서는 들여다본 적이 없다.

나는 아빠가 맺은 그 많은 관계들의 본질을 안다고는 감히 말하지 않겠다. 나는 결혼에 대해 왈가왈부할 만큼 잘 알지 못한다. 그러나 한 가지는 안다. 위험을 무릅쓰고 누군가를 사랑한다면, 그것은 상처받기 쉽고 무방비 상태에 놓이게 된다는 것을. 그래서 나는 아빠의 경험들 모두가 아주 어린 나이에 할아버지를 여읜 그 옛 시절과 닿아 있다고 생각한다. 말하자면 아빠가 겪어온 경험은 자신의 마음을 보호하기 위해 달아나는 방법의 하나였다고 볼 수 있다.

9

곤경

나는 머그샷(경찰이 촬영한 범인 얼굴 사진)에 찍힌 적이 있다. 머그샷은 때때로 '체포된 유명인들의 사진'이라는 헤드라인을 달고 타블로이드판 신문(대중지)에 실리기도 한다. 시나트라의 사진과 나란히 실린 적도 있다. 사실, 지금까지 많은 유명인들이 체포를 당해왔다.

나는 그 사진이 썩 자랑스럽지는 않다. 경찰은 그 사진을 찍으면서 나를 범죄자처럼 취급하지 않았다. 그들은 모두 나를 알았고 아주 친절하게 대해주었다. 나는 시키는 대로 지문을 찍고 사진을 찍은 후에 10분도 안 되어 보석금을 내고 풀려났다.

그 순간을 돌아볼 때면 어떻게 그런 일이 벌어졌는지 믿기 어렵다. 맙소사, 나는 과분한 수준의 결탁 관계에 엮여 있었다. JFK의 암살, 대부호, 지방검사, 주 검사, 갈색 봉투 속의 100달러 지폐 무더기 그리고 브루클린 출신의 보잘 것 없는 래리 자이거가 서로 엮여 있다니! 도대체 내가 어떻게 거기에 엮이게 되었을까?

결국 나는 희생양으로 밝혀졌지만 그렇게 밝혀지기까지는 오랜 시간이 걸렸다. 나는 수년 동안 빚 돌려막기 게임을 해왔고 어느 시점에서는 막다른 상황에 놓이게 되었다. 그러면서도 체포될 상황을 염두에 두지 않았다. 어쨌든 일의 내막은 이러했다.

루이스 울프슨이라는 남자가 있었는데 그는 나의 라디오와 TV 토크쇼를 즐겨 시청하는 팬 중에 한 명이었다. 루이스는 저명한 금융가로서 잭슨빌에서 성장했으나 나중에는 마이애미에서 살았다. 그의 가족은 대대로 진보적인 민주당 지지자들이었고, 그는 조지아대학교 재학 시절에 미식축구 선수로 뛰었다. 루이스는 80년대에 악명을 떨친 기업인수와 유사한 일을 벌이면서 60년대에 '대침략자'로 유명해졌다. 그리고 종국에는 그 가치가 2억 5,000만 달러 이상에 달하는 것으로 알려진 상업제국을 세웠고, 3관왕의 기록을 달성한 경주마 어펌드를 그의 손에 넣기 직전에 있었다. 그는 심지어 경마장 처칠 다운즈까지 사들이려 했다.

60년대에는 플로리다에 사는 사람치고 루이스 울프슨을 모르는 사람이 없었다. 어느 날 나는 하이얼리어(마이애미 부근의 도시로 경마장으로 유명함)에 갔다. 돈을 걸기 위해 걸어가고 있을 때 개인전용석에서 누군가가 내 이름을 불렀다. 루이스 울프슨이었다. 루이스 울프슨이 내 이름을 부르고 있었다.

루이스는 내 토크쇼를 아주 좋아한다고 말했고 우리는 다음 주에 함께 저녁을 먹기로 했다. 당시 1966년에 그는 연방 당국으로부터 주식시장 조작 혐의를 받고 있었다. 그러나 내가 뭘 알았겠는가?

그 첫 번째 저녁식사로 복잡하게 얽히는 교우관계가 싹텄다. 루이스는 나보다 한 세대 더 나이가 많았고 같이 있으면 아버지처럼 느껴졌다. 그리고 내가 파산 직전에 있다고 말하자 진심으로 도와주고 싶어 했다. 그는 내가 돈을 더 많이 벌 수 있도록 신디케이션 프로그램(외부의 독립사가 제작, 배급하는 프로그램) 방식의 인터뷰 프로그램에 자금을 대주겠다고 제안하기도 했다. 우리 사이의 싹튼 우정은 루이스에게도 이득이 있었다. 루이스는 미국에서 미디어만큼 유력한 것은 없다고 믿었다.

"내가 전세계의 돈을 모두 가질 수는 있어도 미디어에 접근할 인맥은 없네. 자네는 그 인맥을 가지고 있어."

나는 나중에 가서야 그가 나와의 관계에서 보았던 힘을 이해하게 되었다. 지금부터는 루이스가 어떤 사람인가를 보여주는 사례를 이야기하겠다.

루이스는 내가 소비자 운동가 랄프 네이더Ralph Nader와 인터뷰를 나누었다는 얘기를 듣게 되었다. 당시 네이더는 자동차 회사들을 상대로 안전하지 않은 차를 만들고 있다고 고소하면서 이름을 떨치고 있었다. 제너럴 모터스는 네이더의 평판을 떨어뜨리려고 사설탐정을 고용하기도 했다. 그러나 네이더는 소송에서 이겼고 그 과정에서 교통법규까지 바꾸어놓았다. 현재 우리가 안전벨트를 매는 것도 다 랄프 네이더 때문이다.

루이스는 네이더에게 2만 5,000달러짜리 수표를 써서 다음과 같은 내용을 적은 메모지와 함께 보냈다.

"내 친구 래리 킹에게 당신이 대단한 사람이라고 들었소. 네이더 특공대(네이더를 지지하는 청년모임)를 지원하고 싶소."

일주일 후, 루이스는 내게 전화를 걸어 네이더가 수표를 되돌려 보냈다고 말했다. 랄프 네이더는 메모도 함께 보냈는데 그 메모에는 15

달러가 넘는 기부금은 받지 않는다고 적혀 있었다. 식당 급사장에게 팁을 주어 원하는 테이블을 얻는 세상에 살던 루이스로서는, 선물이나 호의를 받지 않으려는 누군가를 만난 것이 놀라울 따름이었다.

우리의 우정은 함께 저녁을 먹고 여행을 다니면서 자연스럽게 더 깊어져갔다. 루이스는 이따금 인맥을 위해 전화를 걸었고, 나는 훌륭한 목적을 위해 돈이 필요한 친구들과 지인들을 루이스에게 소개시켜 주었다.

"얼마나 필요하십니까?"

루이스는 수표장으로 손을 뻗으며 이렇게 말하곤 했다. 우리 관계가 더 돈독해지면서 루이스는 내가 빚을 막을 수 있도록 돈을 빌려주기도 했다. 문제의 발단은, 내가 뉴올리언스의 지방검사 짐 개리슨과 나눈 인터뷰를 보고 루이스가 흥미를 보인 이후부터였다.

짐 개리슨은 존 F. 케네디의 암살이 리 하비 오스왈드의 단독 범행이 아니라고 생각했다. 그러면서 뉴올리언스에 기반을 둔 거대한 음모가 있다고 믿었다. 그는 지방검사로서 대중에게는 알려지지 않은 많은 사실들을 수집해오면서 그러한 결론에 이르렀다. 그가 주장한 이론은 복잡하게 얽혀 있어서 여기에서 다 얘기하려면 적어도 3시간은 필요할 터이다. 차라리 영화 〈JFK〉를 빌려보는 편이 더 쉬울지도 모른다. 올리버 스톤Oliver Stone 감독의 이 영화에는 짐 개리슨의 신념이 그대로 반영되어 있다.

케네디의 암살은 60년대의 최대 사건이었다. 그것은 충격적인 사건이었을 뿐만 아니라, 아직 종결되지 않은 사건이었다. 풀리지 않은 미스터리로 남아 있었다. 모든 사람들이 1963년 11월 22일에 정말로 무슨 일이 일어난 것인지 알고 싶어 했다. 나는 오스왈드를 체포했던 경찰관과 인터뷰를 했다. 인터뷰에서 오스왈드가 그에게 뭐든 한 말이 없느냐고 묻자, 그는 오스왈드가 "나는 희생양이야."라는 말을 했다고 답했다. 말하자면 자신이 죄를 뒤집어썼다는 것이다.

워렌위원회[13]가 보고서를 발표하여 리 하비 오스왈드의 단독범행이라고 밝혔을 때 국민 대부분은 그 발표를 믿지 않았다. 이와 관련하여 나는 워렌위원회의 일원이었던 제럴드 포드Gerald Ford와 인터뷰를 한 적이 있다. 대중이 진실에 목말라하고 있었기 때문에 암살과 관련하여 뭐든 새롭게 할 말이 있는 사람은 누구든 토크쇼의 중요한 게스트가 되었다.

아내 넬리Nellie와 함께 대통령 부부가 탄 컨버터블 앞자리에 앉아 있었던 존 코넬리John Connally도 내 토크쇼에 나왔다. 그는 자신이 맞은 총탄소리도 듣지 못했다고 말하면서, 그런 탓에 몇 발의 총탄이 발사되었는지에 대해 아내와 의견이 엇갈릴 수밖에 없었다고 했다. 그때 코넬리가 보여준 손목의 상처가 아직도 기억난다. 뿐만 아니라 비명 소리가 터지기 전에 넬리가 대중 속에서 대통령에게 했다는 마지막 말 역시 아직 기억하고 있다.

"대통령 각하, 달라스가 당신을 사랑하지 않는다니 당치도 않아요."

민주당과 강한 유대를 가지고 있던 루이스가 짐 개리슨의 말에 흥미를 보이는 것은 당연했다. 루이스는 그 토크쇼가 끝난 후에 내게 전화를 걸어 짐과 저녁을 먹을 수 있게 자리를 마련할 수 있느냐고 물었다. 또한 내 친구인 마이애미의 주 검사 딕 걸스타인도 데려와달라고 부탁했다. 딕 걸스타인은 짐 개리슨과 아주 유사한 일을 맡고 있었다. 루이스는 법적 사고를 하는 딕 걸스타인과 같은 사람이라면 짐 개리슨의 이론에서 허점을 발견할 수 있을지 모른다고 생각했다.

우리, 그러니까 루이스와 두 명의 검사들 그리고 나는 마이애미비치에 있는 스테이크 집으로 갔다. 짐은 자신의 주장을 이야기했다. 루이스는 에피타이저에서부터 디저트가 나올 때까지 계속 그에게 질문을 했다. 딕과 나는 앉아서 듣고 있었다. 저녁을 다 먹었을 즈음, 루이스는 딕을 보며 말했다.

"저 양반의 말을 믿습니까?"

"글쎄요, 증거가 없어서요. 그러나 짐이 아주 존경스럽습니다. 지금까지 들은 말 외에도 더 많이 알고 싶습니다."

우리는 짐의 호텔 방에 가서 그가 사람들을 탐문하면서 녹음한 테이프를 들었다. 그때 그 방에서의 등골이 오싹해졌던 분위기는 말로 표현하기 힘들 정도였다. 테이프를 들으면 들을수록 궁금증이 더해만 갔다. 그런데 짐은 루이지애나주에서 조사를 계속할 자금을 대주지 않으려고 해서 난관에 처해 있었다. 알다시피 총격이 일어난 곳은 텍사스주였다. 짐은 루이지애나주의 뉴올리언스 시민의 세금을 받으며 일하고 있었다.

"제가 이 일에 너무 매달려 있다고 생각하는 사람들이 많습니다. 그들은 제가 더 조사하는 것을 바라지 않습니다. 지금까지 제 힘이 닿는 한 최선을 다했지만 계속하려면 돈이 더 필요합니다."

"얼마나 필요합니까?"

루이스가 물었다.

"2만 5,000달러 정도입니다."

루이스가 그 자리에서 바로 수표장을 꺼내서 짐에게 2만 5,000달러짜리 수표를 써주었다면, 내 머그샷이 타블로이드판에 실릴 일은 없었을 것이다. 그랬다면 전적으로 합법적인 일이 되었을 것이다. 그러나 루이스는 짐에게 다른 방법으로 돈을 주려고 했다. 그는 2만 5,000달러를 다섯 차례로 나누어서 나와 딕을 통해 현금으로 전하고 싶어 했다. 나와 딕을 거쳐 짐에게 현금을 전해주자는 생각은 현재의 관점에서 보면 미친 짓 같지만, 당시에는 그렇지가 않았다. 짐의 주장에 따르면, JFK 암살 음모를 아는 사람들이 시체로 발견되고 있었기 때문이다. 추적의 실마리가 될 만한 것을 남기지 않으려면 그 방법이 최선인 것처럼 보였다.

나는 조사에 대한 짐의 열정에 반해 두 번 생각할 것도 없이 돕기로 했다. 딕도 마찬가지였다. 우리는 뭔가 엄청난 일에 관여하는 듯한 기분이 들었다. 게다가 병참학적으로도 잘 들어맞았다. 딕과 짐이 같은 장소에 있게 될 예정의 시기들이 있었고, 그래서 그 계획이 전혀 무리한 일인 것 같지 않았다.

짐의 말 한마디 한마디를 들을 때마다 그의 음모이론이 더욱 섬뜩하게 느껴졌다. 짐을 공항에 태워다준 그때를 나는 절대로 잊지 못할 것이다. 그는 차에서 내린 후 다시 차 안으로 몸을 숙이며 말했다.

“앞으로 1년 내에 그들이 로버트 케네디도 죽일 겁니다.”

그는 그 말을 남기고 멀어져갔다.

루이스는 나에게 100달러짜리 지폐로 5,000달러가 든 갈색 봉투를 주었다. 나는 그것을 딕에게 건넸고 그는 그것을 짐에게 전해주었다. 두 번짼가 세 번째인가는 잘 기억나지 않지만, 언젠가 한번은 내가 돈을 받은 후에 딕에게 연락을 하지 않았었다. 그때는 세금 납부가 체납되어 있던 시기였다. 그래서 나는 루이스에게 전화를 걸어 그 돈으로 세금을 내도 괜찮겠느냐고 물었다. 곧 들어올 돈이 있었던 터라 루이스에게 돈이 들어오는 대로 5,000달러를 딕에게 주겠다고 말했고, 루이스는 그러라고 대답했다.

그 뒤로 오래 지나지 않아 루이스는 무기명주식을 판 혐의로 유죄 판결을 받았다. 이것은 아주 복잡한 사건이었다. 루이스는 변호사들에게 감옥에 들어가지 않을 방법을 구상하게 하는 일만으로는 부족하다는 것을 깨닫기 시작했다. 그리하여 그의 비서를 시켜 연방 대법원 판사 에이브 포타스에게 전화를 걸게 하였고 그때 나도 그와 함께 있었다.

포타스는 1948년에 린든 존슨Lyndon Johnson이 민주당 텍사스주 예비선거에서 근소한 표차로 승리한 것에 대한 이의를 제기했을 때 존슨을 대변해준 바 있었다. 결국 존슨은 포타스 덕분에 상원 의석을 얻었고 포타스는 그의 가장 신망받는 고문이 되었다. 수년이 지나 대통령이 되었을 때 존슨은 포타스를 연방대법원장에 임명하고 싶어 했다.

그러나 포타스는 연방대법원장이 될 수 없었다. 포타스는 유대인이었는데, 그 시절에는 연방대법원에 유대인이 두 명이 있을 수 없었다. 그 후로 바뀌긴 했으나 당시에는 그것이 불문율이었다. 그래서 존슨이 어떻게 했는지 아는가? 그는 아서 골드버그Arthur Goldberg에게 법원을 떠나라고 부탁했다. 대신 UN대사로 임명해주기로 약속했다. 단지 포타스를 연방대법원에 넣기 위해서 말이다. 연방대법관은 종신직이었기 때문에 골드버그는 굳이 떠날 필요가 없었다. 그러나 존슨은 그가 꼭 UN대사직을 맡아주어야 한다며 회유했다. 물론, 허튼 소리였다. UN대사로 임명할 만한 사람은 그 말고도 100명이나 더 있었으니까. 골드버그는 단지 존슨이 포타스를 연방대법원에 넣을 수 있게 해주려고 자신의 자리를 포기한 셈이었다.

루이스는 자신의 재단을 통해 포타스에게 2,000달러 상당의 수표들을 보내고 있었다. 포타스가 어떤 유대인 단체에 나가 자주 연설을 했는데 루이스가 그 비용을 지불해주곤 했던 것이다. 여기에는 불법적인 것이 전혀 없었다. 이러한 내력이 있었던 까닭에 포타스는 지체 없이 루이스의 전화에 회신전화를 주었다.

전화통화는 길지 않았고 그의 얼굴 표정이 말해주었듯 루이스는 원하던 응답을 얻었다. 루이스는 전화를 끊고 나서 다음의 두 마디 말을 했는데 아주 무정하게 들렸다.

"이런 게 우정이지."

루이스의 선고확정일은 다가오고 있었고 나는 이제 그에게는 마지막 선택밖에 남지 않았다고 추측했다. 바로 나였다.

당시는 리처드 닉슨이 막 1968년 대선에서 승리를 거둔 때였다. 나는 수년 동안 닉슨을 여러 차례 인터뷰했을 뿐더러 그의 친구인 베베 레보소와 아는 사이였다. 베베는 마이애미의 키 비스케인에 있는 닉슨의 별장에서 당선 축하 조찬을 마련하여 20여 명의 사람들을 초대했다. 초대 손님 명단에는 나도 들어 있었다. 닉슨은 조찬에서 우리들 모두와 잠깐씩의 개인적인 시간을 가졌다. 그는 내게로 다가와 이렇게 말했다.

"래리, 사실 우리 두 사람은 항상 의견이 일치하지 않았는데도 자네는 토크쇼에서 나를 언제나 공정하게 대우해주었지. 이 기회에 내게 부탁할 일이 있으면 말해보게."

말을 꺼내기에 이보다 더 좋을 수 있을까?

"대통령 각하, 저기, 부탁드릴 일이 있긴 합니다."

나는 루이스와 내가 친구 사이라고 운을 떼었다. 닉슨은 몸짓으로 루이스가 누군지 안다는 뜻을 내비쳤다. 나는 루이스의 입장을 설명하며, 루이스는 자신이 저지르지도 않은 죄로 유죄판결을 받았다고 생각하고 있으며 그것을 입증할 문서들도 가지고 있다고 말했다. 닉슨은 대머리의 땅딸막한 남자를 부르며 그를 선거 사무장 존 미첼John Mitchell이라고 소개해주었다. 그러면서 존에게 서류를 보내면 존이 나에게 결과를 알려줄 것이라고 말했다.

충분히 상상이 되겠지만 루이스는 그 일을 얘기해주자 아주 흥분했다. 그는 내게 문서들을 주었고, 그 다음 달 동안 줄기차게 내게 전화를 걸어와 미첼로부터 소식이 안 왔느냐고 물어댔다. 그러나 미첼이 내게 전화를 했을 때 전해준 소식은 좋은 소식이 아니었다. 미첼은 루이스와 엮이고 싶지 않다고 말했다.

결국 나는 내키지 않는 전화를 걸어야 하는 상황에 놓였다. 루이스는 'no' 라는 대답을 용납하지 않을 사람이었다. 그리고 나는 언제나 'no' 라고 말하는 데 애를 먹는 사람이었다. 지금 와서 돌아보면 그 상황은 정말로 내 최대의 약점을 건드린 것이었다. 나는 방송중에는 절대로 하지 않는 거짓말을 했다. 나는 루이스에게 미첼이 그의 법적 딜레마에 관심을 보였다고 말했다.

루이스는 황홀감에 빠졌다. 그리고 나의 또 다른 약점을 건드렸다. 그는 사건 검토를 위해 미첼의 법률사무소에 건네주라면서 나에게 수천 달러를 주었다. 뿐만 아니라 바로 지금 이 자리에서야 밝혀지는 다음의 얘기도 했다.

"내가 구상을 해둔 것이 있네. 그들에게 내가 '닉슨을 지지하는 민주당원들' 이라는 단체를 세울 생각이라고 전해주게. 4년 동안 매년 100만 달러씩 자금을 대주겠다고도 말해주고."

이것은 제어불능이었다. 하지만 내 금전 상황만큼은 제어불능이 아니었다. 나는 루이스가 준 돈을 빚 갚는 데 썼다. 나의 빚 돌려막기 게임은 이렇게 계속되었다. 그리고 이 궁지에서 빠져나올 수 있는 대책을 세울 만한 또 다른 기회가 오길 기다렸다. 나는 '어떻게든 벗어나겠지' 하는 식이었다.

법원에서 루이스의 형을 선고할 날이 코앞에 닥쳤을 무렵 닉슨의 취임식이 다가왔다. 닉슨은 뉴욕에서 피에르 호텔에 묵고 있었다. 나는 비행기를 타고 뉴욕으로 날아가 호텔로 전화를 걸어서 차기 대통령과 연결시켜달라고 부탁했다. 나는 전화를 끊지 않고 기다렸다. 기다리고 또 기다렸다. 사실 내가 곧 하려는 일이 뭔지를 알았기에, 내 마음 한켠에서는 그렇게 아무도 전화를 받지 않고 있다는 것에 안도를 했다. 그런데 의심할 여지가 없는 닉슨의 목소리가 들려왔다.

"이보게, 래리. 무슨 일인가?"

나는 닉슨에게 긴급한 일로 만나고 싶다고 말했다. 닉슨은 그날 저녁 늦게 워싱턴행 비행기를 타러 가기 전에 아내를 데리러 잠깐 산책하게 될 것이라며 그때 함께 걷자고 했다.

나는 피에르 호텔로 갔다. 로비에는 기자, 카메라맨, 비밀경호국 요원들로 가득했다. 닉슨이 아래층으로 내려왔을 때 그의 수행원 한 명이 나를 보고 그에게로 데려갔다. 그리고 예전의 보잘 것 없던 래리 자이거가 비밀경호국 요원들에게 에워싸인 채로 미국의 대통령과 나란히 밖으로 나섰다. 밤공기는 매우 차가웠다. 산책을 막 시작했을 때 닉슨이 농담을 했다.

"무슨 일인지 모르겠지만, 마이애미에 있을 사람이 이 날씨에 여기엘 다 오다니 자네에게 무척 중요한 일인가보군."

모든 사람의 인생에는 입이 잘 떨어지지 않는 순간이 있기 마련이며 나에게는 그때가 그런 순간 중 하나였다. 나는 미국의 대통령에게 '닉슨을 지지하는 민주당원들'을 세워주겠다는 루이스의 400만 달러짜리 제안을 선물하면서, 우회적으로 내 친구를 사면해달라고 부탁할 참이었으니 오죽했겠는가.

"자, 래리, 무슨 일인가?"

도저히 입 밖으로 말이 나오질 않았다. 아마 내가 그 제안을 얘기했다면, 현재 TV에서 내 모습은 못 보게 되었을 것이다. 어떤 식으로든 그 사실이 탄로 났을 것이라고 확신하기 때문이다. 그리고 사실이 탄로 났다면 나는 대통령에게 뇌물을 준 공모죄로 붙잡혔을 것이다. 결국 그날 밤에 내가 생각해낼 수 있었던 유일한 방법은, 닉슨에게 취임식 후에 내 토크쇼에 나와 준다면 벅찬 감동일 것이라고 말하는 것이었다.

"그냥 전화로 부탁하지 그랬나."

"꼭 직접 뵙고 부탁하고 싶었습니다."

그 뒤로 우리의 산책은 조금 거북했으나, 플로리다주로 돌아와 루이스의 집 현관문을 들어서던 순간에 비하면 그 정도의 거북함은 거북함도 아니었다. 그는 닉슨이 그 돈을 받아들일 것이라고 확신하고 있었다.

그 상황에서 벗어날 방법은 없었다. 어머니도 나를 이런 상황에서 구해줄 수는 없었다. 니고시에이터 허비 역시 마찬가지였다. 어떤 은행가가 나서준대도 소용없었다. 정말로 빠져나갈 길이 없었다. 나는 루이스의 눈을 들여다보며 그간의 모든 일을 사실대로 말했다. 그는 고함을 지르지도 분노를 드러내지도 않았지만 나는 그의 속에서 불타

오르고 있는 분노를 느낄 수 있었다.

"내 집에서 나가게."

이것이 루이스가 나에게 한 마지막 말이었다.

루이스는 경경비 교도소[14] 수감형을 선고받았다. 그가 교도소에 들어가기 전에 그의 측근 한 명은 내가 그에게 빌려간 돈에 대한 상환일정표를 작성했다. 나는 그 일정표대로 상환하려 애썼으나 절망적이었다. 나는 그저 모든 문제가 잘 풀리길 바랄뿐이었다.

나는 마이애미 돌핀스 라디오 중계방송의 해설자를 맡고 있었던 터라 방송에서는 예전의 어느 때보다도 큰 인기를 끌고 있었다. 그리고 계속 돈을 빌리면서 돌려막기 게임을 간신히 이어나갔다. 한편 루이스 울프슨은 하루라도 방송에서 거론되지 않고 넘어가는 날이 없었다.

1969년 〈라이프〉에서는 루이스가 판사 포타스에게 지불해준 돈에 대해 상세히 다루는 기사를 싣기도 했다. 사실 그 돈은 불법적일 것이 없었고, 포타스는 훌륭하고 존경할 만한 사람이었다. 그러나 연방대법원 판사가 중죄인에게서 돈을 받았다면 그리 모양새가 좋지 않은 일이다. 포타스는 어쩔 수 없이 사임하고 말았다. 모든 일이 잘 풀리지가 않았다.

루이스가 감옥에서 출소한 후 내 삶은 어처구니없게 전개되어갔다. 나는 어렵게 번 돈으로 간신히 5,000달러를 그러모아 그에게 돌려주었다. 그러나 루이스는 돌려받기를 원하지 않았다. 그는 뭔가 다른 것을 원했다.

그는 주 검사 딕 걸스타인의 사무소를 통해 나를 고소했다. 나에게 돈을 건네받아 짐 개리슨에게 전해주었던 바로 그 사람과 함께 나를 고소했던 것이다. 그리고 나중에 밝혀진 바로는, 딕 걸스타인과 짐 개리슨 사이에 연락이 제대로 이루어지지 않은 적이 몇 번 있었다고 한다. 또 한번은 딕이 루이스가 짐에게 주는 5,000달러를 아예 받지 못했었다고도 하고. 딕은 연락이 안 되서 건네지 못한 돈을 1년간 가지고 있다가 루이스에게 되돌려 보냈다.

틀림없이 딕은 나를 고소하고 싶지 않았을 것이다. 어느 누가 자기 친구를 고소하고 싶겠는가. 게다가 당연한 얘기겠지만 그는 자신이 연루된 것이 밝혀지는 것을 원치 않았다. 결국 그는 그 소송 사건을 기피하지 않을 수 없었다. 하지만 그것은 그리 보기 좋은 모습이 아니었고 결국 사임의 원인이 되었다.

1971년 12월 20일에 나는 중절도죄로 고소되어 경찰서에서 머그샷을 찍게 되었다. 내가 라디오 저녁 프로그램을 진행하기 위해 차를 몰고 갔을 때 우리 방송국의 뉴스방송 머리기사는 나의 체포 사건이었다. 스튜디오로 걸어가고 있는데 총책임자가 나를 만나러 와서 그날 방송은 하지 않는 편이 좋을 것 같다고 말했다. 그 고소사건의 처리결과가 나오는 동안 나의 방송은 일시적으로 중단되었다. 내가 일하던 TV 방송국 역시 이러한 조치를 취했고 내 칼럼을 싣던 신문사에서도 마찬가지였다.

나는 미국에는 유죄가 입증되기 전까지는 무죄로 추정하는 원칙이 있다고 주장했으나 아무도 내 말에 귀 기울여주지 않았다. 재판은 한 달 후 월요일 아침으로 정해졌다. 재판이 열리기 전날 밤에 재판장이 심장마비를 일으켰다. '판사, 킹의 소송사건 적요서 읽던 중 쓰러지다' 라는 신문 헤드라인은 내가 전혀 예상치 못한 것이었다.

나는 재판에서 무죄선고를 받았다. 사건의 공소시효가 끝나 결국 같은 판사가 사건을 기각했던 것이다. 나는 희열을 느꼈다. 하지만 명예를 회복하지는 못했다. WIOD의 방송 총책임자는 그 사건을 둘러싸고 평판이 너무 나빠져서 다시 복귀시켜줄 수 없다고 말했다. TV 방송국과 신문사도 같은 태도를 취했다.

내 삶에서 제어가 가능했던 유일한 시간은 방송중일 때였다. 이제 내 삶은 혼란에 빠졌고 단 1초도 제어를 할 수 없게 되었다. 친구들은 나를 동정했고 몇몇 신문 기고가들은 나를 변호해주었다. 그러나 나는 수치심에 사로잡혔다. 어머니를 보러 가는 일조차 고통스러웠다. 한때 정육점에 가서 래리 킹을 먹일 것이니 최고의 양갈비를 달라고 했던 어머니는, 그 사건에 대해서는 말조차 꺼내지 못했다.

"내 가여운 아들에게 무슨 짓들을 한 건지…."

이것이 어머니가 할 수 있었던 유일한 말이었다.

그때 내 나이 서른일곱이었다. 더욱이 직업도 없는데다 20만 달러의 빚까지 진 상태였다. 네 살배기 딸도 있었다. 그 후 카이아와 만나는 방문일이 되면, 나는 딸을 데리고 우리들만의 비밀 공원에 갔다. 그때가 가장 가슴이 미어졌다. 딸을 보면서 어떻게 먹여 살릴지 막막했으니 그 심정이 어땠겠는가.

생활이 점점 궁색해졌다. 나는 은둔자가 되었다. 5월 말쯤에 이르니 수중에 42달러밖에 남지 않았다. 집세는 그 달 말까지만 치러져 있었다. 나는 아파트 안에 틀어박힌 채 지내면서 과연 상황이 어디까지 악화될 수 있을지 기막혀 했다. 조만간 담배도 못 살 처지에 이를 터였다. 문득 젊었을 때 뉴욕에서 담배를 살 돈도 없이 홀로 춥게 지냈던 밤이 생각났다.

한 친구가 전화를 걸어와 다시 사람 사는 것처럼 살아보라고 말했다. 그는 나를 경마장 쪽으로 나오라고 했다. 나는 더 좋은 할 일도 없었던 차였고, 나가서 친구와 점심을 먹고 나서 말들이 코스를 달리는 모습을 보면 기분전환도 될 것 같아 나가기로 했다.

그날은 평생 못 잊을 날이었다. 나는 주머니가 하나도 없는 피에르 가르뎅 청바지를 입고 차를 몰아 캘더 경마장으로 갔다. 말들이 세 번째 경주를 앞두고 몸을 풀고 있었는데 경주마들 중에는 수말들에 맞서서 뛰고 있던 암말 레이디 폴리가 있었다. 보통 암말들은 수말들의 상대가 안 된다. 물론, 값이 싼 말들이 그렇다는 얘기다. 게시판을 훑어보니 그 암말의 승률은 70-1이었다. 그러나 달리는 모습을 지켜본 나는 눈이 휘둥그레 떠졌다. 경마장 사람들은 서로 이야기를 나누는 편이므로 나는 내 옆 사람에게 말을 걸었다.

"저기, 저 말은 3경기 전에 대체로 비슷한 무리와 경주해서 승리를 했는데 어째서 승률이 70-1밖에 안 되죠?"

"그건, 여기에 새로운 말 두 마리가 들어와서죠."

"그렇군요. 하지만 저 말은 70-1이 아니라 20-1 정도는 되어야 할 것 같은데요."

나는 저지르고 보자는 마음으로 그 말이 승리하는 데 10달러를 배팅했다. 나는 계속해서 그 말을 지켜보았다. 보면 볼수록 점점 더 마음에 들었다. 그래서 쌍승식[15]에 배팅했다. 그리고 1위만 맞히면 2위는 나머지 어떤 말이 들어와도 상관없는 단승식도 선택했다. 나는 눈을 떼지 않고 계속 그 말을 지켜보며 생각했다.

'잠깐, 이제 4달러가 남았는데, 담배가 한 갑 있고 발레파킹비는 2달러야. 그러면 아직 1, 2, 3등을 모두 맞히는 3연승식에 배팅할 만한 돈이 남는 걸.'

내 생일은 11월 19일인데, 레이디 폴리는 11번이었다. 그래서 나는 11번을 1등, 1번을 2등, 9번을 3등으로 걸었다. 나는 쌍승식의 1등과 단승식의 1등에 11번을 건 동시에, 11, 1, 9번 말을 각각 1, 2, 3등으로 거는 3연승식에 배팅을 한 것이었다. 경주가 시작되었을 때 내게는 달랑 2달러가 남아 있었고, 그 2달러는 발레파킹비였다.

말들이 달려 나갔다. 1번 말이 선두에 서고 9번 말이 그 뒤를 달렸고 11번 말이 세 번째였다. 그러다 11번 말이 9번 말을 앞지르더니 1번 말까지 제쳤고 경주가 펼쳐지는 동안 쭉 그 순서로 달렸다. 이제 순위가 확실히 보였다. 11번 말이 5마신(馬身, 1마신=2.4미터) 차로 1등으로 들어왔고, 1번 말이 2등, 9번 말이 3마신 뒤져 3등이었다. 내가 건 배팅이 모두 당첨되었다. 단승식 배팅부터 3연승식 배팅까지 모두 다 말이다. 나는 거의 8,000달러를 땄다.

'세상에, 8,000달러라니!'

정말로 내 인생에서 가장 행복한 순간이었다. 그 어느 때보다 흥분되는 순간이었다. 그런데 그 돈을 담을 주머니가 없어서 나는 돈을 모두 재킷 안에 쑤셔넣었다. 몸이 빵빵해졌다. 그 돈을 어찌해야 할지 아무 생각도 나지 않았다. 나는 서둘러 경마장에서 나와 발레파킹 직원에게 다가갔다.

"벌써 가시게요?"

"예."

"성적이 별로였나 보군요, 킹 씨?"

나는 그에게 팁으로 50달러를 주었다. 그는 팁을 받고는 놀라 자빠질 것 같은 표정이 되었다.

나는 어딘가로 가서 차를 세워두고 이것이 꿈은 아닌지 확인해야 했다. 그래서 어느 빈 공터에 들어갔는데, 그곳은 지금 돌핀 스타디움이 들어서 있는 바로 그곳이었다. 나는 잡초들 사이에 차를 세우고 재킷을 열었다. 내 눈앞에 돈이 쏟아져 나왔다. 다 세어보니 약 7,900달러였다. 나는 다음 해의 아이 양육비를 보냈다. 1년치 집세도 냈다. 담배 10갑들이 20상자를 사서 집 안에 쌓아두었고 냉장고도 채웠다.

황홀했던 그날의 일은 작은 것 하나까지도 너무 세세히 기억이 나는 반면에 그 시절의 고통은 비교적 덜 기억이 난다. 사실 집에 갔을 때 나는 여전히 직업도 없는데다 빚은 산더미였다. 내게 정말로 필요한 것은 새로운 출발이었다. 그러던 중 루이지애나주의 경마장에서 일하고 있던 한 친구에게서 홍보 담당자가 필요하다는 얘기를 듣게 되었고 마침내 그곳에 일자리를 얻었다.

루이지애나 사람들은 친절했다. 일자리가 생긴 덕분에 양육비를 보내줄 수도 있었다. 그리고 WFL이 시작되었을 때는 슈레브포트 스티머스팀의 중계방송 해설도 맡게 되었다. 슈레브포트 시민들은 믿을 수 없어 했다. 마이애미 돌핀스팀의 해설을 하던 사람이 자신들의 경기를 중계해주다니, 놀라웠던 것이다.

나는 저녁을 먹는 자리에서 프랭크 시나트라의 이야기를 들려주곤 했는데 그럴 때면 사람들이 믿을 수 없다는 시선으로 나를 쳐다보기도 했다. 그럴 때면 감정이 교차되었다. 내가 대단한 사람인 듯 느껴지면서도, 내가 잃어버린 그 모든 것이 절감되기도 했다. 나는 당시에 시나트라를 비롯해 마이애미에서 인터뷰했었던 사람들 그 누구와도 연락을 하지 않았다. 그만큼 수치스러웠다.

나는 루이지애나에 1년이 넘게 있었고 이 시기 동안 워터게이트 사건이 터졌다. 그런데 사건의 중심에 누가 있었는지 아는가? 대머리의 땅딸막한 남자 존 미첼이었다. 그는 당시에 법무장관이 되어 있었다. 나는 도청 사실이 밝혀져 닉슨이 사임했을 때 방송 출연을 하지 않고 있었다. 내 마음 한 구석에서는 방송을 하고 싶어 견딜 수가 없었다. 나도 동참하고 싶었다. 방송을 하고 싶었다. 과거에 활발히 활동하던 사람에게는, 활동할 수 없게 된 상황이 가장 견디기 힘든 일이다.

경마장 주인이 바뀌면서 나는 일자리를 잃게 되었지만 캘리포니아 대학교의 미식축구 경기를 중계하는 새로운 일자리를 얻었다. 나는 서부에서 새로운 인생을 시작하자고 생각했다. 시즌이 시작되려면 아직 몇 달이 남아 있던 터라 나는 어머니, 카이아, 앤디를 보려고 다시 플로리다를 찾았다.

이 무렵 어머니는 신장질환을 앓고 있었다. 그런데 어느 날 어머니가 화장실에 가는 것을 돕고 있을 때 전화벨이 울렸다. 수화기를 들자 어떤 비서가 말했다.

"조 애버내시를 연결해드릴 테니 기다려주세요."

조는 WIOD의 새로운 총책임자였다.

"어이, 요즘 어떻게 지내고 있나?"

나는 캘리포니아에서 새로 시작하려는 내 계획을 얘기했다.

"자네가 여기에서 어떻게 일했는지 들었네. 그리고 무슨 일이 있었는지도 신문에서 봤고. 나는 WIOD에서 왜 자네를 내보낸 건지 정말 이해가 안 되네. 다시 돌아올 생각은 없나?"

나는 어리둥절해하며 그 자리에 서 있었다.

"돈을 많이 줄 수는 없지만 내가 자네를 잘 돌봐주겠네."

어머니는 눈물을 흘렸다. 나는 이제 반대편 서부까지 이사하지 않고 어머니 가까이에서 지낼 수 있게 되었다.

얼마 후에 나는 WIOD의 유리창으로 된 스튜디오 안의 회전의자에 앉아 시계의 카운트다운을 지켜보고 있었다. 드디어 엔지니어가 신호를 보냈다. 여느 때처럼 나는 무슨 말을 해야 할지 생각이 나질 않았다. 그러나 마이크 쪽으로 몸을 숙이자 입에서 방송을 여는 멘트가 저절로 튀어 나왔다. 나는 마침내 홈그라운드에 돌아왔으며 다시 통제력을 갖게 되었음을 느꼈다. 뒤돌아보면 그 모든 일에 감사할 따름이다. 위로 올라갈 수 있으려면 때로는 추락도 해봐야 한다.

또 다른 관점

앤디 킹

나는 어렸을 때 잘못을 하면, 아버지로부터 내 방으로 들어가 있으라는 말을 듣고는 했다. 하지만 방에서 나올 때쯤이 되면 우리는 서로 앙금이 남아 있지 않았다. 아빠는 분을 품은 적이 없었고, 아주 너그러운 분이었다.

아빠가 곤란에 처해 있던 동안에도 나는 아빠에게 화내지 않았다. 단지 아빠가 그렇게 서툰 결정을 내린 것에 대해 실망했다. 아빠는 분명 나쁜 사람이어서 그렇게 된 것이 아니었다. 아빠는 그냥 서툰 선택을 했을 뿐이다.

니고시에이터 허비 코헨

이 몇 년 동안은 내가 래리와 연락이 끊겼었던 때였다. 그러나 나는 그 금전 문제들이 래리의 어린 시절에서부터 비롯된 것임을 알 수 있었다. 래리는 언제나 돈이 없었다. 한편 후하는 코로나에서 TV수리점을 하는 형을 두었던 덕분에 돈이 넉넉했다. 래리는 후하에게 가끔 돈을 빌리곤 했다.

"후하, 5달러만 빌려줘."

후하는 래리에게 돈을 빌려주었다. 그런데 좀 지나서 서로 말다툼을 벌이게 되었다. 사실 둘은 툭하면 말다툼을 했다. 래리는 아주 말을 잘했고 논리정연했던 반면 후하는 쉽게 표현하자면 래리보다 다소 밀렸다. 후하는 말다툼을 하다 래리에게 질 것 같으면 화제를 바꾸며 이렇게 말했다.

"내 돈 5달러는 어떻게 된 거야? 당장 5달러 내놔."

물론, 래리는 그만한 돈이 없었기 때문에 래리는 어떤 식으로든 일거리를 구해서 그 돈을 마련했다. 그리고 후하에게 달려가 돈을 내밀었다.

"후하, 여기 네 5달러 가져왔다."

하지만 후하는 그 돈을 받으려 하지 않았다.

"필요 없어, 래리, 너 가져."

그래놓고선 말다툼을 하게 되면 후하는 또 말했다.

"빌려간 내 돈 5달러는 어떻게 된 거야?"

그러나 래리가 돈을 가져오면 절대로 받으려 하지 않았다. 후하는 다음번에 말다툼을 벌이게 될 때를 대비해 방어무기를 원했던 것이다.

래리는 언제나 돈 문제에 시달렸으나, 그렇다고 자신이 돈을 쓰느라 그렇게 된 것은 아니었다. 가진 돈이 없는데 누군가가 돈을 부탁하면 어떻게든 그 사람에게 돈을 주려고 했기 때문에 빚어진 문제들이었다. 결국 자신의 수중에는 돈이 없게 되고, 빌린 돈을 갚아주기 위해서 또 돈을 빌려야 했다. 그는 벤슨허스트에서부터 이런 경향이 있었으나, 마이애미에서 살 때는 정말로 광적인 지경에 이르렀다.

곰곰이 생각해보면, 래리가 그 시절에 내게 허심탄회하게 털어놓았었다면 그런 문제들에 시달리는 일은 없었을 것이다. 이 점은 래리도 인정하고 있다. 우리는 70년대에 다시 연락을 하게 되었고 더욱 더 돈독한 사이가 되었다. 그는 언젠가 절망의 순간에 내게 이렇게 말했었다.

"허비, 내가 과연 금전 문제를 잘 다룰 수 있게 되는 날이 올까?"

"그럼. 너는 더 많은 돈을 벌게 될 거야. 돈을 더 많이 벌면 네 돈을 관리해줄 사람을 고용하면 돼. 그러면 돈 문제에 시달리지 않게 될 거야."

그리고 정말로 내 말대로 되었다.

10

타이밍

또 하나의 오래된 유머부터 들려주고 싶다. 이번 유머는 재미는 물론 인생 자체의 핵심을 파고든다. 당신이 어떤 사람에게 이렇게 말한다.

"나한테 훌륭한 코미디언의 조건이 뭐냐고 물어봐봐."

그 사람이 당신의 말대로 그렇게 묻고 있을 때 당신이 소리친다.

"타이밍이 맞아야지!"

타이밍은 타고나는 것이다. 타이밍이 잘 맞지 않는다면 당신은 운이 없는 사람이다. 타이밍이 잘 맞으면 모든 일이 자연스럽게 일어나는 것처럼 보인다. 그런데 어떤 이유에서인지 타이밍은 항상 내 편을 들어주고 있다.

1977년 말에 나는 내 삶을 변화시켜줄 전화 한 통을 받았다. 전화를 건 사람은 라디오 방송사 MBS를 운영하는 에드 리틀이라는 남자였다. 에드는 비범한 인물로, 113킬로그램의 거구에 재미있고 뛰어난 세일즈맨이다. 기회가 되어 그가 일하는 모습을 보게 된다면 그가 그렇게 성공한 이유를 금방 알게 될 것이다.

언젠가 내가 그의 사무실에 있을 때였다. 그는 그 자리에서 노트르담대학교 미식축구팀 경기 중계방송 때 내보낼 광고를 3쿼터 분까지 팔았다. 하지만 4쿼터 분 광고는 아직 팔지 못한 상태였다. 그는 한 맥주회사 사장에게 전화를 걸어 스피커폰으로 돌리더니 아주 어리둥절해 하는 목소리로 물었다.

"전화해달라고 메시지 남겼는데 왜 연락이 없으셨소?"

"무슨 소리요? 나는 그런 메시지를 받은 적 없소."

사실 그는 에드의 메시지를 받을 수가 없었다. 애초에 에드가 전화를 건 적이 없었기 때문이다.

"오, 이런, 맙소사. 노트르담대학교 미식축구팀 개막경기 시간대의 마지막 남은 4쿼터 광고 건으로 전화를 했었는데…. 허, 이를 어쩌나. 난 연락이 없길래 거절하는 줄 알고 다른 쪽에 주겠다고 이미 약속을 했단 말이오."

에드가 안타까워하는 투로 말했다.

"잠깐만, 에드. 그걸 나한테 주려고 전화했었던 거잖소. 그러니 내가 그 4쿼터 분 광고권을 가져야지! 나한테 전화를 해서 메시지까지 남겨놓고 이러는 것은 부당하오!"

"그게…, 참으로 난감한데…."

"어떻게 해볼 수 없겠소?"

"글쎄요. 어렵겠지만 한번 해보겠소."

흔히들 하는 말마따나, 에드는 알래스카에서도 에어컨을 팔 수 있는 사람이다. 에드가 못 팔면 아무도 못 팔 것이다. 그런 사람이었기에 1977년 말에 에드 리틀은 AM이 앞으로 광고권을 팔기가 점점 더 어려워질 것이며, 종국에는 거의 판매가 불가능해질 날이 올 것임을 감지했다.

당시에는 FM이 AM을 추월하고 있었다. 수신 선명도가 FM이 더 깨끗해서 더 이상 AM에서 음악을 들을 이유가 없었다. 에드는 AM 라디오는 새로운 원동력을 만들어내야 한다고 생각했고 나를 그 새로운 원동력으로 보았다. 에드는 나에게 최초의 전국 방송 라디오 토크쇼를 진행하는 일에 흥미가 있느냐고 물어왔다.

나는 어렸을 때부터 MBS를 알았다. 나는 라디오 시리즈 〈고독한 방랑자The Lone Ranger〉와 〈그림자The Shadow〉를 들으며 자랐다. 30년대와 40년대에만 해도 MBS는 독자적 방송국들이 합세한 뮤추얼 라디오 네트워크로서 흥미진진한 프로그램들을 내보내며 NBC, CBS, ABC와 경쟁했었다. 나는 프랭클린 델러노 루즈벨트가 대공황기중에 뮤추얼 네트워트 마이크 앞에 앉아 그 유명한 취임 연설의 첫마디 "우리가 두려워해야 할 것은 두려움 그 자체뿐입니다."를 말했을 때 찍은 흑백사진까지 다 기억하고 있었다.

에드 리틀이 오늘날 AM의 토크 라디오(청취자와의 전화나 잡담만으로 구성되는 라디오 프로그램)가 러시 림보와 우익 광신자들에게 넘어가버릴 것까지 내다봤을지는 잘 모르겠다. 그러나 에드는 전국방송 토크쇼가 AM 라디오의 최선의 생존기회라고 굳게 믿었다. 모든 사람들이 그의 생각에 동의했던 것은 아니다. 마이애미 사람들의 관심사와 덴버 사람들의 관심사가 같지 않다는 식의 비평들이 나왔다. 하지만 에드는 그에 아랑곳없이 한발 더 나아갔다.

"나는 전국에 방송되는 심야 토크쇼를 내보내면 성공할 것이라고 생각합니다. 다만 그러려면 진행자가 전국에서 흥미를 일으켜야만 합니다. 토크쇼가 정치든 오락이든 어느 한쪽에 치우쳐서는 안 됩니다. 모든 것을 두루두루 다루어야 합니다."

에드는 그러면서 나에게 자정부터 새벽 5시까지 방송을 시도해보지 않겠느냐고 물었다. 아무래도 그는 불면증 환자들이 얼마나 많은지 잘 알았던 것 같다.

타이밍이 참으로 절묘했다. 나는 어머니가 돌아가시지 않았다면 워싱턴으로 떠나지 않았을지도 모른다. 나는 어머니가 임종을 맞으시기 전까지 몇 년 동안 수시로 어머니를 보러 갔었다. 또한 MBS의 제안을 받기 1년여 전에 전직 수학교사 샤론과 결혼했었는데, 그녀는 심야 토크쇼를 진지하게 검토해보라고 격려했으며 마이애미에서 떠나는 것도 지지했다.

게다가 나는 마침 나를 인도해줄 만한 적절한 사람, 밥 울프를 만나게 되었다. 밥은 당시에 많은 야구선수들의 에이전트를 맡고 있었으며 나중에는 농구 스타 래리 버드Larry Bird의 계약까지 맡았다. 우리는 밥이 내 프로그램에 게스트로 출연하면서 가까운 사이가 되었고, 나는 결국 그의 의뢰인이 되었다. 그러나 밥을 나의 에이전트로만 표현하는 것은 합당하지 않다. 밥은 자신의 의뢰인들과 결혼하다시피 했다. 나는 날마다 그와 이야기를 나누었고 그는 내 삶을 안정시켜주었다.

금전에 대한 나의 태도는 아직도 기본적으로 변함이 없었다. 내 친구 허비의 말처럼, 사람은 변하지 않으며 환경이 바뀔 뿐이다. 마이애미는 전통적으로 급여가 높은 도시가 아니었다. 내가 그곳에 계속 남았다면 나는 파산하여 지금까지도 빚에 쪼들려 살고 있었을 것이다. 밥은 나의 환경이 바뀌어야 한다는 것을 인지했다. 그는 MBS와 협상하여 더 높은 급료를 받게 해주었을 뿐만 아니라 보스턴에 있는 투자회사에서 내 돈을 관리하도록 조정해주었다.

새 토크쇼는 마이애미에서 첫 방송되었고 게스트로 재키 글리슨과 돈 슐라가 나왔다. 그날 밤에 그 방송을 내보낸 곳은 전국에서 28개의 작은 방송국들뿐이었다. 1978년 1월에는 심야 시간대의 청취율 조사가 없었다. 어쨌든 내 기억으로는 없었다. 그러나 나는 처음부터 그 토크쇼에 대한 감이 좋았다. 진지한 토크쇼였으나 무게를 잡지 않아도 되었고, 그것이 그 토크쇼의 장점이었다. 심오하게 파고들다가도 순간 미친 듯이 웃음을 터뜨릴 수 있는 분위기로 방송이 진행되었다.

그런 방송은 처음이었다. 아침 시간에 지역 인물들이 출연해 이목을 끌기 위한 말들을 하는 경우는 있었을 것이다. 그러나 유머, 진지한 인터뷰, 전국에서 걸려오는 청취자 전화로 뒤범벅된 방송은 없었다. 방송의 형식은 수년 동안 변함없이 다음과 같은 식으로 이루어졌다. 방송이 시작되면 나는 먼저 1시간 동안 게스트들과 인터뷰를 했다. 그러고 나서는 2시간 동안 게스트들이 걸려온 전화에 응답하는 시간을 가졌다. 그 다음 2시간 동안은 정해진 주제 없이 자유롭게 이야기하는 전화 통화 시간이었다.

두 달이 지난 후, 방송은 워싱턴 DC 바로 외곽으로 옮겨 진행되었다. 이것은 타이밍만이 아니라 장소도 완벽한 일이었다. 어찌 된 영문인지 나는 언제나 흥미로운 일이 벌어지는 현장에 있었던 것 같은데, 그 이유를 다음과 같은 식으로밖에는 설명하지 못하겠다.

수년 전에 시카고 베어스팀에 딕 벗커스Dick Butkus라는 뛰어난 미들 라인배커(미식축구에서 수비의 2열째에 위치하는 세 선수 중 중앙에 위치한 선수)가 있었다. 그는 공에 대한 감각이 남달라서 사람들 사이에서 "공이 어디에 있든 그곳에는 벗커스가 있다."라는 말이 오갈 정도였다. 나 역시 내 분야에서 그와 같은 감각을 지니고 있다.

워싱턴은 70년대 말과 80년대 초에 권력의 중심이었고, 그 당시에는 '미디어' 라는 말에 악평이 따라붙지 않았다. 오히려 미디어는 존경을 받았다. 우드워드Woodward와 번스타인Bernstein의 투철한 기자정신으로 워터게이트 사건이 밝혀지면서 닉슨 대통령이 물러난 일이 불과 몇 년 전의 일이었다. 두 기자는 영웅시되었고 로버트 레드포드Robert Redford와 더스틴 호프만Dustin Hoffman이 두 사람의 역할을 맡은 〈대통령의 사람들All the President's Men〉이라는 영화가 만들어지기까지 했다. 저널리스트로 살기에 1970년대의 워싱턴만큼 더 좋은 시기나 장소는 없었다. 정치인들은 회전문을 돌듯 다른 도시로 옮겨갔는지 모르지만, 저널리스트들은 근무지를 옮기지 않았다. 그들은 오늘날에는 존재하지 않는 위신을 누렸다. 말하자면 식당에서 상석에 앉았던 격이었다.

방송이 시작되고 오래 지나지 않아, 내 토크쇼는 상위 50대 시장에 경제적 효과를 가져왔으며 테드 코펠Ted Koppel은 심야심층보도 프로그램 〈나이트라인〉을 마치고 집으로 가는 길에 내 토크쇼를 듣고 있었다. 전국에서 걸려오는 전화는 우리 토크쇼를 미국의 맥을 짚어보는 멋진 장소로 만들었다. 역시나 에드 리틀의 예상이 딱 들어맞았다. 미국은 점점 더 작아졌다. 뉴욕의 시장이 피닉스에 사는 사람의 흥미를 유발시켰고, 슈퍼볼(미국 프로 미식축구의 왕좌 결정전) 경기가 전국에 걸쳐 사람들의 호기심을 끌어냈다. 토크쇼의 유머에 미시시피주 사람들이나 위스콘신주 사람들이나 똑같이 웃음을 터뜨렸다.

그러던 중에 1979년 11월 4일이 찾아왔다. 전국에서 하나의 라디오 토크쇼에 주파수를 맞추게 되리라는 것을 누구도 상상하지 못했듯, 1979년 11월 4일도 예상치 못한 뜻밖의 날이었다. 그날은 모든 미국인의 마음을 사로잡았고 훗날 미국인들이 444[16]라면 치를 떨게 만든 날이었다.

그날 아침 6시 30분에 지구 반 바퀴나 떨어진 곳에서 이란의 한 여학생이 차도르 안에 금속 절단기를 숨기고 테헤란 소재 미국 대사관의 정문으로 다가갔다. 그녀가 체인을 끊은 후, 약 3,000명의 과격파 시위대가 안으로 난입해 들어갔고 66명의 대사관 직원이 인질로 잡혔다. 저녁 뉴스에서 미국인들은 눈가리개를 하고 거리를 끌려가는 그들의 모습을 보았다. 그날 밤에 내 토크쇼에 걸려온 전화는 모두가 그 인질들에 대한 얘기뿐이었다. 그 다음 날도, 또 그 다음 날도 마찬가지였다. 나는 평생 라디오에서 그처럼 강한 분노의 표출을 느껴본 적이 없었다. 그것은 테러리스트 무리가 미국에게 모욕을 안긴 것에 대한 분노이자, 그 사태를 보면서도 아무것도 하지 못하고 있다는 무력감에 대한 분노였다.

인질을 잡은 과격주의자들은 이란의 전 지도자 팔레비 왕을 본국으로 송환해줄 것을 요구했고, 그 바람에 미국에서 치료를 받고 있던 팔레비 왕은 모로코로 떠났다. 그들은 팔레비 왕과 그의 행동을 지지한 것에 대해 미국으로부터 사과를 받고 싶어 했으며 팔레비 왕의 재산을 넘겨받길 원했다. 지금 와서 돌이켜보면, 확실히 우리 모두는 팔레비 왕정 타도의 중대성을 제대로 이해하지 못했다.

그보다 1년 전에 루홀라 호메이니Ayatollah Khomeini가 파리에서 돌아와 이란의 종교적 지도자가 되었을 때에도 이란의 왕정 타도를 역사상의 다른 수많은 정권 타도와 다르지 않은 것으로 여겼을 뿐, 그 이후로 미국이 과격 이슬람주의자들과 충돌 관계에 놓이게 될 줄은 전혀 예상하지 못했었다.

당시 지미 카터Jimmy Carter 대통령은 국민들의 높은 지지를 받고 있었다. 그런데 타이밍이 안 좋게도 하필이면 인질 사태가 터졌던 것이다. 카터 대통령은 캠프 데이비드 별장에서 이스라엘과 이집트 사이를 중재하여 지금까지도 지속되고 있는 그 역사적 협정에 서명시킴으로써 불가능할 것 같던 일을 성취해낸 직후였다. 그러나 카터 대통령은 인질 사태가 벌어졌을 때 실수를 저질렀다. 그것은 최근의 선거 직전에 존 맥케인이 범한 것과 비슷한 실수였다. 맥케인은 경제위기가 닥치자 이렇게 말했었다.

"저는 선거운동을 일시 정지하려 합니다."

카터 역시 인질들이 잡혔을 때 근본적으로는 대통령직 휴업이나 다름없는 행동을 취했다. 그는 다른 얘기는 일체 꺼내지 않았고 백악관의 크리스마스트리에도 꼭대기의 별만 빼고 불을 밝히지 않았다. 하루하루가 지날수록 그를 비롯한 미국의 모든 이들은 인질들의 운명에 점점 더 집착하게 되었다. 허비는 내 토크쇼에 나와 인질들에 대해 그렇게 큰 가치를 두는 것은 큰 실수라고 지적했다.

"협상하려면 이렇게 해서는 안 됩니다."

그의 말은 괜한 말이 아니었다. 그는 직업이 협상가였고 《협상의 법칙》이라는 베스트셀러의 저자이기도 했으니 말이다.

"이란인들은 상인 문화가 있습니다. 따라서 그들과의 협상은 카펫

가게에 들어가는 것과 비슷합니다. 그곳 상인에게 '진열장 안에 있는 저 카펫이 마음에 들어요. 진열장 안의 저 카펫을 갖고 싶어요. 진열장 안의 저 카펫을 꼭 사야겠어요!' 라고 말한다고 칩시다. 그러면 카펫 가격이 어떻게 되겠습니까?"

인도주의적 제스처로서 여성과 몸이 아픈 인질 몇 명이 풀려나기는 했다. 그러나 카터가 나머지 52명의 인질을 본국으로 데려오지 못하자 국민들은 그를 비난하기 시작했다. 1979년 4월의 어느 날 새벽의 토크쇼에서는, 사막지대에서 항공기가 추락하여 군인 8명이 사망하는 바람에 인질구출 시도가 실패로 끝났다는 속보를 내보냈다. 당시에는 일이 어떻게 돌아가는지를 알려주며 최신 소식을 전해줄 24시간 뉴스 네트워크가 없었던 터라, 우리 토크쇼가 뉴스의 장이 되었다.

우리는 자고 있던 상원의원 헨리 잭슨Henry Jackson을 깨웠고, 그는 구출 시도에 대해 대통령에게 미리 통보받지 못했다는 것에 화가 치민 채로 차를 몰고 스튜디오로 나와서 걸려오는 전화들을 받았다. 그날 밤의 전화들은 적어도 미국이 뭔가를 시도했다는 것에 무게를 두며 낙관적이었으나, 실패 사실을 통감하게 되면서부터는 나라 전체의 분위기가 어두워졌다. 토크쇼에 걸려오는 전화들을 조사하는 여론조사원들은 누구라도 카터에게 재선의 가능성이 없음을 알 수 있었다. 그러나 언제나처럼, 우리 토크쇼에는 유머가 끼어들었다.

1980년 선거가 다가오고 있던 중의 일이었다. 당시에 카터는 시러큐스(뉴욕주 중부의 도시)에서 열리기로 되어 있던 로널드 레이건Ronald Reagan과의 대선토론을 갑자기 포기했는데, 레이건이 무소속 후보인 존 앤더슨John Anderson을 포함시키자는 주장을 굽히지 않은 것이 그 이유였다. 그래서 카터의 불참을 상징하는 의미로 연단에 빈 의자를 남겨두자는 이야기가 나왔으나, 비교적 사려 깊은 이들의 설득 덕분에 대통령은 빈 의자로 굴욕당하는 일은 면했다. 그런데 토론 당일 밤에 시러큐스에서 한 통의 전화가 걸려왔다.

"래리, 저는 체어Chair(카터의 불참으로 치워진 의자를 빗댄 것)입니다. 저는 지금 정말 우울합니다. 몸에 온통 니스칠을 하고 광까지 내놓았건만… 이번이 제게는 대박 날 기회였는데 마지막 순간에 와서 그들이 나에게 오지 말라고 통보했어요."

그 사람이 말을 재치 있게 해서 나는 계속 이야기를 이어갔다.

"어차피, 80년대는 가망이 없어 보이는데요. 그런데 다음 선거 때는 무슨 계획이 없으십니까?"

"1984년에 한번 시도를 해볼 생각입니다. 그러려면 이제부터 저와 함께 뛸 오토만(긴 의자의 일종)을 찾아야겠군요."

그런 일들이 있어서 밤늦은 시간까지 방송을 잘 해나갈 수 있었다.

인질들을 석방시키기 위한 최후의 작전이 펼쳐져 카터의 대통령직을 지켜줄 것이라는, 10월의 깜짝쇼[17]에 대한 이야기가 나돌았다. 그러나 그런 일은 일어나지 않았고 레이건이 압도적으로 승리를 거두었다. 그리고 레이건이 취임 선서를 한 얼마 후에 인질들이 풀려났다.

풀려난 인질들은 미국에 당도한 이후에 계속해서 언론과 거리를 두었다. 그들은 가족들을 만나기 위해 미육군 사관학교 소재지 웨스트포인트에 잠깐 머물렀다가 영웅들의 환대가 준비된 워싱턴으로 날아왔다. 그리고 버지니아주 크리스탈 시티의 매리어트 호텔에 묵게 되었는데, 바로 그 호텔 옆에 우리가 토크쇼를 방송하던 스튜디오가 있었다. 그야말로 적절한 시기에 적절한 장소에 있었던 셈이다.

방송 스태프들이 인질로 잡혀 있던 해병대원 몇 명이 디스코텍에서 춤을 추고 있는 것을 보고는 그 중 한 명을 설득해 데려왔다. 그가 방송에 출연하면 정말 좋겠지만, 그럴 의사가 전혀 없다면 그냥 스튜디오에 와서 방송을 구경해도 괜찮다고 이야기했다. 그는 방송에 출연하기로 결정했고, 할 말을 휴지에 적어 서로에게 전했던 이야기를 비롯해 잡혀 있는 동안에 겪었던 그 외의 놀라운 일들을 자세히 들려주었다.

에드 리틀이 정말 맞았다. 마이애미의 청취자들이나 덴버의 청취자들이나 그런 대화중에 다이얼을 돌리는 사람은 없었다. AFN을 통해 베를린이나 서울에서 방송을 듣고 있던 이들도 라디오를 끄지 않았다. 나는 그렇게 여러 사건들의 중심에 가까이 다가가면서 영향력을 펼치고 있었다.

레이건은 취임식한 지 69일 만에 유명인이 많이 찾는 워싱턴의 듀크 제이버트의 식당에서 5블록 정도 떨어진 곳에서 벌어진 암살 시도로 인해 부상을 입었다. 이유는 잘 모르겠으나 나는 그 소식을 들었을 때 레이건이 무사할 것이라는 직감이 들었다.

그로부터 몇 년 후에 그와 인터뷰를 나누게 되었는데, 레이건 역시 그렇게 느꼈다면서 그는 그때 자신이 총에 맞은 것조차 깨닫지 못했다고 했다. 그는 보호하려고 달려든 경호원이 자신을 차 안으로 밀어 넣었을 때 갈비뼈가 부러진 줄로만 알았고, 팔을 뻗어 피를 보았을 때야 비로소 빗맞은 총탄이 고통의 원인이라는 것을 알았다.

충격은 힐튼 호텔 외벽인 회색 돌벽 근처에서 일어났다. 힐튼 호텔은 시내에서 가장 큰 댄스홀이 있는 곳으로, 모르는 사람이 없을 정도로 유명했으며 그 앞을 지나치지 않는 사람이 없을 만큼 보행자 통행이 많은 거리에 있었다. 내가 마이애미에 있었다면 그 암살시도는 뜨거운 토론거리로만 그쳤을 테지만, 나는 듀크 제이버트 식당으로 가다가 줄로 막아져 있는 사건현장을 지나가면서 사건의 중심현장을 직접 접하기로 했다. 총을 쏜 존 힝클리 주니어John Hinckley Jr.는 내 친구이자 스승인 에드워드 베넷 윌리엄스에게 법정 변호를 받기로 정해졌다. 그로부터 얼마 지나지 않아 나는 레이건 대통령 부부와 친한 사이가 되었다.

시간이 지나면서 토크쇼는 독특한 생기를 띠어갔다. 상원의원 앨 고어Al Gore가 늦은 밤에도 자주 차를 타고 와서 게스트로 출현했다. 포틀랜드의 한 청취자는 주기적으로 전화를 걸어서 껄껄 웃기만 하다 끊기도 했다. 우리는 그 사람을 포틀랜드의 껄껄이라고 불렀는데, 내가 질문을 하면 그는 전염성 강한 웃음을 터뜨려서 듣고 있던 다른 청취자들도 함께 웃지 않을 수 없게 만들었다. 포틀랜드의 껄껄이가 한동안 전화를 하지 않으면 다른 청취자들이 궁금해서 전화를 걸 지경이었다.

토크쇼는 야간 경비원, 병원 근무자, 경찰, 밤늦게까지 공부하는 대학생들에게 가족과 같은 존재가 되었다. 어느 날 밤에는 아칸소주에서 전화 한 통을 받았는데, 전화한 사람은 다른 사람이 아닌 빌 클린턴Bill Clinton 주지사였다.

"주지사님, 전화 주신 이유는 좀 이따 듣기로 하고 그보다 먼저 궁금한 게 있습니다. 도대체 뭘 하시느라 새벽 2시 30분까지 안 자고 계신 겁니까?"

"그쪽으로는 신경 꺼주십시오."

개그맨 스티븐 콜버트Stephen Colbert는 자신이 그 토크쇼를 듣다가 동정을 잃었다고 했다.

토크쇼에 주파수를 맞추는 순간에는 그날 웃음을 터뜨릴지 눈물이 나오게 될지 알지 못했다. 어느 날 밤에 배우이자 가수이자 코미디언인 대니 카예Danny Kaye가 나왔을 때는, 새벽 3시에 한 여성이 전화를 걸어와 이렇게 말했다.

"대니, 이렇게 당신과 얘기를 나누게 될 거라고는 평생 한번도 생각 못했어요. 대니 카예와 얘기할 기회를 얻을 줄 어떻게 상상이나 했겠어요? 제가 전화를 한 건 제 아들이 당신의 팬이었다는 걸 말해주고 싶어서에요. 그 애는 곧잘 당신 흉내를 냈어요. 당신의 노래는 모르는 게 없었고요. 그런데 해군에 들어갔다가 한국에서 전사했어요. 군에서 사물함에 있던 소지품들을 보내왔는데, 자기 사물함에 넣어두었던 유일한 사진이 당신 사진이었더군요. 그래서 그 사진을 아들 사진 옆에 끼워두었어요. 매일 아침마다 액자의 먼지를 닦아주고 있어요. 듣고 계시죠? 그냥 당신이 이 얘길 알아주었으면 싶었어요."

대니 카예는 눈물을 흘리기 시작했다. 그때 그 자리에 있었던 그의 형도 울음을 터뜨렸다. 그러다 대니 카예가 재치 있는 말을 꺼냈다.

"아드님이 좋아한 노래가 뭡니까?"

"'다이나Dinah' 였어요."

그녀가 대답하자 그는 그 자리에서 바로 다이나를 불러주었다. 다시 되돌릴 순 없지만 언제까지나 잊지 못할 소중한 순간이었다.

존 레논이 사망했을 때는 4시간 동안 내내 그에 대해 얘기하는 전화들이 이어졌다. 많은 이들이 눈물을 흘렸다. 나는 그날 밤이 되어서야 비틀스의 영향력이 어느 정도인가를 절감했다. 희극배우 밀턴 벌

Milton Berle도 전화를 걸었다. 그때부터 나는 내 토크쇼가 전국민들이 함께 슬픔을 나눌 수 있게 해주는 장소를 제공해주고 있음을 느꼈다.

그러나 내가 가장 좋아한 것은 유머였다. 나는 새벽 4시가 되면 심령투시를 하곤 했다. 물론, 모르면서 아무렇게나 말했던 것이다. 한번은 전화를 건 청취자에게 이렇게 말했다.

"내일, 당신은 휴스턴에 있을 겁니다."

"하지만 저는 디트로이트에 있는데요."

"상관없어요. 내일, 당신은 휴스턴공항에 있을 겁니다. 그리고 마사라는 이름의 여자를 만나 일생을 바쳐 사랑하게 될 거예요."

"하지만 저는 이미 결혼했는데요!"

"내 말을 믿으라니까요."

영화 〈고스트버스터즈Ghostbusters〉를 찍던 사람들이 전화를 걸어와 나에게 영화에 출연해달라고 요청한 적도 있었다. 결국 나는 손에 담배를 끼고 마이크 앞에 앉아 있는 모습으로 영화에 나왔다. 노래하는 시인 로드 맥퀸Rod McKuen은 내 청취자의 규모가 얼마나 되는지 잘 모른 채 출현하여 다음과 같이 말한 적도 있었다.

"곧 신간이 나오는데, 책을 사서 표지 귀퉁이를 잘라 제게 보내주시는 모든 분께 제 최근 음반을 무료로 보내드리겠습니다."

그런데 무려 21만 5,000명이 표지를 잘라 보냈고 그는 엄청난 돈을 쓰게 되었다.

한편 1982년에 일간지인 〈USA 투데이USA Today〉가 창간되었을 때 설립자인 앨 뉴하스Al Neuharth가 내게 주간 칼럼을 써달라고 부탁했다. 전국지인 〈USA 투데이〉는 TV 뉴스를 보는 사람들을 위한 신문이었다. 심지어 모퉁이에 놓여지는 자동판매기들 생김새도 텔레비전 모양이었다. 사람들은 처음엔 〈USA 투데이〉를 조롱하며, 맥도날드 햄버거와 같은 정크 푸드 신문이라는 의미로 맥페이퍼McPaper라고 불렀다. 그러나 〈USA 투데이〉는 미국이 점점 좁아지고 있다는 또 하나의 징표였고, 내 토크쇼는 가맹방송국이 100개까지 더 늘어났다. 현재 〈USA 투데이〉는 전국에서 최대의 판매 부수를 자랑하고 있는 일간지다.

나는 심야 라디오 토크쇼를 진행하고 〈USA 투데이〉에 칼럼을 싣고 매주 토요일 밤에는 지방 TV 방송의 인터뷰 프로그램도 했다. 그런데 이 부분도 내 타이밍이 얼마나 좋았는지를 보여주는 대목이다. 지방 TV 방송의 임원들은 나의 주말 프로그램을 아주 마음에 들어 했다. 그래서 일주일에 다섯 차례 방송 편성을 구상하며 황금시간대 전인 이른 저녁 시간에 방영할 계획을 세웠다. 방송국의 총책임자는 나와 저녁을 먹으며 아주 흥분해서 말했다.

"내가 4주 동안 심혈을 기울여온 다른 프로그램이 있는데 어떻게든 다음 달까지는 끌고 가려고 하고 있네. 야간 시간대로 하려 했는데 주간 시간으로 배정되었어. 아무래도 가망이 없네! 4주 후면 그 프로그램은 폐지될 거고 자네가 그 시간대를 맡을 걸세."

그것은 바로 퀴즈쇼 프로그램 〈운명의 수레바퀴Wheel of Fortune〉 얘기였다. 주간 프로그램으로는 가망이 없다니, 천만의 말씀이었다! 이 프로그램은 미국 TV 역사상 최장수 오락 프로그램이 되었을 뿐만 아니라 여전히 방송되고 있다.

그러나 생각해봐라. 〈운명의 수레바퀴〉가 실패하여 나의 주간 프로그램이 생겨났더라면, 나는 CNN에 들어가지 않았을 것이다. 때로는 불운이 복이 되기도 한다. 야구에서도 최상의 트레이드들이 그런 식으로 우연히 이루어지는 경우가 더러 있다.

나는 무더운 여름이나 모진 겨울은 싫었지만 그래도 워싱턴을 사랑했다. 샤론과의 결혼생활은 잘 풀리지 않았다. 마이애미에서 이사 온 초반에는 적응이 좀 힘들었다. 어느 날 아침에는 집에 왔더니 의붓자식인 두 딸내미들이 내 양말들을 다 묶어놓고 난장판을 만들어놓았다. 그러나 아이들은 시간이 지나면서 잘 적응했다. 진짜 문제는 나와 샤론의 관계였다. 우리 사이는 아주 좋거나 아주 나쁘거나 둘 중 하나였고 그 중간일 때가 없었다. 그래도 샤론과 나는 이혼을 한 뒤로도 여전히 데이트를 했다.

한편 딸 카이아가 나와 함께 살고 싶어 했다. 그 즈음에는 샤론과 내가 서로 갈라선 상태였고, 알렌도 카이아가 아빠와 일상을 함께 할 필요가 있다며 동의해주었다. 그렇게 해서 마이애미에 카이아가 왔고, 나에게는 약간의 적응이 필요했다. 혼자서 아이를 키워본 적이 없었던 내가 갑자기 혼자 힘으로 열두 살짜리 딸을 돌보게 되었으니 오죽했겠는가.

딸을 데려온 첫날밤은 절대 잊지 못할 것이다. 나는 공항에서 딸을 태우고 침실이 하나뿐인 내 아파트로 데려왔다. 침실이 2개인 집으로 옮기려면 아직 일주일은 더 있어야 해서, 처음 일주일 동안 카이아는 거실의 간이침대에서 자야 했다.

나는 잠자리에 누워 앞으로 어떻게 해야 할지를 생각하다 잠이 들었다. '이런, 어쩌지. 이런 일은 처음이라 부모로서의 결정을 내릴 땐 어떻게 해야 할지도 모르겠고. 내가 밤늦게까지 일을 하는 형편인데 누가 딸아이를 돌보지? 정말로 어떻게 하면 좋을까?'

아침에 눈을 떠보니 카이아가 침대 모서리에 앉아 있었다.

"주무시다 중간에 깨셨어요?"

"응."

"물도 드셨고요?"

"그랬지. 마침 컵에 물이 있길래 마셨는데."

"제 콘택트렌즈를 드신 거예요."

이것은 아버지로서의 모험의 시작이었다. 어느 날 아침에는 눈을 떴더니 설치류 같이 생긴 녀석이 내 코를 올려다보고 있었다.

"예쁘지 않아요?"

카이아는 결국 흰족제비 세 마리와 욕실을 이리저리 정신없이 뛰어다녔다. 딸은 여름 동안 국회 의사당에서 일을 했고 듀크 제이버트의 식당에서 나와 함께 식사를 했다. 참으로 좋은 시절이었다. 우리는 에드워드 베넷 윌리엄스와 함께 야구 경기를 보러 가기도 했다.

나는 1983년에 오리올스팀이 월드시리즈에서 승리했을 때 윌리엄스와 같이 관람하다가 오리올스팀의 중계 아나운서 존 밀러Jon Miller와 친해졌다. 어느 날 밤에, 존은 중계중에 1이닝 동안 래리 킹의 흉내를 내보겠다고 말했다. 사실, 라디오 청취자들은 볼 수 없었지만 그의 옆에는 내가 앉아 있었다. 나는 다음 이닝 동안에 야구 경기를 중계하고 싶어 하던 어린 시절의 꿈을 실현했다. 그날 밤 늦게 토크쇼를 진행하고 있을 때 한 청취자가 전화를 걸어와 물었다.

"그 야구 경기에 오시지 않았어요?"

"안 갔는데요."

나는 어떻게 되는지 보려고 거짓말을 했다.

"중계방송은 들으셨어요?"

"아니요."

"사실, 존 밀러가 당신 흉내를 냈거든요."

"어땠습니까?"

"굉장했어요."

그 후에 정말로 딱 맞는 타이밍에 걸려온 또 한통의 전화를 받게 되었다. 나는 워싱턴에서 너무 행복한 시간을 보내고 있어서 당시에는 그것이 얼마나 기가 막힌 타이밍인지를 깨닫지도 못했다.

또 다른 관점

니고시에이터 허비 코헨

TV에서 보는 래리는 능란하다. 그러나 라디오 진행을 할 때도 더할 나위 없이 잘했다. 그가 5시간 30분 동안 토크쇼를 진행했을 때 워싱턴의 거물 모두가 그 프로그램을 즐겨 들었다. 백악관에서는 늦게까지 일하는 사람들이 많았는데 그들은 라디오를 켜서 래리의 목소리를 듣곤 했다. 래리는 믿기 어려운 재기를 하며 불사조처럼 돌아왔다.

마티 자이거

형은 금전적으로 힘들었던 시절에 거의 돈 한 푼 없이 경마장에 갔다가 주차비를 안 내려고 경마장 멀리에 차를 두고 걸어간 적도 있었다고 했다. 그런데 형은 두어 달 후에 앤지 디킨슨과 함께 리무진을 타고 바로 그 경마장에 갔다.

11

테드

어느 날 밤 테드 터너로부터 뜻밖의 전화가 걸려왔다. 나는 그가 프로야구팀 애틀랜타 브레이브스를 매입하고 TV 방송국 TBS를 합병할 때부터 그를 알고 있었다. 그는 내 라디오 토크쇼에 게스트로 나온 적도 있었다. 그리고 당시에는 CNN을 운영하고 있었다.

CNN은 막 출범한 상태였다. 그 무렵에 워싱턴에 사는 사람들은 CNN을 잘 몰랐을 것이다. 나도 집에서 CNN을 시청한 적이 없었고, 도로에서 한번 본 것이 전부였는데 애틀랜타에서였던 것으로 기억한다. 그때까지만 해도 CNN은 그리 대단해 보이는 곳이 아니었다.

나는 〈프리맨 리포트Freeman Report〉라는 CNN의 프로그램에 게스트로 나간 적이 있었다. 매일 밤 9시에 방영되는 프로그램으로 샌디 프리맨Sandi Freeman이 진행을 맡았고 뉴욕에서 촬영되고 있었다. 우리는 심야 라디오 방송에 관하여 이야기를 나누었는데 그녀의 진행 솜씨는 아주 뛰어났다.

그런데 테드는 전화로 "〈프리맨 리포트〉를 아시오? 샌디 프리맨의 계약기간이 곧 만료되는데 매니저를 맡고 있는 남편이 아주 사람을 열 받게 하고 있소. 돈을 더 받아내려고 어찌나 애를 먹이는지, 그 사람을 좀 골탕 먹이고 싶소. 함께 일해보지 않겠소? 9시 정각의 프로그램을 맡아보고 싶지 않소?"

그날은 화요일 밤이었고 그녀의 계약기간 만료는 금요일로 당장 눈앞이었다.

"글쎄요, 테드. 어찌해야 할지 잘 모르겠어요."

나는 예기치 못한 일이라 당황했을뿐더러 주저되기도 했다. 그때는 내 삶에 정말 만족하고 있던 시기였기 때문이다. 나는 독신으로 지내며 즐거운 시간을 보냈고 밤이면 오리올스의 경기를 보러 다녔다. 워싱턴에서 지냈던 당시에 앵커 케이트 쿠릭Katie Couric과 데이트했던 기억도 난다. 그녀는 독신이었고 우리는 막 시작한 사이였다. 그녀가 자신의 아파트에 나를 초대했을 때 '이번엔 잘 될 것 같아. 잘 될 것 같아' 라는 생각이 들던 참이었다. 그녀는 같이 사는 룸메이트가 나를 보고 싶어 한다고 말했지만 나는 그 얘기에 별 의미를 두지 않았다. 나는 그렇게 데이트를 즐기고 경기를 관람하다 자정이 되면 라디오 토크쇼를 진행했다. 나는 그런 저녁 시간을 포기하고 싶지 않았다.

"테드, 밥 울프가 제 에이전트로 있습니다."

"밥이라면 잘 알고 있소. 전에 야구 계약 때 그와 협상을 했었소. 그에게 전화해달라고 전해주시오. 당장 전화하라고 말하시오."

그래서 나는 밥의 집으로 전화를 했다. 그는 테드와 통화를 한 후에 다시 나에게 전화를 했다.

"지금부터 테드가 원하는 것을 애기할게요. 그는 3년 계약을 체결하자며 20만 달러를 제시했어요. 그러면 수입이 두 배가 되는 거예요. 지금 라디오에서 20만 달러를 받고 있으니까요. 그리고 2년째에는 22만 5,000달러를 주고, 3년째에는 25만 달러를 주겠대요. 하지만 그 사람을 골탕 먹이고 싶다며 오늘 바로 답변을 달라네요."

"테드가 정말로 나를 원하는 겁니까, 아니면 그저 그 사람을 골탕 먹이고 싶은 겁니까?"

"글쎄요, 그래도 한 가지 유리한 협상 조건이 있어요. 계약 후 1년이 되었을 때 일이 마음에 들지 않으면 그만두어도 좋다는 선택권이 있어요. 그의 선택권이 아니라 바로 당신의 선택권이에요. 그러니 그 일이 별로거나, 오리올스팀의 시합이 그리워지면 1년 후에 그만둘 수도 있어요."

"그럼, 나쁘지 않군요. 하겠다고 전해줘요."

밥은 테드에게 전화해서 계약을 체결했다. 테드는 샌디 프리맨의 남편에게 전화를 걸어 만나자고 했다. 분명히 그 남편은 자신이 원하는 대로 계약을 맺게 될 줄로 생각했을 것이다. 내가 들은 바에 따르면, 그는 퉁명스러운 사람이었는데 면담 자리에 나와서 이렇게 말했다고 한다.

"테드, 당신이 드디어 우리의 의견에 접근해주다니 기쁘오."

"천만의 말씀. 저 문 보이시오? 잘 가시오."

이렇게 해서 나는 CNN에서의 방송을 시작하게 되었다.

그 어디에도 테드 터너 같은 사람은 없다. 정말 한 사람도 없다. 테드는 무모한 사람이다. 그는 타고난 사업가지만 말 그대로 아이 같기도 했다. 그는 기분이 좋을 때는 더없이 열성적이고 모험적이고 재미있는 사람이지만 기분이 가라앉아 있을 때는 지독히 우울한 사람이 되기도 했다. 그는 한 가지 화제에 아주 오랫동안 집중하지 못했지만 순간적인 한 가지 화제에는 완벽하게 몰두할 수 있었다.

언젠가 우리는 몬태나에서 검독수리를 본 적이 있었는데 그때 나는 그가 미친 줄 알았다. 세상에 다른 것은 아무것도 존재하지 않으며 시간이 정지된 듯한 모습이었다. 그러나 그가 유별나긴 해도 시간에 늦은 적은 단 한번도 없었다.

그는 인색하기로 유명했지만 관대할 때는 터무니없이 관대했다. 그는 도요타를 타고 출근했다. 그리고 리무진을 탈 때도 운전사에게 호텔에서 한 블록 떨어진 곳에 차를 세우게 했는데, 그곳에서 내리면 호텔에 도착했을 때 도어맨에게 팁을 주지 않아도 되기 때문이었다. 그러나 그는 애틀랜타 브레이브스의 구단주로 있을 당시에 자신이 좋아하는 야구 선수를 지키기 위해 얼마가 됐든 지불하려고 했다.

그는 의리 있는 사람이며, 때로는 그 의리가 지나치기도 했다. 그는 처음에는 배를 모는 데 서툴렀으나 점점 실력이 늘어 세계에서 가장 명성 높은 요트 대회인 아메리카 컵에서 우승까지 한 바 있었다. 언젠가 폭풍우를 만나 대서양 한복판에서 3일 동안 그와 함께 갇혀 있었던 어떤 사람에게 들으니, 자신이 살아 있는 것은 순전히 테드가 키를 잡고 있었던 덕분이라고 했다. 그러나 테드는 나쁜 소식을 들을 때는 거의 덜덜 떨어서, 그의 목소리는 만화 속 캐릭터처럼 떨리곤 했다.

"제발, 나쁜 소식이라고 말하지 말아요."

그는 이루 말할 수 없이 인정 많은 친구이기도 했다. 한번은 내가 말을 타본 적이 없다는 것을 알고, 내가 무서워하지 않도록 옆에서 고삐를 잡고 나란히 말을 타준 일까지 있었다. 그는 나를 조롱하거나 무시하지 않았다. 하지만 마음에 들지 않은 사람이 있으면 그 사람을 진

흙길에 엎어트릴 수도 있는 사람이다. 실제로 언론재벌 루퍼트 머독Rupert Murdoch이 LA 다저스를 매입하려 노리고 있었을 때, 리그의 다른 구단주들에게 전화를 걸어 그의 시도를 막으려고 설득했었다.

그는 때때로 솔로몬의 지혜를 발휘하기도 했다. CNN에서 두 직원끼리 격렬한 논쟁이 벌어졌을 경우, 아침에 두 직원은 그의 사무실에 들어가 어떤 식으로든 문제를 해결하곤 했다. 그렇다고 해서 두 사람 중 누구 하나도 모욕감을 느끼거나 감정 상한 채로 사무실에서 나오거나 하지는 않았다. 그러나 테드는 바로 그런 날 오후에 생각 없이 많은 청중의 기분을 상하게 만들기도 했다. 한 예로 그가 어떤 여성단체에서 연설을 할 때였다.

"저는 여자들을 좋아합니다. 저는 여자들을 낭만적으로 좋아합니다. 여자들과 함께 일하는 것을 좋아합니다. 이 나라가 여자들을 성적 대상으로 취급하는 것이 싫습니다. 저는 여자들을 성적 대상으로 보지 않습니다. 저는 그들을 고용하고 승진시킵니다."

청중의 기겁하는 모습이 충분히 상상될 것이다. 언론에서는 그에게 '남부의 입Mouth of the South'이라는 별명을 붙였다. 그러나 재학중에 쫓겨난 브라운대학교에서의 졸업 연설은 1분 30초를 채 넘기지 못했다. 그는 일어나더니 운을 떼었다.

"저는 가야 합니다."

그런 후 자신의 얼굴을 가리키며 말을 이었다.

"보이십니까? 종양입니다. 이것을 떼어내야 해서 지금 피부과에 가려 합니다. 이것이 왜 생겼는지 아십니까? 땡볕 때문입니다. 이제 이 말만 남기고 가겠습니다. 햇빛을 조심하세요."

그는 그렇게 말을 마치고 무대를 떠났다. 장담하건대 그날 졸업생들은 누구라도 그의 연설을 절대로 잊지 못할 것이다.

테드는 20초 뒤의 일을 생각하지 못했다. 그러나 20년 후는 내다볼 수 있었다. 그는 철저할 만큼 정직했다. 또 너무 어린애 같아서 때로는 얼빠진 사람처럼 보였다. 이러한 성격의 사람은 이런저런 영역에서 해가 될 수 있는 반면 모두가 한데 어우러지면 혁명적이다. 테드 터너에게는 천재적 소질이 없었다. 단지 그 자신이 천재일 뿐이었다. 그는 시대를 크게 앞서 있었다. 또한 다른 사람들이 미처 생각지 못한 방식으로 위성의 잠재성을 보았다.

언젠가 한 심리학자에게 들은 바에 따르면, 미국인에게 20세기 최대의 사건이자 가장 놀라운 사건은 달 착륙이 아니라 지구 궤도에 진입한 최초의 우주선, 스푸트니크호였다고 한다. 지금 생각해보면 그리 대단한 사건처럼 여겨지지 않을 수도 있다. 특히 그 소련의 위성이 비치볼 만한 크기였음을 생각하면 더더욱 그럴 것이다. 그러나 냉전이 한창이던 1957년에 그보다 더 큰 사건은 없었다.

소련은 하늘에서 우리를 내려다보고 있었다. 우리가 먼저 했어야 할 일이었다. 그것이 우리를 겁먹게 했고 우리를 변화시켰다. 또 그것이 우리를 달에 가도록 분발시켰다. 저 위에서 다른 누군가가 우리를 내려다보고 있으며, 그 다른 누군가가 당신의 친구가 아니라 적이라고 상상해보라. 공포감이 밀려오지 않는가. 그 공포가 달 착륙을 촉구시켰다. 우리는 위성을 스파이이자 위협으로 보았다.

그러나 테드 터너는 위성을 사람들을 불러 모으는 방식으로써 보았다. 테드가 CNN을 운영할 때는 규칙이 몇 개밖에 안 되었는데 그 몇 개 중 하나가 '외국'이라는 말을 쓰면 안 된다는 것이었다. 테드 터너에게 외국은 없었다. 그는 자신이 이런 접근법을 얼마나 폭넓게 취했는지 깨닫지 못했을 것이다. 그 당시에는 아무도 세계화에 대해 거론하지 않았던 때였으나, 테드에게는 세계화가 아주 간단한 문제였다. 그는 언젠가 이렇게 말했다.

"나는 대서양을 바라볼 때 그것을 미국의 일부라고 생각하지 않소. 지구(세계)에 있다고 생각할 뿐이오."

그가 이런 식의 사고방식을 갖게 된 내력은 놀라웠다. 그는 UN에 선뜻 10억 달러를 기부할 수 있는 도량 넓은 진보주의자였으나, 처음부터 그런 사람은 아니었다. 테드의 아버지는 남부에서 옥외 광고업을 운영하고 있었던 우익 보수주의자였고, 틀림없이 테드는 그런 아버지 밑에서 막대한 영향을 받으며 자랐을 것이다. 나는 언젠가 테드에게 말했었다.

"당신의 아버지는 당신에게 100만 달러를 남겨주셨는데 당신은 그것을 10억 달러로 키웠어요. 현재 아버지가 당신을 본다면 뭐라고 말씀하실까요?"

"그야 늘 하시던 말씀을 하시겠지요. '인플레이션이….'"

테드는 아버지를 만족시키지 못했으며 아버지가 자살로 생을 마감하면서 그럴 기회조차 영원히 잃어버렸다. 그 대신에 그는 통신 제국을 건설했다. 지금부터는 테드가 세상을 보는 사고방식을 보여주겠다.

아버지가 세상을 떠난 지 얼마 되지 않은 어느 날, 테드는 애틀란타에서 차를 몰고 가다가 자신의 회사에서 만든 광고판들을 지나치게 되었고 그중에 채널 17의 광고를 보게 되었다. 테드는 어렸을 때 기숙학교에서 지내면서 TV를 별로 보지 않았고 당시에도 TV를 그다지 많이 안 봤다. 그때는 60년대 말이었다. 그러나 그 광고판은 테드에게 검독수리와 똑같은 감명을 주었다. 테드는 채널 17을 매입하여 자신의 회사에서 대여되지 않고 남아 있는 광고판들을 이용해 채널 17을 광고했다. 그러고 나서 얼마 후에 채널 17의 시청자들을 늘릴 방법을 고안했다.

그는 미국연방통신위원회로부터 채널 17을 위성으로 방송할 수 있도록 허락을 얻어냈다. 이제 그는 위성을 얻게 되었다. 채널 17은 슈퍼스테이션[18]으로 알려지게 되었고, 테드는 케이블 TV 가입자들에게 오래된 영화를 방영하고 시트콤을 재방송할 방법을 생각해냈다.

당시는 케이블 방송이 막 시작된 단계였다. 테드는 사업계약들을 냅킨에다 휘갈겨 썼다. 그는 애틀랜타 브레이브스 야구팀과 애틀랜타 혹스 배구팀을 사들였다. 그러고 나서 어떻게 했겠는가. 그는 브레이브스팀 경기를 위성으로 방송했다. 그것은 하루에 3시간짜리 프로그램이었다. 테드는 내게 말하길, CNN에 대한 구상이 나오게 된 것은 WGST라는 애틀란타의 라디오 방송에 채널을 맞추었을 때였으며 그때 방송에서 아나운서는 이렇게 말했다고 했다.

"언제나 모든 뉴스를 전해드립니다."

테드는 생각했다. '24시간 뉴스 방송을 하는 거야. TV에서 24시간 뉴스 방송이 성공하지 말란 법도 없잖아?' 그는 1980년에 CNN을 개국했다.

테드는 처음에 이름 없는 진행자들을 고용하면서도 미처 그 진행자들이 유명해질 것임을 생각하지 못했다. 그 일은 그의 말마따나, 그가 잘못 생각한 몇 개 안 되는 일 중 하나였는데 나중에 그들을 붙잡아두기 위해 많은 돈을 지불해야 했기 때문이다.

나는 테드의 방송국 진행자 중 외부에서 영입된 최초의 저명인이었을 것이다. 당시 사람들은 CNN을 가리켜 '치킨 누들 뉴스Chicken

Noodle News' 라고 불렀다. 내 첫 방송은 촬영을 했던 스튜디오의 맞은 편 거리에서도 볼 수 없었다. 워싱턴에는 케이블이 없었기 때문이다.

나는 CNN이 성공할지에 대한 확신은 없었지만 테드가 좋았고 함께 말을 타면 재미있을 것이라고 생각했다. 우리 두 사람이 서로 인연을 맺게 된 것은 두 사람 모두에게 있어 좋은 타이밍이었을지 모른다. 어쩌면 테드와 내가 같은 날인 11월 19일에 태어나서일 수도 있다. 이유야 어쨌든, 잘 만난 인연이었다. 테드 터너는 내가 함께 일했던 경영자 중 최고였다.

첫 번째 방송 무대는 조지타운의 낡은 곳에 마련되었다. 나는 분장실도 따로 없이 한쪽에서 메이크업을 해야 했고 그런 후에 통로 하나만 넘어서면 바로 있는 스튜디오에서 촬영했다. 나는 조종실의 상황에는 신경 쓰지 않는 편이다. 하지만 첫 방송의 제작을 도왔던 타미 하다드의 회고담에 따르면 나만 빼고 모두들 땀을 흘리며 긴장하고 있었다고 한다. 무대는 라디오 쇼의 무대처럼 만들어져 있었다. 요즘에는 그런 무대가 흔하지만 당시에는 참신한 무대였다. 그날 밤의 내 의상은 정장이었다. 그런데 얼마 후부터는 V넥 민소매 스웨터로 바꿔 입었다.

타미는 내가 수년 동안 라디오 프로그램을 하면서 마이크 위로 몸을 구부리는 버릇이 들었다고 걱정하면서, V넥 상의를 입으면 몸을 똑바로 편 것처럼 보일 것이라며 V넥 상의를 입기를 제안했다. 그리고 나중에는 멜빵바지가 그런 속임수의 역할을 대신했다. 내 첫 번째 게스트는 마리오 쿠오모였다.

마리오는 1984년 민주당 전당대회에서 전시대를 통틀어 가장 뛰어난 정치적 연설의 하나로 꼽힐 만한 연설을 했다. 그 연설 당시에 나는 오클라호마주 대표 옆에 서 있었는데 그 사람도 다음과 같이 인상 깊은 말을 했다.

"나는 저 사람을 여기에 와서 처음 알았어요. 하지만 이제는 내가 왜 민주당원으로 있는지 그 이유를 알겠군요."

한편 에드워드 베넷 윌리엄스에게 들은 얘기지만, 마리오는 대학교 졸업식에서 그보다 훨씬 더 뛰어난 연설도 했다고 한다. 학생들은 앞에, 학부모들은 뒤쪽에 앉아 있었던 그날 졸업식에서 마리오는 학생들에게 이렇게 말했다.

"여러분은 제가 오늘 이 자리에서 무슨 말을 하던 간에 하나도 기억하지 못할 겁니다. 어서 여기에서 나가고 싶을 테니까요. 그러니 저에게 2, 3분만 주십시오. 이야기도 여러분의 부모님들께 하겠습니다."

그런 다음에 그는 모든 학생들에게 의자를 돌려 앉아 부모님을 바라보게 했다. 그와 같은 능변가를 토크쇼 게스트로 모시는 것은 기쁜 일이다. 게다가 마리오는 친구이기도 했다.

그날의 토크쇼를 떠올릴 때 기억나는 것은 특정 질문이나 답변이 아닌 모든 것이 딱딱 들어맞았다는 느낌이었다. 마리오도 그것을 감지했는지 촬영 후에 "이 일은 당신에게 딱이오."라고 말했다. 나는 그것이 TV 역사상 최장수 프로그램의 첫 방송이 될 줄은 몰랐다. 그것이 한 진행자가 늘 같은 시간에 24년 동안 방송하게 되는 프로그램이 될 줄은 정말 몰랐다. 그러나 그 무대 짜임새가 완벽하다는 것은 알았다. 현재 내 방송 무대의 전세계 형상의 배경이 보이는가? 첫 방송날 밤에도 똑같은 배경이었다. 지금과 달랐던 점이라곤 그땐 칼라가 아니었다는 것뿐이다.

그때 나는 쉰두 살로 접어들고 있었고 CNN은 겨우 다섯 살이었다. 전국에서 내 목소리를 알아들었고, CNN이 미국 전역과 전세계의 거실에 중계되기 직전이었다. 시기상으로 나나 CNN 모두를 끌어올려줄 타이밍이었다. 나는 나의 심야 라디오 쇼를 통해 CNN을 밀어줄 수도 있었다. 그래서 뮤추얼 방송 진행중에 CNN 토크쇼를 언급하여 내 청취자들을 끌어왔는가 하면, 다음 날에는 TV 토크쇼 진행중에 라디오 프로그램을 홍보하기도 했다. 그것은 마이애미에서 이른 아침의 라디오 쇼와 펌퍼닉스에서의 라이브 쇼에서 했던 것과 다르지 않은 일이었다. 다만 차이라면, 전체 시청자수가 늘어나 수백만 명에 달했고 내가 황금시간대의 TV 프로그램을 맡고 있었다는 것이다. 나는 그저 어린 시절부터 해왔던 그대로 하면 되었다. 내 친구 허비는 곧잘 이렇게 말한다.

"네 성공의 열쇠가 뭔 줄 알아? 네가 멍청이 같다는 거야."

물론 이 말은 나를 깔보려는 의도에서 한 말은 아니었다.

"TV에 나오는 다른 사람들은 모두 다 아는 체하는데 너는 아니야. 너는 멍청이 같아. 그래서 게스트에게 이렇게 말하지. '모르겠는데요. 설명해줘요. 도와줘요.' 너는 빈 곳을 만들어놓고 그 안을 채울 줄 알아."

그것은 언젠가 아서 고드프리에게 들었던 말을 떠오르게 했다. 비결이 없다는 것이 비결이라던 그 말 말이다. 자신이 잘하는 것을 하면 된다. 나는 전쟁에 참전해본 적도 없고 배관공 일을 해본 적도 없고 소송사건 적요서를 써본 적도 없고 법정에서 사건을 심리해본 적도 없고 병을 치료해본 적도 없었다. 내가 잘하는 일이라곤 그저 질문을 던지는 것, 그것도 짧고 단순한 질문을 던지는 것이었다.

한번은 토크쇼에 당뇨병에 대한 전문가가 출연했다. 내가 그에게 'diabetes(당뇨병)' 이라는 단어의 의미를 묻자 그는 웃으며 답했다.

"의대에 다닌 지 3일째 되던 날 배운 건데, 그 뒤로 아무도 그것을 묻는 사람이 없었어요."

무엇 때문에 동물들을 사냥하고 싶습니까?

왜 사진을 찍으십니까?

오늘의 전쟁 상황은 어떻습니까?

단순한 질문들은 종종 놀라운 대답을 유도해낸다. 그러나 그런 식으로 인터뷰할 때는 귀를 바짝 세우고 잘 들어야 한다. 언제나 다음 질문은 마지막 답변에 따라 결정되기 때문이다. 내 토크쇼의 기념일을 맞아 바바라 월터스가 나를 인터뷰한 적이 있었는데, 그때 그녀는 모든 질문을 면밀히 작성해왔다. 그것은 그녀에게는 잘 맞는 방법이지만 나에게는 맞지 않는 일로써 백만 년이 흘러도 그런 식으로는 일할 수 없을 것이다. 나는 단 한번도 질문을 미리 짜둔 적이 없었다. "안녕하십니까. 오늘 모실 손님은…"이라고 입을 열 때도 내가 무슨 질문을 하게 될지 잘 모른다. 내가 푸른색 종이를 들고 있는 것을 봤을지도 모르지만, 그 종이에 적힌 것들은 보조내용이지 로드맵은 아니다. 나는 방송에 나갈 때면 펌퍼닉스의 시절로 돌아가 순간 속에 산다.

핵심은 놀라는 것에 있다. 놀라는 것을 꺼려하는 형사변호사와 정반대인 셈이다. 사실, 많은 변호사들에게 들은 바로는, 법정에서 놀라면 할 일을 제대로 못하고 있다는 의미란다. 법정 양측의 어떤 사람의 말에도 놀라서는 안 된다. 놀라면 허를 찔렸음을 의미한다. 법정 변호사가 기꺼이 놀라고 싶어 하는 유일한 시간은 법률 도서관에서의 새벽 4시다.

그러면 나는 어떠냐고? 나는 일흔다섯 살인데도 여전히 매일 밤마다 놀라고 싶어 한다. 나는 놀랄 때면 내가 내 일을 잘하고 있음을 느낀다.

나에게는 사람들에게 말을 하도록 유도하는 타고난 능력이 있는 것 같다. 그런 능력이 시간이 지나면서 발전된 것인지 어떤지는 잘 모르겠지만, 그런 능력이 일을 시작할 때 내 에고를 억제시켜주고 있음은 잘 안다. 나는 '나'라는 단어를 사용하지 않으려고 애쓴다. 인터뷰에서 '나'는 완전히 배제된다. 나는 그 자리에 게스트를 위해 있는 것이다. 내게도 의견이 있을 수 있으나 토크쇼중에 내 의견은 중요하지 않다. 나는 열린 자세를 취한다. 언젠가 마이애미에서 내가 공화당 지지자 같은지 민주당 지지자 같은지 맞혀보라는 설문조사가 실시된 적이 있었는데, 그 결과는 50 대 50이었다.

요즘의 상당수 방송인들은 '나'라는 단어를 사용하지 않고는 토크쇼를 진행하기가 불가능하다고 여기는 듯하다. 스스로의 만족을 위해 그 자리에 있는 듯한 오라일리스O'Reillys, 림보스Limbaughs 같은 거드름 피우는 수다쟁이들도 있다. 그들이 꺼내는 이야기는 모두 자신들 중심이고 게스트는 그저 지원자에 불과하다. 그들은 말재주가 있어서 어떤 의미에서 재미있기는 하다. 그러나 그들의 토크쇼를 보고 나면 전에 몰랐던 것을 새롭게 아는 경우가 없다. 그들이 질문하는 것을 보면 스포츠 방송 아나운서 하워드 코셀Howard Cosell의 인터뷰에서 나왔던 오래된 유머가 떠오른다.

"내 얘기는 이제 그만해요. 당신은 어때요? 당신은 나를 어떻게 생각합니까?"

방송인들 중에는 3분 동안 여러 사실들을 읊어대고 나서야 질문을 던지는 이들이 많다. 마치 '내가 얼마나 많이 알고 있는지 보여주겠다'고 말하는 식이다. 나는 자세한 사항은 게스트의 몫이어야 한다고 생각한다. 그런 식의 3분 질문을 들으면 무조건 인터뷰어가 자신을 과시하고 있는 것처럼 느껴진다. 대통령 기자회견 중에도 그런 질문을 자주 보게 된다. 지금까지 내가 깨달은 바로는, 인터뷰어가 적절하고 간결한 질문들을 던지면 사실들을 읊어놓는 인터뷰어보다 훨씬 똑똑해 보인다는 것이다.

문득 수소폭탄의 발명가인 에드워드 텔러Edward Teller 박사와 나누었던 인터뷰가 기억난다. 그 인터뷰는 내 친구 한 명의 도움으로 성사된 것이었다. 텔러 박사는 정력적인 사람이었고 스튜디오에 나와서 나에게 물었다.

"물리학에 대해 얼마나 아십니까?"

"전혀 모릅니다."

"그럼 어떻게 같이 인터뷰를 합니까?"

"글쎄요, 오늘 녹화를 해보도록 하죠. 그러다 불만스러우시면 그만두십시오. 마음에 들지 않으시면 그냥 가셔도 됩니다."

"좋아요."

내가 첫 번째 질문을 던졌다.

"우리는 학교에 다닐 때 물리학을 왜 그렇게 싫어했을까요? 학교에서 배우는 물리학은 왜 그렇게 어려울까요?"

그는 얼굴을 환하게 밝히더니 호주 억양으로 답했다.

"잘못 가르쳐서 그래요. 물리학이라는 교과목의 이름부터 바꿔야 해요! 생활학이라고 바꿔 불러야 해요! 물리학은 당신이 오늘 눈을 뜬 순간부터 한 모든 것에 영향을 미치기 때문이지요! 물리학은 생활이에요!"

그 말을 듣고 내가 말했다.

"자세히 말씀해주시겠습니까?"

그는 자세히 설명해주었다. 이번엔 내가 물었다.

"물리학에 대해 그 다음으로 알아둘 만한 것은 또 뭐가 있습니까?"

그는 물리학이 무생물의 힘에 대해 배우는 것이라고 말해주었다. 즉 '산이 어떻게 생겨났을까? 그 작은 알갱이들이 어떻게 모였을까?' 같은 의문을 밝히며 산의 힘을 배우는 것이라고 말했다.

"박사님은 수소폭탄을 발명하셨는데요…."

"그런 얘길 자주 듣지만 수소폭탄은 어디에도 투하된 적이 없어요! 원자폭탄이 투하된 거였지 수소폭탄이 투하된 얘기는 들은 적이 없어요. 사람들은 내가 수소폭탄을 발명했다고들 이러니저러니 얘기하는데, 수소폭탄으로 사람이 죽은 적은 없어요!"

"수소폭탄을 발명하셨을 때 수소폭탄을 직접 터뜨려봐야 하셨나요? 아니면 계산을 통해 제대로 작동하는지를 아셨나요?"

"그래요! 계산상으로 알았어요. 계산상에서 작동하면 실제로 폭탄이 작동하는 거예요! 굳이 테스트할 필요가 없었어요. 하지만 그 계산을 그대로 작동시키는 것은…."

인터뷰를 마치고 난 후에 그가 내게 말했다.

"왜 거짓말했어요? 물리학에 대해서는 전혀 모른다더니 말이에요!"

내가 꿈꾸는 인터뷰가 어떤 인터뷰인지 아는가? "안녕하십시까?"로 오프닝 멘트를 마치고 문이 열렸을 때, 그제야 게스트가 누구인지를 알게 되는 인터뷰다. 밥 코스타스Bob Costas가 토크쇼 〈레이터Later〉를 진행하고 있을 때도 그와 이런 얘기를 나누게 되었다. 우리는 서로에게 깜짝 게스트를 섭외해주기로 했다. 그렇게 해서 사전에 아무 준비도 안 된 인터뷰가 마련되었다. 처음 보는 한 남자가 걸어 들어왔고 나는 그의 이름을 물어봤다.

"미트로프Meatloaf입니다."

한번도 들어본 적이 없는 생소한 이름이었다. 그래서 내가 물었다.

"호텔에 들어가면 Mr. 로프로 체크인하십니까?"

나는 적절한 질문을 던짐으로써 그가 하는 음악에 대해 낱낱이 알게 되었다.

내가 곧잘 하는 말이지만, 나를 어떤 운동시합 후의 라커룸에 데려가서 테스트해봐라. 운동종목에 대해서나 그 팀이 이겼는지 졌는지에 대해서 한마디도 해주지 않더라도 나는 질문들을 통해 시합 상황을 정확히 알아맞힐 수 있다. 그럴 때 나는 다음과 같은 질문을 던질 것이다.

"오늘 밤 시합에서 무엇을 배웠습니까?"

"오늘 밤 시합이 다음 번 시합에 도움이 되었나요?"

"가장 힘들었던 순간은 언제였습니까?"

"놀란 일은 없었나요?"

물론 기본적인 내용은 알아야 한다. 그러나 사람들이 말을 하도록 유도할 시간이 있다면 아는 것이 아주 적은 편이 더 좋은 것 같다. 그러면 누군가에 대해서나, 무엇에 대해서나, 이유에 대해서나 흥미를 갖게 마련이다. 조금밖에 모르는 것은 어떤 누군가에 대해 너무 많이 알고 있는 것보다 더 좋을 뿐만 아니라 더 재미있기도 하다.

원고를 전혀 사용하지 않고 진행하면 자신의 날개를 달고 날게 된다. 이것은 위험할 수도 있다. 추락하면 다시 일어설 기회가 없을 수도 있기 때문이다. 어쩌면 그래서 내가 생방송을 좋아하는지 모른다.

생방송은 녹화와는 사뭇 다르다. 알 파치노Al Pacino가 말한 연극과 영화의 차이와 비슷하다. 알 파치노는 "영화를 찍을 때에는 한 장면을 여러 번 찍기 때문에 촬영중에 큰 실수를 해도 괜찮다. 감독이 가장 잘 된 촬영 분을 골라 사용하면 된다. 반면에 브로드웨이 무대에 오를 때에는 매일 밤 8시 정각에 줄타기하듯 무대로 걸어 나가게 된다"고 하였다.

내가 받은 최고의 찬사 가운데 하나는 피버디상[19] 시상식에서 들은 찬사였다. 그 자리에 연사로 나왔던 앨리스테어 쿡Alistair Cook은 이렇게 말했다.

"방송계에 종사하는 사람들 99퍼센트가 위험을 무릅쓰길 두려워합니다. 그들은 조심조심 발을 내딛습니다. 정도를 지키려고 애쓰고 있지만, 기본적으로 보면 언제나 '여기에서 더는 나아가지마. 시킨 대로 해' 라는 식입니다. 99퍼센트가 그렇습니다. 그런데 이 안에 그렇지 않은 1퍼센트의 사람이 있습니다."

돌이켜보면 테드가 나를 고용한 것보다는 내가 CNN에 들어간 것이 더 큰 위험감수였던 것 같다. 방송 초반에는 사람들이 CNN에 대해 잘 몰랐던 까닭에 종종 게스트를 섭외하기가 힘들었다. 심지어 타미는 공항의 이스턴항공 셔틀버스 승하차장 에스컬레이터로 인턴사원들을 보내 비행기에서 내린 유명인들이 없는지 찾아보게 했고, 인턴사원들은 누군가를 발견하면 방송에 출연할 의향이 있는지를 물어봤다.

나와 인연이 없는 게스트는 ABC 〈나이트라인〉의 테드 코펠과 폭넓은 시청자 앞에 모습을 보이길 훨씬 더 선호했다. 그러나 힘든 초반에도, 조만간 힘의 이동이 일어날 듯한 기미를 보여주는 순간들이 있었다. TWA 항공기가 이슬람 과격주의자들에 의해 납치된 적이 있었다.

비행기가 이륙을 멈춘 상태에서 조종사가 머리에 총이 겨누어진 채로 조종실 창문을 통해 기자들과 이야기하려고 안간힘 쓰던 모습이 사진으로 찍혔다. 그야말로 전세계를 숨죽이게 만들 만한 모습이었다. 조종사들과 승무원이 자유를 얻은 후에 우리는 조종사로부터 토크쇼 출연을 약속받았다. 그로 인해 별안간 ABC의 〈나이트라인〉 측은 타미에게 전화를 걸어 자신들 프로그램에 섭외할 수 있게 조종사를 포기해달라고 부탁하는 거북한 입장에 놓이게 되었다.

모든 방송들이 우리를 주목하기 시작했다. 테드 터너는 CBS와의 합병 가능성을 놓고 오간 대화에 대해 곧잘 이야기한다. 어느 날 한 남자가 테드의 사무실을 찾아왔다.

"저는 CBS 페일리 씨의 대리로 온 사람입니다. 저희 쪽에서는 당신네 방송을 매입할 준비를 하고 있습니다."

윌리엄 페일리는 젊은 시절에 테드 터너와 같은 사람이었다. 그는 30년대와 40년대에 CBS를 설립하여 스타들로 포진된 뉴스 편집실을 갖추며 일명 티파니 네트워크로 유명해졌다. 그러나 페일리는 경영자에 더 가까운 반면에 테드는 거물이었다. 그리고 시대가 변해 있었다.

테드가 남자에게 물었다.

"왜 페일리 씨가 직접 오지 않았죠?"

"제가 페일리 씨의 대리를 맡고 있어서입니다."

"그럼, 복도 아래쪽으로 내려가서 내 대리인과 이야기하시오. 나는 엄연히 이 회사의 운영자요. 돌아가서 페일리 씨에게 제안은 고맙다고 전해주시오. 그가 정말 원하는 게 뭔지 알고 싶소. 내 회사를 사고 싶다고 했소? 내가 그의 회사를 사겠소."

지금으로서는 상상하기 힘들겠지만, 1986년 1월에 우주왕복선 챌린저호가 발사될 때 CNN만이 공공 방송망 가운데 유일하게 그 순간을 보도했다. 대형 방송망들은 정기 프로그램을 바꾸지 않고 그대로 내보냈다. 챌린저호에는 교사이지만 처음으로 우주비행사가 된 크리스타 맥콜리프를 포함하여 7명의 승무원이 탑승했다. 전 미국의 학생들은 CNN을 통해 챌린저호가 케네디 우주센터에서 이륙하며 관제탑의 환호와 갈채를 받는 모습을 지켜봤다.

나는 그때를 떠올릴 때면 희극과 비극은 종이 한 장 차이라는 찰리 채플린의 말을 생각하지 않을 수가 없다. 지금부터 당신이 어떤 파티에 갔다고 상상해봐라. 계단 꼭대기에 한 남자가 있다. 콧수염을 기르고 우스꽝스러운 모자를 쓴 남자다. 그런데 그가 그만 발을 헛디뎌 굴러 넘어진다. 그가 층계에 부딪히면서 우스운 얼굴 표정이 되는 것을 보고 당신은 웃음을 터뜨린다. 그가 계속 굴러 떨어지며 더 아래쪽 층계에 부딪힐 때 그의 한쪽 무릎이 접히자 당신은 이제 배를 잡고 웃는다. 그런데 그가 그렇게 굴러 떨어지다 더 아래쪽 층계에 부딪혀 그만 입술 한쪽에서 피가 터져 나왔다. 그때 당신의 표정은 바뀐다. 순간 그것은 비극이 된다. 챌린저호가 바로 이런 기분을 느끼게 했다.

기쁨에 넘치는 환호와 갈채 속에 이륙했던 챌린저호는 73초 후에, 2개의 고체 연료 로켓 부스터 안에 있는 O링의 결함으로 지켜보던 모든 이들의 눈앞에서 폭발해버렸다. 1시간 내로 폭발 소식이 보도되었고 미국인의 85퍼센트가 그 사고에 대해 알게 되었다. 그날 방송에서는 폭발 장면이 수도 없이 반복해서 나왔다. 그리고 그날 밤 레이건 대통령은 대국민 연설을 했는데 나는 아직도 그 연설을 기억한다. 페기 누난이 작성한 그 연설원고를 보며 레이건 대통령은 "비행사들이 지상의 험한 굴레에서 놓여나 신의 얼굴을 만지러 갔다."고 말했다.

우리는 토크쇼에서 일주일 내내 이 참사에 대해 추적했다.

'무엇이 문제였는가? O링이 정확히 무엇인가? 비행사들이 떨어질 때 의식이 있었을까? 유가족들은 어떻게 대처할 것인가? 폭발 장면을 지켜본 학생들의 반응은 어떠한가? NASA의 계획 진척은 어떻게 되어갈까?'

나는 내 토크쇼가 비탄에 잠긴 시기에 사람들이 편하게 의지할 만한 곳이 된다는 얘기를 여러 번 들어왔다. 나 자신도 존 레논이 살해당한 후에 뮤추얼 방송에 전화가 몰려들었을 때 이 점을 느꼈다. 이런 속성이 어디에서 비롯되는 것인지는 잘 모르겠으나, TV에서는 그 정도가 더 확대되었다.

TV에는 한 가족 같은 친밀감이 들게 하는 뭔가가 있다. 조니 카슨은 언젠가 내게 말하길, 자신을 이름이 아닌 성으로 카슨 씨라고 부른 사람이 아무도 없었다고 말했다. 사람들이 그를 편하게 조니라고 불렀던 것은 잠자리에 누워 그의 모습을 보았기 때문이다. 그런 면에서라면 나도 그의 경우와 다르지 않다. 나는 래리이며, 여러분의 친구다.

나는 24시간 뉴스에 대한 욕구가 일어났던 바로 그 시점에 모든 사람의 친구가 되었다. CNN은 비상하기 시작했고 내 토크쇼도 함께 비상했다. 걱정스러운 일이 다가오고 있다는 것은 전혀 몰랐다.

12

죽음의 위기

나는 CNN 방송 초반에 토크쇼를 진행하는 중간 중간에 담배를 피웠다. 단지, 조니 카슨처럼 담배를 데스크 밑에 두고 피웠기 때문에 시청자들은 그 사실을 몰랐을 뿐이다. 연기가 피어오르기 시작하면 나는 손으로 연기를 꾹꾹 눌러서 감추었다. 물론 광고시간이 되면 기다릴 것도 없이 바로 성냥불을 켰다.

게스트를 존중하여 담배를 피우지 않을 때도 있었는데 그런 경우에는 광고 시간에 화장실로 달려가서 담배를 두어 모금 피웠다. 그런 게스트 중 한 명이 로널드 레이건 행정부에서 공중위생국장을 지낸 C. 에버렛 쿠프C. Everett Koop였다.

현재 우리가 담뱃갑 옆면에서 경고 표시를 보게 된 것은 다 쿠프 때문이다. 담배업계에서는 쿠프를 싫어했다. 사실, 레이건 역시 그에게 실망했다. 레이건은 현상(現狀)을 뒤엎는 것을 싫어했기 때문에 대기업을 철두철미하게 지지했다. 그러니 담배업계에 대하여 반대의 소리를 내려 했겠는가?

그러나 쿠프는 아주 강단이 강해서 해임시킬 수가 없었다. 그의 턱수염은 사람들에게 친밀감을 불러일으키는 할아버지와 산타클로스를 섞어놓은 듯한 인상을 주었다. 그는 솔직하고 호감이 가는 사람이었다. 또한 사람들의 건강을 지키기 위한 경고의 말 말고는 할 말이 별로 없는 것 같았다. 그는 오로지 사람들에게 그 사실을 말해주려 했고 또 그 일에 능숙했다. 사실, 우리는 흡연이 어떻게 폐암이나 심장마비를 일으키는지 그 원인을 정확히 알지 못한다. 그저 흡연이 폐암과 심장마비를 일으킨다는 것만 알고 있을 뿐이다. 어떤 사람이 쿠프에게 증거를 내놔보라고 반박하면 그는 다음과 같은 식으로 말했다.

"나는 비행기에서 떨어지면 죽는다는 사실을 증거를 내세워 입증할 수 없습니다. 하지만 통계적으로 그 사망률은 엄청납니다."

쿠프는 1987년 2월에 CNN 토크쇼에 나왔다. 인터뷰가 끝나자 그는 나를 보며 아주 걱정스러운 얼굴로 물었다.

"어디 불편한 데 없으세요?"

"없습니다."

"여전히 담배를 피우세요?"

나는 여전히 담배를 달고 살다시피 했다. 하루에 세 갑씩 36년째 꼬박꼬박 피워대고 있었다.

마음 한구석에서는 담배에 대한 거부감이 컸지만, 그래도 담배를 피울 때 느껴지는 변화를 거부할 수가 없었다. 사실, 내가 라디오 방송을 시작했을 때는 방송국 사람들 모두가 담배를 피웠다. 오래된 영화들을 봐도 배우들이 담배 피우는 장면은 빠지지 않았다. 딕 클라크 Dick Clark와 프레드릭 마치Fredric March가 주연한 걸작 영화 〈젊은 의

사들The Young Doctors〉에는 젊은 의사인 클라크와 나이 많은 의사인 마치가 환자를 다루는 방식을 놓고 서로 말다툼을 벌이는 장면이 나오는데, 두 사람은 말다툼을 주고받으면서 서로의 얼굴에 담배연기를 뿜어댔다. 장면 속 대화는 정확히 기억나지 않지만, 누구든 지금 그 장면을 본다면 실소를 금치 못할 것이다. 건강을 논하면서 담배를 피워대다니!

이상하게도 내게는 담배가 독처럼 느껴지지 않았다. 담배를 피울 때는, 흡연이 목숨을 앗아갈 것이라는 점을 머리로는 잘 알면서도 마음으로는 정말로 그렇게 느끼지 않았다. 정말 어리석다. 왜 똑똑한 사람들이 어리석은 짓을 하는 걸까? 그 이유는 정말 모르겠지만, 흡연이 아주 착잡한 행동을 유도한다는 것만큼은 자신 있게 말할 수 있다.

배우 율 브리너Yul Brynner는 사망 전에 금연에 대한 공익광고를 찍어두었다. 그 광고에서 그는 "이 말만 하고 싶었습니다. '제가 이렇게 (당시 율 브리너는 폐암을 앓고 있었다) 죽고 나서 말하겠는데, 담배를 피우지 마십시오. 직업이 무엇이든 담배를 피우지 마십시오.'"

나는 그 광고가 나오면 얼른 채널을 바꾸곤 했다.

유에스에어 항공의 워싱턴발 피츠버그행 비행기에 탔던 일이 기억난다. 80년대 중반에 그전까지 가능했던 민간 항공기 안에서의 흡연에 대한 제한 조치가 가해지기 시작하면서 맨 끝의 세 줄에서만 흡연을 할 수 있었다. 그러나 세 줄의 좌석에 앉은 사람들 중에 한 사람이라도 반대하고 나서면 조종사는 기내에 금연을 선언했다.

그날 흡연자들은 뒷자리에 앉아 담배에 불을 붙일 준비를 하고 있었다. 그런데 비행기가 막 이륙하려고 할 때 한 남자가 부랴부랴 통로를 내려왔다. 그는 끝에서 두 번째 줄 자리에 앉았고, 곧이어 비행기가 이륙했다. 맨 끝 세 줄 좌석에 앉은 사람들 모두가, 아니 한 사람을 빼고 모두가 담배에 불을 붙였는데 그로부터 얼마 안 되어 인터컴(무전기)에서 조종사의 목소리가 들려왔다.

"맨 끝 세 줄에 앉으신 승객 여러분들, 주목해주십시오. 한 신사 분께서 금연을 요청하셨습니다. 따라서 이제부터 기내에서 금연을 지켜주시기 바랍니다."

그 신사를 찾기란 어렵지 않았다. 그래서 우리가 어떻게 한 줄 아는가? 계속 담배를 피웠을 뿐만 아니라 담배연기를 그 남자의 얼굴에 대고 뿜었다. 그러다 스튜어디스가 오는 것을 보고는 그녀가 우리 쪽으로 오기 전에 급히 담배를 꺼서 버렸다. 급기야 조종사가 인터컴으로 다시 방송을 내보냈다.

"거기 맨 끝 세 줄에 앉으신 유치한 분들, 담뱃불 꺼주십시오. 안 그러면 착륙해서 모두들 신고 조치할 겁니다."

나는 그렇게 율 브리너의 광고를 피하고 있었다. 그리고 어떤 불쌍한 승객의 얼굴에 담배연기를 뿜어대고 있었다. 한편 배우 래리 해그먼Larry Hagman이 자신과 함께 금연일을 정해 지키자고 청했을 때 동참하기도 했다. 방법은 계속 전화를 걸어주어 흡연 욕구를 뿌리치도록 서로 돕자는 아이디어였다. 하지만 나는 5시간인가 6시간 만에 그만두었다.

이러한 사례는 흡연이 불러올 수 있는 여러 가지 행동들 가운데 일부일 뿐이다. 흡연은 그저 중독으로 끝나는 것이 아니다. 나는 담배를 너무 사랑했다. 게다가 래리 킹은 죽지 않으리라고 믿었다. 솔직히 나는 30년 동안 일주일 이상을 결근한 적이 없었다. 후두염에 걸렸을 때도 아파서 도저히 출근하지 못할 때까지 방송을 했다.

흡연과 내 근무일 사이에 서로 연관된 것이 있다면, 둘 다 멈춤이 없었다는 점일지도 모른다. 나는 당시에 CNN 토크쇼와 뮤추얼 라디오 심야 토크쇼를 진행하는 동시에 신문 칼럼을 쓰고 수많은 강연에도 다녔다. 나는 일을 많이 하면 할수록 내 삶을 더 잘 통제할 수 있는 사람이었다.

쿠프는 CNN의 스튜디오를 떠나기 전에 안색이 안 좋으니 제발 내일 병원에 좀 가보라고 말했다. 우리는 그렇게 헤어졌고 나는 라디오 심야 토크쇼를 하러 갔다. 그날 밤의 게스트는 퓰리처상 수상 작가인 데이비드 핼버스탬David Halberstam이었다. 데이비드에게는 심장전문의인 형제가 있었는데, 나와 수차례 인터뷰를 가졌던 마이클 핼버스탬Michael Halberstam이었다. 마이클은 날마다 아스피린을 복용하는 것의 유익함을 가장 먼저 주장했던 의사들 중 한 명이었다.

그런데 마이클의 직업이 데이비드에게까지 영향을 미쳤던 모양이다. 새벽 3시에 인터뷰가 끝나고 '오픈 폰 아메리카' 코너를 시작하기 전 잠깐의 휴식 시간을 가졌을 때, 데이비드가 나를 걱정스런 표정으로 바라보며 말했다.

"어디 불편한 데 없으세요?"

"없는데요."

"안색이 안 좋으세요."

사람들에게 나중에 들으니, 당시 내 얼굴은 잿빛을 띤데다 창백했다고 한다. 그것은 임박한 심장마비를 경고하는 여러 신호들 가운데 하나였다. 그러나 나는 평상시와 다른 느낌이 전혀 없었다. 적어도 약

1시간 후까지는 그랬다.

새벽 4시쯤 되었을 때 오른쪽 어깨에 통증이 느껴지더니 그 통증이 오른쪽 팔까지 타고 내려가기 시작했다. 나는 5시에 방송을 마친 후에 차를 몰고 집으로 왔다. 하지만 통증이 사라지질 않아 잠을 이룰 수가 없었다. 나는 내 주치의에게 전화를 걸어 자고 있던 그를 깨웠다. 오른쪽 어깨의 통증은 심장마비와 연관짓기에는 특이한 증상이고 흉통도 없었다. 내 주치의는 담낭에 문제가 있어서 그럴지 모른다고 생각했다. 담낭은 난치성통증을 유발시킬 수 있기 때문이다.

"1시간쯤 더 지켜보시고 여전히 통증이 계속되면 병원으로 오세요. 그러면 회진을 돌 때 봐드릴게요."

1시간이 지났으나 통증은 여전했다. 카이아는 자고 있었다. 나는 상황이 얼마나 심각한지를 미처 몰랐고 괜히 곤히 자는 딸을 깨워 당황하게 만들고 싶지 않았기 때문에 딸을 깨우지 않았다. 딸은 그 일에 대해 지금까지도 두고두고 화를 낸다. 그래서 나는 CNN 피디 타미 하다드에게 전화했고 그녀는 차를 가져와 새벽 7시 30분경에 나를 조지 워싱턴 병원으로 데려갔다. 나는 병원으로 가는 차 안에서도 담배를 피웠다.

우리는 응급실 앞쪽에 차를 세웠다. 레이건 대통령이 암살 시도 후에 실려 온 곳이라고 해서 현재는 '로널드 레이건 응급실'로 불리는 바로 그 응급실이었다. 그런데 차에서 내리자마자 통증이 거짓말처럼 싹 사라졌다. 늘 이런 식이지 않는가? 어떻게 된 일인지 병원에만 오면 금방 통증이 사라진다.

"타미, 그냥 여기에서 기다리고 있어요. 이제 아프지 않아요. 멀쩡해진 것 같아요."

나는 문을 열고 북적이는 응급실 안으로 들어섰다. 누군가가 나를 봐주기까지 몇 시간은 기다려야 할 것 같은 상황이었다. 그래서 나는 몸을 돌려 나왔다. 어쨌든 더 이상 통증도 없는데 의사들이 어떻게 검사를 해주겠는가? 나는 다시 차를 세워둔 곳으로 되돌아갔으나 그곳에는 차가 없었다. 경비가 타미에게 차를 다른 곳으로 옮기라고 했던 것이다.

당시는 모든 사람이 휴대폰을 가지고 다니기 몇 년 전이었다. 나는 그녀에게 전화를 걸어 나를 태우러 오라고 말할 수가 없었다. 그래서 다시 응급실 안으로 들어갔다. 그곳에는 클립보드를 든 남자 보조원이 있었다. 나는 병원에 그런 사람이 있다는 것도 몰랐다. 하지만 요즘 큰 응급실에는 대부분 그런 보조원들이 있다.

그들의 역할은 응급실로 실려 온 환자들 속에서 더 긴급한 치료가 필요한 사람들을 가려내는 것이다. 사리에 맞는 조치다. 심장마비에 걸린 사람이 들어왔는데 부러진 새끼손가락 때문에 온 네 명의 환자들 때문에 다섯 번째 줄에 서 있으면 어떻게 되겠는가? 그와 같은 경우에는 응급 환자를 포착해줄 보조원이 꼭 필요하다. 그런데 불쑥 그 덩치 큰 남자가 나에게로 바로 다가오더니 이렇게 말하는 게 아니겠는가.

"심장 때문에 오셨습니까?"

"아닌데요."

"저를 따라오세요."

나는 그를 따라 한 칸막이 침실로 들어갔다. 레이건이 실려 왔던 바로 그 침실이었다. 응급실 의사 한 명이 들어왔고 나는 통증이 어깨에서부터 팔까지 뻗어내려 갔던 것을 설명했다. 보험카드를 보여달라는 요청도 없이 바로 내 가슴에 심전계가 연결되고 손목에 링겔이 꽂혔다. 타미가 들어와서 그 상황을 보고는 카이아를 데리러 집으로 갔다. 뮤추얼 라디오 방송의 담당피디 팻 파이퍼가 타미 대신에 내 옆에 있어주려고 병원에 왔다.

워렌 레비 박사가 문을 열고 들어왔다.

"이제 다 나았어요. 더 이상 통증이 없어요."

"이렇게 하세요. 당분간 여기 계시면 제가 봐드릴게요. 통증이 다시 나타날 때 검사 좀 해볼 것이 있어서 그래요."

나는 그가 '통증이 다시 나타나면'이라고 말하지 않고 '통증이 다시 나타날 때'라고 말하는 것에 주목했다. 나는 그러겠다고 말했고 그는 나를 그곳에 남겨두고 나갔다. 담배가 너무나 간절했으나 응급실이라 담배를 피울 수가 없었다.

잠시 후에 통증이 다시 찾아왔다. 정말로 통증이 다시 찾아왔는데 내 평생 그런 끔찍한 통증은 처음이었다. 의사와 간호사들이 이런저런 검사를 하여 방 맞은편에 있는 보드판에 그 검사결과를 걸어놓더니 서로 모여서 검토를 했다. 내가 일어나 앉았을 때 그들이 일제히 몸을 돌려 내게로 급히 다가왔다. 유머는 자신을 보호하는 큰힘이 된다. 나는 팻에게 말했다.

"그냥 근육 통증은 아닌가 봐요."

레비 박사가 다가와서 내 눈을 들여다보며 말했다.

"이렇게밖에 말씀을 못 드리겠습니다. 심장마비가 오셨어요."

"그럼 죽는 겁니까?"

"좋은 질문이세요. 큰돈을 받고 일하실만 하세요. 어쨌든 그 질문에 대한 답은, 저희도 모른다는 겁니다. 아직 판단하기엔 너무 이릅니다. 하지만 세 가지 점에 있어서 아주 다행입니다. 첫째, 병원에서 심장마비가 오셨다는 것입니다. 스키 슬로프 같은 데서 심장마비가 오지 않았으니 다행이지요. 둘째, 우측 심장마비세요. 우측 심장마비는 환자가 치료를 받지 않더라도 회복될 가능성이 75퍼센트입니다."

그것이 바로 우측 심장마비의 특징이다. 문제의 동맥이 혈류의 17퍼센트에만 영향을 미친다. 목숨을 잃을 수는 있지만 그런 경우는 드물다.

다행인 세 번째 이유는, 조지 워싱턴대학교 병원에서 tPA(조직 플라스미노겐 활성화 인자)라는 실험약을 쓰고 있었다는 것이다. tPA는 동맥의 혈류를 막는 덩어리를 분해해주는 약이다. 단지 문제라면 tPA에 발작을 일으킬 가능성이 1퍼센트 있다는 점이었다.

그런 가능성을 가릴 처지가 아니었다. 당장 죽을지도 모를 상황이었다. 서명란에 g자를 다 쓸 때쯤 간호사가 tPA를 주입하기 시작했다. 나중에 서명한 글씨를 보니 알아보기 힘들 정도였다. tPA 주입 후 5분이 지나자 통증이 깨끗히 사라졌다. 현재 이 약은 각지의 구급차에 구비되어 있다.

인계를 받은 심장전문의 리처드 카츠 박사가 일주일 동안 입원해 있어야 한다고 말했다. 바로 그쯤에 카이아가 병원에 왔다. 카이아는 허비가 마침 비행기를 타고 워싱턴으로 오고 있는 중이란 것을 알고 공항에 연락을 해둔 터였다. 그리고 앤지 디킨슨에게도 전화를 했다.

"앤지, 안 좋은 소식이 있어요."

"당신의 흰족제비가 죽었다는 소식은 아니겠죠."

허비는 공항에 내려 자신의 이름이 불리는 것을 들었고, 그 순간 내게 무슨 일이 생겼음을 직감했다. 지금까지도 그는 어떻게, 그리고 왜 그런 직감이 들었는지 모르겠다고 한다. 그냥 그런 느낌이 왔을 뿐이었단다. 그는 카이아와 통화를 한 후 곧바로 병원으로 왔다.

한 가지 문제점이라면 나는 심장 병동에 입원해 있었는데 심장 병동에는 직계가족이 아니면 병문안을 올 수 없었다. 그러나 허비가 어떤 친구인가. 얼마 후 허비는 내 병실을 향해 복도를 성큼성큼 걸으며 마치 옆에 사람들이 있는 것처럼 꾸며서 그 보이지 않는 남자와 여자들에게 복도 아래쪽까지 들리도록 크게 말했다.

"예, 예, 제가 처리하겠습니다! 제가 얘기해보겠습니다."

그가 병실로 들어와 나를 보았을 때 틀림없이 내 모습은 몹시 초췌해보였을 것이다. 아무리 생각해도 그가 해줄 수 있는 일은 팔을 뻗어 안아주는 것뿐이었다. 나는 그의 포옹에 화답하려고 팔을 뻗었고 그 바람에 내 몸에 모니터와 연결되어 있던 선이 모조리 빠졌다. '삐 삐 삐' 소리가 통로로 울려 퍼졌고, 간호사실 모니터들에는 12번 침상의 환자가 죽은 것으로 나타났을 것이다.

간호사와 의사들이 달려 들어와서 허비를 쫓아낸 뒤에 모든 선을 다시 연결시켰다. 그 뒤로 내 삶에는 많은 변화가 생겼다. 의사들은 분명 나에게 담배를 끊으라고 말했을 것이다. 그러나 사실 그들은 그런 말을 할 필요가 없었다. 나는 너무 겁먹어서 누가 말을 하기도 전에 담배를 끊었다. 그렇게 좋아하는 램찹을 끊으라는 말을 들었을 때조차 전혀 이의를 달지 않았다. 나는 그동안 내가 잘못해온 것을 알았다. 어리석은 짓들을 했을 뿐이지 나는 어리석지 않았다.

이제부터 아침 식사는 씨리얼과 바나나를 탈지우유와 함께 먹기로 했다. 점심으로는 샐러드를 먹고, 저녁에는 치킨이나 생선을 데친 야채에 곁들여 먹을 작정이었다. 별식도 저지방, 저당분의 요거트 아이스크림을 먹기로 했다.

일주일 후에 나는 퇴원해도 좋다는 얘기를 들었다. 카이아가 나를 집으로 태워갔다. 집으로 가는 길에 나는 주머니에 있던 담배를 꺼내 포토맥강에 던져버렸다. 그 이후로는 절대로 담배를 피우지 않았다.

6개월 후에 나는 스트레스 테스트(스트레스 상황에서의 심장 기능 검사)를 받으러 갔다. 심장마비 이후 처음으로 받는 스트레스 테스트였다. 그런데 내가 기계 위에 올라선 지 2분도 안 되었을 때 나를 살펴보던 의사가 말했다.

"내려오세요."

"무슨 일입니까?"

"심장수술을 받으셔야겠어요."

"뭐라고요?"

나는 어떻게 그럴 수 있는지 어이가 없었다. 담배도 끊었고 식습관도 바꾸었고 조금씩 운동도 시작했고 라디오 심야 토크쇼도 1시간 단축시켰었다. 심지어 봄옷들을 벽장 앞쪽으로 옮기다가 새 옷들까지 샀다. 담배를 피우던 수년 동안 나는 내 옷에서 냄새가 난다는 사실을 몰랐고 옛날 옷들을 모두 세탁소에 가져가 맡겼으나 세탁소에서도 찌든 냄새를 빼지 못했다.

"이쯤에서 테스트를 멈추겠습니다. 폐색이 너무 심하세요. 이 테스트를 계속하다간 돌아가실 수도 있어요."

"스트레스 테스트를 받으러 왔다가 이런 말을 들을 줄은 몰랐습니다. 다른 분의 소견을 듣고 싶습니다."

뉴욕에서 뛰어난 심장전문의로 있는 허비의 조카에게 자료가 보내졌다. 그는 검사결과를 살펴본 후에 내게 전화를 걸었다.

"정말로 수술을 받으셔야겠습니다. 웨인 이솜 박사님께 수술을 받으시라고 권해드리고 싶습니다. 그분은 훌륭한 외과의입니다. 정말 대단한 분이에요."

"알겠습니다."

그러나 이런저런 이유로 나는 수술받길 미루었다. 그냥 이런저런 이유 때문만은 아니었다. 사실 죽을까봐 무서웠다. 부정은 어리석은 생각을 낳을 수도 있다. 그래서 나는 폐색의 치료가 사실은 조작된 것으로 밝혀져서 신문에 다음과 같은 헤드라인이 실릴지 모른다고 나 자신을 납득시키다시피 했다.

래리 킹, 심장 질환이 치료되어 수술이 불필요해지다

내가 얼마나 겁을 먹었었는지 말로는 아무리 해도 설명할 수가 없다. 그때 누군가가 섹스를 끊으면 수술을 하지 않고도 남은 평생을 편하게 살 수 있다고 말했다면 나는 지금까지 독신으로 살았을 것이다. 그러나 그런 선택권은 없었다. 나는 공항들을 오갈 때면 잠시 숨을 가다듬기 위해 멈추었고 가슴 통증을 진정시키려고 니트로글리세린정을 복용하고 있었다.

나는 죽게 된다면 뉴욕에서 죽고 싶었다. 그래서 스트레스 테스트 후 두 달이 지났을 즈음, 마침내 뉴욕장로교 병원에서 이솜 박사에게 수술을 받기로 했다.

수술을 받았었던 많은 사람들이 전화를 걸어와 수술이 별 일 아닐 것이라고 말해주었다. 그러나 수술을 받기로 예정된 주가 다가오면서 친구들이 나를 웃기려 하고 기운을 북돋워주려 할 때, 내 머릿속에는 이것이 그들과 이야기하는 마지막 시간이 될지도 모른다는 생각밖에 떠오르지 않았다.

수술을 받으러 뉴욕으로 떠나기 전의 마지막 라디오 심야 방송에는 칼럼니스트 아트 버크월드Art Buchwald가 게스트로 나왔다. 그는 무슨 이유에서인지, 언제나 시간이 얼마 남지 않은 다급한 순간을 맞이한 진행자가 진행하는 프로그램에 꼭 출연하게 된다고 말했다. 그리고 이어서 아내가 긴급하게 혈관우회술을 받았었다는 이야기를 꺼내고는 내게 말했다.

"솔직히 말해봅시다. 아무도 당신의 수술에 관심이 없습니다. 당신 친구들은 3분 정도 당신의 이야기에 귀기울여줄 겁니다. 지인들은 어떨까요? 2분이겠죠. 낯선 이들은요? 1분입니다. 당신이 그 복잡한 5중 혈관우회술을 받지 않는 한은 말입니다."

다음 날인 금요일에 존 밀러가 오리올스팀 경기를 중계하고 있던 볼티모어에서 차를 몰고 워싱턴으로 와서 나를 뉴욕으로 태워갔다. 그렇게 뉴욕으로 가는 동안 내 귀에는 그의 말이 한마디도 들어오지 않았던 것 같다. 내 머릿속에는 한 가지 생각뿐이었다. '이제 곧 의사들이 내 가슴을 가를 거야. 내 가슴을 가른다고.' 수술은 화요일로 잡혀 있었다. 그때가 내가 수술 전에 맞는 마지막 주말이었다.

나는 뉴욕에서 동생이 아내 엘렌과 함께 사는 집에 머물렀다. 동생이 갓 태어났을 때 나는 동생을 창밖으로 내던질 생각을 한 적이 있었다. 부모님의 관심을 빼앗아가서였다. 자라면서 우리의 차이는 점점 확연해졌다. 나는 돈이 생기면 바로바로 썼던 반면, 마티는 아주 절약하면서 돈을 집 안 여기저기에 숨겨놓았다. 그러던 어느 날 나는 50센트를 발견하고는 그것을 가져다 썼다. 동생은 돈이 없어진 것을 알고 버럭 화를 냈다.

"내가 50센트를 주마."

어머니가 동생에게 말했다.

"그게 문제가 아니잖아요. 원칙 문제에요. 형은 돈을 훔쳤다고요!"

"훔치다니. 형제지간에 그게 무슨 말이니!"

"훔친 건 훔친 거예요! 감옥에 가야 해요!"

내가 마이애미로 옮겨가면서 우리는 서로 멀어졌다. 그러나 그날이 함께 보내는 마지막 주말이 될지도 모른다고 생각하니 끈끈한 형제애가 우러났다. 6개월 후에 마티가 나와 똑같은 수술을 받아야 한다는 사실을 알게 된 뒤로 우리는 더욱 더 가까워졌다. 누가 형제 아니랄까 봐 같은 수술을 받다니.

나는 일요일 밤에 병원에 입원 수속을 밟기로 되어 있었다. 그 일요일은 죽음을 암시하듯 비가 내리고 있었다. 어두컴컴하고 절망적인 11월의 어느 날이었다. 그날 오후에 나는 밥 울프, 동생 부부와 함께 병원으로 갔다. 중간에 카이아와 앤디도 만나 같이 갔다. 병원에 도착해보니 마리오 쿠오모가 병원장과 함께 서 있었다. 그들은 쾌차를 기원해주려고 기다리고 있었다. 마리오는 야구방망이를 선물로 가져왔는데 나는 아직도 그 방망이를 가지고 있다.

"킹 씨, 최상의 치료를 받게 해드리겠습니다. 모든 것이 준비되어 있습니다. 서류 문제도 신경 쓰지 않으셔도 됩니다. 울프 씨가 알아서 처리하실 겁니다. 이제 병실로 안내해드리겠습니다."

병원장이 말했다. 우리는 엘리베이터를 타고 18층으로 올라갔다. 멋진 병실이었다. 이스트 리버가 내려다보이는 환상적인 전망, 멋진 가구들, 대형 TV까지 다 갖추어져 있었다. 침대 옆의 모니터들만 없다면 내가 병원에 있다는 것을 느끼지 못할 정도였다. 우리가 이 모든 화려함을 구경하고 있을 때 병원장이 과장된 몸짓을 하며 말했다.

"이란의 왕도 이 방에 입원했었습니다."

"제가 기억하기로 그는 죽은 걸로 아는데요. 42인실 병실은 없습니까? 모든 환자가 무사히 퇴원해서 귀가한 그런 병실 말이에요."

모두가 웃음을 터뜨렸다. 마리오가 병실에서 나갔고 병원장도 나갔다. 이제 병실에는 동생 부부, 카이아, 앤디, 밥이 남아 있었다.

나는 6개월 후에 동생이 수술을 받으러 병원에 들어가기 전에, 입원할 때는 가족과 함께 가지 말라고 조언했다. 그렇게 하면 이루 말할 수 없이 우울한 기분이 든다. 모두를 보고 있으면 '다시는 못 보게 될 것' 같은 생각이 들기 때문이다.

나는 하나님이나 천국을 믿지 않는다. 내가 예전부터 농담 삼아 즐겨하는 얘기가 있다. 맨홀에 빠져서 두 다리가 부러졌는데 "하나님, 감사합니다. 죽지 않게 해주셔서 감사합니다."라고 말하는 사람 얘기다. 도대체 뭐가 감사하단 말인가? 두 다리를 부러뜨렸는데.

그렇다고 나를 무신론자라고 부르지 말라. 그런 믿음도 하나의 종교이지 않은가. 내가 빌리 그레이엄에게 하나님을 믿지 않는다고 말했을 때 그는 "그러시군요. 하지만 당신은 내가 아는 사람들 중에 영적 기운이 남달리 강한 사람이에요. 하나님은 당신에게 특별한 소명을 준비하셨고, 나는 그것이 온몸으로 느껴져요. 그러니 당신이 원하는 대로 마음대로 생각해도 돼요. 우리에게는 자유롭게 생각할 의지가 주어져 있으니까요. 그러나 당신은 특별한 위치에 있는 사람이에요."라고 말했다.

수술날이 다가오면서 나는 내가 정말로 특별한 위치에 있는 사람이기를 바랐다. 나는 사랑하는 사람들을 다시 볼 수 있기를 바랐다. 그러나 그것은 아주 비관적인 수술이었다. 사람들은 다 지나고 나면 별일 아니라고 말하곤 한다. 그러나 당장 병원에 입원해 있는 이들 입에서 "식은 죽 먹기 같은 일이지."라는 말은 한번도 들어보지 못했다.

병실 안으로 카우보이 모자를 쓰고 카우보이 부츠를 신은 의사가 들어왔다. 웨인 이솜 박사였다. '이게 뭐야? 심장외과의는 다 유대인들 아니었나? 이 사람은 카우보이 심장전문의잖아.' 이제는 심장외과의에는 유대인과 텍사스 사람, 두 부류만이 있다고 알고 있어야 할 듯했다. 사우스다코타 출신의 프로테스탄트교 심장외과의는 없다. 정말 눈 씻고 봐도 없다.

이솜 박사는 내 곁으로 와서 간단한 검사를 시작했다. 손가락 2개로 가슴을 가볍게 두드려보는 그런 검사였다. 나는 아래를 내려다보다가 깜짝 놀라 다시 한번 보았다. 그의 오른손 엄지손가락이 반밖에 없었던 것이다. 당신이라면 이럴 때 어떻게 하겠는가? 데이비드 레터먼과 월터 크롱카이트를 수술한 사람이 앞에 있는데, 그 사람의 오른손 엄지손가락이 몽똑하다면 말이다.

"이솜 박사님, 저는 평생토록 고치지 못하는 참 특이한 버릇이 있습니다. 왜 그러는지 모르겠지만 이상하게 사람들을 만나면 손가락 개수를 세는데… 박사님은 9개시네요."

그는 미소를 지으며 어쩌다 그렇게 되었는지를 말해주었다. 어렸을 때 어머니가 울타리를 깎고 있을 때 가지를 한 움큼 잡았는데, 어머니가 그를 못 보고 그만 그의 엄지손가락 위쪽을 베어버렸다는 것이다.

그는 그 사고로 양손잡이가 된 덕분에 더 훌륭한 외과의가 되었다고 말했다.

"있잖아요, 제가 질문을 하는 게 일인 사람이다 보니 궁금해서 그러는데요. 내일 수술은 어떻게 하는 겁니까?"

"정말로 알고 싶으세요?"

"예."

"좋습니다. 우선 톱으로 당신의 가슴을 가를 겁니다."

"보그워너 사의 톱 말입니까? 나무 위에 앉은 다람쥐들이 나오는 광고의 그 톱이요?"

"그 질문에 대한 답은 공교롭게도 '예'입니다. 보그워너 사의 톱을 쓰고 있지요."

"그럼 다람쥐들도 나옵니까?"

"하하, 그것은 다람쥐 스케줄에 따라 다르겠네요. 그 다음엔, 당신의 늑골을 벌려서 인공심폐기를 연결시켜놓고, 인공심폐기가 심장기능을 대신할 수 있도록 심장을 붙잡아 이동시킬 겁니다. 또 그런 다음엔 당신의 다리에서 정맥을 적출할 거고요."

"그만! 됐습니다! 그만하면 됐어요!"

그날 밤 나는 이솜 박사가 면도를 하다 다른 쪽 엄지손가락도 잘리는 꿈을 꾸었다. 나는 잠에서 깨어나 손가락이 8개인 의사에게 수술받는 상상을 했다. 수술대에 눕혀졌을 때 아무것도 보이지 않았고 아무 기억도 떠오르지 않았다. 나는 8시간 동안 의식을 잃었다.

깨어난 순간은 내 삶에서 가장 멋진 순간 중 하나였다. 눈을 떴을 때 약간의 한기가 느껴졌다. 내 몸에 담요 몇 개가 덮여져 있었고 간호사가 이렇게 말했다.

"킹 씨, 수술은 완벽하게 됐어요."

나는 더할 수 없이 행복했다. 병실에 와보니 프랭크 시나트라가 내 병실을 식물원으로 바꾸어놓았다. 꽃들이 너무 많아서 주체할 수 없을 지경이었다. 우리는 그 꽃들을 병원의 다른 모든 환자들에게 나누어주었다.

앤지 디킨슨이 비행기를 타고 와있었다. 밥은 나를 보자 물었다.

"누가 왔는지 맞혀보게."

"조 디마지오?"

어쨌든, 밥은 한때 스포츠 에이전트였으니까. 그런데 나를 찾아왔다는 사람은 테드 터너였다. 그것은 굉장한 일이었다. 심장수술을 받고 나면 가장 먼저 드는 생각이 실직에 대한 염려이기 때문이다. 날아오를 듯한 기분이었다. 나는 수술 후 오래지 않아 계단을 오를 수 있었고 일주일 후에는 퇴원을 했다. 그때는 뉴욕의 이상적인 겨울날 중 하루였다. 정말 환상적인 날씨였다. 나는 걸어서 동생 부부의 집으로 돌아갔다. 가는 도중에 OTB(장외 경마장)가 나와서 나는 그 안으로 들어갔다. 어떤 남자가 나를 돌아보더니 말을 걸었다.

"이봐요, 신문에서 심장수술을 받았다는 기사를 읽었는데 좀 어떠세요?"

"좋습니다."

"다행이네요. 어느 말이 마음에 들어요?"

5중 혈관우회술을 받고 난 직후의 그런 순간이 얼마나 좋은지는 충분이 짐작이 될 것이다. 수술 후에 나는 C. 에버렛 쿠프와 수차례 이야기를 나누었다. 나는 그와 함께 여러 행사에 참석했고 만찬 자리에 그를 소개하기도 했다. 그는 내게 이렇게 말해주었다.

"심장마비가 지금까지 당신에게 일어난 일들 중에서 가장 운이 좋았던 일로 생각하세요. 당신은 심장마비가 일어난 장소 면에서나 심장마비의 유형 면에서 운이 좋았고, 심장마비가 일어났을 때 쉰세 살이었다는 점에서도 운이 좋았어요. 한번쯤 심장마비에 걸리게 되어 있다면 그쯤의 나이에 걸리는 편이 적절해요. 그럴 경우 나쁜 일이 없다면 더 오래 살게 될 테니까요. 게다가 당신은 유수의 병원에서 훌륭한 의사들에게 수술을 받았어요. 심장마비가 일어나지 않았다면 당신은 언젠가 더 큰 병을 얻었을 겁니다. 때로는 불운처럼 보이는 것이 사실은 행운인 경우가 있지요."

그 말을 듣지 않았다면 수년이 흐른 뒤에야 내가 얼마나 운이 좋았는지를 알았을 것이다.

또 다른 관점

카이아 킹

우리가 수술실 밖에서 기다린 지 8시간쯤 되었을 때, 의사들이 나와서 수술이 잘 끝났으며 아빠가 회복실에 있다고 이야기해주었다. 그러고는 한 번에 한 명씩 들어가 아빠를 보고 오라면서 이렇게 말했다.

"환자분이 아직 의식이 돌아오지 않아서 얘기를 들을 수도 대꾸를 할 수도 없으실 겁니다."

나는 안에 들어가 아빠의 손을 잡기만 했다. 아빠의 몸은 붕대로 칭칭 감겨 있어서, 완전히 미라처럼 보일 정도는 아니었지만 거의 비슷했다. 온갖 기계와 연결되어 있기도 했다. 나는 아빠의 손을 잡고 몸을 숙이며 귓가에 대고 말했다.

"아빠, 잘 견디셨어요. 사랑해요. 들리세요?"

바로 그때 잡고 있던 아빠의 손이 내 손을 꽉 쥐었다. 정말로 세게 꽉 쥐었다. 나는 아빠를 통해 넘어졌다가 일어서는 방법을 배웠다.

엘렌 데이비드

래리가 우리 집에서 묵을 때 마티와 래리는 어린 시절 이후 처음으로 한 지붕 아래서 잤다. 그때는 유대를 돈독히 하기에 좋은 시간이었다. 래리가 수술 후에 정말로 기쁨에 겨워했기 때문이었다.

"세상에! 내가 살아 있어!"

마티와 결혼한 뒤 2년 동안 내가 래리와 이야기를 나누었던 횟수는 한 손으로도 꼽을 수 있을 정도였다. 그런데 그때는 매일 밤마다 중국 음식을 먹으러 갔다. 아직도 기억난다. 래리는 25분 동안이나 메뉴판을 보며 캐슈(열대 아메리카산 옻나뭇과 식물)가 들어간 닭요리를 주문하고 나서는 막상 음식이 나왔을 때는 캐슈를 먹지 않았다. 래리는 그렇게 가족이 되어갔다.

래리가 회복중이던 주에 우리는 영화 〈브로드캐스트 뉴스Broadcast News〉의 촬영장에 갔는데 참 재미있었다. 사실, 혈관우회술을 받고 나면 가슴을 누를 쿠션을 가지고 다녀야 한다. 웃기 시작하면 가슴이 지독하게 아프기 때문이다. 그런데 〈브로드캐스트 뉴스〉는 너무 웃겼다. 그러고 보니 두 사람의 차 안에서의 모습도 기억난다. 마티는 자꾸 웃긴 얘기를 꺼내려 했고 래리는 웃음을 터뜨렸다가 가슴이 아파서 쿠션을 꽉 쥐며 외쳤다.

"그만! 그만 해!"

솔직히 일주일 후에 래리가 떠났을 때 마티는 두 사람 사이의 친밀함이 오래 이어지지 못할 것이라고, 일단 래리가 몹시 바쁜 삶으로 돌아가고 나면 친밀함은 사라질 것이라고 생각했다. 하지만 두 사람 사이의 친밀함은 오래 이어졌다.

마티 자이거

나는 6개월 후에 형과 똑같은 수술을 받았다. 수술 전날 밤이 기억난다. 병원에서 내 가슴털을 밀어준 뒤에 나는 약용비누로 샤워를 하고 있었는데, 그렇게 샤워를 하면서 혼잣말을 했다.

"얼마 후면 의사들이 내 가슴을 가른단 말이지."

그런 순간에 처하면 자신이 얼마나 약한 존재인가를 절실히 깨닫게 된다.

엘렌 데이비드

래리는 마티가 수술을 받을 때 우리와 함께 있었다. 그 이후로 쭉 두 사람은 거의 날마다 통화를 한다. 대화가 아주 짧게 끝날 때도 있지만, 두 사람은 언제나 서로의 안부를 챙기고 있다. 정말 끔찍한 어떤 일로부터 정말 멋진 어떤 일이 일어난 셈이다. 그 일은 두 사람 모두에게 멋진 선물이었다.

13

토론의 틀 잡기

나는 방송을 하면서 해보고 싶었던 여러 일들 중에서 딱 한 가지 못해본 것이 있다. 바로 대선토론의 사회를 맡아보는 것이었다.

나는 2000년에 공화당 사우스캐롤라이나주 예비선거전에서 부시와 맥케인 간의 토론을 사회본 적은 있다. 두 사람이 서로 죽이려 들 것 같다는 생각이 들 정도로 치열한 토론이었다. 또한 분할 화면에 이스라엘, 팔레스타인, 요르단의 지도자들을 불러놓고 토론을 진행한 적도 있다. 한편 1993년으로 거슬러 올라가서는, 앨 고어와 로스 페로 Ross Perot가 NAFTA(북미자유무역협정)를 놓고 격렬히 싸울 때 부통령과 한 평범한 시민 사이의 토론을 최초로 조율했다. 그러나 공화당과 민주당의 대선후보들 간의 토론은 단 한번도 사회를 맡아보지 못했다.

월터 크롱카이트도 평생 대선후보의 사회를 맡을 기회를 얻지 못했을 것이다. 당시에 그는 토론에 나온 두 후보자들보다 더 유명했을 터이니 말이다. 수년 전에 어떤 사람이 이런 말을 했다.

"래리 킹은 유명인이다. 우리는 대선토론이 '래리 킹 라이브 쇼' 가 되는 것을 바라지 않는다."

확실히 타당한 이유이긴 하다. 게다가 나는 내 프로그램에서 연방선거관리위원회의 규칙을 적용하지 않는다. 나는 때때로 한 게스트가 뭔가에 대해 얘기하면 또 다른 게스트에게 그 뭔가에 대해 응수하도록 지목한다. 그렇게 나서지 않고 그냥 대화가 흘러가게만 해준다. 따라서 내가 사회를 못 맡는 것을 충분히 이해하는 바다. 그러나 그것만으로 간절한 마음을 억누르지는 못한다. 특히 대선토론을 지켜보면서 그 자리에 있고 싶은 마음을 억제하기란 무척 힘든 일이다.

선거철이 되면 사람들에게 쟁점에 대해 말을 주고받게 하는 것이 거의 매일 밤마다 내가 하는 일이다. 내 CNN 토크쇼에서는 거의 25년 동안 세계의 주요 쟁점을 다루어왔다고 해도 무리가 아닐 것이다. 나는 이따금씩 에이브러햄 링컨과 스티븐 A. 더글라스Stephen A. Douglas 간의 토론이 어땠을지 궁금하다. 그들은 조정해줄 사회자도 없이 수시간에 걸쳐 토론을 벌였었다. 오늘날 낙태나 동성애자의 권리에 대한 토론에서 사회자가 없다면 무슨 일이 벌어질지 충분히 상상되지 않는가?

정확히 언제부터였는지 모르겠으나 동성애를 바라보는 태도는 예전에 비해 크게 바뀌었다. 내가 어렸을 때만 해도 동성애 남자들은 경멸적인 시선을 받았다. 사람들은 "그리니치빌리지[20]에 가서 그치들을 구경하고 오자."라는 말들을 하며 농락하기 일쑤였다.

나는 나이를 먹으면서 점점 그들에 대해 마음을 열게 되었다. 그러나 내 마음이 정말로 활짝 열리게 된 것은 게이라는 이유로 군에서 쫓겨난 한국전의 영웅을 인터뷰하면서였다. 그는 기지에서 성행위를 한 적이 한번도 없었음에도 쫓겨났다. 그는 자신의 개인 시간에 기지 밖에서 애인들을 만났으므로 군법을 어긴 적이 없었다. 결국 그는 소송을 제기했고 연방대법원에까지 올라가서야 양측의 분쟁이 조정되었다.

인터뷰중에 그는 자신이 왜 동성애자가 되었는지 모르겠다고 말했다. 그의 부모님들에게서는 이성애자들이 보기에 별다르게 비쳐질 만한 성향들이 전혀 없었다. 그의 형은 결혼을 하여 여러 명의 자식을 낳기도 했다. 그러나 무슨 이유에서인지, 그는 어릴 때 인형을 좋아했고 또 한편으로는 총이나 제복도 좋아했다.

이야기를 나누던 중에 한 예쁜 아가씨가 들어와 커피를 가져다주었다. 그녀는 미니스커트를 입고 있었는데 그녀가 나가자 그가 내게 말했다.

"저런 아가씨를 보면 흥분되세요?"

"그럼요."

"저는 아니에요."

그는 이렇게 말하며 내게 물었다.

"당신이 왜 저런 아가씨를 보고 흥분하는지 아세요?"

"글쎄요…."

"좋아요. 아까 그 아가씨는 짧은 치마를 입고 있었어요. 다리도 예뻤고요. 하지만 이렇게 생각해봅시다. 당신은 왜 그런 모습을 보고 흥분했을까요? 그 답은, '알 수 없다'는 것입니다. 당신은 자라면서 여자들을 보면 흥분되었을 겁니다. 나는 자라면서 남자들을 보면 흥분되었어요. 그런데 당신도 나도 그 이유는 모릅니다. 당신은 자신이 이성애자가 된 이유를 모르잖아요. 이성애자가 되어야겠다고 결정한 적도 없지요. '남자를 선택할 것인가, 여자를 선택할 것인가? 그래, 여자를 선택해야겠어' 란 고민을 하지 않았단 말입니다."

그의 말을 들으면서 떠오르는 기억이 있었다. 내가 열한 살쯤이었을 때의 기억이었다. 그때 사촌인 로레타가 저녁을 먹으러 우리 집에 왔었다. 그런데 식사중에 바닥에 뭔가가 떨어졌고 나는 그것을 집으려고 몸을 굽혔다가 바로 눈앞에서 로레타의 다리를 보았다. 나는 흥분되었다. 왜 그랬는지 이유 같은 것은 몰랐다. 정말 무엇 때문에 그런 느낌이 일어났을까?

따라서 같은 맥락으로, 어떤 남자들은 남자를 봐야만 흥분되고 그 이유는 모른다. 틀림없이 유전자 때문일 것이며, 유전자는 바꿀 수가 없다. 누군가가 억지로 나를 동성애자로 만들 수는 없다. 그것은 불가능하다. 그러나 나는 그러겠다고 선택하여 이성애자가 된 것은 아니다. 사실, 제정신으로 동성애자가 되기로 선택할 사람이 누가 있겠는가? 이렇게 생각해보자. 내가 삶에서 성공을 거두고 싶어 할까? 물론이다. 나는 대선토론의 사회를 꼭 보고 싶다. 그러면 나는 동성애자가 되어야 할까, 정상인이 되어야 할까? 동성애자인가, 정상인인가?

나는 그와의 인터뷰를 절대 잊지 못한다. 그리고 제리 팔웰Jerry Falwell(극보수 우익 성향의 목사) 같은 종교 지도자들과 이야기할 때 그때의 인터뷰 얘기를 꺼내면, 그들은 언제나 그 논지에 허를 찔려 당황한다. 그들은 동성애자들을 위해 기도한다면서, 동성애자가 되는 것은 그릇된 선택이라고 주장하기 일쑤다. 그러면 나는 그들에게 묻는다.

"그러니까 이 사람들이 자신들의 선택으로 게이가 되었다는 겁니까? 그게 선택이라고요?"

"그렇습니다. 자신들이 선택해서 게이가 된 것입니다."

나는 잠시 사이를 두었다가 묻는다.

"당신은 이성애자가 되기로 선택했던 순간을 기억하십니까?"

나는 그렇게 물을 때 제대로 대답하는 사람을 만난 적이 없다. 팔웰 같은 사람은 곧잘 이렇게 대꾸한다.

"글쎄요, 이성애자가 되는 것이 정상이니까요."

"그게 정상이라니, 무슨 말입니까? 동성애자의 관점에서는 동성애자가 되는 것이 정상입니다."

나는 거의 모든 종교 지도자에게 동성애자 문제를 물어봤다. 엘튼 존이 토크쇼에 나왔을 때는 그 자신의 삶에 대해 깊이 있는 이야기도 나누었다. 한편 배우 레이몬드 버Raymond Burr와 나누었던 대화도 기억난다. 그는 방송중에는 자신이 게이인 것에 대해 거론하려 하지 않았다. 그러나 나와 점심을 먹으면서 과거의 40년대와 50년대에 얼마나 힘들었는지에 대해 털어놓았다.

그는 영화계에 진출했을 당시에 병으로 입원하여 수술을 받게 되었다. 그때 그는 병원비를 어떻게 치러야 할지 막막한 형편이었는데 퇴원 수속을 하면서 보니 병원비가 이미 지불되어 있었다. 프랭크 시나트라가 그의 곤경을 알고는 마음을 써줬던 것이다. 두 사람은 그 전에 함께 영화를 찍은 인연이 있었다. 버는 프랭크 시나트라가 자신이 게이인 것을 알았더라도 병원비를 지불해주었을지 궁금해했다.

나로서는 지금 이 말밖에는 할 수 있는 말이 없다. 어떤 사람이 동성애자이든 아니든 남들이 무슨 상관인가? 사람이 어떤 사람을 사랑하고 싶어 하든, 그것은 그 사람의 자유이다. 그러나 나는 동성 결혼에 찬성하는 누군가와 인터뷰를 하고 있다면, 방송에서는 이런 식의 말을 자제한다.

예를 들면 2008년 선거중에 캘리포니아주에서 동성결혼을 금지하는 내용의 주민발의안이 나왔을 당시, 약 1만 8,000명의 동성애자 커플이 주법에 따라 이미 정식 부부가 되어 있던 상태였다. 그런 상태에서 발의안에 찬성하는 캠페인이 벌어졌고 주민은 동성결혼 금지에 압도적인 찬성표를 던졌다. 그 후에 분개한 동성애 인권 운동가들이 캘리포니아 전역에서 이의를 신청했다. 당시 운동가들 중 한 명이 내 토크쇼에 출연했다면 나는 이렇게 말했을 것이다.

"이번에 깨끗하게 지셨는데요. 이의를 제기하는 것이 당신의 명분에 어떻게 도움이 될까요? 어떤 법적 대응을 생각하고 계십니까?"

나는 어떤 쟁점이든 양쪽 입장의 사람들이 더 큰 그림을 보도록 촉구한다.

낙태도 그런 경우의 또 다른 사례다. 부통령 댄 퀘일Dan Quayle이 게스트로 출연했을 때가 기억난다. 나는 낙태에 반대 입장이었던 퀘일에게 물었다.

"만약에 따님이 와서 모든 아버지들이 두려워하는 그 문제를 얘기한다면 어떨까요? 그럴 땐 어떻게 하시겠습니까?"

"조언과 상담을 해주고 나서, 아이가 어떠한 결정을 내리든 그것을 지지해줄 겁니다."

다음 날 신문에 다음과 같은 헤드라인이 실렸다!

퀘일, 딸의 낙태에 지지하기로 하다

나는 그를 열세로 몰기 위해 난감한 질문을 던졌던 것이 아니다. 단지 그에게 생각해볼 기회를 주고 싶었을 뿐이다. 그리고 그럴 때는 '만약 ~라면'이라는 가정식 질문들이 제격이다. 대부분의 정치인들은 가정식 상황에 대해 답변하길 좋아하지 않는다. 답변하려면 어쩔 수 없이 다른 시각에서 생각해봐야 하기 때문이다.

나는 여성의 선택권을 인정해줘야 한다고 생각한다. 여성의 선택권을 인정하느냐 마느냐를 두고 사회가 왈가왈부할 권리는 없다고 믿는다. 그러나 방송에서 낙태를 찬성하는 누군가가 나온다면 이렇게 말할 것이다.

"다른 방법들도 얼마든지 있습니다. 불임 부부에게 아기를 입양시키면 어떻습니까? 아이를 기를 수 있다면 기꺼이 뭐든 할 의사가 있는 부모들에게 양도하면 어떨까요? 왜 한 생명을 헛되이 죽이려 합니까?"

그렇게 말하면 그것은 나 스스로에게도 확인할 기회가 된다.

나는 사형제도를 전적으로 반대한다. 살인자를 죽이는 행위는 살인자와 똑같은 짓을 저지르는 것이라고 생각하기 때문이다. 그러나 내가 사형을 반대하는 가장 큰 이유는 억울한 죄를 구제해줄 기회가 사라지기 때문이다. 사형이 아닌 다른 경우에는 주 당국이 실수를 했을 경우에 "죄송합니다. 보상을 해드리겠습니다."라고 말할 수 있다. 그러나 사형을 집행한 후에는 그럴 수가 없다.

무고한 사람이 감옥에 갇혀서 사형 집행일을 눈앞에 두고 있을 때의 심정이 어떨지 생각해봐라. 플로리다주의 피츠·리 사건이 전형적인 사례다. 플로리다주 팬핸들에서 두 명의 흑인 남자가 백인 주유소 종업원 두 명을 살해한 혐의로 고발된 사건이 있었다. 때는 60년대 초였다. 범행에 사용된 총기도 발견되지 않았고 아무런 증거가 없었다.

피츠는 스물일곱 살의 군 복무자였고 리는 열아홉 살의 요리사였다. 경찰은 두 사람을 폭행한 끝에 자백을 받아냈고 그들은 9년 동안 사형수 감방에 갇혀 있었다. 그러다가 어떤 백인 남자가 주유소 종업원 두 명을 자신이 죽였다고 자백했다. 거짓말탐지기 테스트 결과 거짓 자백이 아닌 것으로 판명되었다. 그럼에도 불구하고 피츠와 리는 재심에서 유죄선고를 받았다. 판사가 배심원단에게 백인 남자의 자백을 들을 수 있게 해주지 않아서였다. 결국 피츠와 리는 이 사건을 다룬 저서가 퓰리처상을 수상하고 나서야 주지사로부터 사면을 받았다.

사형을 반대하는 또 다른 이유는, 14명의 배심원들의 뜻에 따라 살인자로 간주되면 사형에 처해져야 한다는 식의 법이 부당하다고 판단돼서이다. 나는 사형으로 처벌해도 될 만한 경우가 있다면, 처벌받을 당사자가 사형을 요청하는 경우밖에 없다고 본다. 그러나 나는 언제나 다른 면을 보기 위한 방법들을 찾는다. 내 토크쇼에 사형에 반대하는 게스트가 나온다면 나는 이렇게 물을 것이다.

"히틀러라면 어떻습니까? 히틀러가 1940년에 붙잡혀 감옥에 갇혔다면 어떻게 했을까요? 그는 분명 탈옥하거나 어떻게든 풀려나려고 온갖 시도를 했을 겁니다. 성공했다면? 다시 권력을 잡아 수백만 명을 죽였을 겁니다. 그것을 알면서도 히틀러에게 사형을 선고하지 않을 겁니까?"

80년대 말 무렵에 CNN은 이런 쟁점들이 논의되는 것을 지켜보는 명소가 되었다. 현재는 리모컨을 누르면 여러 채널에서 전문가와 정치가들이 논의하는 모습을 볼 수 있다. 그러나 루버트 머독이 폭스 뉴스 채널을 설립하여 방송을 시작한 것은 1996년에 이르러서였다. 뉴스전문 케이블 MSNBC가 개국한 것도 같은 해였다. 따라서 그때까지 CNN은 경쟁상대가 없었다.

시사토론 프로그램 〈크로스파이어Crossfire〉에서의 논쟁은 바로 내 토크쇼의 쟁점이 되었다. 80년대 말부터는 모든 것이 〈래리 킹 라이브〉를 위해 돌아가지 않을 수 없었다. 우리 방송은 전세계에 방송되고 있었던 터라 사람들이 질문을 하기 위해 저 멀리 그린란드와 호주에서까지 전화를 걸어왔다.

지금이야 대단한 일 같지 않겠지만, 그 당시에는 800번 수신자부담 서비스가 없었다. 그린란드에서 전화를 거는 사람들은 통화료를 자신들이 부담해야 했고, 게다가 연결이 되어 방송을 타려면 오래 기다려야 했다. 큰 사건이 터질 때마다 채널을 CNN으로 돌리는 사람들이 점점 많아졌다.

내가 병원에서 심장마비 치료를 마치고 돌아왔을 때는 짐과 타미 파예 배커 부부의 TV복음전도자 스캔들이 터져 있었다. 그것은 타블로이드판에나 실릴 법한 가십성 기사거리가 TV에까지 진출한 드문 경우였다.

짐과 타미 파예는 겉보기에는 중학생 때 만나 서로 일심동체가 된 사랑스러운 부부처럼 보였다. 그러나 실상을 들여다보면 짐은 세일즈맨이었고 타미 파예는 허식에 불과했다. 두 사람은 〈주 찬양 클럽Praise the Lord Club〉이라는 프로그램을 시작하여 TV에 나오면서 기독교식 테마파크의 회원권을 강매했다. 그런 식으로 수백만 달러를 긁

어모아 그 돈을 흥청망청 썼고, 심지어는 냉난방 장치가 된 개집을 짓기까지 했다. 한편 짐은 자신의 예쁘장한 비서 제시카 한과 관계를 갖다가 그녀가 협박을 해오자 그녀의 입을 막기 위해 20만 달러를 주기도 했다.

우리는 짐과 타미 파예를 여러 번 게스트로 초대했고 제시카 한도 섭외했다. 그녀는 정말 섹시했다. 내가 평생 잊지 못할 정도였다. 당시 나는 싱글이었는데, 우연히 호텔로 돌아가는 그녀와 택시를 함께 타게 되었다. 택시 안에서 그녀는 내게 아찔한 교태를 부렸다. 그녀가 내 가랑이 쪽으로 발을 들어 올려 장난질을 치기 시작했던 것이다. 나는 꾹 참았다. 살면서 이따금씩 그런 곤란한 순간들을 잘 분간하지 못했던 나였으나 그때는 분간할 수 있었다.

짐과 타미 파예 배커 부부는 TV에서 굉장한 화젯거리였다. 새로운 폭로와 비난이 끊임없이 터져나왔기 때문이다. 한은 짐 배커가 마약을 하고 자신을 강간했다고 비난했다. 설교자 지미 스와거트는 내 토크쇼에 나와 짐 배커를 '그리스도의 몸에 난 암 덩어리'라고 불렀다. 그런데 그로부터 얼마 안 되어 스와거트 본인도 루이지애나의 한 호텔에서 매춘부와 함께 있는 것이 들통 났다.

한편 10만 명이 넘는 예전의 PTL[21] 후원자들은 돈을 돌려받기 위해 집단소송을 제기했다. 제리 팔웰은 얼른 나서서 그들을 구제해주는 척하면서 자신이 조직을 인수하려고 했다. 그는 한 차례의 모금 운동이 성공하자 옷을 입은 채로 테마파크의 워터슬라이드로 뛰어들었다.

타미 파예는 그런 팔웰이 마음에 들지 않았지만 심술궂은 성격이 아니라서 내색을 하지 않았다. 타미 파예를 비난하는 사람은 아무도 없었다. 그러나 짐 배커는 사기죄 유죄 선고를 받은 뒤에 울고불고 발길질하고 소리 지르면서 감옥으로 끌려갔다.

타미 파예는 처음에는 그의 편을 들었다. 그녀는 초췌한 얼굴에 줄줄 흘러내린 마스카라 자국을 남기지 않은 채로 토크쇼를 끝낸 적이 없었다. 그러나 짐이 감옥에 갇혀 있는 동안 그와 이혼을 했다. 그녀는 게이 프라이드 퍼레이드에 나가 여러 번 행진을 하면서 동성애자 사회에서 인기를 끌었다. 나와 친한 사이가 되기도 했다. 타미 파예는 대장암에 걸렸다가 나중에는 수술 불가능한 폐암까지 걸리고 말았다.

그녀는 죽기 전날 밤에 내 토크쇼에 출연했는데 몸무게가 30킬로그램 정도밖에 안 나가 보일 정도로 앙상했다. 그야말로 죽음을 목전에 둔 모습이었다. 사실 나는 그녀가 토크쇼중에 사망할지도 모른다는 생각도 했었다. 그녀는 거의 말도 못할 지경이었으나 작별인사를 하고 싶어 했다. 다음 날 저녁에 그녀는 사망했다. 그녀의 사망 소식은 잠시 보류되어 있다가 내 토크쇼 시간에 발표되었다. 나는 그녀의 추도회에 참석하여 추도사를 했다.

이것은 통속드라마 같은 이야기였지만 외면하기 힘들었다. 문득 테드 코펠에게 다음과 같이 물었던 기억이 난다.

"우리가 진행하는 이런 프로그램들에서는 타블로이드판 가십거리와 뉴스 사이에서 어떻게 균형을 잡을까?"

"나는 방송국을 위해 짐 배커에 대한 보도를 하네. 방송국은 나에게 중동 문제에 대한 보도를 하게 해주고."

그것은 나의 상황과 비슷했다. 테드 터너만이 나에게 냉전의 종식과 그 이후의 모든 것을 다루게 해줄 전권이 있었다. 테드가 CNN을 출범시키면서 배커 스캔들을 내다볼 수 있었는지에 대해서는 잘 모르겠다. 그러나 그가 냉전의 종식을 보고 싶어 했던 것은 확실하다.

CNN이 개국했을 당시에 미국과 소련의 관계는 좋지 않았다. 소련은 1979년에 아프가니스탄을 침공했고, 카터 대통령은 이에 대한 응징으로 1980년에 열린 모스크바 올림픽에 미국 선수단의 참석을 허락하지 않았다. 소련 역시 이에 질세라 4년 후에 로스앤젤레스 올림픽을 보이콧함으로써 공산주의 진영의 대부분이 불참하도록 만들었다.

테드는 소련과 미국을 비롯한 전세계를 화해시키려는 야심을 품었다. 그 야심이 바로 굿윌게임[22]이었다. 그의 타이밍은 절묘했다. 1985년에 미하일 고르바초프가 소련의 수장이 되면서 개방의 의향을 보였던 것이다. 결국 양국의 합의가 이루어지면서 1년 후에 제1회 굿윌게임에 참가하기 위해 전세계의 수천 명의 선수들이 모스크바로 모여들었다. 그때 테드는 고르바초프를 직접 만났다. 소련의 악단이 미국의 국가를 연주했고, 소련과 미국의 조정선수들이 서로의 배로 바꾸어 탔다. 하지만 테드는 그 일을 대단하게 여기지 않았다. 그는 돌아와서 이렇게 말했다.

"공산주의자들도 우리와 똑같이 먹고 우리와 똑같이 걷고 우리와 똑같이 2개의 눈이 있더군. 서로 말을 주고받을 수도 있고. 그들의 생각에 동조할 필요는 없지만 이야기를 나눌 수는 있는 거 아닌가."

1년 후에 로널드 레이건이 베를린에서 연설을 하면서 고르바초프에게 베를린 장벽을 허물어줄 것을 요구했다. 그리고 1989년에 CNN 시청자들은 베를린 장벽이 무너지는 모습을 지켜보게 되었다. 테드가 위성 방송으로 사람들을 불러 모으기 시작한 지 채 10년이 되지 않은 때였다.

나는 1989년에 CNN에서 어느 때보다 중요한 존재였다. 내 토크쇼의 시청률은 최고조에 달하고 있었다. 나는 9시 정각에 전세계 사람들을 TV 앞으로 불렀고 내 토크쇼는 매스컴으로부터 많은 조명을 받았다. 그런데 우연히도 내 계약가능 한정시간대(계약 제한기일)가 공개되었다. 나의 계약가능 한정시간대는 30일이었다. 내가 CNN을 떠나 타 방송국과 계약을 맺고자 한다면 계약 종료 3개월 전에 미리 테드에게 통보를 해야했는데, 그 계약 종료전 3개월이 되기 전의 30일 동안에는 어디든 타 방송국과 계약할 수 있었다.

밥 울프는 이 기간 동안에 여기저기에서 협상을 벌였고 그러던 중에 두 건의 환상적인 제안을 받았다. 하나는 ABC 방송국의 룬 알리지로부터였다. 룬은 내게 〈나이트라인〉의 다음 프로그램을 내주겠다고 했다. 테드 코펠이 12시까지 방송을 하면 내가 이어서 12시부터 1시까지 방송을 하면 되는 것이었다.

또 하나는 킹 월드를 운영하던 형제들, 즉 〈오프라 윈프리 쇼The Oprah Winfrey Show〉를 처음 제작했으며 현재도 다수의 퀴즈쇼를 제작하고 있는 바로 그 사람들로부터였다. 그들은 정말로 좋은 사람들이자 괴짜들이었다. 그들이 내놓은 아이디어는 '래리 킹 와이어드Larry King Wired'라는 이름의 쇼였다. 구체적으로 말하자면, 방송팀이 기자들과 함께 두 대의 제트기에 올라타 그날의 큰 이슈의 현장으로 날아가는 것이다. 그리고 그곳에서 내가 그 이슈를 다루는 구상이었다.

나는 당시에 CNN에서 연봉으로 약 80만 달러를 받고 있었는데, 두 곳 다 거의 두 배에 가까운 연봉을 내걸었다. 명망의 측면에서 따지면 ABC 측이 좀더 높았다. 그러나 킹 월드 측에서는 신디케이션 프로그램n배급 수익의 일정 비율까지 주겠다고 했다.

밥과 나는 그 두 제안을 놓고 거듭거듭 의논했다. 그러나 어느 쪽을 선택할지 결정할 수가 없었다. 계약 제한기일이 끝나가고 있어서 나는 초조해졌다. 정말 머리 아픈 일이었다. 당시 나는 앤지 디킨슨과 사귀고 있었고 그녀를 만나기 위해 비행기에 몸을 싣고 캘리포니아로 가고 있었다. 공항에는 비가 내리고 있었다. 나는 마중 나온 그녀와 함께 차를 타고 호텔로 가면서 그녀에게 모든 상황을 이야기했다. 차창밖으로 떨어지던 강한 빗줄기와 나를 쳐다보던 그녀의 매력적인 얼굴이 아직도 잊히지 않는다.

"지금 일이 불만스러워요?"

"아니."

"불만스럽지 않은데 왜 옮기려고 해요?"

"글쎄, 돈을 더 주니까."

"그것만으로는 옮길 이유가 안 돼요."

우리는 호텔에 도착하여 잠시 농탕을 쳤다. 그러나 나는 그 후에 통 잠을 이룰 수가 없었다. 아침이면 밥이 애틀란타에서 테드를 만나 내가 두 제안 중 하나를 받아들여 CNN을 떠나려 한다는 얘기를 할 터였다. 나는 침대에 누운 채 밤새 앤지가 했던 말을 곰곰이 생각했다. 참으로 복잡한 문제였다. 내 집처럼 편한 자리를 떠난다는 것은 아주 힘든 일이었다. 그러나 다른 곳에서 구애를 받고 있는 것이 흐뭇하기도 했다. 게다가 밥이 두 제안을 확보하느라 얼마나 열심히 뛰어왔던가. 내가 계속 CNN에 남아 있으면 그는 한 푼도 더 챙겨가지 못할 것이다. 반면에 내가 자리를 옮기면 훨씬 더 많이 벌게 될 것이다. 아침 6시쯤, 전화벨이 울렸다.

"래리, 테드일세. 지금 스피커폰으로 통화중이네. 밥이 바로 옆에 있는데 자네가 자리를 옮길 것이라고 얘길 하더군."

옆에서 밥이 소리 지르는 소리가 들렸다.

"이건 비윤리적이에요! 비윤리적이라고요!"

"윤리는 무슨 얼어 죽을 놈의 윤리, 이게 윤리랑 뭔 상관이 있다고! 래리, 잘 듣게. 지금부터 내가 자네에게 원하는 걸 얘기하겠네. 아주 간단하네. 그냥 '잘 있어요, 테드' 라고 말하면 되네. '잘 있어요, 테드' 라고 말하면 우리 사이엔 아무런 문제가 없네. 어떤 자리를 택하든간에 자네는 3개월 후에 그 새로운 일을 시작하면 되고, 자네의 선택에 아무도 괘씸해 할 사람은 없을 거란 얘기네. 내가 전화한 이유는 자네에게 '잘 있어요, 테드' 라는 말을 듣고 싶어서일세. 자네에게 작별인사를 듣고 싶어서라고."

나는 속옷만 입은 채로 멍하니 서서 전화기만 귀에 대고 있었다. 입 밖으로 말이 나오질 않았다. 테드는 기다리고 기다리고 또 기다렸다. 방 안은 오직 침묵만이 흘렀다.

"역시 그 말은 못하는군! 그 말은 못해!"

테드 뒤에서 밥이 외치는 소리가 들려왔다.

"이건 말도 안 돼!"

그러나 테드는 아랑곳 하지 않고 계속 얘기했다.

"나는 이렇게 할 생각이네. 자네가 내게 의리를 지켰으니 오늘부터 1년 후에 ABC에서 받기로 한 금액을 똑같이 주겠네. 나는 누구에게도 그 만큼의 액수를 지불한 적이 없네. 지금은 사업 확장중이라 자네에게 줄 돈이 없네. 하지만 오늘부터 1년 후에 150만 달러를 주겠네. 날짜를 적어놓게. 그리고 나와 계속 일을 하세."

나중에 상황이 진정되었을 때 테드는 내게 절대 잊지 못할 지혜로운 몇 마디의 말을 했다.

"단지 돈 때문에 다른 곳으로 옮기지는 말게. 돈 때문에 옮기면 첫

날부터 불행해질 것이고 옮기라고 말했던 모든 사람들을 원망하게 될지도 모르네."

테드는 TV 방송을 개혁했고, 곧 내 급여를 인상시켜줄 만큼 자금의 여유를 갖추게 되었다. 사람들은 CNN를 시청하려면 매달 케이블 시청료를 내야 했다. 즉 CNN은 시청자들이 잠을 자고 있는 순간에도 돈을 벌어들이고 있었던 것이다. 반면 시청자는 ABC에 돈을 한 푼도 내지 않았다. 따라서 ABC는 그와 같은 수입이 들어오지 않으므로 여전히 광고에 의존할 수밖에 없었다. 한편 테드는 광고를 통해서도 돈을 벌어들이고 있었다. CNN의 힘은 큰 뉴스거리가 될 또 다른 사건, 즉 걸프전이 터지면서 더욱 더 공고해졌다.

사담 후세인이 쿠웨이트를 침공했을 때 사람들은 세계가 어떻게 반응할지에 대해 알고 싶어 했다. CNN에서는 언제라도 사태의 진전 상황을 알려줄 수 있었다. 그런 점에서 CBS의 뉴스 부문은 CNN과 경쟁이 되지 않았다. CBS는 획기적인 변화를 생각했을지도 모른다.

'정규 프로그램을 취소할까? 하지만 그러면 광고는 어쩌지?'

보통의 다른 방송망에서는 정기 프로그램을 바꾸기 위한 결정을 내리려면 온갖 노력을 기울여야 했다. 반면에 테드와 그의 방송망은 눈 깜짝할 사이에 결정을 내릴 수 있었다.

CNN의 앵커 중 한 명인 버나드 쇼는 사담 후세인을 인터뷰하기 위해 바그다드로 갔다. 그런데 그가 방송을 통해 내게 말하고 있었을 때 이라크 당국에서 개입하고 나섰다.

"제 생각엔 그들이 폐쇄를-."

갑자기 화면이 나가버렸다. 이것은 다른 방송에서는 볼 수 없었던 일이다. 적의 전선 후방에서 전쟁이 생중계로 보도된 것은 그때가 처음이었다. 피터 아넷, 버나드 쇼, 존 홀리먼은 무수한 시간에 걸쳐 용기 있게 보도를 했다. 세 사람은 바그다드에 폭탄이 떨어지는 상황에서 몸을 피하며 보도를 했고, 이제 아무도 CNN을 '치킨 누들 뉴스' 라고 조롱하지 않았다. 그때는 세 곳의 주요 방송국보다 케이블로 뉴스를 시청하는 사람들이 더 많았던 시절이었다.

정치와 TV의 공통적인 특징은 계속 변한다는 것이다. 나는 그 변화를 바로 내 토크쇼에서 목격했다. 로스 페로가 1992년에 대선 캠페인에 뛰어들면서 우리 방송은 정치적 장이 되었다. 페로는 텍사스주의 갑부였고 예산 문제에 대해 할 말이 많은 사람이었다. 또한 걸프전에 반대했다. 물론 걸프전이 100일 만에 종결되었고 결과가 미국에게 유리하게 작용되긴 했다. 하지만 그렇다고 해서 그의 반대 의지가 꺾인 것은 아니었다. 그만큼 그의 반대 이유는 근거가 확실했다.

어쨌든 그날 밤에 내 토크쇼에서의 논제는 어려운 경제 상황이었다. 나는 토크쇼에 들어가기 전에 친구 한 명이 내 머릿속에 각인시켜 놓은 얘기를 떠올리고 있었다.

"로스 페로에게 대통령에 출마할 생각이 있느냐고 물어봐."

"왜?"

"어떤 파티에 갔다가 그를 만났는데 꼭 대통령에 출마할 것처럼 느껴지더라고."

결국 토크쇼 초반에 나는 출마할 생각이 있느냐는 질문을 던졌다.

"아니, 없어요. 그런 쪽으로는 정말 관심 없습니다."

우리는 이런저런 이야기를 나누었다. 그러다 어떤 직감에 사로잡혀 내가 말했다.

“자꾸 같은 얘길 꺼내고 싶지는 않지만, 정말로 대통령에 출마하실 생각이 없으십니까? 확실합니까?”

“그럼요.”

토크쇼가 끝나기 직전에 나는 또 다시 그 얘길 거론하지 않을 수가 없었다.

“어떠한 상황이 되면 출마를 하시겠습니까?”

“글쎄요, 그게 말입니다. 50개의 모든 주에서 국민들이 저를 무소속 후보로 등록시켜준다면 출마할 겁니다.”

나는 토크쇼가 끝나고 그와 작별 인사를 나눌 때만 해도 그 이야기를 대단한 일로 생각하지 못했다. 그러다가 그날 밤에 뮤추얼 방송의 라디오 쇼를 진행하면서야 비로소 느꼈다. 처음 전화를 건 청취자가 물었다.

“로스 페로를 도우려면 어떻게 해야 합니까?”

그 뒤로도 페로에 대해 이야기하려는 전화가 빗발쳤다. 나중에 알게 된 얘기지만, 로스 페로가 토크쇼를 마치고 호텔에 돌아와보니 누군가가 그에게 ‘로스 페로 캠페인’을 돕기 위한 용도로 10만 달러의 기부금을 보내왔다고 했다. 기부금은 호텔 벨보이가 남겨놓은 것이었으며 댄 래더는 곧바로 이 이야기를 보도했다. 그리고 일주일이 지났을 때 우리는 그날의 토크쇼가 얼마나 엄청난 파급효과를 가져왔는지를 절감하게 되었다. 현직 대통령이던 조지 부시는 이해를 못했고, 언젠가 나에게 물었다.

“무엇 때문에 로스가 나에게 맞서는 걸까요? 우리는 똑같은 텍사스 출신이고 나는 그가 나를 좋아하는 줄 알았는데 말이에요.”

선거 무렵이 되자 모든 상황이 바뀌는 듯했다. 부시가 내 토크쇼에

게스트로 나왔을 때, 클린턴의 측근 조지 스테파노풀로스George Stephanopoulos가 전화를 걸어와 대통령을 격노케 만드는 질문들을 던졌다. 한편 로스 페로가 출연했을 때는 부시의 지지자인 로버트 모스바허Robert Mosbacher가 전화해서 그에게 맹공을 가했다. TV상에서 이런 식의 공방전이 벌어진 것은 처음 있는 일이었다.

어느 시점에선가는 페로가 여론조사에서 앞서기까지 했다. 경제는 잘 풀리지 않고 있었으며 클린턴은 부부간의 정절에 대한 의문들을 헤쳐나가고 있었다. 하지만 페로는 두어 가지 실수를 저질렀다. 그는 NAACP(전미흑인지위향상협회)에서 연설을 하다가 청중에게 '당신네 사람들' 이라고 칭했다. 그가 그들을 얕보아서 그렇게 불렀던 것은 아니었으나 결과는 얕보아서 한 말로 받아들여졌다. 그 뒤로는 그의 부통령 러닝메이트인 제임스 스톡데일James Stockdale 장군이 퀘일, 앨 고어와 함께 토론을 마친 후에 조롱을 사는 일이 빚어졌다.

스톡데일은 보청기를 꺼놓는 바람에 사회자에게 질문을 다시 묻는 등 토론에 집중 못하는 모습을 보이면서 당혹스럽고 혼란에 빠져 있는 것처럼 비쳐졌다. 이것은 참으로 슬픈 일이었다. 스톡데일은 좋은 사람이고, 한때 전쟁포로였다가 스탠포드대학교의 강단에 서게 되었던 인물이기 때문이다.[23]

로스 페로는 공화당원들이 자신에게 방해공작을 시도하고 있다고 주장하면서 돌연 대선 경쟁에서 물러났다. 가수 셰여는 내 토크쇼에 전화를 걸어 그 일을 안타까워하며 울었다. 나중에 로스 페로는 다시 돌아왔으나 이미 후보로서의 이미지가 손상되어 있었다. 선거를 앞둔 주에 내 토크쇼에는 수요일 밤에는 부시가, 목요일 밤에는 클린턴이, 금요일 밤에는 페로가 게스트로 출연했다. 그것은 전통적인 방식의 대선토론은 아니었으나, 당시에 나로서는 그보다 더 좋을 수는 없었다.

또 다른 관점

마티 자이거

80년대 말, 이 무렵에 래리가 줄리와 결혼했다. 나는 결혼식에서 신랑 들러리를 섰다. 그 결혼을 떠올릴 때 기억나는 것은, 너무 이른 감이 든 결혼이었다는 점과 두 사람이 서로를 잘 몰랐다는 점이다. 사실 두 사람이 서로에 대해 얼마나 몰랐는지는 뉴욕에서의 어느 저녁 식사 자리에서 고스란히 드러났다.

그날 저녁 식사 자리는 래리와 줄리가 막 약혼식을 올렸을 때라 축하하기 위해 모인 자리였고, 래리와 줄리, 내 아내 엘렌과 나 그리고 앤지 디킨슨 이렇게 다섯 명이 함께 했다. 앤지는 내 옆에 앉아 있었다. 그런데 저녁을 먹으며 대화를 나누던 어느 시점에서 줄리의 뛰어난 프랑스어 실력을 놓고 이야기하게 되었고, 그때 래리가 말했다.

"당신이 프랑스어를 하는 줄은 몰랐소."

앤지는 내게로 몸을 기울이면서 나지막이 말했다.

"두 사람 계약결혼 아니에요?"

14

OJ 심슨 사건

각각 여덟 살과 아홉 살인 내 두 아들은 OJ 심슨의 살인사건이 세기의 재판이라고 불리는 것은 들어봤을 것이다. 그러나 그들은 그 세기와는 다른 세기에 살고 있다. 이제 아무도 OJ에 대해 관심을 갖지 않는다. 그러니 당시에 그 재판이 얼마나 떠들썩한 일이었는지를 내 아들들에게 설명하기란 힘들다. 다만 내가 할 수 있는 최선의 설명은, 빌 클린턴에게 들은 얘기를 해주는 것뿐이다. 클린턴이 공식 방문하는 러시아 대통령 보리스 옐친Boris Yeltsin을 맞으러 나갔을 때 옐친이 그의 귀에 대고 이렇게 속삭였다고 한다.

"정말로 그가 죽인 겁니까?"

OJ는 살인죄로 고소된 이들 가운데 가장 유명한 사람이었다. 그는 수년에 걸쳐 전미국의 수백만 명에게 영웅이었다. 그는 미식축구 선수로서 타고난 스피드와 직감을 발휘했을 뿐만 아니라 여성을 사로잡을 만한 외모를 지니고 있었다. 하루 종일을 따져도 결론이 나지 않을 문제지만, 스포츠 스타를 영웅으로 떠받드는 것이 옳다 그르다를 놓고 말들이 있기는 하다. 사실 OJ는 사람의 목숨을 구하진 않았다. 그렇다고 월요일 아침에 눈을 떴을 때 그가 사람들의 삶을 바꾸어놓았던가? 그것도 아니다. 그러나 어떻게 보면 바꾸어놓기도 했다. 사람들의 기분을 더 좋게 해주었으니 말이다.

OJ가 경기장을 누빌 때 사람들은 열광하며 그와 함께 뛰었다. 또 OJ가 공항에서 카트를 뛰어넘는 광고를 보면 사람들은 미소를 지으며 허츠에서 렌트카를 빌리고 싶어 했다. OJ는 최초의 크로스오버 스타에 속하기도 했다. 재키 로빈슨은 흑인이었고 무하마드 알리도 흑인이었다. 반면에 OJ는 흑백의 양쪽에 걸쳐 있었다. 그는 백인의 삶을 살았고 백인 아내를 맞아들였다.

문득 마이애미 돌핀스팀의 경기를 중계하고 있을 때의 일이 기억난다. 그때 리그의 어떤 감독이 뉴잉글랜드 패트리어츠의 흑인 선수가 백인 여성과 결혼했다는 소식을 듣고 충격을 금치 못했던 적이 있었다. 그것은 편견 때문이 아니었다. 단지 70년대 초에는 흑인 남성이 백인 여성과 함께 어울리는 것이 매우 드문 광경이어서였다.

그러나 OJ 심슨은 어떤 여성과도 데이트를 할 수 있었다. 그가 누구였던가. 마이클 조단, 데릭 지터Derek Jeter(야구선수), 타이거 우즈의 발판을 마련한 인물이었고, 이들 모두는 더 이상 유색인으로 취급받지 않으며 신처럼 여겨진 존재였다.

니콜 브라운 심슨의 살인 보도들이 흘러나왔을 때 나는 OJ에 대해 의심조차 품지 않았다. 그가 그녀를 죽였다니, 그것은 터무니없고 불가능한 일 같았다. 우리가 처음 접한 이야기는 OJ가 시카고에 있을 때 살해 소식을 들었다는 것이다. 그것이 사실이라면 어떻게 수천 킬로미터나 떨어진 곳에 있었던 사람이 전처와 컵 한 짝을 가져다주려고 그녀의 집에 들렀던 레스토랑 웨이터를 찔러 죽일 수 있단 말인가? OJ가, 니콜의 콘도 밖에서 니콜과 웨이터 론 골드먼이 시체로 발견된 후에 시카고행 비행기에 올랐다는 얘기는 나중에서야 알게 되었다.

OJ가 두 얼굴의 사람이었음을 안 사람은 극소수뿐이었다. 내가 TV 세트장에서 만났던 OJ는 언제나 미소를 머금고 있었다. 그의 어린 시절의 한 친구는 내게 얘기해주길, OJ는 어느 팀에서든 주장을 맡았으며, 문제가 생기면 팀원들이 가장 먼저 찾는 사람이 바로 그였다고 했다. 그는 심판에게 대든 적이 한번도 없었고 경기장에서 화를 낸 일도 없었다. 허츠 광고를 찍었던 사람들 말을 들어봐도, 광고를 찍으면서 그보다 더 협력적으로 임해주는 스타는 본 적이 없었다고 했다. 광고 촬영이 공항에서 새벽 2시에 이루어졌는데도 OJ는 불평 한마디 없이, "한번 더 해야 하나요? 좋습니다."라는 태도로 임해주었단다. OJ의 비서 또한 그가 욕하는 것을 들은 적이 없다고 말했다.

살인사건 이후부터 OJ의 다른 얼굴에 대한 얘기가 들려오기 시작했다. 마약, 성깔, 전처의 애인들을 향한 질투에 대한 이런저런 수군거림이 나돌았다. 니콜이 911에 신고했었다는 얘기와 가정 폭력 얘기가 나오기도 했다.

나는 어떻게 한 사람이 이렇게 다른 성격들과 복잡성을 지닐 수 있는지 이해하기가 힘들었다. 슬로보단 밀로셰비치Slobodan Milošević도 같았다. 그는 '발칸의 도살자'로 유명했으며 비인도적인 범죄에 대한 재판이 열리던 중에 사망했다. 나는 언젠가 그를 인터뷰한 적이 있었다. 그런데 인터뷰 뒤 몇 년 후에, 살인과 인종청소의 상징이었던 바로 그 사람이 외교관을 시켜서 일부러 내 행복을 빌고 내 아이들의 안

부를 물어보게 했다. 남보다 뛰어난 사람은 누구나 여러 가지 면들을 가지게 될 것이며, 대체로 '평범함'은 그런 면에 속하지 않는다. 안타깝게도 대다수 사람들은 다른 사람들의 복잡성과 마음속을 헤아리는 데 애를 먹고 있다. OJ의 재판 때도 그러했다.

우리는 OJ가 경찰에 출두하기로 약속하고 나타나지 않았던 그날 오후에 무슨 일이 일어났다는 것을 직감했다. 그는 경찰에 출두하는 대신에 자살 유서를 남겼고 그 유서를 그의 절친한 친구인 로버트 카다시안이 TV를 통해 큰 소리로 읽었다. "나는 계속 살아갈 수가 없어…."라는 말이 들리는 순간 나는 몸이 덜덜 떨렸다.

당시에 나는 신디 가비와 사귀고 있었다. 신디는 LA 다저스팀의 선수로 뛰고 있던 스티브 가비와 결혼을 했었고 니콜과 친구 사이였었다. 그녀는 OJ를 싫어했으며 그가 죽였다고 확신했다. 나는 그날 밤에 NAACP의 대표자와 함께 그녀를 게스트로 출연시켰다. 이 사건은 처음부터 단순히 살인과 관련된 것만은 아니었다. 즉 누구나 짐작했겠지만, 사건의 내막이 어떠하든 간에 흑백문제로까지 비화될 소지가 있었다.

사실, 앞선 4년 동안 흑백문제로 비화될 만한 토대가 LA에서 착착 마련되고 있었다. 가장 먼저 로드니 킹의 폭행 사건이 있었다. 때는 1991년이었고 킹은 백인 경찰관들에게 과속 차량으로 쫓기다 차를 세우게 된 흑인이었다. 안 그래도 흑인들은 수년 전부터 경찰의 가혹행위에 대한 불만들을 이야기해왔다. 그러나 이번에는 세계의 모든 사람들이 그런 가혹행위를 직접 목격할 수 있었다. 그 가혹행위의 현장이 몰래 녹화되고 있었기 때문이다. 결국 이 사건은 크게 유명해졌다.

언제나 한 사람이 겪는 구체적인 사례가 가장 중요하기 마련이다. 허리케인 카트리나 같은 재해의 무시무시한 공포가 어떨지는 이해하기 어렵지만, 물이 점점 불어나고 있을 때 지붕 위에서 고양이를 안고 있는 사람의 심정이 어떨지는 누구나 이해할 수 있다. 로드니 킹의 비디오는 소름끼쳤다. 그는 어둠 속에서 땅바닥에 엎어진 채로 발길질을 당하고 곤봉으로 맞았으며, 폭행은 저항할 힘이 다 빠진지 한참이 지나서까지 계속되었다. 그 비디오는 저널리즘을 영원히 바꾸어놓았다. 이제는 누구든 어떤 사건을 찍어서 위성으로 전세계에 방송할 수 있게 되었다. 모든 사람이 기자가 될 수 있는 것이다.

그 장면이 녹화되지 않았다면 그런 폭행이 일어난 것을 어느 누가 알았겠는가? 대중의 강렬한 항의가 터져 나왔고 경찰관들은 과잉진압으로 고발되었다. 그러나 매스컴의 관심에도 불구하고 LA에서는 경찰관들이 공정한 재판을 받을 수 없다고 결정되면서 사건은 시미 밸리로 이관되었다. 배심원단은 백인 10명, 아시아계 1명, 라틴계 1명으로 구성되었고 경찰관들은 무죄 방면되었다. 그야말로 억지였다.

결국 LA 전역에서 폭동이 일어났다. 당시 시위에 참가했던 사람 7,000명 이상 가운데 50명 이상이 사망하고 2,000명 이상이 부상을 입었다. LA에서만 피해액이 10억 달러에 달했으며 폭동은 다른 도시들까지 번져갔다. 그러나 우리는 그 뒤로 백인의 트럭 운전사가 한 무리의 흑인들에게 운전석에서 끌려나와 장도리와 콘크리트 덩어리로 구타당하는 진저리나는 영상을 보게 되었다. 그의 이름은 레지날드 데니였고, 나중에 나는 그를 인터뷰하게 되었다. 그가 구타당하는 모습은 헬기에서 찍은 것이었다.

내가 방송을 하며 늘 애써온 한 가지 일은, 시청자들이 어떤 상황을 다른 각도에서 볼 수 있게 해주는 것이다. 내 토크쇼에 출연했던 레지날드 데니는 자신을 때린 사람들을 고소하지 않았다. 그는 그들이 유죄선고를 받은 후에 그중 한 명의 어머니를 꼭 안아주기도 했다. 데니는 여러 번 911에 신고를 했는데도 자신의 위급함에 대응해주지 않았다며 LA시를 고소했고, 유명한 흑인 변호사 자니 코크란에게 변호를 맡겼다. 저널리즘은 반드시 이런 심층적인 내용을 알려야 한다. 안 그러면 사람들의 머릿속에는 몇 번이고 반복해서 보게 된 거친 구타 장면만 남게 된다.

OJ 심슨의 재판은 어떤 경우라도 큰 이슈가 되었을 것이다. 그러나 지켜보는 모든 사람들이 로드니 킹과 레지날드 데니에 대해 새롭게 기억했기 때문에 더욱 더 큰 이슈가 되었다.

신디 가비와 NAACP의 대표자가 출연했던 토크쇼가 끝나갈 때쯤 갑자기 화면에 흰색 포드 브롱코의 도주 장면이 생방송으로 떴다. 헬기로 촬영되고 있는 그 장면에서는 경찰차들이 정연하게 그 뒤를 추격하고 있었다. 나는 처음에는 흰색 브롱코 안에 OJ가 타고 있다는 사실조차 알지 못했다. 토크쇼를 하며 이런 적은 처음이었다.

이날의 토크쇼에서는 평상시 하던 대로의 통제력을 발휘하지 못했다. 내 앞에 펼쳐지는 사건들에 대해 통제권이 없었기 때문이다. 그것은 전혀 뜻밖의 상황이었다. 토크쇼가 시작될 때만 해도 나는 OJ가 자살하겠다는 으름장을 끝내 실천에 옮기지 않기를 바라고 있었다. 그런데 50분 후에는 그가 I-5도로를 타고 어디로 향하는지를 알고 싶은 마음이 되어 있었다. 우리는 계속 방송을 내보냈다.

한 프로듀서가 도로 지도를 가져와서 내가 설명하고 있던 현장이 어디쯤인지를 파악할 수 있게 해주었다. OJ의 친구 앨 카울링스가 차를 몰고 OJ는 뒷좌석에 앉아 있다는 소식이 들어왔다. 군중들이 도로변에서 "힘내요, OJ, 어서 가요!"라는 플래카드를 들고 나와 있다고도 했다. 그들은 허츠광고 속의 OJ를 놓고 싶어 하지 않았다. 결국 브롱코는 OJ의 집까지 이르렀고 그는 그제야 도주를 포기했다. 우리는 그날 밤에 3시간 동안 방송을 했다.

사건들은 삶을 바꾸어놓기 마련이다. 그러나 이번 사건은 재판의 취재를 위해 나를 LA로 가게 만들었으며, 내 개인적 삶을 미처 예상치 못한 방향으로 돌려놓았다. 나는 전에도 LA를 방문한 적이 있었지만 그때까지만 해도 LA를 잘 몰랐다. 그나마 아는 것이라고는 비버리힐즈의 네이트 앤 알 델리 정도였다.

알고 보니 OJ의 변호사들 중의 한 명인 로버트 샤피로는 이따금씩 아침을 먹기 위해 네이트 앤 알 델리에 왔다. OJ가 다니는 교회의 목사인 로시 그리어도 마찬가지였다. 당시에 OJ가 그리어 목사에게 고해를 했다는 소문이 무성했으나, 그리어 목사는 사실이 아니라고 부인했다. 그는 바비 케네디가 암살되었을 때 그의 아내를 보호해주며 암살범 서한 서한의 총을 빼앗았던 바로 그 로시였다. 나는 아직도 녹음테이프에서 들었던 음성을 기억한다.

"로시, 총을 뺏어요!"

그리어 목사는 우리 자리에 동석을 했던 도서출판업자 마이클 비너의 친구이기도 했다. 마침 마이클은 파예 레스닉이라는 패션디자이너의 진실 폭로가 담긴 책을 출판하려던 중이었는데, 그녀는 자신이 니콜의 절친한 친구였으며 OJ가 니콜을 스토킹했었다고 주장했다. 그런데 우리가 토크쇼에 파예를 출연시키려고 섭외를 벌이고 있었을 때 판사 랜스 이토가 아직 배심원단 선정중이니 보류해달라고 요청해왔다. 우리는 요청대로 보류를 했고 이토 판사는 나를 자신의 방으로 초대해 감사의 말을 전했다.

이유를 모르겠으나, 나는 랜스라는 이름을 가진 사람들과 좀처럼 가까운 사이가 된 적이 없었다. 그런데 이토 판사와 나는 서로가 아주 잘 통했다. 우리는 거의 1시간 동안 이야기를 나누었다. 떠날 때가 되었을 때 나는 문을 잘못 나오는 바람에 법정으로 들어서게 되었다. 내 귀에 가장 먼저 들린 소리는 "어이, 래리이이이!"였다. OJ가 내게 인사를 하는 소리였다. 마침 재판을 재개하려던 참이어서 카메라들이 내게로 쏠렸다. 나는 아주 당혹스러워하며 말했다.

"어이, 자네로군."

나는 로버트 샤피로에게 인사를 건넨 후에 검사석에 앉은 이들에게 한 사람도 빼놓지 않도록 신경 써가며 일일이 인사를 했다. 나는 누구에게든 이쪽이나 저쪽으로 치우치는 듯한 인상을 주고 싶지 않았다. 그것은 쉽지 않은 일이었다. 내가 법정에서 나오자 기자들이 나를 에워싸며 사방에서 질문을 해댔다.

"래리, OJ의 성격증인[24]을 선다는 게 사실입니까?"

나는 열한 번이나 노코멘트를 말한 후에야 그곳에서 벗어날 수 있었다.

결국 나는 상황의 중심에 말려들게 되었다. 당시에 싱글이었던 나는 피고측의 배심원 컨설턴트[25]로 있는 여성과 검사측의 선전 담당자로 있는 또 다른 여성을 동시에 사귀기 시작했다. 나는 두 사람이 서로에 대해 잘 알고 있는 줄은 생각지도 못했다. 그러나 네이트 앤 알 델리에서의 내 동석자들은 짐작하고 있었다. 내가 아침에 식당으로 들어가면 모든 사람들이 내가 전날 밤에 알아낸 새로운 화젯거리가 무엇인지 궁금해했다. 그때에는 '재판의 양측 여성들과 데이트를 하다니, 내가 뭘 한 거지?' 라는 생각이 들지 않았다. 오히려 빌 클린턴이 그 사실을 알았을 때 보였던 반응이 떠오른다.

"여자들에 대한 그 유연성이 존경스럽습니다."

두 여성과의 데이트는 재미있었고, 솔직히 말해서 아주 편리했다. 우리는 배심원 컨설턴트를 통해 OJ에게 메모를 건네면서 재판 후에 토크쇼에 전화해줄 의향이 있는지 물어보기도 했다.

재판이 시작되기 전에 나는 LA 지방검사 길 가르세티와 아침을 먹었다. 내 친구 애셔도 또렷이 기억하고 있는 그날의 아침식사 자리에서 가르세티는 "그가 꼼짝 못할 증거를 잡았어요."라고 말했다. 가르세티 말이 맞았다. 사건 현장에서 OJ의 장갑과 피가 발견되었던 것이다. 그것은 반박할 수 없는 증거여서 이 소송은 검사측에 유리해 보였다. 하지만 결과는 패소였다.

검사측은 몇몇 부적절한 증인을 세웠다. 검사측의 DNA 증인을 기억하는가? 불쌍한 친구 데니스 펑 말이다. 그는 피고측의 노련한 변호사 배리 쉑에 맞서기에는 능력이 못 미쳐서 뼈도 못 추리고 꼼짝없이 당했다. 범죄 현장에 가장 먼저 도착해 증거를 수집한 경찰들 가운데 한 명이었던 마크 퍼먼은 또 어땠는가. 그는 증거를 조작했을 소지가 다분한 인종차별주의자로 몰렸다. F. 리 베일리가 '해병대원 대 해병대원' 으로 퍼먼을 반대심문할 때는 그야말로 드라마였다. 베일리는 퍼먼에게 지난 10년 동안 '깜둥이' 라는 단어를 입에 담은 적이 없느냐고 물었고 퍼먼은 그런 일이 없다고 부인했다. 그는 자신이 인종 모욕적 언사를 마흔한 차례 정도 했던 녹음테이프를 피고측이 확보하고 있었다는 사실은 알지 못했다.

베일리는 OJ를 믿었다. 적어도 나에게 확언하기로는 그랬다. 베일리와 자니 코크란은 부검사 크리스토퍼 다든을 속여서 OJ에게 범죄현장에 남겨졌던 피 묻은 장갑을 끼워보게 하도록 유도했다. OJ는 베일리에게 장갑이 맞지 않을 것이라고 말했다. 그것은 검사측의 크나큰 실수였다. 장갑은 검사중에 동결되었다 해동되었다를 수차례 반복했던 상태였고, 더욱이 OJ는 장갑을 껴볼 때 증거물이 훼손되는 것을 피하기 위해 고무장갑까지 끼고 있었다. 장갑이 맞지 않자 자니 코크란은 그 기회를 틈타 배심원단에게 호소했다.

"장갑이 맞지 않다면 무죄 선고를 받아야 마땅합니다."

코크란과 샤피로는 재판이 끝날 때까지 서로 말을 하지 않았다. 샤피로는 코크란이 최종변론에서 인종 카드를 꺼내든 것을 못마땅해 했다. 나는 샤피로와 아주 친한 사이가 되었다. 기꺼이 장담하지만 샤피로는 OJ를 유죄라고 생각했다. 그는 법조윤리를 위반할 수가 없어서 자신의 입으로는 절대 그렇다고 말하지 않았을 것이다. 하지만 그의 몸짓이나 표정을 보면 그렇다는 것을 감지할 수 있었다.

내가 가장 놀랐던 일은 배심원단의 평결이 너무 신속하게 이루어졌다는 것이다. 장장 8개월 동안 이어진 재판이 배심원단의 불과 몇 시간의 숙고만으로 결정될 수 있다니, 정말 믿겨지지 않았다. 내 생각으로는 그동안 나왔던 모든 증거를 검토하는 데만 몇 주가 걸릴 터였고… 그런 후에 결정을 내리기까지도 길고 긴 시간이 필요할 것 같았는데 그렇게 빨리 평결이 내려지다니 놀라웠다. 호텔 방에서 평결을 기다리던 때가 기억난다. 그때 나는 창밖을 내다보았다. 보도 위에는 사람 한 명 보이지 않았다. 도로에는 차 한 대도 다니지 않았다. 모두가 TV 앞에 있었던 것이다.

시드도 나와 생각이 같았다. 내 프로그램의 메인피디 웬디 워커도 마찬가지였다. 평결이 발표될 때 우리는 모두 손을 맞잡았다. 지금까지 살면서 그렇게 초조하게 손을 맞잡았던 때는 없었다. 하긴, 그런 식의 재판도 본 적이 없었으니.

'무죄' 라는 말을 들었을 때 가장 먼저 든 생각은 '믿을 수 없어' 였다. 그 다음에 든 생각은 나 자신도 놀랄 만큼 생뚱맞은 것이었다. '이런, 제기랄. 재판이 끝났네. 이제 워싱턴으로 돌아가야 하잖아' 였으니 말이다. 그리고 그 뒤를 이어서, 축제 기분에 젖은 흑인 시청자들과 충격에 휩싸인 백인 시청자들의 이미지가 떠올랐다.

평결이 내려졌던 1995년의 그날 밤에 있었던 내 토크쇼를 떠올리니 현재 미국에 흑인 대통령이 나왔다는 것이 잘 믿기지 않는다. 그날 밤 토크쇼의 게스트는 작가 도미닉 듄이었다. 그는 그날 국민이 너무 양극화되어서 지난 30년 동안 이루어온 모든 시민권의 진전이 싹 쓸려가버렸다고 믿었다.

나는 몇 가지 터무니없는 이론들을 내놓고 있는 사람을 알고 있다. 그의 황당한 이론 가운데 하나가, OJ 심슨 재판이 없었다면 버락 오바마가 대통령에 당선되지 않았을 것이라는 주장이다. 말하자면 미국은 OJ 심슨 재판의 평결이 발표되었을 때 TV 화면에 스스로의 모습을 비춰보지 않을 수 없었으며 스스로의 갈라진 모습을 보면서 유쾌하지 못했다는 것이다. 자니 코크란은 우리의 불화를 이해하기 위해서는 사회 그대로를 비춰봐야 한다는 것에 대해 이야기했다. 그러나 이것은 아직도 내게는 확대해석처럼 들린다. 오바마가 OJ 심슨 재판 이후에 바로 대선후보로 나섰다면 틀림없이 당선되지 않았을 것이다. 그러나 OJ 심슨 재판이 변화를 이끌었던 오랜 연속적 사건들 중의 하나이기는 했을 것이다.

평결이 발표된 이후의 밤에 토크쇼가 끝나갈 즈음 OJ가 전화를 걸었다. 그는 재판에서 증언을 하지 않았기에 8개월 동안 아무도 그의 목소리를 듣지 못했던 터였다. 모든 사람들이 그가 뭐라고 말할지 듣고 싶어 했다. 우리는 그가 정말 OJ인지를 확인하기 위하여 특별한 암호의 숫자를 대보게 했다. 그런데 이상하게도 CNN은 OJ가 막 이야기를 시작했음에도 불구하고 예정된 종료시간에 토크쇼를 중단시키고 싶어 했다. 녹음해서 OJ 스페셜로 방송하자는 것이었다. 그러나 웬디는 반대했다.

"녹음된 OJ 스페셜도 괜찮겠지요. 그러나 지금은 OJ 라이브입니다."

모든 시간이 지나고 나니 어쩔 수 없이 드는 의문이 있다. OJ가 살인 후에 차고 진입로에 그대로 있다가 비명을 질러 경찰을 불렀다면 어떻게 되었을까? 경찰이 올 때까지 손에 칼을 든 채로 그 자리에 그대로 있다가 자신이 아내와 웨이터를 죽였다고 인정했다면 어땠을까? 그가 단지 "발끈하여 자제력을 잃었습니다! 제가 죄를 저질렀습니다. 저를 처벌해주십시오. 저는 죽어 마땅합니다."라고 말했다면 어땠을까?

미국인과 용서의 성향에 근거하여 내 나름대로 추측을 해보자면, 그렇게 했더라면 그는 지금쯤 감옥에서 나왔을 것이다. 몇 년 감옥에 갇혔다 나와서 분노에 대한 책을 쓰고 온갖 토크쇼에 출현했을지 모른다. 최고의 분노 전문가가 되고 용서를 받았을 것이다. 그리고 다시는 뻔뻔한 웃음을 지을 수 없었을 것이다.

OJ는 결코 용서받지 못했다. 그는 민사소송에서 피살자의 가족들에게 패소했다. 그리고 내가 이 글을 쓰고 있는 지금은, 자신의 스포츠 기념품 몇 개를 강제로 되찾으려 하다가 네바다주 리노에서 약 145킬로미터 떨어진 감옥에 들어가 있다. 그는 최대 33년까지 복역할 수도 있다. 분명 이것은 지은 죄에 걸맞지 않은 처벌이다. 사실, 그 기념품은 그의 소유물이었고 그가 누구를 죽인 것도 아니었기 때문이다. 다만 네바다주에서는 문을 잠근 채로 범죄를 저지를 경우 유괴죄에 해당되기 때문에 유괴죄의 선고를 받은 것뿐이다. OJ는 지금 부당한 옥살이를 하고 있다. 그러나 시간을 되돌려 큰 그림을 보면 타당한 옥살이일 수도 있다. 하지만 더 중요한 점은 이제는 아무도 그에 대해 신경을 쓰지 않는다는 것이다.

그렇게도 유명했던 어떤 사람이 바로 우리 눈앞에서 몰락할 수 있다는 것이 놀라울 따름이다. 나에게 OJ 심슨의 재판은 그 당시보다 지난 몇 년 동안에 훨씬 더 중요해졌다. OJ가 아니었다면 나는 LA로 옮겨가는 것에 대해 생각해보지 않았을 것이다. OJ가 아니었다면 내 늦둥이 아들 둘을 얻지도 못했을 것이다. LA에서 두 아들의 어머니가 될 여인을 만났기에 하는 말이다. 그러나 챈스와 캐논이 태어나기 전에 한 가지 놀라운 일이 있었다.

15

래리 킹 주니어

그것은 정말 뜻밖의 일이었다. 어느 날 오후 늦게 워싱턴 CNN의 내 책상에 앉아 있을 때 전화가 왔다는 전갈을 받았다.

"래리, 마이애미에서 아네트라는 여자의 전화가 와 있어요."

나는 그 전갈을 받는 순간 바로 아네트가 누구인지를 떠올렸다. 사실 그때까지 누구에게도 아네트와 결혼했던 일을 얘기한 적이 없었다. 심지어 동생에게조차도. 결혼식을 올렸음을 보여주는 기록이라곤 브로드 시청의 서류 한 장뿐이었다. 나는 결혼식 이후로 그녀를 본 일도 별로 없었다. 아마 두어 번 만난 것이 고작일 것이다. 말하자면 30여 년 동안을 서로 연락도 없이 지낸 상태였다. 그래서 그녀가 무슨 일로 전화를 한 것인지 짐작도 못하고 있었다. 나는 전화기를 들고 흔한 말로 안부부터 물었다.

"잘 지냈어요?"

그러나 아네트는 바로 본론을 꺼냈다.

"폐암에 걸렸어요."

아네트는 완전히 골초였고 나보다도 담배를 더 많이 피웠었다. 그러나 나는 그녀의 다음 말에 놀라 뭐라고 대꾸할 틈도 없었다.

"당신에게 아들이 있어요. 곧 결혼해요. 내가 죽기 전에 당신에게 그 애에 대해 알려주고 싶었어요. 아니, 내가 죽기 전에 당신이 꼭 알아야 해요."

함께 사귀었던 여자가 임신할 가능성은 늘 있게 마련이다. 그러나 우리는 헤어진 지 벌써 30년이 더 넘은 사이였다. 나는 놀라서 우두커니 앉아 있었다. 당시의 상황을 이렇게밖에는 설명할 수가 없다. 33년 동안 함께하지 않았기 때문에 나로서는 아들이 어떻게 컸는지에 대해 얘기해줄 수가 없다. 그래서 내가 몰랐던 그 이야기를 래리 킹 주니어의 몫으로 넘기려 한다.

래리 킹 주니어(아들)

누군가 나에게 "래리 킹이 아버지세요?"라고 직접적으로 묻지 않는 한, 나는 누구에게도 아버지가 누구인지 말하지 않았다. 나는 지금까지 그렇게 살았다. 얼마 전에는 허츠에서 렌트카 반납절차를 밟고 있을 때 카운터에 있는 직원이 내 운전면허증을 보면서 물었다.

"래리 킹 씨?"

그때 나는 이렇게 말했다.

"맞습니다. 오늘은 멜빵을 안 했죠."

그는 그냥 웃었다.

나는 언제나 어머니의 가르침을 잊지 않았다. 어머니는 내게 "주체성을 가져라. 아버지의 이름을 팔아 거기에 기대어 살려는 순간, 너는 더 이상 남자도 아니다."라고 말했다. 어머니는 이것을 재차 가르치며 덧붙여 "내가 네 이름을 래리 킹 주니어라고 지은 이유는 그러는 것이 옳은 일이었기 때문이란다. 너는 네가 누구인지 알고 있다. 네가 누구인지는 의심의 여지가 없다. 네 아버지는 너와 함께 있어주지도 못하고, 알아봐주길 바랄 때 알아봐주지 않을지도 모른다. 그러나 마음 깊은 곳에서는 너를 사랑하신다. 언젠가 아버지와 함께 있을 날이 올 것이다. 너를 키우는 일은 내가 할 일이다."라고 말하기도 했다.

어머니와 아버지는 1958년에 만났다. 아버지가 마이애미에 온 지 1년 정도 되었을 무렵이었다. 아버지가 마이애미에서 일반인 인터뷰를 진행했을 때 어머니는 볼링장에서 일하고 있었다. 어머니는 아버지에게 푹 빠져 있었다. 어머니는 예전에는 영화를 보러 가는 것을 아주 좋아했다. 두 분이 영화관에 자주 갔을 것으로 짐작된다. 그것은 아버지가 어머니에게, 그냥 농담이었을 테지만 "당신은 영화 한 편을 안 보고는 일주일을 넘기지 못할 거요."라고 말한 데서도 알 수 있다. 두 분의 관계가 끝난 것은 분명 이 무렵이었을 것이다. 어머니가 다시는 영화관에를 가지 않았기 때문이다. 정말 단 한번도 안 갔다. 영화관에는 발도 들여놓으려 하지 않았다.

"엄마, 제발요. 같이 영화 보러 가요."

세월이 흐른 후에 내가 졸랐을 때도 요지부동이었다. 정말 미친 사랑인 것 같지 않은가? 아버지에 대한 어머니의 사랑은 너무 지극하여, 신문에서 아버지의 이름이 나온 것을 볼 때면 언제든 그 기사를 오려서 간직해둘 정도였다. 지금도 그렇게 오려놓은 기사들이 큰 상자들 안에 가득 들어 있다. 내가 왜 그렇게 하느냐고 묻자 어머니는 빙그레 웃으며 답했다.

"이것이 너에게 아빠가 무슨 일을 하고 계시는지 알게 해줄 가장 좋은 방법이잖니."

두 분의 관계가 끝날 때쯤 내가 생겨났다. 나는 1961년 11월 7일에 태어났다. 1962년에는 정식으로 이혼절차가 이루어졌고 1년 후에 아버지는 재혼을 했다.

어머니는 아버지와 만났을 당시에 이미 세 명의 자식이 있었다. 혼자 힘으로 자식 넷을 키우기란 힘든 일이었을 것이다. 어머니는 세탁소와 술집 두 곳에서 일했다. 어머니가 잘 헤쳐 나가는 모습을 보면 존경스러울 따름이었다. 누나들이 나를 키우는 일을 거들기도 했다. 형은 내가 자랄 때 군대에 들어가는 바람에 자주 보지는 못했다.

나는 아버지를 만난 적은 없었지만 언제나 아버지의 이름을 들으며 자랐다. 현재는 전세계적으로 이름이 알려져 있지만 60년대 말만 해도 아버지는 Mr. 마이애미였다. 나는 돌핀스의 광팬이어서 오후가 되면 아버지의 스포츠 중계방송에 주파수를 맞추곤 했다. 또 어떤 때는 오렌지볼(마이애미에 있는 경기장) 관람석에 앉아 트랜지스터 라디오에서 흘러나오는 아버지의 경기 중계를 들으면서 중계 부스 안에 있는 아버지를 올려다보기도 했다.

이상하게 들릴지 모르겠지만 나는 그것이 나와 아버지를 이어주는 끈이었다고 생각한다. 그때 내가 부스 안에서 아버지와 함께 앉아 있을 수 있기를, 아버지와 이야기 나눌 수 있기를 바라지 않았느냐고? 물론이다. 그러나 아버지의 중계를 듣고 있으면 아버지가 나에게 직접 이야기하는 것 같은 느낌이 들었다. 그리곤 생각했다. '내가 여기에 와 있는 줄 아시는 거야.' 비록 모르시겠지만 말이다.

내가 아홉 살 정도 되었을 때 어머니는 재혼을 했다. 이제 이 세상에 안 계셔 어머니에게 직접 들을 수는 없지만, 어머니는 나를 위해 집에 남자가 있어야 한다는 생각으로 재혼을 결심한 것 같다. 어머니가 결혼한 리처드 러브는 정말로 좋은 분이었고 억지로 아버지 자리에 끼어들려고 하지 않았다. 그리고 내색을 하지는 않았지만 내가 아버지를 보고 싶어 하는 것 같을 때마다 "언젠간 아빠를 만날 수 있을 게다."라고 다정히 말해주곤 했다.

그러다 아버지의 삶이 걷잡을 수 없이 추락했다. 〈마이애미 뉴스 Miami News〉의 1면에 '래리 킹, 구속되다'라는 기사가 실렸다. 그때 나는 5학년이었다. 학교 친구들의 부모님들이 아버지 일을 두고 수군거렸다. 나이가 좀더 들자 조롱을 받기 시작했고 다른 아이들에게 "너희 아빠가 아주 큰돈을 빚졌다던데, 네가 좀 갚아주지 그러냐?"라는 말을 듣기 일쑤였다. 나는 아버지를 변호해주고 싶었다. 하지만 무엇을 어떻게 변호해줘야 할지 몰랐다. 나는 우리가 왜 부자 사이로 살지 못하는지를 이해 못하며 자라다가, 어느 날 느닷없이 아버지의 곤경들로 인해 비난을 받고 있었다. 머릿속에서 별의별 생각이 다 들었다. 나는 아버지가 내 생각을 하고 있는지조차 자신하지 못했다.

나에게는 출생증명서가 있다. 어머니가 아버지에게 온 것이라면서 건네준 편지 1통도 있다. 그 편지는 아버지가 일하는 라디오 방송국의 로고가 찍힌 편지지에 타자기로 친 것이었다. 나는 아버지가 직접 쓴 것인지 아닌지 확신하지 못했다. 친필이 아닌 타자기로 친 것이기 때문에 어머니가 쓴 편지일 수도 있었다. 그러나 '나는 누구인가?'라는 의문에 휩싸여 있을 때마다 그 편지 덕분에 마음을 다잡을 수 있었다. 편지의 내용은 대략 이랬다.

"나는 평생 동안 여러 번의 실수를 저질렀다. 그러나 너를 낳은 것은 실수가 아니었다. 내가 너의 곁에 함께 있지 못하더라도 너는 언제나 내 아들이다. 어머니에게 잘 하거라."

나는 힘들 때마다 이 편지를 찾아 손을 뻗었다.

아버지가 구속된 후의 어느 시점부터 상황이 크게 악화되자 어머니는 나를 보호하기 위해 극단적인 조치를 취했다.

"당분간 래리 러브라는 이름을 써라. 상황이 진정되면 다시 래리 킹으로 돌아갈 수 있어."

아버지는 마이애미를 떠났고 나는 몇 년 동안 래리 러브라는 이름으로 살았다. 지금 생각하면 정신 나간 짓 같지만, 그것은 세상이 무너지는 듯한 상황 속에 놓인 나를 지켜내기 위한 어머니만의 최선의 방법이었다.

신용카드를 신청할 수 있는 나이가 되었을 때는 아버지의 신용 문제 때문에 카드 발급을 거부당하기도 했다. 나는 하는 수 없이 어머니와 함께 발급영업점에 찾아갔다.

"하지만 저는 래리 킹 주니어에요. 사회보장 번호도 다르고 래리 킹이 아니라고요."

나는 아버지에게 기대 살려고 한 적도 없었고 아버지로 인해 그런 불리함을 겪을 의무도 없었다.

나는 나이보다 어른스럽다는 말을 들으며 컸다. 사실, 돌이켜보면 어른스러울 수밖에 없었던 것 같다. 어머니는 다른 아이들의 어머니들보다 나를 더 엄하게 키웠다. 그것이 못내 서운하기도 했지만 그런 어머니가 아니었다면 나는 직장에서 오래 살아남지 못했을 것이다. 어머니는 나의 내실을 든든히 다져주었다.

내가 처음 들어간 직장은 맥도날드였다. 나는 소스를 만드는 일을 맡기 시작하여 피쉬버거를 만들게 되었고, 그 다음에는 프렌치프라이 담당을 거쳐 그릴 담당을 맡았다. 그러다 금전등록기를 취급하게 되었고 나중에는 지점 부지배인까지 승진했다. 부지배인이 되기란 쉬운 일이 아니었다. 이제 나는 넥타이를 매고 일하게 되었다. 어머니는 일요일마다 매장에 나와서 자랑스러운 미소를 머금으며 몇 시간이고 내가 일하는 모습을 지켜보며 앉아 있었다.

훗날, 맥도날드는 한 회사의 CEO를 출연시켜 "제 첫 직장은 맥도날드였습니다."라고 말하게 하는 콘셉트로 광고 캠페인을 제작했는데, 맥도날드에서 시작하여 성공을 거둔 내 삶은 그 광고의 전형적 표본인 셈이었다. 나는 지금도 맥도날드에 들어가 특정 경보음을 들으면 그것이 빅맥이 떨어져간다는 신호임을 알아챈다.

나는 1979년에 대학진학을 앞두고 있었다. 내가 마음에 둔 대학은 마이애미대학교였다. 그동안 줄곧 마이애미대학교의 허리케인 미식축구팀에 들어가고 싶어 했었다. 어머니에게 상의를 하자 어머니는 난감해했다.

"우리 형편으로는 너를 마이애미대학교에 보낼 여유가 안 된단다. 하지만 네가 우선 마이애미 데이드 전문대학에 다니면서 우수한 성적을 받아 장학금을 타오면 내 힘이 닿는 한 뭐든 해서 밀어주마."

나중에서야 알게 된 일이지만, 어머니는 나의 마이애미대학교 진학을 돕기 위해 우리 집을 담보로 추가 대출까지 받았었다.

이 무렵에 아버지가 다시 마이애미로 돌아왔다. 나는 새해 전날 밤에 여자친구와 데이트를 했다. 우리는 레스토랑에 가서 밥도 먹고 춤도 추었다. 그러고 나서 집으로 돌아가는 길에 차 안에서 라디오를 틀었는데 아버지의 목소리가 들렸다.

"이곳 뒤퐁 호텔에서 4시간 더 쇼를 진행하도록 하겠습니다."

나는 여자친구를 집에 데려다주자마자 차를 돌려 뒤퐁 호텔로 갔다. 그리고 그날 밤의 나머지 시간을 방청석에 앉아서 아버지를 바라보며 보냈다. 아버지에게 가까이 가지는 않았다. 그저 바라보기만 했다. 내 마음 한 구석에서는 아버지의 휴식 시간에 아버지에게 올라가 내가 누구인지 밝히고 싶은 마음이 없지 않았다. 그러나 나는 어머니를 아주 존경했다. 어머니는 늘 내게 이르길, 아버지가 언젠가 때가 되면 내 앞에 나타나실 거라고 말했다. 그 순간은 정말로 적절한 때가 아닌 것 같았다.

'나는 아직 준비되지 않았어. 아버지도 아직 준비되지 않았고.'

나는 그냥 아버지 가까이에 있기만 하면 되었다. 말하자면 오렌지 볼에 가서 라디오로 중계방송을 들으며 아버지를 바라보던 것과 같았고, 그때와 똑같은 위안을 얻었다. 뒤퐁 호텔의 로비에서 라이브 방송을 방청했던 그날은 아버지를 가장 가까이에서 보았던 때였다.

사람들은 내게 마이애미 데이드 전문대학에 다니면서 라디오 방송국 일도 같이 해보라고 권유했다. 성격이 사교적이고 얘기 나누기 편한 편이었던 나는 권유대로 WMDS의 디제이 자리에 지원했다가 이런 말을 들었다.

"젊은이, 아버지의 끼를 그대로 물려받았군."

나는 그것을 경력 쌓기로 여기지 않았다. 오히려 그 일을 통해 보다 아버지를 가깝게 느낄 수 있는 통로로 여겼던 것 같다. 하지만 그 일에 좋은 점만 있었던 것은 아니다. "당신 아버지는 왜 당신에 대해 얘길 하지 않죠?"라는 당혹스러운 질문을 사람들로부터 들어야 했기 때문이다.

나는 마이애미 데이드 전문대학에서 2년을 공부한 후에 마이애미 대학교에 들어갔다. 그리고 교내 방송국에서 미식축구 경기를 중계했다. 또 그 뒤에는 인턴 과정을 거쳐 WNWS라는 지역 방송국에서 자리를 얻었다. 어머니는 내 방송을 들으며 메모를 해두었는데, 아버지에게도 똑같이 그렇게 했었다고 했다. 그래서 어머니는 "어-."라는 말을 가급적 쓰지 말라고 충고해줄 수 있었고 그렇게 말을 끊는 버릇을 줄여나가도록 도와주곤 했다.

방송국에는 아버지를 아는 사람들이 몇몇 있던 터라 조만간 아버지와 서로 마주치게 될 것 같은 느낌이 들기도 했다. 나는 그렇게 지내던 중에 심야 라디오 쇼를 맡았다. 마침 당시에는 아버지가 뮤추얼 방송에서 일하고 있던 때라 우리는 3개월 동안 경쟁을 벌이게 되었다. 그때 어머니는 이렇게 말했다.

"저기, 네가 방송에서 너를 래리 킹 주니어라고 소개하는 것은 공평하지 않다. 네가 방송일을 계속할 작정이라면 아버지의 이름에 기대선 안 된다. 너는 래리 킹이라는 후광이 아니라 네 실력으로 해나갈 수 있다는 자신감을 가져야 해. 아버지가 방송을 시작하기 전에 쓰던 이름을 쓰거라."

그래서 나는 래리 자이거라는 이름으로 방송을 했다. 나는 대학교 졸업을 앞두고 아버지가 인기를 얻기 시작했던 TV 방송국 WTVJ로부터 자리를 제안받았다.

"아버지는 요즘 어떻게 지내시나요?"

아버지를 아는 사람들이 곧잘 물었다. 그러면 나는 슬쩍 대꾸하곤 했다.

"잘 계세요."

나는 요리조리 피해서 말하는 것에 능숙했다. 가령 어떤 사람이 "당신의 형 앤디를 잘 알아요."라고 말하면 나는 "잘 됐네요. 그럼 제 안부 좀 전해주세요."라고 대꾸했다.

나는 WTVJ에서 시급 8달러를 받으면서 주말에도 쉬지 않고 아주 열심히 일했다. 그런데 언제부턴가 '내가 정말로 이 일이 좋아서 하고 있는 건가? 아니면 뭔가를 쫓느라 여기에 몸담고 있는 걸까?' 라는 의문이 슬슬 고개를 들기 시작했다. 그러다 사우스이스트 은행에서 팀장직을 맡아보라는 제안을 받게 되었을 때 '그래, 관리직 일도 한번 해보자. 그것이 내 길일 수도 있잖아' 라는 생각이 들어 결국 그곳에서 근무하게 되었다. 그러던 어느 날, 어머니가 전화를 걸었다.

"오늘 네가 사람들에게 많은 질문을 받게 될 것 같구나."

"무슨 일인데요?"

"네 아버지가 심장마비를 일으키셨다는구나."

"살아계세요?"

"내가 아는 한은, 살아계신다."

"아버지를 뵈러 가야 될 것 같아요."

"아버지가 막 심장마비를 겪고 살아났는데, 지금 아버지 앞에 불쑥 나타나는 일만큼은 어떤 일이 있어도 피해야 하지 않겠니?"

어머니의 말씀이 옳았다. 나는 병원으로 달려가는 대신 카드를 보냈다. 아버지가 그 카드를 받았는지는 모르겠다. 아마도 쾌유를 바라는 사람들이 보내온 다른 글들 속에 섞여 아버지 손에 들어가지도 못했을 것이다. 그렇다 할지라도 나는 카드를 보내지 않을 수 없었다.

나는 1989년에 신용카드사인 아메리칸 익스프레스에 들어갔다. 그 무렵에 〈마이애미 헤럴드〉에서 아버지에 대한 기사를 크게 실었다. 기사에서 아버지는 자식들을 모두 언급했지만, 나에 대한 얘기는 없었다. 그것은 아버지의 책들이 출간되었을 때도 마찬가지였다. 책이 나올 때면 나는 바로 헌정사가 실린 페이지부터 보았다. 내 이름이 언급되어 있는지를 보고 싶어서였으나 언제나 내 이름은 없었다. 그래도 책은 개인적인 경우지만 〈마이애미 해럴드〉의 기사는 누구나 다 보게 되는 공공연한 경우지 않는가.

그 기사로 인해 나는 내 삶이 예전과 달라졌음을 알게 되었다. 나는 당시에 포춘지 선정 500대 기업에서 일하고 있었고 이런 기사들은 나의 신뢰성에 영향을 미쳤다. 기사가 실리자 아메리칸 익스프레스의 동료 직원들은 래리 킹이 정말 아버지가 맞느냐고 묻기 시작했다. 내가 맞다고 대답하면 그들은 왜 기사에 내 얘기가 한마디도 나오지 않았는지 의아해했다. 어머니도 이때쯤부터 조금씩 걱정이 되기 시작했던 것 같다.

나는 1992년에 결혼을 앞두고 약혼녀 샤논과 함께 신문에 결혼 공지문을 올렸다. 당연히 나는 그 공지문에 신랑의 아버지 이름을 래리 킹으로, 어머니의 이름을 아네트 카예 러브로 올렸다. 그런데 며칠 후에 우편함에 편지 한 통이 와 있었다. 샤논이 봉투를 열어보니 무슨 협박 편지처럼 글자를 오려 붙인 종이가 나왔고, 다음과 같은 글이 쓰여 있었다. '당신, 진짜 정체가 뭐야?'

샤논은 이와 같은 부당한 일에 나보다 더 놀라고 안타까워했다.

"이런 일을 얼마나 오래 겪은 거예요?"

"평생 그랬지."

그 와중에 어머니는 몸이 안 좋다는 것을 알게 되었다. 어머니는 당시 내게 그 사실을 말해주지 않았으나 암에 걸린 상태였고, 당신에게 남은 시간이 많지 않다는 것을 느꼈다. 지금 와서 생각해보면 어머니는 어렸을 때 내게 했던 약속을 지키는 것을 죽기 전의 바람으로 삼으셨음이 분명하다. '언젠가 적당한 때가 되면 아버지를 만나게 될 거야' 라던 그 약속 말이다. 결국 어머니는 아버지에게 연락했다. 그때 두 분이 어떤 대화를 나누었는지 너무나 알고 싶다.

래리 킹

전화를 끊고 나니 그제야 비로소 이해되는 몇 가지 일들이 떠올랐다. 언젠가 마이애미에 있었을 때 "골프 실력이 대단한 아드님을 두셨더군요."라는 말을 여러 번 들은 적이 있었다. 앤디는 골프를 치지 않았던 터라 그때는 무슨 말인지 어리둥절했었다. '나도 모르는 아들이 있는 걸까?' 하는 생각이 스칠 때도 있었지만, 잠시 후에 그럴 리 없다며 넘겨버렸다.

그런데 무엇보다 더 놀라운 점은, 아들이 마이애미에서 나만큼이나 이름이 잘 알려져 있었음에도 불구하고 직접적으로 내게 다가와 래리 킹 주니어에 대해 묻는 사람이 아무도 없었다는 것이다. 나는 아들에 대한 기사를 본 적도, 아들의 라디오 방송을 들은 적도 없었다. 어떻게 "래리 킹 주니어라는 이 젊은이가 대체 누구요?"라고 묻는 사람이 아무도 없었을까?

그런데 정말로 나에게 나도 모르는 아들이 있었단 말인가?

나는 내 변호사 마크 바론데스에게 전화를 걸었다. 변호사라면 누구나 다 그럴 테지만 그는 가장 먼저 '그들이 원하는 게 뭘까요? 그 친구가 정말로 당신 자식일까요? 당신 자식이라면 유언장에 이름이 오를 권리를 얻게 되는데요' 라는 생각부터 했다. 그렇게 생각하는 사람은 내 변호사만이 아니었다. 당시에 나와 사귀고 있던 신디 가비도 한몫 거들었으니까.

"당신을 옭아매려는 거예요. 당신을 잡아 큰돈을 챙기려는 거라고요. 조심해요!"

결국 마크는 비행기를 타고 가서 아네트를 만났다. 그리고 래리 킹 주니어를 만나고 나서 내게 전화를 걸었다.

"DNA검사에 750달러를 쓰고 싶다면 말리지는 않겠어요. 하지만 이 친구는 당신 자식이에요. 말하는 것도 웃는 것도 영락없이 당신인데요. 완전히 당신 판박이에요."

그래서 나는 친구 허비에게 전화했다. 역시나 허비다운 답이 돌아왔다.

"친구, 이 일은 나한테 맡기게."

래리 킹 주니어

기업에서는 '온보딩(신입사원 사전교육)'이라는 것을 실시한다. 이것은 신입사원을 사내 환경에 적응시켜 정식 근무를 개시할 때 바로 일을 척척 해나가도록 준비시키는 과정이다. 허비는 나에게 바로 그런 온보딩을 해주려 했다.

우리는 워터게이트 호텔에서 만났다.

"네 아버지 얘길 들려주마. 네 아버지는 장점들도 있는가 하면 단점들도 있다. 사람은 누구나 실수를 한다. 살다보면 일이 잘 안 풀릴 때가 있게 마련이란다."

허비는 내가 아버지를 잘 이해할 수 있게 도와주었다. 동시에 나를 자세히 살펴봄으로써 아버지가 수월히 나를 가족으로 받아들일 수 있도록 돕기도 했다. 나는 내 처지를 억울하게 생각하지 않았다. 안타깝게도 이런 상황을 이용해서 아버지 같은 지위에 있는 어떤 사람에게 돈을 뜯어내려는 사람들이 여전히 많기 때문이다. 어머니는 아버지에게 다른 것은 아무것도 원하지 않았고, 오로지 아버지가 나를 사랑해 주기만을 바랐다.

"네가 알아서 벌어 쓰고 한 푼이라도 아버지에게 손 내밀 생각은 마라."

나는 어머니에게 이런 말을 평생 들으며 자랐지만, 아버지는 그것을 알지 못했다. 내가 아메리칸 익스프레스와 인튜이트(금융전문 소프트웨어 개발업체)에서 훌륭한 스승들 밑에서 일했던 것도, 내가 일에서 출세하기 시작했다는 것도 모를 수밖에 없었다. 다만 어머니가 아프다는 사실은 아버지가 진심을 이해하는 데 용이하게 작용했을 것이다. 어머니는 아무리 많은 액수라도 돈 앞에서 신념을 꺾을 분이 아니었다. 어머니는 그동안 나를 위해 온몸을 던져왔고, 이제는 아버지가 내 옆에 있어줄지를 확인하고 싶어 했다.

뒤돌아보면 나로서는 몇 가지 이해 안 되는 점들이 있었다. 어머니는 본인이 죽어가고 있었음을 알고 있었으나 당시에 나는 그 사실을 몰랐다. 그래서 어머니가 그동안 가만히 있다가 왜 갑자기 이렇게 서두르는지 그 이유를 알 수 없었다. 그러나 이제 와서 보니 적절한 타이밍이었던 것 같다. 사실 어머니는 이 문제를 해결하지 않고는 편안히 숨을 거두지 못했을 것이다.

래리 킹

아들의 심정이 어땠을까? 서프사이드 식스라는 배에서 라디오 쇼를 진행했던 밤이 지금도 기억난다. 그날 조 디마지오 주니어가 마침 옆을 지나갔고 나는 방송에 출연할 마음이 없느냐고 물었었다. 그는 믿을 수 없게도 좋다고 말했다. 그리곤 서먹서먹한 사이의 아버지에 대해 이야기하기 시작했다.

그는 어렸을 때 비행기에 태워져 아버지와 함께 잡지 〈스포츠Sport〉의 표지 사진을 찍고 난 뒤에 곧장 돌아왔던 일을 기억했다. 그의 아버지 조 디마지오는 아주 차가운 성격이었고, 양키스에서 룸메이트가 없었던 최초의 선수였다. 그의 아들은 야구 대신에 미식축구를 하기로 결심했다. 디마지오라는 이름에 저주가 걸린 것 같이 느껴져서였다. 그가 마린스팀에 입단하고 아버지에게 전화를 걸었을 때 아버지는 "행운을 빈다."고 말했다. 정말로 그것으로 끝이었다.

조 주니어는 아버지와 재혼한 마릴린 먼로와 아주 가까운 사이가 되었다. 그녀는 그를 좋아했다. 그리고 그와 그의 아버지 사이를 이어주는 끈이 되었다. 그녀의 장례식장으로 가는 리무진 안에서 그의 아버지가 그의 손을 잡았다. 그가 기억하는 한 그것이 아버지와의 유일한 스킨십이었다.

나는 아버지가 그렇게 차가울 수 있다는 사실이 믿기지 않았다. 그러나 나는 33년 동안 내 아들의 몸에 손길 한번 주지 못했다. 자신의 존재를 인정하지 않는 유명한 아버지를 둔 채 래리 주니어로 산다는 것이 어떤 심정이었을까? 모든 것을 비밀로 하고 살아온 어머니의 심정은 어땠을까? 아네트는 그런 사람이었다. 언제나 통제력을 잃지 않았다.

그것은 나에게도 엄청나게 놀라운 일이었지만, 아들 래리 주니어에게는 더했을 것이다. 나는 감히 상상도 할 수가 없었다. 어머니는 위독했고 아들은 결혼을 앞두고 있었을 때, 그 아들은 자신에 대해 알지도 못하는 아버지를 만나려 하고 있었다.

래리 킹 주니어

동생 카이아가 워싱턴 DC의 아메리칸대학교를 졸업하던 날, 나는 아내와 함께 아버지를 만나러 갔다. 어머니가 돌아가시기 얼마 전이었다. 주변에 사람들이 많아서 만나기에는 안전한 환경이었다. 그러나 앞일이 어떻게 이어질지는 막연했다.

이 한번의 만남이 이루어지고는 그것으로 끝나는 것은 아닐까 싶어 불안했다. 이렇게 잠깐 동안 이야기를 나누고 나서 다시 안 보게 될지, 아니면 "다음에 또 보자."고 말하게 될지 모르는 일이었다. 포옹을 나눈 뒤에 떨어져 서로를 바라보게 되었을 때 아버지가 말했다.

"아네트는 좀 어떠니?"

순간, 그동안의 세월을 건너뛴 듯한 착각을 느꼈다. 알겠지만 내가 알고 있던 아버지의 모습은 모두 어머니의 관점을 통해 그려진 것이었다. 그런데 아버지가 직접 '아네트'라고 부르는 것을 처음으로 듣게 되니 감개무량했다.

아버지는 내 앞에서 처음으로 내 형과 누나들을 캔디, 패미, 로니라는 이름으로 직접 불렀다. 아버지는 형, 누나들과 함께 보냈던 시간들에 대해 얘기해주며 지금 그들이 어떻게들 지내는지 이것저것 물었다.

떨어져 있던 33년의 세월이 한꺼번에 무너지는 것 같았다. 그리고 확실해지는 것이 있었다. 아무리 어머니를 통해 아버지에 대해 알고 있었을지라도 스스로 만족하지 못하고 있었음을… 내 눈과 귀로 직접 보고 듣고 싶은 마음이 절실했음을 말이다. 나는 아버지를 직접 대하는 순간까지 평생을 아버지가 써 보낸 것이라고 믿고 있던 편지에 매달려 살았을 뿐 아버지의 말소리를 직접 들은 적이 없었다. 그렇게 살다가 처음으로 음성을 들었던 그때의 심정은 뭐라 말로 표현하기가 어려웠다. 다만 어머니의 흡족한 미소가 느껴졌다는 것 외에는 어떠한 말로도 표현할 수가 없었다.

래리 킹

세월이 무색해졌고 나는 아들에게 단박에 정이 갔다. 아네트는 아들을 참 잘 키워놓았다. 성격이 래리라는 이름에 걸맞았고 아주 호감형이었다. 누구라도 싫어할 수 없는 그런 사람으로 자라 있었다.

래리 킹 주니어

우리는 스포츠를 주제로 편안하게 대화했다. 스포츠 얘기를 할 때면 으레 오가는 흔한 대화였지만, 아버지에게서 나의 독특한 말버릇들을 발견하게 될 때마다 놀랍고 즐거웠다. 우리는 말투뿐만 아니라 웃는 것도 비슷했다. 우리는 체형도 걸음걸이도 비슷했다. 다리 모양도 닮아 있었다. 영락없는 아버지의 아들이었다.

아버지와의 만남은 환상적이었다. 단지 아버지만 만난 것이 아니었기 때문이다. 나는 내 가족의 또 다른 핏줄과도 친해지게 되었다. 이제 내게는 아주 다정하고 정다운 여동생이 생겼다. 그녀는 아버지 곁에서 자라는 것이 어떤 것인지에 대해 말해주었고, 그녀의 이야기를 통해 나는 나의 상상력의 공백을 메울 수 있었다. 대부분 만족할 만한 수준이었지만, 알고 보면 현실은 언제나 상상했던 것 만큼 완벽하지는 않았다. 나에게는 형도 생겼다. 뿐만 아니라 삼촌도 생겼다. 내 얘길 한번도 들어보지 못했던 삼촌은 흥분에 들떠 그간의 상황을 이리저리 맞추어보려 했다.

내가 과거의 일에 반감이 없는 것에 대해 어떻게 그럴 수 있느냐고 의아해하는 사람들이 있다. 사실 나는 아버지가 없었다면 내가 이 세상에 존재하지 않았을 것이라는 식으로 생각한다. 그러니 아버지에게 화낼 이유가 무엇인가? 물론 완벽한 가정환경은 아니었다. 그러나 나는 유년기를 행복하게 보냈다. 나처럼 자라지 못했던 사람들도 있다. 가령 컨트리가수 팀 맥그로Tim McGraw는 자신의 출생증명서를 보기 전까지 친부가 야구선수 턱Tug이라는 것을 모르고 살았다. 반면 나는 마침내 가족과 상봉하여 안정감과 함께 자부심을 느끼고 있었으니, 축복받은 사람이 아니고 뭐란 말인가.

그날 밤이 저물었을 때 나는 정말로 더 이상 바랄 것이 없었다. 첫 만남 후의 일들은 뭐든 덤으로 얻는 것들이 될 터였다. 나는 너무 행복했고 이보다 더 좋을 수는 없을 것 같았다.

16

아내

사실 나는 나보다 한참 어린 여자와 결혼한 적이 없었다. 연상이었던 아네트를 빼면, 가장 나이 차가 컸던 경우가 샤론과의 결혼으로 여덟 살 차이였다. 나는 어린 아가씨들에게는 도통 마음이 끌리지 않았다. 이런 얘길 꺼내고 보니 허비가 했던 재미난 말이 생각난다.

"난 아들라이 스티븐슨Adlai Stevenson(미국 정치가)도 모르는 사람과는 아침에 한 침대에서 눈 뜰 수 없어."

한번은 워싱턴에서 TV 방송국의 메이크업 담당으로 있던 어린 아가씨를 만난 적이 있었다. 아주 예쁜 아가씨였는데, 내가 먼저 말을 걸었다.

"이봐요, 나랑 데이트 안 할래요? 팜에 갑시다."

그녀는 현대적인 아가씨여서 자신이 나를 태우러 오겠다고 했다. 우리 각자의 살던 위치를 생각하면 그러는 편이 더 분별 있어 보였기에 나는 거절하지 않았다. 당시에는 카이아가 나와 함께 살던 때였다.

그때 카이아의 나이는 열여덟 살이었던 것 같고 나는 50대였다. 그 아가씨가 아파트에 왔을 때 나는 카이아에게 부탁했다.

"카이아, 금방 옷 갈아입고 올 테니까 잠깐 얘기 좀 나누고 있어라."

그런데 카이아가 이를 부득부득 갈며 되돌아와서 말했다.

"아빠 미친 거 아니에요? 스물두 살이라니! 제 친구뻘이잖아요!"

어쨌든 나는 그 아가씨와 레스토랑 팜에 가서 자리에 앉았다. 그때는 마침 케네디의 암살 주기를 맞았던 11월 22일 무렵이었다. 나는 라디오에서 케네디의 암살 소식을 듣고 라디오 방송국으로 돌아가기 위해 유턴을 하다가 사고가 날 뻔했던 이야기를 해주었다. 그런 후에 이렇게 물었다.

"그때 당신은 어디에 있었나요?"

"전 아직 태어나지도 않았을 땐데요."

"태어나지도 않았다고요?"

그렇다면 내 아내 숀은 어떤가? 숀은 케네디가 암살당할 당시에 네 살이었다. 네 살이었을 때 그녀를 만났더라면 그녀에게 다시 한번 눈길이 끌리는 일은 없었을 것이다.

카이아의 생일선물을 사려고 비버리힐즈에 있는 보석상 티파니에 가던 길에 그녀와 마주쳤는데, 그때 내 눈은 그녀에게 확 사로잡혀버렸다. 때는 1996년의 크리스마스 무렵이었다. 그래서 나는 많은 사람들 앞에서 그 이야길 할 때면 우스갯소리로 이렇게 말한다.

"숀과 저는 하필이면 티파니 보석상 앞에서 마주치는 바람에 제가 돈이 좀 많이 들었죠. 타겟(체인 잡화점) 앞에서 마주쳤으면 얼마나 좋았겠어요?"

여기서부터의 이야기는 그녀에게로 넘기려 한다. 나와의 결혼이 어떤지를 설명하는 문제라면 확실히 나보다는 그녀가 더 걸맞을 것 같기 때문이다.

숀 사우스윅 킹(아내)

나는 티파니 보석상에서 막 나오던 참이었다. 래리는 비벌리 윌셔 호텔 쪽 맞은편 길에서 오고 있었다. 우리는 서로 마주 향하는 위치에 있었기 때문에 내가 시선을 들었을 때와 그가 시선을 들었을 때 서로 눈이 마주쳤다. 그는 내게 어색한 눈인사를 건넸다. 나도 몇 걸음 뗀 후에 우물쭈물 인사를 보냈다. 우리 둘 다 아무 말도 하지 않고 계속 걷기만 했다.

물론 나는 그가 누구인지 알고 있었다. OJ 심슨 재판 때도 그를 봤었다. 나는 래리 킹의 광팬은 아니었지만 중요한 사건이 있을 때면 래리 킹 프로그램에 채널을 맞추곤 했다. 그의 명성은 내게 대수로운 것이 아니었다. 사실 나는 어렸을 때부터 유명인들을 가까이에서 봐왔었다. 아버지가 워너브라더스와 음반사 아리스타, 캐피틀 레코드에서 일했던 덕분에 우리 집에는 유명인들이 자주 왔었다. 비치 보이스Beach Boys가 우리 집에서 피아노를 치며 노래를 부른 적이 한두 번이 아니었다. 글렌 캠벨Glen Campbell과 한 차에 타고 학교에 갔던 기억도 난다. 내게는 이런 일이 예삿일이었다.

도니와 마리 오스몬드Donny and Marie Osmond는 아버지가 키워줄 때 대스타의 자리에 올랐는데, 그들은 순회공연을 떠나면서 나에게 백보컬로 함께 가자고 했다. 우리가 비행기에서 내리는 곳마다 엄청난 군중이 모여 있었다. 도착 시간이 언제든 상관없었다. 외국 땅에 새벽 3시에 도착해도 수천 명의 사람들이 플래카드를 들고 우리를 기다리고 있었다. 그들은 우리의 머리를 잡아 뜯으려고 하기까지 했다. 농담이 아니라 정말이다.

그 후에 나는 결혼을 하여 아들을 낳고 살다가 이혼했다. 한편 나는 많은 시트콤에 출연했다. 코미디는 내가 특히 좋아하는 장르였다. 그래서 〈이것이 개리 샌들링 쇼다It's Garry Shandling's Show〉의 첫 회에 출연해 바보처럼 보이는 역할을 맡기도 했다. 또 개리와 데이트하는 케이블 방송 아가씨로 나와서 〈길리건의 섬Gilligan's Island〉(무인도에 표류한 사람들을 다룬 시트콤)의 주제곡을 처음부터 끝까지 불렀다. 게다가 나는 7년 동안 〈할리우드 인사이더Hollywood Insider〉의 사회자를 맡아 영화와 록음악 스타들을 인터뷰하기도 했다. 그러니 유명인과 마주치는 것이 그리 진기한 일이 아니었다.

나는 차를 타려고 엘리베이터 쪽으로 계속 걸었다. 그러다 내가 차 있는 곳에 이르렀을 때쯤 래리가 티파니의 후문 쪽에 나타났고 우리는 다시 한번 마주쳤다. 그때 그는 "여기에서 빨리 떠나는 게 좋겠소. 안 그러면 우리가 타블로이드판 신문을 도배할지도 모르니 말이오." 라고 말했다.

나는 그 말이 재미있어 그만 웃음을 터트렸고 순식간에 마음이 끌렸다. 그는 타이밍이 참 좋았다. 우리 가족은 언제나 재미난 이야기에 사족을 못 쓸뿐더러, 한번 재미있다고 생각이 들면 몇 번이고 얘기하고 또 얘기할 정도였다. 래리 역시 그랬고 그래서 아주 친근감이 느껴졌다.

우리는 잠깐 얘기를 나누었고, 나는 얼마 전에 사귀던 사람과 헤어졌다고 털어놓으며 연애할 기분은 안 되지만 친구가 되면 좋겠다고 말했다. 당시에는 미처 몰랐지만 래리에게 연애할 기분이 아니라고 말한 것은 황소 앞에서 붉은 기를 흔들어대는 격이었다. 그는 못할 것이라는 말을 들으면, '무슨 소리, 할 수 있어' 라고 생각할 사람이다.

래리 킹

숀은 성숙미가 물씬 풍겼다. 그리고 굉장히 인상적이었다. 나는 이내 그녀에게 반했다. 그것도 그녀가 고등학교 때 여자미식축구팀에서 쿼터백으로 뛰었다는 사실을 알기 전부터 이미 푹 빠져 있었다. 내가 방송에 몸담은 이후에 사귀었던 여자들은 거의 대부분이 굉장한 미인이었다. 미인에게 호감을 산다는 것은 흥분되는 일이다. 나는 종종 예쁜 아가씨들에게 이런 말을 들어왔다.

"정말 재미있는 분이세요. 목소리도 멋지시고요."

하지만 정작 나는 내 자신이 그런 부류의 사람이라고 생각해본 적은 없다. 숀은 미인이었을 뿐만 아니라 영리하고 재능도 있었으며, 가족 간의 유대가 긴밀했다. 그리고 무엇보다 환상적인 사업가이기까지 했다. 그녀는 클립형 붙임머리를 고안해 인포머셜 광고로 판매를 해서 1분기에만 수백만 달러를 벌었다. 나는 숀을 보면 그저 땡잡은 기분이 들뿐이다. 나 같은 행운아도 없을 것이다.

물론 나는 숀에게, 내가 그녀에게 맞는 연분임을 확신시켜야만 했다. 그런데 그것은 모험과도 같았다. 숀은 얼마 전에 사귀던 사람과 헤어진 상태였는데 그 남자가 여전히 그녀를 따라다니고 있었다. 그것이 나를 자극했다. 나는 경쟁심이 아주 강해서 때로는 나를 몰아대는 것이 뭔지, 즉 여자 때문인지 도전심 때문인지 분간이 안 될 때도 있었다.

숀 사우스윅 킹

친구가 되자는 내 말에 그가 "지금 내가 펜이 없네요. 지금 월셔에 묵고 있는데 그쪽으로 전화 줘요."라고 대꾸했다.

나는 콜팩스초등학교 5학년 때 복도 선도부원을 맡았었다. 나는 누군가가 꼭 해야 하는데 하기 싫은 일이 생기면 적극적으로 손을 들어 그 일을 떠맡곤 했다. 그렇게 하는 것이 서로 눈치 보며 불편해하는 것보다 한결 마음 편해서였다. 래리 또한 자진해서 교통정리를 맡곤 했는데, 그 이유가 친구들과 짜고 차를 양 방향으로 뒤엉키게 만들어 교통 혼잡을 일으키길 좋아해서였다.

나는 래리와는 달리 규칙을 잘 지키려고 애쓰는 편이었다. 그래서 일단 다시 전화하겠다고 말하면 할 일 목록에 그 내용을 적어두는 성격이었다. 그런데 당시 크리스마스를 가족들과 지내기 위해 유타주에 갈 준비를 하던 중에 할 일들을 체크하다보니 그에게 전화하겠다는 약속이 있었다. 나는 리버사이드 도로와 우드먼 도로가 만나는 모퉁이에서 좌회전을 하기 위해 신호가 바뀌길 기다리며, 그 잠깐의 시간을 이용해 그에게 전화를 걸었다. 우리는 짤막한 대화를 나누었고 나는 그에게 내 전화번호를 알려주었다.

래리 킹

그녀는 크리스마스 직전에 유타에 갔다. 우리는 그 전인 12월 21일에 만났지만 함께 데이트를 나간 것은 그녀가 유타에 갔다 온 이후였다. 그러니까 1월 8일경이었다. 그 사이에 나는 매일 매일 그녀에게 전화를 걸었다. 통화중에 전 남자친구가 그녀의 마음을 돌리려 하고 있다는 말을 들었을 때 나는 펄쩍 뛰었다. 정말로 미칠 지경이었다.

숀이 뉴욕에서 나를 한번 만나주기로 약속한 날이 코앞으로 다가왔을 때 나는 우연히 알 파치노와 마주쳤다. 그가 어떻게 지내냐고 묻길래, 정말로 좋아하는 여자가 생겼고 곧 만나기로 했다고 말했다.

"내가 좀 도와줄까요?"

"글쎄요, 내일 같이 저녁을 먹기로 했는데…."

"알았어요! 그 식당에 잠깐 들러서 평생 알고 지내온 사이인 것처럼 할게요. 대단한 사람인 것처럼 굴어요."

나는 그녀에게 알 파치노 얘기를 꺼내지 않았다. 다음 날 밤, 숀과 나는 저녁을 먹고 있었다. 그는 약속대로 식당 안에 들어와 나를 꽉 껴안아주며 말했다.

"아니, 래리 아닌가! 아이고, 이게 얼마 만인가?"

기분이 괜찮았다.

나는 그녀에게 완전히 홀딱 빠졌다. 숀이 내슈빌에서 녹음작업중일 때가 기억난다. 당시에 나는 필라델피아에서 콜린 파웰Colin Powell과 함께 그의 자원봉사단체에 가 있었다. 나는 하루 종일 숀에게 연락을 시도했으나 그녀는 스튜디오에 없었고 전화도 받지 않았다. 그녀의 휴대폰에 메시지를 남겨봤지만 회신전화도 없었다. 이제 잠시 후면 콜린과 함께 방송에 들어가야 할 시간이었다. 콜린은 안절부절못하는 나를 이상하게 여겼다.

"무슨 일 있어요?"

"제가 지금 사귀는 아가씨가 있는데요…."

그는 '무슨 얘긴지 알겠다'는 표정을 지어보였다. 마침내 숀에게 전화가 왔다는 전갈을 받았다. 그때 내가 얼마나 흥분했는지 지금도 기억난다. 콜린은 나보다 앞서 전화기를 들더니 그녀에게 말했다.

"이봐요, 당신 때문에 지금 이 사람 폐인이 될 지경이오. 잘못하다간 일도 제대로 못할 것 같소. 당신 일에 방해가 될지 모르겠지만 전화 좀 잘 해주시오."

숀 사우스윅 킹

시간이 지나면서 우리는 서로를 잘 알게 되었다. 어떻게 보면 우리는 극과 극이었다. 그러나 같은 점도 많았다. 나이 차이가 걸리지 않았다고 말한다면 그것은 거짓말일 것이다. 래리는 나보다 거의 서른 살이 많았다.

나는 아버지가 글렌 밀러Glenn Miller를 리더로 하는 재즈밴드 프로젝트에 공들이던 때를 기억한다. 그때 아버지는 집에서 음악을 크게 틀어놓고 우리에게 지르박을 가르쳐주었다. 우리가 만나기 시작했던 무렵에 래리와 나는 지르박을 추게 되었는데 그는 내가 지르박을 출 줄 안다는 사실에 매우 놀랐다.

"세상에! 어떻게 지르박을 다 출 줄 아는 거요?"

래리 킹

우리의 노래는 프랭크 시나트라의 '오늘밤 그대의 모습The Way You Look Tonight'이다. 이 노래는 내가 시나트라의 곡들 중에서도 가장 좋아하는 노래다. 그것도 '바로 여기에 야구장이 있었다네There Used to Be a Ballpark Right Here'와 1, 2등을 다툴 정도로 아주 좋아하는 노래다.

숀 사우스윅 킹

우리 사이가 점점 가까워지자 부모님은 "어디 남자가 없어서 결혼을 밥 먹듯이 해온 남자냐!"라며 불같이 화를 냈다. 나는 부모님께 어떻게 설명해야 할지 난감했다. 솔직히 래리가 나에게 어떻게 설명할지도 궁금했다. 그는 내가 조금 흔들리고 있다는 것을 감지한 듯했다. 어느 날 새벽 3시에 그와 아주 가까운 누군가로부터 전화를 받았는데, 그녀는 나에게 이렇게 말했다.

"숀, 래리가 진심으로 결혼한 것은 세 번뿐이라고 말해달래요."

그 말을 믿고 싶었다! 확실히 그는 그 문제에 민감했던 것 같다. 실제로는 8번 결혼을 했지만 수년 동안 매스컴에는 7번으로 알려지게 하려고 애써왔으니 말이다. 7번이나 8번에 비교하면 3번의 결혼은 그리 나쁘지 않아 보였다. 나에게 과거의 일은 과거의 일일 뿐이었으므로 나는 현재의 우리만을 생각하려 했다.

나에게 중대한 문제는 신앙이었다. 나는 모르몬교도이며 신앙심이 아주 독실하다. 그래서 우리가 결혼을 하여 자식들이 생긴다면, 그에게는 신앙이 없으므로 내 신앙이 주가 되어야 한다고 생각했다. 그는 이런 내 생각에 동의해주었다. 이런 문제로 그가 종종 괴로울지도 모르겠다. 내 경우엔 종종 괴로울 때가 있었으므로. 그러나 잘 모르겠다. 내가 신앙심이 깊지 않았다면, 그때도 내가 이런 문제로 괴로울 일이 없었을까?

나는 아이들을 키울 때 유대계 선조들에 대해 알고 자라게 할 생각이었다. 래리가 자신의 출생배경을 낱낱이 알게 된 것도 모르몬교의 족보를 보고나서였다. 그는 그 족보들을 보고 나서야 자신의 아버지의 진짜 출생지가 어디인지를 알게 되었다.

아직 약혼을 하지 않았을 때였다. 래리가 카이아과 함께 책을 출간하게 되었고, 책 사인회를 갖게 되어 그곳으로 가고 있었다. 같이 리무진 뒷좌석에 앉아 있었는데 래리가 땀을 뻘뻘 흘리기 시작했다. 입까지 바짝 말라 있었다. 그러더니 드디어 입을 열었다.

"당신에게 꼭 해야 할 말이 있소. 당신이 알고 있는 카이아와 앤디 말고 또 다른 자식이 있소. 지금 말해주는 이유는 오늘 그 앨 만나게 될 것이기 때문이오."

내게는 자식이 3명이든 10명이든 그다지 중요하지 않았다. 내 아들 대니도 전 남편과의 사이에서 낳은 자식이다. 래리는 내가 불쾌해할 것으로 생각했던 모양이지만, 나는 자식이 한 명 더 있는 것이 왜 나쁜 일인지 이해가 안 됐다. 중요한 것은 어떤 사람이 나와 함께 있을 때 어떻게 행동하고 어떻게 말하느냐이다. 그래서 나는 왜 진작 말하지 않았느냐고 물으려다 그만두었다. 래리는 무슨 일이든지 간에 사태를 최소화하려는 사람이다. 래리는 상황을 자신이 바라는 방식으로 만들려는 버릇이 있고, 그것은 지금도 여전하다.

그가 그런 성격을 갖게 된 이유는 너무 어린 나이에 아버지를 여의었기 때문일지도 모른다. 래리는 평생 동안 큰 고통을 겪어왔다. 지금도 그가 내리는 결정들을 보면, 아버지의 죽음으로 인한 영향 때문에 그렇게 결정지은 듯한 것들이 있다. 그럴 때 그는 자신이 버려진 것처럼 느끼는 듯하다. 이런 얘기는 본인이 들으면 괴로워할 수도 있어서 말하기가 쉽지 않다.

나는 그날 래리 주니어와 그의 아내를 만났다. 우리는 다 함께 점심을 먹었다. 현실 같지 않은 시간이었다. 래리가 나에게 미리 말해주지 않아서 그랬을 테지만, 아들에게 아버지로 있어주지 못한 수년의 세월에 대한 래리의 죄책감 때문에도 그랬을 것이다. 결국 나는 언제나 하던 대로 한 것 같다. 래리를 보호했으니 말이다. 나는 끝까지 그를 보호할 것이다. 래리를 위해서라면 몇 발이든 기꺼이 그 총알을 받아낼 것이다.

래리 킹

나는 숀이 병원에 입원했을 때 청혼을 했다. 그러나 거절의 말을 듣게 될까봐 두려웠다.

숀 사우스윅 킹

나는 막 수술을 받고 나와 정신이 약간 몽롱했다. 그가 침대 맡에서 말했다.

"당신이 거절한다면 그 말이 비수가 되어 내 심장을 찌를 것 같소. 그러니 직접 묻지는 않겠소. 그냥 저기에 두겠소. 저 탁자 위에 청혼장을 놔둘테니 받아들이고 싶으면 내게 어떤 신호를 주시오."

그는 그렇게 말하면서 손을 움직여 어떤 모양을 만들어냈다. 찰싹 내리치는 모양, 빙빙 돌리는 모양, 그리고 새의 날갯짓 모양이었다. 그것이 승낙의 신호였다.

래리 킹

우리는 숀의 부모님께 말씀드리러 갔다. 그녀의 어머니는 우리 얘기를 들었을 때 거의 기절할 지경이었다. 우리가 정식으로 약혼을 하며 내가 숀에게 반지를 끼워주었던 날은, 할리우드 명예의 거리[26]에 내 별을 갖게 된 날이기도 했다. 우리는 그 별에 대해서는 얘기하지 않았다.

나중에 이 사실을 안 내 변호사 마크 바론데스는 무척 섭섭해했다.

하지만 그에게조차 말하지 않은 데는 그만한 이유가 있었다. 그는 우리와 같은 날에 약혼을 했는데, 중요한 날인만큼 그의 시간을 뺏고 싶지 않아서였다. 두 사람의 약혼 얘기가 나왔으니 말인데, 그 전에 재미있는 일이 있었다.

나는 워렌 비티Warren Beatty가 감독하는 영화 〈불워스Bulworth〉에 카메오로 출연하기로 되어 있었고, 그는 나를 촬영하기 위해 CNN을 방문했다. 그날 밤 마크 바론데스는 여자친구인 로즈를 데려왔다. 그래서 워렌이 안으로 들어왔을 때 내가 한 가지 제안을 했다.

"좋은 생각이 있어요. 당신이 로즈를 유혹해보면 어때요?"

그는 내 짓궂은 제안에 흔쾌히 수락하더니 바로 로즈에게 다가가 수작을 폈다. 누구나 알다시피 워렌 비티는 잘생긴 남자다.

"이봐요 아가씨, 이따 뭐해요?"

그녀는 당혹스러운 기색을 보였다. 하지만 그는 멈출 생각이 없었다. 오히려 그녀가 당혹스러워하면 할수록 더욱 더 그녀의 주변을 어슬렁거리면서 귓속말을 해댔다. 마침내 촬영이 끝나고 그녀가 무대 옆을 지나갈 때였다. 그가 그녀에게로 걸어가더니 무릎을 꿇었다. 이제 그녀는 까무러칠 지경이었다. 그녀는 그가 무엇을 하려는지 몰라 어리둥절해했다. 그가 반지를 꺼냈다. 그때 그녀의 얼굴을 보여주지 못하는 게 아쉽다.

"저 사람과 결혼해주시겠습니까?"

그는 그 말과 동시에 고개를 까딱하며 마크를 가리켰다. 정말 재미있었다.

숀 사우스윅 킹

우리는 한 친구의 집에서 결혼식을 치르기로 하고 계획을 짰다. 말이 집이지 엄청나게 넓은 저택이었다. 결혼식은 아름다운 천이 깔린 테니스 코트에서 진행하기로 했고 공중에 매달린 것처럼 보이도록 투명 줄로 샹들리에를 달 생각이었다. 빅 데이몬Vic Damone이 와서 축가를 불러주기로 되어 있었고, 빌리 그레이엄도 비행기로 멀리까지 와줄 예정이었다. 멋진 결혼식이 될 것 같았다.

그 주에 나는 래리에게 혈연이 먼 관계의 딸이 한 명 더 있다는 것을 알았다. 유명한 잡지에 실린 인물소개를 보고 알게 된 것이었다. 나는 정말로 래리를 사랑했고 진심으로 그와 결혼하고 싶었다. 그러나 결혼식 전에 그 문제에 대해 얘기를 하긴 해야겠다고 단단히 마음먹었다. 당시에는 아주 많은 일들이 벌어지고 있을 때였다. 여기저기에서 비행기를 타고 사람들이 오고 있었다. 나는 그런 와중에도 모든 것을 정확하게 해두려고 애쓰는 중이었다.

그런데 내가 웨딩드레스에 맞는 신발을 고르고 있었을 때 전화벨이 울렸다. 래리였다. 어깨가 아프고 가슴에 통증이 있다는 것이었다.

래리 킹

병원에 가서 스트레스 테스트를 받았는데 결과가 좋지 않았다. 동맥이 막혀 있다고 했다. 그대로 병원을 나갔다간 심장마비가 와서 사망할 수도 있었다. 예기치 못한 일이었다. 똑딱똑딱 결혼식 시간이 다가오고 있는데 UCLA의 의사들은 혈관우회술을 한번 더 받길 원했다. 허비는 뉴욕의 의사들을 데려오라며 고집을 부렸다.

웬디 워커(《래리 킹 라이브》의 메인피디)

결혼식에 참석하기 위해 도처에서 사람들이 오고 있었다. 나는 윌셔 호텔에 상황실을 만들어놓고 모든 사람들에게 전화를 걸어서 식이 예정대로 열리지 못하게 되었다고 알렸다.

숀 사우스윅 킹

우리는 뉴욕에서 의사들이 도착하는 날에 병실에서 결혼하기로 결정했다.

래리 킹

병원 침대에 누워 있는 사람에게 청혼도 했는데 병원 침대에 누워 있는 사람과 결혼하지 못하란 법도 없을 것이다.

숀 사우스윅 킹

친구들에게서 그 결혼이 미친 짓이라고 여기는 듯한 분위기가 느껴졌다. 래리의 친구들 중에는 나에게 의혹의 감정을 품은 이들도 있었다. 시드와 애셔가 특히 그랬다. 그러나 래리의 변호사에게서만은 '혼전계약도 없이 래리와 결혼을 하려 하다니 대단한 여자네?' 라고 생각하는 듯한 느낌이 들었다. 아마 그 전까지는 '래리를 놀라게 해 심장마비를 일으켜서 그의 돈을 차지하려는 속셈일 거야' 라고 생각했을 것이 분명하다.

그러나 래리가 죽더라도 나는 아무것도 가질 마음이 없었다. 우리가 처음 만났을 때 나는 아주 잘 나가고 있었다. 혼자 살아가기에 아쉽지 않을 만큼 돈도 있었다. 나는 그냥 이 결혼이 잘하는 결혼이라고 생각했을 뿐이다. 그런 상황에서 결혼식 얘기를 한다는 것이 이상하게 들릴지 모르지만, 내 마음은 확고했다.

래리는 침대에 누워 있었고 그의 심장에는 여러 개의 모니터가 연결되어 있었다. 나는 화장도 거의 하지 않은 채 그의 곁에 서 있었다. 허비는 반바지에 검은 양말 차림이었다. 카이아도 그곳에 있었다. 내 부모님도 있었다. 그 무렵 두 분은 내가 정말로 사랑에 빠졌다는 것을 인정하고 있었던 터라 노여움을 거두신 지 오래였다. 아무튼 래리의 머리도 마구 헝클어져 있었고 모든 것이 어처구니없는 상황이었다. 어머니와 아버지는 그때의 사진을 가지고 있는데 지금 그 사진들을 보면 웃음이 나올 것이다.

래리 킹

나는 내가 허비와 결혼하는 줄 알았다. 허비가 바로 내 옆에 바짝 붙어 있었기 때문이다. 숀은 두 발짝쯤 떨어져 있었던 것 같다.

숀 사우스윅 킹

나는 계속 생각했다. '제발 살려주세요.'

웬디 워커

병실 안은 발 디딜 틈이 없을 정도였다. 사람들이 너무 많아서 래리와 숀은 누구누구가 왔었는지도 기억하지 못할 것 같았다. 당시만 해도 카메라 달린 휴대폰이 없던 때였다. 그래서 나는 래리와 숀이 기억할 수 있도록, 노란색 법률 용지에 병실에 있던 모든 사람들의 이름을 적어두었다. 그리고 그것을 액자에 넣어 두 사람에게 보내주었다.

이상한 소리로 들릴지 모르지만 그런 식으로 결혼식이 치러진 것에 놀라지 않았다. 래리는 정말로 결혼을 하고 싶어 했고 예식이 취소되었을 때에는 스트레스가 대단했다. 그렇게 결혼을 한 것이 그의 기분을 더 나아지게 했다.

래리 킹

모든 것이 정신없었다. 지금 얘기하면서도 흥분이 되는데 그 당시에는 두 말할 것도 없었다. 정말로 머리가 빙빙 돌았다. 금방이라도 혈관우회술을 받아야 할지 모를 상황이었다. 아니면 다른 수술을 위해 뉴욕으로 날아가야 될 수도 있었다.

이솜 박사가 전문가 샤크노비치와 함께 구급 헬기를 타고 왔다. 숀은 울고 있었다. 그 모습을 보더니 샤크노비치가 말했다.

"진정하세요. 눈물을 흘리기엔 아직 이릅니다."

참으로 멋진 말이다! 바로 이런 것이 달변이다. 나는 그 말을 듣고 그에게 신뢰가 갔다. 샤크노비치는 혈관성형술을 통해 동맥을 뚫을 수 있다고 말했다. 나는 나에게 무슨 일이 일어나더라도 UCLA에 책임을 묻지 않겠다는 내용의 서류에 서명했다. 그런 후 숀과 나는 구급헬기로 이솜 박사, 샤크노비치와 함께 뉴욕으로 돌아가기로 결정했다.

숀 사우스윅 킹

언제나 그러하듯 긴장을 하면 편두통이 왔다. 그날은 편두통이 정말로 끔찍했다. 그래서 구급헬기에서 침대는 내 차지가 되었고 래리는 좌석에 앉아 있었다.

래리 킹

우리는 뉴욕에 도착했고 그들은 혈관성형술을 통해 동맥을 뚫어주었다. 이 수술은 허벅지를 갈라서 행해지는 수술이다. 나는 하루 이틀 정도 지나서 퇴원했다.

숀 사우스윅 킹

우리는 LA로 돌아가서 또 한번의 결혼식을 올렸다. 테드 터너가 신랑들러리로 섰고 제인 폰다가 신부들러리를 해주었다. 우리는 그렇게 결혼식을 다시 한번 치른 후에 즐거운 파티를 가졌다. 그 자리에서 알 파치노가 E. E. 커밍스E. E. Cummings의 시를 낭송해주었다.

래리 킹

시의 제목은 〈내가 한번도 가보지 못한 미지의 황홀한 그곳〉이었다. 알 파치노는 그것을 암송해서 읊어주었다. 우리는 그 시를 액자에 끼워 거실에 두었다.

내가 한번도 가보지 못한 곳이지만
어떠한 경험으로든 기꺼이 넘어서게 하는 그곳,
당신의 눈은 그런 곳의 고요함을 담고 있습니다.
당신의 아주 가벼운 몸짓이라도 그 안에는,
나를 가둬버리거나 너무 가까워 만질 수도 없는
그런 것들이 들어 있습니다.

주먹 쥐듯 스스로 단단히 닫아버린 나를,

당신은 봄의 여신이 첫봄의 장미꽃을
능숙하고 신비스러운 손길로 열듯이 언제나 나를
한 잎 한 잎 열어줍니다.

당신이 나를 닫고자 한다면,
나와 내 삶은 갑자기 그리고 아주 아름답게 닫힐 겁니다.
꽃이 온 땅에 조심스럽게 내리는 눈을 느끼듯
그렇게 닫힐 겁니다.

이 세상에서 우리가 느낄 수 있는 어떤 것도
당신의 강렬한 연약함이 내는 힘에는 비기지 못하나니,
그 감촉은 그 본향의 빛깔과 더불어
매 호흡마다 나를 죽음의 상태로도 영원의 상태로도 빠뜨립니다.

나는 당신의 무엇이 나를 닫고 여는지 알지 못합니다.
오직 내 안의 어디쯤에서 당신의 눈빛이 발하는 소리가
모든 장미의 그것보다 더 심오하다는 것을 이해할 뿐입니다.
아무도, 빗방울조차도, 그처럼 섬세한 손길을 갖고 있지 못합니다.

돈 리클스가 앞에 나와 몇 마디 하기도 했다. 그는 정말로 재미있었다. 그 자리에 모르몬교도와 유대인들도 와 있었는데, 리클스는 모르몬교도들이 포장마차를 타고 왔다는 농담을 했다. 모르몬교도들이 유머감각이 뛰어나서 정말 다행이었다.

17

섹스와 탄생

하나님에 대해 도저히 이해가 안 되는 것이 또 있다. 바로 섹스와 관련된 규율들에 대해서다.

마크 트웨인은 《지구로부터의 편지Letters from the Earth》에서 섹스 문제를 요약하며 이 점을 정확히 짚었다. 하나님은 인간에게 모든 열망, 습성, 생물학적 욕구를 주면서 이르길, 평생 동안 한 사람하고만 하라고 말했다. 정말 납득이 안 된다. 레니 브루스 역시 다음과 같은 맞는 말을 했다.

"자식들을 키우면서 배우자 외에는 어느 누구에게도 팔꿈치를 만지게 해서는 안 된다는 규율을 가르치면 어떻게 될까요. 팔꿈치는 기혼자들만이 만질 수 있고, 생식기에 대해서는 언급조차 안 된다면 말입니다. 그러면 생식기에 대해서는 원하는 대로 뭐든 할 수 있지요. 하지만 밖에 나갈 때 팔꿈치는 가려야겠죠. 어떤 남자가 어느 날 집에 왔더니 아내가 다른 남자와 서로 팔꿈치를 만지고 있는 것을 봤다면 어떻게 될까요? 남편은 그 남자를 죽일지도 모릅니다. 왜일까요? 그렇게 반응하도록 배웠기 때문이죠. 선입관도 이와 마찬가지입니다."

나는 아이들에게 섹스에 대해 아무것도 말해주지 않으면 아이들이 섹스를 어떻게 보게 될지 의아스럽다. 내가 라디오 방송을 시작한 초반에 펌퍼닉스에서는 매주 토요일이 어린이들의 날이었다. 그래서 사람들은 자녀들을 데려왔고 나는 그 아이들을 인터뷰하곤 했다. 말하자면 아트 링클레터Art Linkletter가 진행하던 프로그램 〈아이들의 깜찍한 이야기Kids Say the Darndest Things〉와 같은 식이었다.

그런데 어느 날, 한 천재 아이를 인터뷰하게 되었다. 열한 살 정도 된 아이였는데, 이미 그때 미시간주립대학교에서 미식축구 선수들을 지도하고 있었던 것으로 기억한다. 굉장한 아이였다. 나는 아이에게 물었다.

"가장 궁금한 게 뭐에요?"

"섹스요."

"무슨 뜻이에요?"

"저는 어머니와 아버지가 섹스를 한다는 걸 알아요. 그리고 두 분이 언제 그걸 하실 거라는 것도 알아요. 어떤 특정한 방식으로 서로를 바라보시거든요. 그럴 때면 저는 제 방으로 가고 두 분은 두 분 방으로 들어가세요. 하지만 그게 뭐가 그렇게 좋은지 잘 모르겠어요."

아이는 섹스에 대해 알만큼 똑똑했지만 섹스라는 것이 정말 뭔가를 알기에는 아직 너무 어렸다. 아이의 어머니는 교사였다. 그녀는 아이가 오르가슴이 뭐냐고 물어봤을 때의 일을 들려주었다. 아이가 그런 것이 존재한다는 것을 알고 있는 만큼 설명을 해주지 않을 수가 없어서, 재채기가 나와서 재채기를 하는 것과 같다고 했단다. 사실, 딱 그렇다. 나는 재채기를 할 때면 이 얘기가 자주 생각난다.

우리가 섹스에 얼마나 과민한가를 생각하면 나는 놀라울 따름이다. 이것은 청교도 시대에서부터 유래된 것 같다. 나는 언제나 섹스가 개인적인 문제라고 여겨왔다. 공적 생활과의 연관성을 모르겠다. 가령 엘리엇 스피처Eliot Spitzer의 후임으로 뉴욕주지사가 된 사람에게 다른 여자들이 있고, 그의 아내에게도 다른 남자들이 있다고 치자. 또 그 두 사람 사이에 그에 대한 합의가 되어 있다면, 그것이 뭐가 그렇게 중요한가? 뉴저지주의 유부남 주지사가 게이라 하더라도 그것이 왜 중요한가? 그것은 그와 그의 아내 사이의 문제다. 그것이 그가 주지사 일을 행하는 데 무슨 상관인가?

1998년 1월에 빌 클린턴이 인턴직원과의 염문을 터트렸을 때 나는 새로운 논란거리가 생겼음을 직감했다. 그러다 얼마 후에 염문의 주인공 이름과 사진이 공개되었는데 모니카 르윈스키Monica Lewinsky였다. 모니카의 부모님들에 대한 언급도 나왔다.

나는 방송에서 빌 클린턴과 모니카 르윈스키 사이에 있었을 것 같은 일들에 대해 이야기하고 싶지 않았다. 나는 사람들이 누구와 관계를 가지든 관심이 없는 사람인데다, 사실 그 일은 내가 상관할 바가 아니었다. 그 일은 빌과 힐러리 그리고 두 사람의 딸 사이에서 해결할 문제였다. 그러나 앞으로 상당 시간 동안 그 일이 내 토크쇼의 화젯거리가 되리라는 사실을 인정하지 않을 수 없었다.

언젠가 CNN의 사장이 내게 게스트 후보자들의 사생활에 대해 적절한 질문들을 던져달라고 부탁한 적이 있었다. 그때 나는 그럴 수 없다고 딱 잘라 말했다. 나는 대체로 누가 누구와 그렇고 그런 관계라는 것을 방송의 화젯거리로 삼길 꺼리는 편이기 때문이다.

클린턴과 모니카 르윈스키의 스캔들과 같은 섹스와 관련된 이야기가 토크쇼의 화제가 된 것은 처음이 아니었다. 예를 들면 짐 배커와 제시카 한의 스캔들이 그랬다. 또 1988년 대선 캠페인 당시에 게리 하트Gary Hart가 간통을 저지르지 않았다는 자신의 말을 못 믿겠다면 자신을 졸졸 따라다녀보라며 기자들에게 뱃심 좋게 말했을 때도 그랬다. 그 뒤로 얼마 지나지 않아 멍키 비즈니스(짓궂은 장난, 부정행위의 뜻이 있음)라는 이름의 배에서 모델 도나 라이스와 함께 있는 모습의 사진들이 〈마이애미 해럴드〉에 실렸고, 결국 하트는 대선 캠페인에서 물러나야 했다. 한편 존 F. 케네디와의 관계를 놓고 주디스 엑스너와 1시간 동안 인터뷰를 나눈 적도 있었다. 그녀는 당시에 50대였고 암투병중이었으나, 사실과 허구를 구별하기 위해 공식적으로 의견을 말하고 싶어 했다. 그녀는 구체적인 시간과 장소들을 얘기했다.

그러나 나에게 그 인터뷰는 섹스에 관한 것이 아니었다. 미국이 어떻게 바뀌었는지에 관한 것이었다. 나는 그녀에게 매료되었다. 그녀와 케네디가 아주 공공연한 사이였음에도 두 사람의 만남이 보도된 적이 없었다는 사실에 매료되었다. 케네디가 살아 있는 동안에는 주디스 엑스너라는 이름이 매스컴에 오르내린 적이 단 한번도 없었다.

프랭클린 루즈벨트가 대통령으로 있는 동안에 기자들은 그가 휠체어를 타고 다닌다는 사실을 언급하려 하지도 않았다. 데이비드 브링클리는 젊은 시절에 백악관 출입기자의 일을 맡았었던 때의 이야기를 들려주었다. 그는 루즈벨트가 휠체어를 타고 기자실에 처음 들어왔을 때 충격을 받았다고 했다.

'뭐야? 우리 대통령이 휠체어를 타는 사람이라니?'

루즈벨트는 하반신 마비였고 연단 앞에 서서 연설을 할 수 있도록 위로 높여졌다.

"이 일에 대해 기사를 써보는 게 어때?"

브링클리가 몇몇 기자들에게 물었다. 그런데 다른 기자들 모두가 똑같은 말을 했다.

"뭣 땜에? 휠체어랑 대통령으로서의 결단과 무슨 상관이 있는데?"

엑스너의 말에 따르면 케네디 대통령은 그녀와 함께 점심을 먹은 후에 자리에서 일어나 기자회견을 하고 나서 다시 그녀에게로 걸어오곤 했다. 그런데도 아무도 "누굽니까?"라고 묻지 않았다고 했다. 또 그는 대통령 입후보를 선언하기 전에, 재클린 케네디와 함께 사는 조지타운의 집으로 그녀를 데려가 그녀를 기겁시켰다고도 했다. 나는 벤 브래들리에게 이 일에 대해 물어봤다. 벤은 〈워싱턴 포스트〉의 편집장이 되기 전까지 케네디의 절친한 친구였다는데, 그 일을 몰랐으며 관심도 없었다고 대답했다.

당시만 해도 우리 사회는 지금과 달랐다. 이런 점에서 우리는 크게 퇴보했다. 타블로이드판이 섹스 기사들로 장사를 하기 시작하면서부터 우리는 역행하기 시작했다. 방송을 하면서 타블로이드판 신문들에 실릴 법한 이야기들을 화제로 삼기 시작하면 같은 물에서 노는 격이 된다.

제니퍼 플라워스는 방송에 나와 빌 클린턴이 아칸소 주지사로 있었을 당시에 그와 성관계를 가졌다고 말함으로써 내가 궁금해하는 것보다 더 많은 얘기를 했다. 플라워스 입장에서는 그런 선정적인 얘기를 통해 책을 팔려고 하는 의도가 있었기 때문에 그녀의 발언이 타당해 보였다. 그러나 나는 대화의 수준을 보다 높은 차원으로 끌어가려고 애썼다. 물론 때로는 그것이 쉽지 않을 때도 있었다.

나는 플라워스에게 어쩌다 영리하고 촉망받는 정치가가 그런 상황에 말려든 것 같냐고 물었다. 왜 좋은 사람들에게 나쁜 일이 일어나느냐는 맥락에서 물은 말이었다. 그녀는 이렇게 말했다.

"제 생각엔, 똑똑한 머리가 아닌 다른 머리로 생각해서였나 보죠."

토크쇼에 린다 트립Linda Tripp27이 출연한 적도 있었다. 린다 트립은 어쩔 수 없이 초대한 게스트였다. 당시엔 린다 트립을 빼면 대화가 안 될 정도였기 때문이다. 나는 린다 트립을 좋아하지 않았다. 그녀가 겉으로는 모니카의 친구 행세를 하면서 실제로는 대통령을 몰락시키려 하는 것 같아서였다. 인터뷰 내내 그런 점이 엿보였다.

그녀는 모니카에게 정액자국이 묻은 푸른색 드레스를 잘 가지고 있으라고 부추긴 장본인이다. 모니카 본인도 모르게 모니카와의 전화통화를 녹음해두기까지 했다. 하지만 토크쇼에 출연했을 때는 '녹음'이라는 말은 쓰지 않으려 했다. 그녀는 메릴랜드주에서 녹음 건에 대한 형사처벌을 받을 상황에 직면해 있었고, 그래서 스스로의 죄를 인정하지 않기 위해 할 수 없이 '기록'이라는 말을 썼다.

내 생각에는, 빌 클린턴이 자신의 섹스에 대한 정의에서 오럴 섹스는 섹스에 포함되지 않는다고 말하고 있었던 까닭에 트립이 녹음이라는 말을 기록이라고 바꾸어 말할 수 있었던 것 같다.

내가 보기에 모니카는 희생자였다. 그녀는 한낱 힘없는 인턴직원에 불과했다. 반면 클린턴은 최고의 권력자로서의 힘을 가지고 있었다. 스물두 살의 어린 아가씨에게 그가 어떻게 보였겠는가? 스캔들이 한창이었을 때 워싱턴에서 열린 내 출판 기념회에 모니카가 나타났다. 그때 앵커 팀 러서트는 까무러칠 정도로 놀랐다. 파파라치들이 달려

들기도 했다. 아마 모니카는 그 당시에 세계에서 가장 유명한 여자였을 것이다. 앵커 울프 블리처가 그녀와 얘기하려고 다가오자 그녀는 울프에게 이렇게 말했다.

"전에 백악관에 오셨을 때는 한번도 아는 체 안하셨는데…."

틀림없이 그녀에게는 엄청난 압박이 있었을 것이다. 내가 루이스 울프슨 대열에 끼지 않았던 것과 똑같이 그녀는 그녀의 대열에서 나왔다. 자신의 대열과 발을 맞추지 않으면 어떻게 되겠는가? 곤경에 빠지게 된다. 한때 인턴직원이었던 그녀는 이제 집중적인 조사를 받으면서 모든 미국인들의 구경거리가 되었다. 솔직히 말해서, 나는 오히려 케네스 스타 특별검사가 클린턴보다 더 일을 복잡하게 만들어놓았다고 생각한다.

클린턴이 어떻게 했어야 했을까? 그것은 자신과 아내 사이의 개인적인 문제라고 말했어야 했다. 이야기가 계속 나왔을 테지만 무시하면 되었을 것이다. 그러나 그는 "그 여자와 섹스를 한 적이 없습니다." 라고 말하면서 곤경에 빠졌다. 오럴 섹스는 섹스가 아니라는 말을 하는 바람에 곤경에 빠졌다. 나는 오럴 섹스가 섹스냐 아니냐는 자유 해석에 맡길 문제라고 여긴다. 그것은 연방대법원 판사 포터 스튜어트가 포르노에 대해 한 다음의 말과 같은 맥락일지 모른다.

"딱히 정의를 내릴 수는 없지만, 보면 안다."

마틴 루터 킹 목사는 언젠가 내게 말하길, 그동안 여러 가지 주제로 설교를 해왔지만 부부간의 정절을 주제로 다룬 적은 없었다고 말했다. 이것은 그를 위선자로 볼 수 없게 만드는 말이었다. 반면에 클린턴의 경우에는 부인을 함으로써 그를 궁지에 빠뜨리고 싶어 하던 모든 공화당원들에게 빌미를 제공했다. 클린턴의 탄핵을 주도했던 조지아주의 의원 밥 바는 토크쇼에 나왔을 때 자신은 부적절한 관계에 대해서는 전혀 관심이 없다고 말했다. 오히려 법집행 방해, 증인 매수, 위증 교사, 증거 인멸 가능성이 그의 관심사라고 했다.

나는 토크쇼를 진행할 때 스캔들이 탄핵에 어떤 식으로 영향을 미쳤는지에 초점을 맞추려 했다. 나에게는 이것이 탄핵사유가 될 만한 행위로 여겨지지 않았다. 그러나 많은 사람들이 클린턴을 궁지에 몰기 위해 나서면서 결국 하원에서 탄핵 결의가 이루어졌다. 따라서 이제 클린턴이 임기를 끝까지 마칠지 말지의 여부는 상원의 결정에 달려 있었다. 나는 행운을 빔과 동시에 언제든 내 토크쇼에 나와 심정을 호소해도 좋다는 말을 전하기 위해, 그 운명의 날에 대통령에게 전화를 걸어서 그의 비서에게 메시지를 남겨두었다. 그날은 워싱턴 레드스킨스가 템파베이팀과 경기를 펼치고 있었다. 나는 그 경기를 보고 있던 와중에 클린턴 대통령의 회신전화를 받았고, 그는 휴대폰 너머로 구장에서 들리는 소리를 들었다.

"레드스킨스 경기인가요?"

"예."

"어디가 이기고 있습니까?"

"템파베이가 16 대 7로 앞서고 있습니다만 레드스킨스가 추격중입니다."

"그래요? 뉴욕 제츠팀 경기는 어떻게 됐나요? 하루 종일 딴 데 신경 쓰느라 결과를 못 들었는데."

그는 매사를 딱딱 구분 지을 줄 아는 사람이다. 우리는 짤막하게 탄핵에 관한 얘기를 나눴다. 그때 그가 피터 킹이라는 이름을 가진 공화당 의원에 대해 호의를 나타냈던 것이 기억난다. 피터 킹은 일어나서 탄핵에 반대하는 연설을 했던 사람이다.

클린턴은 결코 굴복하지 않았다.

"이건 완전히 허튼수작을 부리는 겁니다. 하지만 나는 굴복하지 않을 거요."

그리고 대통령 임기를 마치고 자서전을 펴낸 후에 내 토크쇼에 나왔을 때 박해를 당했던 일이 오히려 행운이었던 것 같다고 말했다. 그는 자신을 무너뜨리려고 했던 사람들이 종국에는 그를 구하는 데 일조했다고 믿었다. 힐러리는 남편을 무너뜨리려던 사람들에게 너무 화가 난 나머지, 오히려 그를 좋게 보게 되었다.

빌 클린턴은 국민 앞에 나와 모니카와의 관계를 인정하고 나서, 다음 날에 가족의 화합을 되찾기 위해 힐러리, 첼시와 함께 휴양지 마서즈 빈야즈 섬으로 날아갔다. 이쯤에서 대통령과 함께 백악관에서 영화를 관람했던 일을 떠올리지 않을 수가 없다.

우리가 본 영화는 노트르담대학교 미식축구 선수의 감동 실화를 그린 〈루디이야기Rudy〉였다. 루디 루티거Rudy Ruettiger도 상영 때 그 자리에 함께 있었다. 첼시가 팝콘을 가져와 아버지 옆에 앉자 클린턴은 딸의 어깨에 팔을 둘렀다. 참으로 흐뭇한 시간이었다. 그런 순간들을 잃어버린다면 아버지로서는 이루 말할 수 없는 슬픔이 될 것 같았다. 실제로 클린턴은 훗날 내게 얘기하길, 힐러리와 첼시에게 돌이킬 수 없는 상처를 준 것 같아서, 그리고 다시 예전의 좋은 시절로 돌아갈 수 없을까봐 두렵다고 했다.

TV에서 세 사람이 대통령 전용 헬기로 걸어가던 모습을 봤던 일도 기억난다. 첼시가 어머니에게 기대고 있었는데 클린턴이 팔을 뻗어 딸을 더 가까이 끌어당겼다. 그것은 내가 알아서는 안 될 것 같은 그런 개인적인 순간이었다. 그러나 나는 헬기가 이륙할 때까지 그 모습을 계속 지켜봤다.

이런 문제에 처할 경우, 어려운 일이긴 하겠지만 아내에게는 어떻게든 털어놓을 수가 있다. 그러나 딸에게는 어떻게 말해야 할까? 아내는 성인이다. 아내는 당신에게 개자식이라고 욕을 할 수도 있고 이혼을 요구할 수도 있다. 아내는 언제든 남이 될 수 있다. 그러나 딸은 언제나 딸이다.

빌 클린턴과 그의 가족이 겪어야 했던 일을 생각하면 안타깝기 그지없다. 정치적으로 그를 싫어하는 사람들은 그가 그렇게 당해도 싸다고 말했다. 내 생각은 다르다. 나는 성경을 따르는 사람은 아니지만, "너희 가운데 죄 없는 사람이 먼저 돌을 던져라."라는 구절은 정말로 훌륭한 말씀이라고 생각한다.

누구에게나 약점은 있다. 뭔가 도저히 뿌리칠 수 없는 것들이 있게 마련이다. 내 경우에는 담배가 그랬다. 나는 도저히 담배를 끊을 수가 없었다. 벽에 흡연과 관련된 통계자료를 모조리 붙여놓는다 해도 아랑곳 하지 않을 만큼 담배를 사랑했다. 담배 앞에서는 꼼짝을 못했다. 나는 다른 것은 몰라도 약점에 대해서만큼은 잘 안다. 그래서 그런지 클린턴의 가족에게 동정심이 생기는 동시에 클린턴에게 공감이 느껴졌다.

웬디 워커

클린턴과 르윈스키의 스캔들은 보도하기가 아주 어려운 문제였다. 그러나 지금까지도 빌 클린턴이 토크쇼에 나오는 모습을 볼 수 있는 것은, 래리가 클린턴이 부당한 대우를 받고 있다는 느낌이 들지 않게 진행을 했기 때문이다.

래리는 여러 질문들을 하여 답변을 끌어냈다. 그리고 결론을 내리는 일은 시청자의 몫으로 남겼다. 래리의 인터뷰는 '이 사람을 어떻게 곤궁에 빠뜨리지?' 라는 생각으로 인터뷰를 진행하는 사람들과는 크게 다르다. 그래서 인터뷰가 끝나면 어떤 시청자는 게스트에 대해 "훌륭한 사람이야."라고 말하고, 또 어떤 시청자는 "진담이야? 나는 아닌 것 같은데."라고 말하게 되는 것이다.

시청자들은 게스트를 판단하지만 래리는 게스트를 판단하려 하지 않는다. 바로 이것이 래리의 토크쇼와 다른 토크쇼의 큰 차이이다.

래리 킹

나는 진심으로 클린턴 가족을 존경한다. 다시 가족의 화합을 이끌어낸 그 힘에 존경심이 우러나온다. 나는 대체로 내 자신의 삶에 대해 정신 분석을 하지 않는 편이다. 그러나 지금 와서 되돌아보면 그 무렵에는 내 유년기의 충격을 깨닫게 해주는 많은 일들이 펼쳐지기 시작했다. 바로 그 즈음에 래리 주니어가 내 삶에 들어왔다. 또 조금 더 지나서는 숀이 임신을 했다. 두 일은 거의 동시에 일어난 잇따른 경사였다. 숀을 만났을 때 나는 예순세 살이었다. 다시 자식을 가질 수 있으리라고는 생각도 못했었다.

숀 사우스윅 킹

나는 결혼식 피로연이 끝난 후 약 10개월 후에 임신을 했다. 그런데 분만실에서 출산을 하는 내내 래리를 진정시키느라 애를 먹었다. 래리는 토크쇼가 6시에 시작하는데 6시 정각까지 아기가 안 나오자 씩씩댔다. 방송에서 아기를 낳았다고 발표하고 싶었던 것이다.

래리 킹

나는 매사에 일을 재촉하는 성미다. "다 됐나요? 빨리 빨리요!" 하는 식 말이다.

숀 사우스윅 킹

나는 시간에 쫓기다시피하며 아기를 낳았다. 계속해서 래리가 의사를 아주 진땀나게 만들고 있었다. 우리 아들은 오후 6시 31분에 태어났고 그 당시에 CNN에서 래리와 함께 일하고 있던 그레타 반 서스테렌이 6시 36분에 그 소식을 알렸다.

래리 킹

출산과정을 지켜본 것은 그때가 처음이었다. 60년대만 해도 아버지는 분만실 안으로 들어가지 못해 출산과정을 볼 수가 없었다. 나는 탯줄을 내 손으로 잘랐다. 우리는 숀과 내가 우연히by chance 만난 것을 기리는 의미로 아들의 이름을 챈스라고 지었다.

챈스가 4개월이 되었을 때 우리는 백악관으로 빌 클린턴을 만나러 갔다. 그날 보스니아 내전이 끝나서 우리는 클린턴과의 약속이 취소될 줄로 생각했지만, 그렇지 않았다.

클린턴은 집무실에서 챈스를 안았다. 그는 한 손에 전쟁의 종식을 선언하는 문서를 든 채로 서더니 챈스와 함께 사진을 찍기 위해 포즈를 잡았다. 그리고 아이를 내려다보며 말했다.

"지금은 네가 여기에서 무슨 일이 일어나고 있는지 모르겠지만, 아가야, 언젠가 너도 커서 역사 수업을 듣게 될 거다. 그리고 선생님이 '자, 오늘은 보스니아에 대해 얘기해보자'고 말할 거야. 그러면 그때 손을 번쩍 들거라! 네가 그 자리에 있었다고 말하면서 이 사진을 반 아이들에게 보여줘. 네가 그 자리에 있었다고 말이야!"

숀 사우스윅 킹

챈스가 5개월이 되었을 때 나는 캐논을 뱄다. 우리는 캐논을 낳으려고 아침 일찍 병원에 갔다. 나는 아이가 정오쯤 나올 줄 알았는데 대포cannon 터지듯 빨리도 나왔다. 역시 캐논이었다.

래리 킹

우리가 아이 이름을 캐논이라고 지은 이유는 아이가 그 이름의 거리에서 임신되었기 때문이다. 만약에 아이가 엘레바도에서 임신되었다면 어떻게 했을지 궁금하다.

캐논의 출생과 관련하여 특히 기억나는 일이 있다. 그것은 내가 아이의 호흡에 문제가 있다는 것을 가장 빨리 알아챈 사람이라는 것이다. 모두들 이야기에 푹 빠져 있었던 터라 내가 의사들에게 그것을 지적했다. 알고 보니 기관지 질환이었고 며칠 동안 계속되었다. 오, 세상에 이런 일이!

18

역대 대통령들

몇 년 전에 한 대학교에서 '인터뷰를 잘하는 비법'에 대한 강의를 맡아달라는 의뢰를 해왔다.

"강의 요강을 좀 보내주시겠습니까?"

나는 대학교에 다닌 적이 없어서 그런 것을 본 적이 없었다.

"그러면 그냥 첫째 주에 무엇을 가르치고 또 둘째 주에는 무엇을 가르칠지를 쭉 얘기해주세요."

듣다보니, 그런 식이라면 내가 셋째 주는 되어야 대통령과의 인터뷰 요령을 가르칠 수 있을 듯했다. 사실, 나는 셋째 주의 강의 내용이나 첫째 주의 강의 내용이 별반 다를 것이 없다고 생각한다. 즉, 자기답게 자연스럽게 처신하라는 똑같은 교훈을 가르칠 것이기 때문이다.

나는 대통령을 마주할 때도 배관공을 마주할 때와 똑같은 호기심을 갖는다. 그것이 다른 사람들과 나의 차이점일 것이다. 나는 대통령을 인터뷰하게 되었다는 이유로 몇 시간씩 앉아서 600개의 질문들을 생각하거나 하지는 않는다. 그것은 내 스타일이 아니며 지금의 나를 있게 한 바탕도 아니다.

내가 중요한 인터뷰를 앞두고 있을 때면 관계자들은 종종 이런 말을 하곤 했다.

"오늘 밤에는 최상의 기량을 보여주셔야 해요."

말하자면 토크쇼에 뭔가 특별함을 더해달라는 얘기다. 사람들이 그렇게 말하는 것은 흥분이 되어서이다. 그러나 그런 말을 들을 때마다 나는 불쾌해진다. 그들 말대로라면 배관공과 이야기할 때는 뭔가 특별함을 더해서는 안 된다는 얘기인가? 물론 나도 대통령을 인터뷰하러 갈 때면 다른 사람이 아닌 대통령과 자리를 함께 한다는 것을 인식하기는 한다. 그러나 내가 대통령을 다른 사람과 달리 대우한다면 나는 나다워지는 데 실패하게 된다.

나는 리처드 닉슨 이후로 모든 대통령과 친분을 맺어왔다. 그런데 그들과 보낸 시간이 많아지면 많아질수록 그들의 인간적인 면모를 더 많이 보게 되었다. 특히 퇴임한 후에 더욱 그랬다. 언젠가 한번은 제럴드 포드와 인터뷰를 하던 중에 그의 발음이 분명치 않아지기 시작했다. 그래서 인터뷰를 갑자기 끝내야 했는데 그날 나중에 그는 뇌졸중을 일으켰다. H. W. 부시는 딸을 잃은 일에 대해 마음을 털어놓다가 눈물을 흘린 적이 있었다. 또 내 아들 챈스가 네 살쯤 되었을 때 CNN 뉴욕본부에서 파워레인저 한 명을 흉내 내다가 손으로 빌 클린턴의 사타구니를 내리친 일도 있었다. 그때 클린턴은 잘 참아냈다.

그래서 나는 모든 대통령을 역사가와는 다르게 평가하고 싶다. 내가 보아왔듯이, 그들에게는 장점도 있고 약점도 있다. 그리고 온갖 사건들을 통제할 수 있는 사람은 아무도 없다. 대통령도 어떤 상황들 앞에서는 당황에 처하며, 이는 우리 모두가 살다가 당황에 처하게 되는 경우와 조금도 다르지 않다. 또 대통령의 통제권 밖에 있어서 도저히 막을 수 없는 사건들도 있다. 조지 W. 부시가 했던 말이 딱 맞다. 그는 "역사는 당신을 어떻게 생각할까요?"라는 질문에 이렇게 답했다. "모릅니다. 저도 알고 싶어 죽겠습니다."

어쨌든 내가 독자들에게 해줄 수 있는 이야기는, 대통령들의 생전에 내가 만나면서 느낀 점들뿐이다.

리처드 닉슨(제37대 대통령)

닉슨이 사임했을 때 나는 실직 상태였다. 내가 어처구니없는 이유로 일자리를 잃었듯, 닉슨 역시 그랬다. 왜 그는 1972년 대선을 앞두고 굳이 워터게이트 호텔에 있던 민주당 선거대책본부를 침입했을까? 진짜 그럴 만한 이유가 있었을까? 당시 대선에서 닉슨은 49개 주에서 승리를 거두고 있었다. 조지 맥거번George McGovern을 꺾은 그의 승리는 대선 역사상 최대의 격차로 꼽힐 만한 압승이었다. 따라서 민주당 본부의 서류에 전혀 기대지 않고도 쉽게 선거에서 이길 수 있는 상황이었다.

나는 넘어져본 사람들을 이해한다. 그래서 닉슨이 겪은 일도 이해한다. 몇 년 후에 그를 인터뷰했을 때 그 점이 도움이 되었던 것 같다. 닉슨은 나의 동정적 어조를 감지할 수 있었다. 내가 워터게이트 사건에 대해 물었을 때, 그는 워터게이트 사건 이후 그 호텔에는 절대 가지 않으며 차를 타고 지나가더라도 쳐다보지도 않는다고 말했다.

닉슨을 떠올릴 때 가장 놀라운 점은, 그다지 호감형이 아닌 정치인이 어떻게 최상의 위치까지 오를 수 있었는가였다. 호감형이 되는 일은 억지로 한다고 되는 것이 아니다. 닉슨이 순회 캠페인중의 비행기 안에서 사람들에게 무뚝뚝하게 대했던 온갖 일화들이 나돌기도 했다. 그는 호감이 가는 사람이 아니었을 뿐만 아니라 그 자신도 다른 사람들을 좋아하지 않았던 것 같다. 나는 그가 상황 분석을 좋아했다는 생각이 든다.

내가 방송망을 소유하고 있었다면 닉슨을 분석가로 채용했을 것이다. 어떤 상황이 어떻게 그런 상황에까지 이르렀는지를 닉슨만큼 잘 분간할 수 있는 사람도 없었다. 그런 상황들 속에서 문제를 해결할 수 있느냐 없느냐는 별개의 문제다. 그는 문제해결사보다는 분석력이 빠른 역사가에 더 잘 맞았다.

그는 대외적인 것들에 매료되어 있었다. 닉슨은 펜실베이니아의 주지사보다는 소련의 브레즈네프Brezhnev 수상과 함께 앉는 것을 더 좋아할 그런 사람이었다. 그의 행정부 동안에는 대외적으로 진보적 변화가 많이 일어났는데 그 이유 가운데 하나가 바로 닉슨의 이런 성향 때문이었다. 그는 대내적 일들에는 관심이 없었다. 오히려 중국에 문호를 개방하는 일에 관심을 두었다.

사실, 그를 파멸시킨 것은 그의 불안감이었다. 언젠가 내가 마이애미에서 라디오 쇼의 게스트로 그를 초대했을 때의 일이다. 그날은 그가 주빈이었고, 마침 그 자리에는 다음 코너에 출연하기로 되어 있던 남성복 동업조합의 사람들도 와 있었다. 그들은 집회에 참석차 마이애미에 왔던 이들이었는데 자신들의 출연 차례를 기다리면서 닉슨과 나를 보고 있었다.

휴식 시간이 되자 닉슨이 의혹이 가득 담긴 어조로 내게 말했다.

"저 사람들 보이시오? 지금 내 얘기를 하고 있소."

"어떻게 아세요?"

"그냥 보면 알지."

그들이 정말로 그의 넥타이에 대해 얘기하고 있었을 수도 있다. 그러나 닉슨은 모든 사람들이 자신을 괴롭히려 한다고 생각했다. 그는 이해하기 어려운 사람이었다. 그러나 자신의 분야에서 남들을 능가하는 사람들은 거의 모두가 이해하기 어려운 사람들이다. 그는 정말로 호감이 가는 유형의 사람이 아니었으나, 나는 허버트 험프리Hubert Humphrey에게 어떤 이야기를 듣고 나서 또 다른 면을 보게 되었다.

험프리와 닉슨은 1968년에 그때 기준으로 역사상 가장 근소한 표차의 선거를 치른 바 있었다. 그로부터 몇 년 후 크리스마스이브에 험프리는 메모리얼 슬론 케터링 병원에 입원해 있었다. 암에 걸려 얼마 전부터 화학요법 치료를 받기 시작한 상황이었다. 그의 아내는 휴일 저녁을 가족과 함께 보내고 있었고 그는 전화 교환원에게 자신의 병실로 어떠한 전화도 연결시키지 말라고 말해두었다. 그런데 전화벨이 울렸고 그는 불만을 터트렸다.

"제기랄! 그렇게 전화 교환원에게 얘길 했건만…."

닉슨이었다. 한 사람은 죽어가고 있었고 또 다른 사람은 불명예를 뒤집어쓰고 있었다. 두 사람은 크리스마스이브가 다 가도록 이야기를 나누었다. 닉슨이 사임 후에 워싱턴을 처음 찾은 것이 험프리 장례식에 참석하기 위해서였다는 점 때문인지, 이 이야기가 쉽사리 잊혀지지 않는다.

결국 닉슨은 복잡한 유산을 남겼다. 우선 그는 중국에 문호를 개방했다. 험프리라면 그러지 못했을 것이다. 그동안 공화당원들은 공산

국가 중국을 방문한 민주당 대통령에 대해 힐난을 가해왔기 때문이다. 그러나 사람들은 닉슨하면 그가 이루어낸 성과보다는 주로 워터게이트 사건과 사임을 먼저 떠올릴 것이다.

반면 나는 닉슨하면 가장 먼저 떠오르는 기억이 바로 닉슨 도서관에서의 일이다. 내가 마지막으로 그곳에 갔을 때 그곳에는 그의 데스크 패드가 진열되어 있었는데, 그 데스크 패드에 있던 가장 최근의 메모는 '화요일 오후 9시, 래리 킹 라이브'였다. 그는 우리 토크쇼의 출연 섭외를 수락한 직후에 뇌졸중으로 병원에 실려 갔다. 그리고 며칠 후에 숨을 거두었다.

제럴드 포드(제38대 대통령)

미시간주 그랜드 래피즈 소재의 포드 박물관은 멋진 3면 건물이다. 코미디언 마크 러셀Mark Russell은 그 박물관을 보면 무슨 생각이 드느냐는 질문에 이렇게 대답했다.

"글쎄요, 포드가 3년밖에 재임하지 못했다는 사실이겠죠."

그러나 포드는 중대한 시기에 대통령에 취임했다. 워터게이트 사건은, 대통령이 법을 어긴 전대미문의 사건이었다. 포드는 취임 한 달 후에 닉슨에게 완전사면을 해주었다. 그리고 평생 잊지 못할 다음의 말을 했다.

"이제 오랫동안 이어졌던 우리의 국가적 악몽이 끝났습니다."

그런데 이 사면령은 타격을 불러왔다. 국민이 분열되면서 격앙된 시기가 되었고, 사면령 문제로 포드의 공보비서관이 자리에서 물러나기까지 했다. 일각에서는 1976년의 대선에서 포드가 패배하는 데 사면령도 한 원인으로 작용했다고 믿는 사람들도 있었다.

그러나 수년이 지나 내가 포드에게 그 문제를 물었을 때, 그는 자신이 올바른 일을 했다는 확신이 오히려 더 강해졌다고 말했다. 그는 자신의 시간을 국가의 문제를 해결하는 데 100퍼센트 다 할애하고 싶었기 때문에 닉슨 문제를 신경 쓰지 않도록 해야 했다고 했는데, 그의 말을 들어보니 확실히 이치에 맞는 말이기도 했다. 그는 몇 년이 지나면 국민도 이해할 것이라고 생각했다.

포드는 내 평생 동안 대통령에 오른 인물들 가운데 가장 호인이었다. 그는 대통령에 출마하려는 야망을 품은 적이 없었다. 그는 딱 국회의원 스타일이었다. 제럴드 포드는 사회보장 연금이 들어오지 않았을 때 전화하고 싶은 그런 사람이다. 만약 진짜 그와 같은 일이 벌어졌다면 분명 그는 확실히 수령받을 수 있게 조치해주었을 것이다.

그는 비행기 계단에서 넘어진 후부터 어리어리한 촌사람으로 패러디되었다. 대학생 때 헬멧도 쓰지 않고 미식축구를 했었다는 이야기도 사람들 사이에서 유명했다. 하지만 그는 학업성적이 뛰어났다. 상당한 호감형이었고 함께 어울리기에 편안한 사람이었다. 그는 의회에 있었을 때보다 백악관에 있었을 때가 훨씬 덜 보수적이었다. 그러나 이것은 대통령이 되면 흔히 일어나는 현상이다. 미시간주의 대표가 되면 미시간 주민의 대표자가 되지만, 대통령이 되면 모든 국민의 대표가 되어야 하기 때문이다.

포드는 1980년에 로널드 레이건이 그에게서 대통령 후보지명을 빼앗으려 할 때 상처를 받았다. 그러나 그는 지미 카터와의 논쟁중에 동유럽이 소련의 지배하에 있지 않다고 말함으로써 큰 실수를 범했다. 이것은 그의 또 한 가지 패배 원인이었다.

결국 포드와 그의 아내 베티Betty의 유산은 치료자로서의 이미지가 될 것이다. 포드는 닉슨의 사임 후에 국민의 화합을 이끌어내려 했다. 베티는 침대 곁을 지킨 가족들의 도움으로 알코올과 진통제 중독에서 벗어날 수 있게 되었으며, 그 후에 위기를 극복하고 남편과 함께 재활센터를 건립했다. 베티는 재활과 동의어가 되었다. 재활에 대해 생각하면 자연스럽게 베티 포드 센터가 떠오를 정도다. 마치 베티 포드 센터 이전에는 재활센터가 없었던 것처럼 말이다.

제럴드 포드와 지미 카터는 두 사람 모두 퇴임한 이후에 아주 친해졌다. 두 사람은 로널드 레이건 때 안와르 사다트Anwar Sadat(극단주의 무슬림에 의해 암살된 이집트 대통령)의 장례식에 미국 대표로 파견되었다. 리처드 닉슨 역시 같이 갔으나 닉슨은 장례식 후에 바로 고국으로 돌아왔다. 반면에 포드와 카터는 함께 돌아왔고 아주 친밀한 관계가 되었다.

시간이 지나면서 공화당이 차츰 극우로 이동하는 것을 지켜보는 일은 포드에게 조금은 슬픈 일이었다. 나는 1992년 공화당 전당대회에서 조지 부시가 재지명되었을 때 그 자리에 갔었다. 러시 림보가 귀빈석에 앉아 있었고 극우파의 상징 패트 부캐넌Pat Buchanan이 가장 중요한 시간대의 연설을 맡았다. 포드는 나를 돌아보며 말했다.

"우리 당이 어쩌다 이렇게 된 거요?"

지미 카터(제39대 대통령)

지미 카터는 시대에 앞선 사람이었다. 그는 중동 평화의 가능성을 보았다. 또한 최근에서야 알게 된 일이지만, 1970년대에 백악관에 태양 전지판을 설치하게 했다. 대수롭지 않은 일처럼 들릴지 모르지만 현재 워싱턴 정계 사교클럽인 알팔파 클럽에 여자들이 회원으로 있는 것도 지미 카터의 덕분이다. 지미 카터는 대통령 재임 당시에 여성들을 회원으로 받아들이지 않는다는 이유로 알팔파 클럽 만찬에 참석하지 않으려 했다.

알팔파 클럽은 식물이름 알팔파를 따서 지어진 이름이었다. 이 식물은 하는 일이 없으며 그것은 이 클럽도 마찬가지다. 알팔파 클럽은 자선활동 같은 것은 하지 않았고 그냥 모여서 저녁을 먹는 것이 전부였다. 알팔파 클럽의 시초는 대략 1913년으로 거슬러 올라간다. 그 연례 만찬장에 가면 그 안에는 대통령, 고위 각료, 연방대법원 판사, 대사, 산업계 수장들 같은 어마어마한 유력인사들로 가득하다. 언젠가 그 만찬에 갔다가 은행가 데이비드 록펠러David Rockefeller와 얘기를 나누었던 일이 기억난다. 그때 데이비드 록펠러는 나에게 "이런 사람들을 다 보다니 믿기시오? 정말 대단하오."라고 말했다.

카터는 아주 지루해질 정도로 도덕적일 때가 있었다(사실, 그는 평신도 설교자였다). 내 친구 허비는 카터가 이집트와 이스라엘 사이에 이끌어낸 평화협정을 놓고 곧잘 이런 농담을 했다.

"있잖아, 카터가 사다트와 베긴과의 회담에서 성공을 거둔 이유는 그들을 지루하게 만들어서야. 두 사람은 캠프 데이비드에서 서로 다른 객실에 묵고 있었어. 그런데 카터가 '이 문제에 대해 6시간 더 토론하는 게 어떨까요?' 라고 말하자 두 사람 모두 '6시간을 더 하자고. 으악! 뭐든 서명할 테니 이리 주시오' 라고 말했을 걸."

물론 사실은 이와는 크게 달라서, 협정을 이끌어내기란 어려운 일이었다. 메나헴 베긴은 다루기가 아주 힘든 사람이었다. 그에 비하면 안와르 사다트는 훨씬 쉬운 상대였다. 베긴은 i의 점과 모든 t의 선을 일일이 확인했을 뿐만 아니라 의심이 많아서 모든 내용을 몇 번씩 읽고 또 읽었다. 게다가 카터에게 "잠깐, 잠깐만요. 이게 정확히 무슨 뜻입니까? 이 'the'를 'a'로 바꿉시다."라고 말하기도 했다.

다음은 카터가 내게 직접 했던 말이다.

"그 사람 때문에 좌절감이 느껴질 때마다 이렇게 생각했다오. '대학살에서 내 가족이 죽은 것도 아닌데 내가 왜 이 고생을 하고 있어야 해? 그렇게 철저하게 할 필요는 없지 않느냐고 말할까? 좀 믿으라고 말할까?'"

그 말을 할 때 그의 눈가에는 눈물이 맺혀 있었다. 결국 이집트와 이스라엘 간에 협정이 체결되면서 사람들은 지금까지 서로의 나라를 오갈 수 있다.

언젠가 어떤 사람이 말하길, 카터는 성인군자로서 위대한 사람이 되었을지는 모르지만 대통령으로서는 형편없었다고 평했다. 나는 '형편없다'는 것이 적절한 표현이라고 생각하지 않는다. 그는 사건들에 휘말렸을 뿐이다. 이란인에게 인질들이 잡혔을 때 그 일을 서투르게 처리했을 뿐이다. 그는 결단력이 없거나 경험 없는 사람이 아니었다. 사람들이 쉽게 잊어버리곤 하지만, 카터는 해군사관학교를 졸업했고 핵잠수함을 지휘했었다.

그의 기량은 대통령 퇴임 이후에 더 잘 펼쳐졌다. 그는 대통령 퇴임 이후를 아주 훌륭하게 보내고 있는데 나는 대통령 퇴임 이후를 그처럼 훌륭하게 보내고 있는 사례를 본 적이 없다. 현재 그는 전세계를 돌아다니며 선거를 감독하고 평화 문제를 해결하고 있다. 소설, 시집, 아동 도서들을 펴내는가 하면, 책으로 번 돈을 자신이 세운 비영리 기구 카터센터에 증여하고 있다. 그와 그의 아내 로잘린Rosalynn은 사랑의 집짓기 운동협회와 함께 곤궁에 처한 이들에게 집을 지어주고 있다. 그는 노벨평화상을 수상하기도 했다. 그의 모든 철학에 동조할 수는 없다 할지라도 그가 특별한 사람인 것은 분명하다. 안 그런가?

로널드 레이건(제40대 대통령)

로널드 레이건을 생각하면 그의 할리우드 에이전트들과 관련된 재미있는 이야기가 떠오른다. 그는 배우 시절에, 뉴욕 제츠팀을 소유하고 스포츠 센터 매디슨 스퀘어 가든을 막 운영하기 시작했던 소니 워블린과 루 와서먼을 에이전트로 두었다. 레이건은 대통령 취임식에서 그들에게 "당신들이 일을 더 잘했다면 나는 이 자리에 있지 못했을 겁니다."라고 말했다.

배우로 활동했던 것은 레이건의 대통령직 수행에 도움이 되었다. 그는 의사소통의 달인이었다. 사람들은 그를 좋아했다. 이것은 돈으로는 아무리 해도 살 수 없는 것이다. 일각에서는 레이건에 대해 너무 배우 같다는 이유를 들어 비난하기도 했지만 나는 그런 이유로 그를 비난할 마음이 없다. 그런 모습이 바로 그였다. 나는 방송인이다. 내가 출마를 한다면 나도 방송인처럼 들릴 것이다.

삶에서는 타이밍이 중요한 경우가 많다. 허비는 이 점을 잘 표현했다. 그는 카터 행정부 말기에 이란인들이 인질들을 풀어준 것은, 레이건이 백마를 타고 온 론 레인저(1940, 50년대의 TV 시리즈 〈론 레인저〉에서 악당들을 물리치는 주인공)처럼 등장하는 것을 보았기 때문이라고 말했다. 그들은 앞일이 어떻게 될지 몰랐고 레이건이 침입을 감행할지도 몰라 불안해했다는 것이다.

레이건에게는 좋게 평가할 만한 점들이 많았다. 그는 고르바초프와 친구가 되어 베를린 장벽을 무너뜨리는 데 한몫했다. 정말 대단한 일이었다.

레이건은 단순한 사고방식을 취했다. 그는 헤아리기 어렵고 은밀한 의제를 두지 않았다. 내 동생 마티가 그를 좋아했던 이유는, 특정 문제에 대해 자신보다 똑똑한 사람들의 정보를 수용하는 능력 때문이었다. 한편 마티는 레이건의 큰 풍체에 놀랐다. 레이건은 키가 188센티미터인데다 덩치도 컸다. 레이건이 다가와 악수를 했었는데 그때 그의 몸집에 창문이 다 가려졌다고 한다. 그는 육체적으로나 정신적으로나 거대해 보이는 인상을 풍겼고 자신의 직무에 존경심을 가졌다. 레이건은 집무실에 있을 때 양복저고리를 벗은 적이 한번도 없었다. 한편 그는 야한 농담을 입에 담아 극우 성향의 사람들 대부분을 놀래주기도 했다.

레이건에 대해 얘기할 때 생각나는 또 다른 일화가 있다. 원한을 품지 않았던 단면을 보여주는 일화로, 레이건과 아주 좋은 관계를 맺고 있던 하원의장 팁 오닐Tip O'Neill이 들려준 얘기였다.

"어느 날 내가 하원에서 레이건을 크게 비난했었소. 나는 내 사무실로 돌아와 비서에게 말했소. '전화 좀 연결해줘. 대통령께.'"

비서에게서 전화가 연결됐다는 소리를 듣고 팁은 전화기에 손을 뻗으며 온갖 생각을 했다.

"여보세요, 대통령 각하…."

"팁, 당신도 그 얘기 들었소?"

방금 전에 무슨 일이 있었냐는 듯 아무렇지 않게 얘기했다.

레이건과 같이 있으면 웃지 않을 수가 없었다. 그는 내가 9킬로그램 과체중에 하루 3갑의 담배를 피워대던 때에 나를 체력증진자문위원회에 임명했었다. 그런데 내가 백악관에서 열린 환영회에 갔을 때

레이건이 나를 보더니 이렇게 말했다.

"당신이 포스터 속의 그 사람이 맞소?"

나는 많은 문제에서 레이건의 생각에 동조하지 않았다. 트리클다운(정부 자금을 대기업에 유입시키면 그것이 중소기업과 소비자에게까지 미쳐 경기를 자극한다는 이론) 경제정책의 경우도 나는 그것을 터무니없는 발상이라고 여겼다. 차라리 최하계층의 사람이 다음과 같이 말하는 편이 나을 것 같았다.

"그 돈 나를 주시오. 내가 트리클업(돈이 빈민층에서 부유층으로 옮겨가는 것)시킬 테니."

이란-콘트라 사건[28]은 그에게 손실을 입혔다. 정말로 이 사건이 대통령의 관여 없이 일어난 일일 수도 있겠지만, 레이건은 이란-콘트라 사건이라는 오점을 안은 채 퇴임했다. 그러나 그는 여전히 호감이 가는 사람으로 남았고 차기 선거에서는 그의 밑에서 부통령을 지낸 부시가 승리했다.

백악관에서 물러난 직후에 레이건과 낸시가 나에게 벨에어 호텔에서 점심을 먹자고 했다. 우리가 호텔에 도착해보니 결혼식이 치러지고 있었고, 피로연에까지 초대받아 다 함께 복도를 걸어 내려갔다. 레이건과 신부 아버지가 신부와 나란히 걸었다. 그때 레이건이 아이스크림 선데를 먹던 모습이 여전히 재미있는 기억으로 남아 있다. 그는 꼭 내 아홉 살짜리 아들이 선데를 먹고 있는 것처럼 걸신들린 듯이 먹어치웠다. 그는 선데를 엄청 좋아했다!

나는 수년에 걸쳐 낸시와 교분을 쌓아왔다. 대다수의 사람들은 낸시의 진짜 모습을 모르고 있다. 낸시는 레이건 행정부에서 아주 중요한 사람이었다. 낸시는 재미있고 수줍음을 잘 타며 강인한 여인이며 온건주의자이며 극우 광신자들을 싫어했다. 그리고 그녀의 마음에 들지 않으면 퇴출이었다. 레이건이 그녀에게 푹 빠져 있었기 때문이다.

내가 레이건에게 알츠하이머가 나타나고 있음을 처음 감지한 것은, 그가 자유훈장[29]을 수상하던 때였다. 제41대 대통령 부시가 백악관 환영회에서 그 훈장을 수여했다. 레이건은 링컨의 초상화 밑에 서 있었고 나는 조지 윌을 비롯한 여러 사람들과 함께 그의 옆에 있을 때였다. 레이건은 내게 "처음으로 이 초상화 옆을 지나갔던 때가 기억나오. 다시 이곳에 와서 이 방으로 들어올 때마다 그때와 똑같은 기분이 드오."라고 말했다. 그런데 몇 분 후에 레이건이 똑같은 말을 하는 게 아니겠는가.

낸시는 마지막에는 정말로 힘들었다고 털어놓았다. TV도 흑백으로 맞춰놓아야 했다고 한다. 알츠하이머 환자들은 컬러 화면을 보면 충격을 받기 쉽다. 컬러 TV를 생전 처음 보는 것처럼 생각해서이다. 알츠하이머는 사람을 곤혹케 하는 병이다. 알츠하이머 환자들 대부분은 아무 이유도 없이 벌컥 화를 내며 물건을 집어던지는 경향이 있다. 그러나 로널드 레이건은 그렇게 화를 내지 않았고 마지막 무렵까지도 앉아 있을 때 방 안에 여자가 들어오면 자리에서 일어나곤 했다.

조지 H. 부시(제41대 대통령)

조지 H. 부시(아버지 부시)가 어떤 사람인지를 설명하려면 그와 함께 점심을 먹으며 나누었던 대화를 소개하는 것이 가장 좋을 듯하다.

"이보게, 내 손자 그러니까 전당대회 때 자네가 방송에 출연시켰던 그 녀석 말인데, 조지타운대학교에 지원하려 한다더군."

"오, 대단하네요."

"조지타운대학교에 누구 아는 사람 있나?"

"아니, 당신이 대통령이신데 무슨 그런 말씀을."

"그래도 대통령직분을 이용한다는 것이 무례한 일 같아서 말이오."

나는 그 말에 정말로 감탄했다. 그래서 그렇게 많은 사람들이 그를 좋아하는 것일 테다. 나는 수년에 걸쳐 조지 H. 부시와 빌 클린턴과 아주 친하게 지냈지만 부시와 더 가깝게 지낸 것 같다. 언젠가 그와 함께 비행기에서 뛰어내리려(그러니까 스카이다이빙을 하려) 했던 적도 있었으나 내 담당의사가 안 된다고 해서 못했다.

부시는 국제주의자였다. 나는 걸프전 처리에서 그의 힘과 감각이 엿보였다고 생각했다. 그는 연합을 구축하여 사담 후세인[30]을 쿠웨이트에서 몰아냈고 최소한의 사상자를 내며 100일 만에 전쟁에서 승리했다. 바그다드까지 진군하지 않은 것은 아주 현명한 일이었다. 그는 뛰어난 고문들을 두었으며 브렌트 스코크로프트Brent Scowcroft는 바그다드로 들어가는 것에 강력히 반대했다.

나는 부시가 아들(조지 W. 부시)이 이라크 전쟁을 착수하는 것에 찬성을 했을지 의심스럽다. 그 점에 대해 확실히 말할 수는 없지만, 그의 몸짓이나 표정을 보고 추측은 할 수 있었다. 내가 별장에 갔을 때 그곳에 스코크로프트도 있었다. 마침 얼마 전에 〈뉴요커The New Yorker〉에 스코크로프트의 기사가 실렸었는데, 이라크 전쟁에 대한 아주 비판적인 기사였다. 그래서 나는 부시에게 스코크로프트와 전쟁에 대해 어떤 얘기를 나누었느냐고 물었다.

"그 얘기는 하지도 않소."

부시는 걸프전에서 승리한 후에 90퍼센트의 지지율을 얻었다. 군대가 귀국할 때는 퍼레이드도 열렸다. 그러나 경제가 하락세에 빠져

들었다. 경제적 문제가 없었다면 국민은 제41대 대통령 부시를 아주 다르게 보았을 것이다. 하지만 그는 슈퍼마켓 계산대의 스캐너에서 찍히는 물가의 사정에 대해 모르면서 궁지에 처했다. 이것은 그가 서민과 단절되어 있음을 보여주었고, 사람들이 그런 이미지를 봤다면 선거에서 이기기란 매우 어려운 일이었다. 부시는 재선에 도전했다가 급부상한 인물에게 패배하며 결국에는 거절당하는 고배를 마셨다. 참혹한 일이었다.

부시를 생각하면 그가 친절하고 인정 있는 사람이라고 여겨진다. 그리고 나는 그의 여든 살 생일 파티에서 사회를 맡았다가 아주 별스러운 외교적 상황에 처하기도 했다. 파티가 열린 장소는 프로야구팀 휴스턴 애스트로스의 홈구장인 미니트 메이드 파크였다. 축하의식은 2루에서 진행되었고 많은 관중이 와 있었다. 이스라엘, 캐나다, 멕시코, 영국, 러시아를 대표하여 예전의 지도층 인사들 5명이 직접 참석하기도 했으며 그들 모두 연설을 하기로 되어 있었다.

초반에 연설을 한 사람들이 하나같이 너무 오래 시간을 끄는 바람에 의식이 자꾸 지체되고 있었다. 나는 최선을 다하며 중간 중간에 웃음을 유발하면서 식을 이어갔다. 그러나 누가 보기에도 이제는 식을 단축시킬 수밖에 없는 상황이 되었다. 그래서 부시 대통령에게 가서 말했다.

"제가 지도층 인사분들께 대표로 한 명만 연설을 해달라고 부탁해 보겠습니다."

귓결에 이 말을 듣게 된 댄 퀘일이 말했다.

"좋은 생각이 아닌데…."

그러나 정말로 다른 선택의 여지가 없었으므로 부시 대통령은 허락했다.

"좋네. 한번 해보게."

내가 그 지도층 인사들 모두를 불러 모아놓고 상황을 설명하자 모두들 이해하는 것 같았다. 그리고 조지 H. 부시의 절친한 친구였던 캐나다의 브라이언 멀루니Brian Mulroney가 말했다.

"내가 모두를 대표해서 연설하겠소."

"좋습니다."

그러자 미하일 고르바초프가 반대하고 나섰다.

"Nyet! Nyet!(아니, 안 되오!) 나는 이 연설을 하려고 일부러 여기까지 온 거요. 내가 하겠소."

다른 지도층 인사 4명은 서로를 보며 어떻게 해야 할지 난감해했다. 그래서 나는 부시 대통령에게 다시 가서 말했다.

"문제가 좀 생겼습니다."

"내가 뭐랬소!"

퀘일이 말했다.

"고르바초프가 완강한 입장을 보이고 있습니다."

"어쨌든, 그는 세상을 바꾼 사람이잖소."

부시가 지긋이 미소를 지었다. 그래서 나는 다시 멀루니에게로 가서 말했다.

"고르바초프는 세상을 바꾼 공로도 있으신데."

"알았소."

고르바초프는 일어나 연설을 했다. 나는 그가 장황하게 말할 줄로 생각했다. 그러나 그는 재미있게 말을 잘하면서 몇 분만에 짧게 끝냈다. 그때를 되돌아보면 지금도 믿기가 힘들다. 브루클린 출신의 보잘 것 없던 래리 자이거가 부시 대통령과 미하일 고르바초프 사이를 대사(大使)처럼 왔다 갔다 했다니….

빌 클린턴(제42대 대통령)

사전에서 'charming(매력적인)'이라는 단어를 찾아보면 빌 클린턴의 모습이 그려질 것이다. 클린턴에게 아주 큰 반감을 가진 사람이라도 그와 한 방에서 단 둘이 있으면 5분도 안 되어 반감이 사라질 것이다. 빌 클린턴에게는 그 정도 시간이면 상대를 자기편으로 끌어들이는 데 충분할 테니 말이다.

백악관에서 그의 초상화가 공개되었을 때가 기억난다. 환영회가 열렸고 제43대 대통령 조지 W. 부시는 클린턴이 정말로 멋진 사람이고 훌륭한 대통령이라고 말하며 완전히 도취되어 있었다. 몇 년 후 부시를 만났을 때 나는 그때의 기억을 환기시키며 물었다.

"그때 조금 오버를 하셨던 건 아닙니까?"

"그럴 리가 있소? 빌은 최고요. 빌 클린턴이라면 누구라도 함께 있고 싶어 할 거요."

확실히 클린턴보다 더 영리한 사람을 만나기란 쉽지 않다. 그의 지식은 엄청나다. 언젠가 카이아를 만났을 때는 곧바로 아메리칸대학교에 대한 이야기를 나누기 시작했다. 카이아는 아메리칸대학교를 나왔고 그는 그 대학교에서 연설을 한 적이 있었다. 그는 대학교의 몇몇 홀들과 관리 몇 명의 이름을 기억해냈다. 그의 지식은 신기할 정도다. 그는 요리에서 야구, 국가 원수들에 이르기까지 아주 많은 것들을 알고 있었다.

나는 클린턴과 인터뷰하는 것을 아주 좋아한다. 그는 세계적으로 최고의 인터뷰 상대다. 그에게 실망했다고 말하는 기자들도 더러 있지만 나는 그런 적이 없다. 아니, 그의 지각 때문에 실망했던 적이 있었던 것도 같지만 그 외에는 없다.

그는 마음이 너그럽고 흑인 문화에 아주 밝으며 문제를 잘 해결한다. 또한 발칸 반도의 긴장을 완화시키는 능력을 발휘했다. 퇴임할 때는 예산흑자를 달성해놓고 떠났다. 모니카 르윈스키 문제만 없었다면 대단히 성공한 대통령으로 평가되었을 것이다. 문득 누군가의 멋진 말이 떠오른다. 누가 한 말인지는 잊어버렸지만, 어쩌면 내가 한 말일 수도 있다.

"부고의 첫 단락에 언급되길 바라지 않는 일은 하지 말라."

린든 존슨의 부고에는 빈곤퇴치와 민권 부문에서의 증진에도 불구하고 '베트남' 이라는 단어가 실렸다. 닉슨의 부고에는 가장 먼저 '워터게이트' 라는 말이 언급되었다. 당시 클린턴은 르윈스키라는 말을 두 번째 단락으로 밀어내기 위해 애쓰고 있었다. 그러나 첫 단락에 '탄핵' 이라는 말이 실릴 수도 있다. 그의 약점이라면 두말 할 것도 없이 개인적 욕망이다. 아마 클린턴 자신도 여기에 대해서는 변명하지 못할 것이다.

그러나 위인 중에 결점 없는 사람이 어디 있는가? 처칠은 조울병 환자였다. 당시에는 우울해지는 시기를 뭐라고 불렀는지 모르겠지만, 링컨도 우울증이 있었다. 그는 우울해지기 시작하면 문을 걸어 잠그곤 했다. 링컨이나 처칠은 그렇게 마음이 허해질 때면 3, 4일 동안 방 안에서 나오지 않은 채로 생각에 잠기거나 잠을 잤다. 클린턴의 약점이 훌륭한 대통령이 되는 데 방해가 되지는 않았다. 그는 과거에나 지금이나 열심이 일하고 있다. 또 과거에나 지금이나 매사를 훤히 알고 있다.

최고로 추앙받는 대통령들도 오점을 남기게 마련이다. 프랭클린 델러노 루즈벨트는 위대한 사람이었고, 내 평생에 최고의 대통령이다. 그는 내가 열두 살 때 세상을 떠났는데 거리를 걸어가다가 사람들이 울고 있는 것을 보았던 기억이 난다. 루즈벨트는 대공황을 극복했고 세계대전에서 승리했다. 이렇게 어마어마한 두 가지 문제를 동시에 직면해야 했던 대통령은 루즈벨트 말고는 또 없었을 것이다. 그러나 그는 포로수용소로 이어지는 철도를 폭파하지 않았다[31].

민권을 탄압하지는 않았으나 남부에서 흑인을 지지하지도 않았다. 남부백인의 지지를 이어가기 위해 루즈벨트는 흑인의 지위향상에 소극적이었다. 엘리너는 그가 남부의 민주당원들과 더 많은 일을 할 수 있었으나 그러지 않았다고 한다. 나도 이 점에 대해서는 프랭클린 루즈벨트에게 물어볼 수 있었으면 좋겠다. 하지만 어떤 사람을 평가해야 할 때는 그 사람이 직면했던 배경, 시대, 복잡한 상황들에 근거하여 살펴봐야 한다.

결국 클린턴을 탄핵하려 했던 사람들은 현재 역사에 보충설명을 달고 있다. 그리고 클린턴은 대단한 대통령이었던 것으로 판명되었다.

조지 W. 부시(제43대 대통령)

나는 조지 W. 부시를 정말 좋아한다. 그는 함께 야구경기를 보러 가기에 멋진 상대다. 그는 9회가 되도록 끝까지 자리를 뜨지 않는 사람이다. 슬픈 일이지만, 그는 퇴임할 즈음에 여론조사에서 내가 기억하는 한 역대 가장 낮은 대통령 지지율을 얻었다. 문제는 그에게 호기심이 없다는 것이다. 그는 일들에 대해 알고 싶어 하질 않았는데 그것은 큰 단점이다.

그는 훌륭한 일들도 많이 했다. 가령 에이즈 퇴치를 위해 세계의 어느 대통령보다 더 많은 일을 했다. 그러나 그가 남긴 대통령 시절의 유산은 9.11 이후의 리더십, 처음부터 올바르지 않았고 참혹하게 실패한 이라크전, 허리케인 카트리나에 대한 무능한 대응, 대공황 이후 최악의 경제 붕괴가 될 것 같다. 사우스캐롤라이나주 예비 선거를 앞두고 내가 공화당 후보들 간의 토론에서 사회를 볼 당시에는 아무도 이런 일들이 일어날 줄 몰랐을 것이다. 그러나 지금 그 토론을 다시 보면 처음부터 불길함이 감돌고 있었음을 알게 될 것이다.

19

무슨 짓을 해도 괜찮다

사우스캐롤라이나주에서 벌어진 그 토론은, 마치 헤비급 챔피언전을 치르는 듯 격렬한 기운이 발산되었다. CNN이 몇 달 앞서 TV 방영권을 사들였을 때만 해도 그렇게 불꽃 튀는 논쟁이 되리라고는 예상하지 못했었다. 불꽃이 튀게 된 것은 맥케인이 뉴햄프셔주 예비선거에서 승리한 후였다. 부시가 우승 후보인 상황에서 맥케인이 급부상하고 있었다. 뉴햄프셔에서의 승리는 맥케인에게 굉장한 여파를 안겨주었다. 언론에서는 맥케인이 사우스캐롤라이나에서 이기면 후보지명이 그의 차지가 될 것이라고 예측하기까지 했다.

과거에는 비열한 선거전과 극단적인 광고들이 동원되었다. 그중 가장 유명한 사례 하나를 든다면, 1964년에 린든 존슨이 배리 골드워터Barry Goldwater와 맞서 선거전을 펼치던 중에 나온 TV 광고를 들 수 있을 것이다. 광고는 똑딱 똑딱거리는 시계를 배경으로 어린 소녀가 들판에서 꽃을 따는 장면으로 시작되었다. 그러다 다음 순간 '꽝' 하며 핵폭발이 일어났다. 이 광고가 전하고자 했던 메시지는 골드워터에게 표를 주면 세상이 그렇게 멸망하고 말 것이라는 것이었다. 이 광고는 한번만 나갔는데 존슨은 선거에서 골드워터를 이겼다.

그러나 부시와 맥케인 사이의 응수는 주로 은밀히 이루어졌다. 이를테면 사우스캐롤라이나에 맥케인의 흑인 자식이 있다는 치졸한 소문들이 나도는 식이었다. 그러나 맥케인이 특히 큰 타격을 입은 것은, 부시가 참전군인 단체 앞에 나와 맥케인이 군인들을 무시했다고 주장했을 때였다. 그런 주장이 포로수용소에서 5년 이상을 보냈던 사람들에게 어떤 영향을 미쳤을지는 충분히 상상될 것이다. 이에 대해 맥케인은 부시의 고결함에 의문을 제기하는 광고들로 반격했다.

두 사람이 토론 참석을 위해 무대 뒤에 도착했을 때 따뜻한 악수나 인사 같은 것은 오가지 않았다.

"존."

"조지."

맥케인이 주먹을 불끈 쥐었다. 부시가 말했다.

"이보게, 정치가 다 그렇지 않나."

"무슨 짓을 해도 괜찮다 이건가? 무슨 짓을 해도 괜찮다?"

나는 두 사람 사이에 흐르는 분위기가 심상치 않음을 눈치 채고 서둘러 말했다.

"곧 방송 들어갑니다."

테이블에는 또 다른 후보 앨런 키스Alan Keyes가 두 사람 사이에 앉았다. 그는 두 사람에게 사회의 타락 문제에 초점을 맞추어달라고 부탁했으나 부시와 맥케인은 서로를 공격하지 못해 안달이었다. 후보들이 서로 논쟁에 휩싸이는 것은 흔히 있는 일이다. 그러나 이 두 사람은 정말로 서로를 싫어하는 것 같았다. 나는 질문을 던질 필요도 거의 없었다. 그러던 어느 시점에 맥케인이 더 이상 비방 광고를 하지 못하게 하겠다고 말했을 때 부시가 그런 광고지 하나를 꺼내 맥케인의 얼굴에 대고 흔들었다.

정말 거친 격론이었다. 훗날 내가 두 사람 중 누구에게든 그 논쟁을 언급할 때마다 그들은 그날의 기억을 생생하게 얘기해주었다. 수년이 지난 후에 두 사람이 서로를 안는 것을 볼 때면 어떻게 그럴 수 있는지 새삼 놀라울 따름이다. 그 논쟁에서 특히 주목받은 발언은, 다시 말해 그때보다 지금에 와서야 더 주목받는 발언은 부시가 했던 말로서, 대통령은 "불확실한 세상에 확실성을 불러올 수 있다."는 말이었다. 그는 자신이 대통령이 되었을 때 얼마나 큰 불확실성에 맞닥뜨리게 될지에 대해서는 거의 모르고 있었다.

불확실성이라면 9.11 사태 만한 일도 없을 것이다. 진주만이 공격받았을 때 나는 여덟 살이었다. 우리는 진주만이 어디에 있는 줄도 몰랐다. 그러나 이번에는 뉴욕이었다! 그리고 이번에는 누가 책임을 져야 하는지조차 알지 못했다. 그것은 모든 사람들에게 기억될 놀랍고 끔찍하고 안타까운 순간이었다. 나는 수년 동안 토크쇼에 출연한 거의 모든 게스트들에게 납치된 비행기가 월드 트레이드 센터에 충돌했을 때 어디에 있었느냐고 물었다.

나는 아침 6시 10분쯤에 그 뉴스를 들었다. 러닝머신에 올라서서 TV를 틀자 불타는 건물이 보였는데 나는 그것이 아놀드 슈왈츠제네거가 출현한 신작 영화 광고 같은 것이려니 생각했다. 그러다 무슨 일이 일어났는지 사태를 깨닫고는 바로 러닝머신에서 내려와 숀을 깨웠다. 당시에 챈스는 두 살이었고 캐논은 한 살이었다.

모든 것이 눈앞을 흐리게 하는 영상이었다. 사람들이 건물 꼭대기에서 뛰어내리고 있었다. CNN 논평가 바바라 올슨이 국방부에 충돌한 비행기에 타고 있었다는 사실도 알게 되었다. 나는 그녀의 남편, 테드를 잘 알고 있었다. 워싱턴에서 내가 살았던 아파트 건물의 창문들이 그 비행기가 하강하는 속도에 의해 터져버렸다. 우리는 그런 악몽이 계속되는 것은 아닐지 불안했다. 비행기 납치범들이 로스앤젤레스 국제공항을 공격하지는 않을까 초조했다. 자신의 개와 함께 79층에서 내려온 맹인이야기를 비롯해 믿을 수 없는 이야기들이 나오기도 했다. 우리 프로그램의 피디 그렉은 너무 열심히 일을 하느라 자신이 보고 있는 사태를 제대로 이해할 틈조차 없었다. 우리는 그날 밤에 줄리아니 시장을 게스트로 초대했다. 광고는 하나도 나가지 않았다. 9.11 사태가 일어난 직후에 발 전용 크림 같은 것을 팔려고 할 사람이 누가 있겠는가? 토크쇼가 끝나자마자 그렉이 눈물을 터뜨렸다.

우리는 하루도 쉬지 않고 53일을 연속으로 일했던 것 같다. 나는 뉴욕으로 갔다. 테러 공격이 있은 지 2주 후에 나는 소방총감을 따라 그라운드제로(폭발지점) 근처로 갔다. 그들이 나에게 기침억제제 빅시 베이퍼럽을 코밑에 바르게 했다. 그때까지도 아직 매캐한 냄새가 공기 중에 남아 있었다.

나는 그때 소방관들과 나누었던 이야기를 절대 못 잊을 것이다. 소방관들은 보통사람들과는 달리, 다른 사람들은 피해서 달아나려는 곳으로 달려가는 사람들이다. 한 소방관은 소방관이 될지 경찰이 될지를 선택해야 했을 때, 소방관이 경찰보다 만나면 사람들에게 반가운 존재로 비춰진다는 이유로 소방관이 되기로 정했다고 했다. 나는 그런 식으로 생각해본 적은 없었지만, 정말 맞는 말이었다. 사실, 경찰은 만나면 언제든 반갑기만 한 존재는 아니지 않은가. 우리는 전 대원이 목숨을 잃은 소방서를 찾아가기도 했다. 참사 현장에서 잔해를 들어올리고 있던 크레인 운전사가 했던 말도 기억난다.

"이건 내가 할 일이 아니에요."

그는 자신의 일은 건물을 짓는 것이지 제거하는 것이 아니라고 말했다. 그 후에는 내가 혈관우회술을 받았던 바로 그 병원으로 가서 화상을 입은 사람들과 얘기를 나누었다. 한 사람은 고통이 너무 심해서 살이 뭔가에 닿으면 안 되었다. 심지어 이불조차 덮어주지 못했다. 알카에다에 의해 가해진 사망자와 피해를 되돌아보면, 수시간 동안 보잉사의 모의비행장치 안에서 공중회전만 연습했을 뿐 이륙과 착륙에는 그다지 관심도 보이지 않았던 사우디아라비아의 두 학생에 대해 왜 의심하지 않았는지, 그 의문을 억누를 수가 없다. 왜 우리는 앞으로 일어날 일을 조금도 눈치 채지 못했을까?

부시는 학교 아동들에게 책을 읽어주고 있다가 테러공격에 대해 알게 되었고, 완전히 망연자실했다. 그러나 그 공격 후에 국민들 눈앞에서 성장하는 모습을 보여주었다. 그의 대응은 아주 훌륭했다. 그는 뉴욕으로 가서 안전모를 쓰고 메가폰을 집어 들어 복구대원들을 격려했다. 또한 국민을 규합했다. 그가 대국민 연설을 했을 때 민주당원들은 일어나서 그에게 갈채를 보냈다. 그의 지지율은 급상승했다.

그는 정권을 잡은 초반에는 국제적으로 무간섭주의였으나 사건들이 그를 간섭주의로 몰아갔다. 마침 기회도 왔다. 미국은 세계의 동정을 받고 있었고 미국인들은 불안에 사로잡혀 있었다. 탄저균 가루가 든 봉투들이 우편으로 보내지고 있었다. 부시가 사담 후세인을 목표로 삼았을 때 의회에서는 별 반대도 없었다. 사담 후세인은 독가스를 사용해 쿠르드족을 학살하는 만행을 저지른 자가 아니던가.

콜린 파웰이 UN 앞에 나가 전세계에 이라크의 대량살상무기에 대해 경고했을 때 나는 그의 말을 믿었다. 그가 왜 거짓말을 하겠는가 싶었다. 모든 것이 신빙성 있어 보였다. 그리고 어느 누가 사담 후세인을 옹호하겠는가? 우리는 이라크 침공을 감행하여 후세인의 동상을 쓰러뜨렸다. 부시는 전투기 조종사 복장으로 나타나 '임무 완수'라고 적힌 기 앞에 섰다. 그러나 딕 체니Dick Cheney의 예측과는 달리, 이라크인들은 거리로 나와 우리를 환영하지 않았다. 전쟁의 여파가 서툴게 계획되었다. 신세키Shinseki 장군은 병력 증강을 요구하다가 해임당했다. 우리는 이라크군을 해산했다. 그중 우리를 싫어하던 사람들은 그대로 자취를 감춰 우리가 예기치 못하고 있을 때 공격을 하려고 기회를 노리고 있었다.

나는 2004년에 부시의 재선을 막으려고 선거전을 펼쳤던 존 케리John Kerry를 이해할 수 없었다. 케리는 베트남전에 참전하여 은성훈장을 받았으나, 반 케리 운동에 앞장섰던 진실을 위한 쾌속정 참전 용사들이라는 단체에서 그의 영웅적 자질에 의문을 제기했다. 케리는 솔직히 의견 차이를 인정했지만 그래도 비난들에 답했어야 했다. 케리가 대선 토론 중에 부시에게 다음의 세 마디 말만 했더라면 그 문제를 일소시킬 수 있었을 것이다.

"당신은 어디에 있었소?"

이 말은 덩크 슛처럼 강렬하고 극적인 말이 되었을 것이다. 부시는 베트남전에 참전하지 않았다. 딕 체니도 참전한 적이 없었다. 그것은 림보나 부캐넌도 마찬가지였다. 그러나 그들은 모두 강하고 애국적인 사람들이 되어 있었다. 그리고 케리에게는, 1972년에 조지 맥거번에게 일어난 일과 똑같은 일이 생겼다.

맥거번은 전쟁 영웅이었다. 그는 제2차 세계대전 중에 독일에 대해 35차례의 폭격임무를 지휘했다. 상원에서 조지 맥거번보다 더 훌륭한 전적을 가진 사람이 아무도 없었다. 그는 인상적인 터프가이였다. 그러나 공화당원들에 의해 무기력한 사람으로 그려졌고 대중은 그 이미지를 곧이곧대로 믿었다. 알고 있는 사람이 그리 많지 않지만, 베트남 참전용사 기념비의 법안을 통과시킨 사람이 바로 맥거번이었다. 나는 우리가 전체적인 그림을 보지 못할 때면 괴롭다.

케리는 그 세 마디 말을 하지 않아 무력한 사람으로 비쳐졌다. '노코멘트'를 말해서는 안 된다. 노코멘트라고 말하는 것은 '나는 유죄입니다'라고 말하는 것이나 마찬가지다. 결국 케리는 오하이오주에서 패배했고 그로써 2004년 선거에서 패배했다.

2004년 선거 후에 나는 콜린 파웰을 만나러 갔다. 우리는 오랫동안 친구로 지내온 사이였으며 그때 나는 그와 두어 시간을 보냈다. 그는 대량살상무기에 대해 불량한 정보를 받아 발표하는 바람에 UN에서 전세계를 속이는 격이 되었다. 그의 수석보좌관은 격분하여 말했다.

"그들이 제 윗분을 골탕 먹인 겁니다."

내가 콜린에게 말했다.

"앞으로 이 일이 어떻게 돌아갈까요?"

"모르겠소. 하지만 나는 빠질 거요."

일주일 후에 그는 사임했다. 이때까지만 해도 미국 국민은 한순간도 이라크전쟁에 등을 돌리지 않았다. 그러나 부시 행정부는 허리케인 카트리나에 보여준 정부의 무능함으로 인해 흔들렸다. 나는 전에도 여러 차례 허리케인을 겪으며 살았다. 마이애미 라디오 방송에서 일할 때는 그 사태를 보도한 적도 한번 있었다. 그런데 서툰 일 처리 때문에 곤궁에 처한 사람들을 보자니 기분이 그때와는 사뭇 달랐다.

뉴올리언스는 다른 도시와는 다르다. 나는 마르디 그라(사육제 마지막 날인 참회 화요일) 행사중에 뗏목을 타고 사람들에게 옛 스페인 금화를 던졌던 일이 아직도 기억난다. 사실, 뉴올리언스는 어디 출신이든 상관없이 누구든 고향에 온 듯한 기분에 젖게 만드는 곳이다. 따라서 그토록 많은 사람들이 자신들의 고향에서 떠밀려 나가는 것을 보는 일이 고통스러웠던 것이다.

그곳의 상황을 생생히 전해준 사람은 CNN 앵커 앤더슨 쿠퍼였다. 나는 매일 밤 위성으로 그와 연결했고, 그는 버스들을 동원하여 사람들을 피난시키지 않은 일을 꼬집고 연방 정부가 참사의 규모에 맞는 대응을 하지 않고 있음을 지적했다. 우리는 집을 잃은 채 미식축구 경기장 슈퍼돔에서 꼼짝없이 머물고 있는 사람들과 이야기를 나누기도 했다. 정부는 모든 지역에 늦장 지원을 하고 있었다. 그야말로 전반적인 실패였다.

우리 국민은 이라크전을 달리 보기 시작했다. 끝내 대량살상무기는 발견되지 않았다. 이제 미국인 사망자수는 1,000명을 넘어 1,500명에 육박하고 있었다. 노변 매설 폭탄들은 일상적인 참사인 듯 여겨졌고, 미군들은 적절한 보호 장구도 착용하지 못했으며, 행정부에서는 기자들이 고국으로 돌아오는 관들의 사진을 찍지 못하게 하려 했다. 한편 이라크 주둔 비용으로 인해 대폭적 적자 상태에 놓이기까지 했다. 나는 가끔씩 조지 부시가 TV 출연을 요청하여 이렇게 말했으면 어땠을까 하는 생각을 한다.

"사실, 저는 최선을 다했습니다. 저는 제가 받은 정보를 믿었습니다. 제가 옳다고 생각했습니다. 하지만 그동안 잘못된 정보에 속고 있었습니다. 이라크에서 병사를 더 이상 잃고 싶지 않습니다. 이제 병사들이 고국으로 돌아와야 할 때입니다."

정말 그가 이렇게 말했다면 어떻게 되었을까? 그러나 그는 그럴 수 없었다. 그랬다면 우익층의 지지를 모두 잃었을 것이다. 게다가 성품이 착하거나 나쁘거나를 막론하고 그 어떤 정치인에게서든 "제가 틀렸습니다."라는 말을 듣기란 아주 힘들다.

지미 카터에게 잘못한 일이 있느냐고 물어봐라. 린든 존슨은 또 어떤가? 그는 분명히 입장을 밝혀 베트남전 참전 승인이 잘못된 일이었다고 말한 적이 없다. 그러나 존슨은 그 일로 무력해져서 거의 자살 충동의 직전까지 갔다. 그는 담배를 다시 피우기 시작했고 결국 심장마비로 세상을 떠났다. 조지 W. 부시는 인생을 존슨과 같이 막 내리지는 않을 것이다. 그는 편협한 사고방식이 있어서 자신의 결정들에 흔들리고 있지 않기 때문이다. 그저 그가 좀더 도량 넓고 겸손한 모습을 보였다면 정말 좋았을 것 같다.

이제 화요일에는 이라크전이 괜찮게 여겨졌다가 수요일에는 그렇지 않은 상황이 되었다. 세계 속에서의 우리 미국의 지위는 무너졌고, 그렇게 무너지기는 경제도 마찬가지였다. 2007년 초에, 내 동생은 주식시장에 투자하는 미국인들이 자신이 일하고 있는 비교적 소규모 제약사에 대해 제너럴모터스보다 더 호의적인 견해를 보이고 있다고 말하면서, 어떻게 그런 일이 있을 수 있는지 의아해했었다.

그러더니 2008년 대선을 앞두고 리먼브라더스가 붕괴되었다. 리먼브라더스는 1859년까지 거슬러 올라가는 역사를 지닌 금융사였다. 매일 밤 내 토크쇼에는 전문가들이 나와 당시의 혼란상태를 설명하려 했다. 나는 차츰 이 상황에서는 진짜 전문가도 천재도 없다는 믿음이 들게 되었다. 투자의 귀재 워렌 버핏Warren Buffett도 손실을 기록하고 있었다. 유명한 투자자 커크 커코리언Kirk Kerkorian은 하루아침에 수십억 달러의 손실을 보았다. 나는 버나드 매도프Bernard Madof가 벌인 폰지 사기[32]에 걸려 280만 달러를 날렸다.

조지 W. 부시는 임기 말기에 조금은 자신상실을 내비치기 시작했다. 28퍼센트의 지지율 앞에서는 그럴 만도 했을 것이다. 나는 언제나 토크쇼 게스트들을 동정적인 시선으로 바라보려고 애쓴다. 그러나 그는 나의 동정이 필요하지 않을 것이다. 시간이 흘러 2년 후에 이 모든 것에 대해 그에게 얘기하게 된다면 그때는 더욱 흥미로워질지도 모르겠다.

세상이 얼마나 불확실한지를 제대로 체험한 사람이 있다면 그것은 바로 조지 W. 부시였다. 대통령직 수행에 대해 그처럼 많은 영역에서 비난을 받은 예는 거의 없었다. 우리 중 어느 누구도 그의 직무가 얼마나 어려웠을지 헤아릴 수 있는 사람은 없다. 그 자신만이 알뿐 우리들은 전혀 모르는 것들이 있게 마련이다. 분명한 점은, 9.11 사태 이후 7년 동안 미국의 영토는 공격 당하지 않았다는 것이다.

제43대 대통령 부시에 대한 판단은 나중으로 미루는 것이 현명한 일일 수도 있다. 다음의 사례가 그 이유다. 해리 트루먼Harry Truman은 1953년에 퇴임할 당시에는 가장 인기 없는 대통령들 가운데 속했다. 그는 미국의 영웅 더글라스 맥아더 장군을 해임했다. 고국에 돌아왔을 때 색종이 테이프가 떨어지는 퍼레이드로 열광적인 환영을 받았을 만큼 대단했던 영웅을 말이다. 또한 트루먼은 대통령직에 있는 동안 공산주의에 대해 너그러운 정치를 편다고 간주되고 있었다. 나는 트루먼이 제2차 세계대전 후에 유럽을 돕기 위해 마셜플랜을 수립했을 때 사람들이 불평을 터뜨렸던 것을 기억한다.

"왜 이 돈을 그리스와 터키에 쓰려는 건가? 우리 국민은 어떻게 되라고?"

그러나 유럽에서의 공산주의 확산을 막은 것이 바로 마셜플랜이었다. 그리고 50년이 더 지나서 드러났다시피, 트루먼이 맥아더를 해임한 것은 전적으로 옳았다. 그는 여러 가지 무모하고 극단적인 주장들을 펼쳤는데, 이런 그의 주장들은 그가 해임되지 않았다면 세계대전이 한번 더 일어났을 것이라는 비판의 근거가 되고 있다. 되돌아보면 군대를 통합시킨 사람도 트루먼이었다. 이제 트루먼은 존경받고 있다.

"힘내요, 해리!"

이렇듯 역사는 상황을 뒤집는 습성이 있다. 그러니 50년 후에 사람들이 제43대 대통령 조지 W. 부시를 다른 관점으로 보게 될지도 모를 일이다.

내가 살면서 가장 즐겁게 보냈던 나날들 가운데 하나는 백악관에서 부시와 함께 야구이야기를 나누었던 때다. 그는 대통령 전용기에 올라타 좀더 이야기를 나누지 않겠느냐고 물었었다. 그때는 그와 함께 비행기에 오를 수 없었다. 하지만 다시 한번 그와 야구이야기를 할 수 있었으면 좋겠다.

20

질문 받겠습니다

나는 Q&A를 직업으로 삼고 있다. 그래서 질문을 좋아한다. 질문하는 것을 좋아할 뿐만 아니라 질문에 답하는 것도 좋아한다. 특히 말을 주고받던 중에 국면을 바꾸어놓는 일이 생기면 짜릿한 흥분을 느낀다.

사람들은 나에게 가장 인터뷰하기 힘들었던 상대가 누구냐는 질문을 곧잘 한다. 블라디미르 푸틴과 같이 앉아 있을 때 기분이 어땠느냐거나, 멜빵은 어쩌다 매기 시작했느냐고 묻기도 한다.

그럴 때 나는 "그런 질문을 해주다니 반갑군요."라는 대답을 해줄 수가 없다. 내가 터득한 바에 의하면, 정치인이 그런 말을 할 때는 그 말 속에 "그런 질문은 반갑지 않아요. 뭐라고 대답하면 좋을지 생각하느라 몇 초가 더 걸릴 테니까."라는 의미가 내포되어 있는 것이다.

이 장에서 나는 나에게 주어진 질문들에 대해 최대한 솔직히 답하려고 한다. 그리고 솔직하지 못할 때는 최대한 재미를 주려고 노력할 것이다.

가장 힘들었던 인터뷰 상대는 누구였는가?

두 말할 것도 없이 로버트 미첨Robert Mitchum이다. 나는 미첨을 배우로서 존경하고 있던 터라서 그와의 인터뷰를 정말로 고대했었다. 그는 원작 심리 호러물인 〈케이프 피어Cape Fear〉에서 놀라운 연기를 보여주었다. 이 영화는 지금 봐도 정말 섬뜩하다.

우리가 자리에 앉았을 때 나는 이렇게 말문을 열었다.

"밥이라고 불러도 될까요?"

그가 나를 보면서 말했다.

"그럼 저는 라라고 부를까요?"

앞으로 59분 50초를 채워야 했다. 그런데 그는 어떤 식으로 물어도 단답형으로 대답했다. 한번은 명감독 존 휴스턴John Huston에 대해 다음과 같이 물었었다.

"존 휴스턴과 일하는 것은 어땠습니까?"

"촬영장에 가서 일을 하고 집으로 갔죠."

"다른 감독들과 일할 때와 다른 점이 없었다는 겁니까?"

"한 사람만 보면 다들 뻔하죠."

"알 파치노에 대해서는 어떻게 생각하십니까?"

"잘 모르는 사이라서요."

말을 하고 싶지 않다면 뭐 하러 토크쇼에 나오는가? 나는 1시간을 넘기기 위해 수년 동안 습득한 온갖 기교를 다 동원해야만 했다. 나는 언제나 '왜' 라는 단어로 시작되는 질문을 던지려고 한다. 왜로 시작되는 질문에는 단 마디로 대답할 수가 없다. 그러나 로버트 미첨은 예외였다. 그가 한번은 "왜냐하면."이라고 대답했기 때문이다.

그때 나는 평소에 존경하던 누군가에게 실망감을 느낄 때 드는 착잡한 심정을 확실하게 맛보았다. 나는 그에게서 아무것도 알아내지 못하고 있었다. 그래서 나는 한번도 해본 적이 없었던 어떤 일을 했다. 주저리주저리 얘기를 늘어놓으며 시간을 때우기 시작했던 것이다.

"언젠가 데이비드 듀키스David Dukes에게 다른 배우들에 대해 물어본 적이 있는데 그는 가장 과소평가된 배우로 로버트 미첨 씨를 들었습니다. 그러면서 〈전쟁의 폭풍Winds of War〉 중 6명의 배우들이 나와 대사를 나누던 장면에 대해 얘길 했습니다. 그 장면은 꼭 미첨 씨를 돋보이도록 쓰여진 것이 아니었는데도…, 미첨 씨는 그것을 자신을 위한 장면으로 만들어놓았다고 말하더군요. 당신의 존재만으로 그것이 당신의 장면이 되었다고 말입니다."

이렇게 듀키스의 찬사를 들려주었는데도 불구하고 미첨의 대꾸는 허무했다.

"그럴 리가요."

인터뷰가 끝난 후에는 기분이 더 묘해졌다. 그는 나가려고 일어나더니 이렇게 물었다.

"저 오늘 어땠습니까?"

수년이 지난 후에 나는 그의 아들 짐을 인터뷰했다. 나는 짐에게 그때의 일을 얘기해주었다. 그러자 그는 "놀랄 일도 아니에요. 저희 아버지는 당신을 놀리면서 재미있어 하셨을 걸요."라고 말하는 게 아닌가. 맙소사! 피디들이 미첨을 다시 한번 초대하고 싶다고 말했을 때 내 기분이 어땠을지는 상상이 될 것이다. 끔찍했다. 피디들은 이렇게 말했다.

"그래도 그가 나왔을 때 시청률이 좋았잖아요."

언제부터 멜빵을 메기 시작했나?

1980년의 어느 때쯤 나는 몸무게가 줄었다. 전처였던 샤론이 그것을 보고 말했다.

"멜빵을 메본 적 있어요?"

"아니, 한번도 메보지 않았는데."

"그럼 한번 메보지 그래요?"

나는 멜빵 하나를 사서 버튼을 바지 양끝에 연결해 착용했다. 그날 밤 토크쇼가 끝났을 때 3, 4명의 사람들이 전화를 걸어와 말했다.

"그 멜빵 멋져 보이세요!"

그런 말을 들었는데 어떻게 안 메겠는가.

싫어하는 사람은 누군가?

나는 이런 질문을 받으면 반드시 내 삶의 아주 특별한 어느 한 순간을 떠올리게 된다. 마이애미에서 일하고 있을 때의 어느 날 전화벨이 울렸고 나는 수화기를 들었다.

"킹. 붐 붐 조르노요."

나는 붐 붐 조르노라는 사람을 몰랐다.

"펜 가지고 있소? 받아 적으시오. 11월 14일. 전쟁기념관. 이탈리아 소년의 집[33] 주최. 가수는 세르지오 프란치Sergio Franchi. 당신은 진행자요. 까만색 타이를 매고 오시오."

그 남자는 그렇게 전화를 끊었다. 그런데 왠지 참석하면 아주 흥미로울 것 같은 느낌이 들었다. 그곳에 갔더니 모든 이들이 만나서 너무 반갑다며 나를 환영해주었다. 나는 세르지오 프란치에게로 가서 물었다.

"어떻게 해서 참석하게 되었습니까?"

"붐 붐 조르노라는 사람이 전화를 해서요."

20인조 오케스트라와 가톨릭계 고등학교의 악단이 와 있었다. 이탈리아에서 온 추기경도 참석했다. 나는 농담을 했고 세르지오는 노래를 불렀다. 그날 행사에서 40만 달러가 모금되었다. 굉장한 밤이었고 모두들 기뻐했다. 나중에 붐 붐이 내 차로 걸어왔다.

"이렇게 와주셔서 대단히 기쁘오."

"천만의 말씀이십니다, 붐 붐 씨."

그 다음에는 머리 위의 달이 어떤 모습이었는지도 기억나는 그런 순간이 왔다.

"우리가 당신에게 신세를 졌소."

"별 말씀을요, 붐 붐 씨. 저도 여기 와서 사회를 본 일이 즐거웠습니다. 하지만 저는 뭐 부탁드릴 일이 없으니 신경 쓰지 마세요."

"그래도 우리는 신세를 지고는 못 사는 사람이오."

"그게, 무슨 말씀이신지?"

그는 여섯 마디의 말만 했다. 하지만 그가 그 말을 다 마쳤을 때 나는 이마에서 식은땀이 흘러내리는 것을 느꼈다.

"비위에 거슬리는 괘씸한 사람이 있으면 말해보시오."

나는 기절할 것 같았다. 그러나 기절하지 않고 버텼을 때 가장 먼저 떠오른 사람은 TV 방송국의 총책임자였다. 하지만 나는 이렇게 말했다.

"그럴 순 없습니다."

붐 붐은 실망하면서 답했다.

"경마를 좋아하시오?"

"예."

"조만간 연락하겠소."

약 일주일 후에 나는 전화를 받았다.

"오늘 하이얼리어에서 3라운드 애플트리."

나는 하이얼리어에 갔다. 나는 애플트리에 내가 걸 수 있는 모든 액수를 걸었다. 나는 많은 사람들이 모인 앞에서 이 얘기를 할 때마다 언제나 약간의 농담을 덧붙여서 경마 기수 다섯 명이 말에서 뛰어내렸을 때 내가 이겼다는 사실을 알았다고 말하길 좋아한다. 그러나 이렇게 농담은 하지만, 그 여섯 마디의 말 속에 함축된 힘을 생각해보라.

"비위에 거슬리는 괘씸한 사람이 있으면 말해보시오."

솔직해보자. 정말로 싫어하는 사람은 누군가?

내가 싫어하는 것은 누구가 아니다. 내가 싫어하는 것은 무엇이다. 나는 편협함을 싫어하고 위선을 싫어한다. 나는 엘리엇 스피처를 싫어하지 않는다.

단지 그 자신도 매춘부들을 만나 즐기면서 어떻게 매춘부들을 고소할 수 있는가에 대해 화가 날뿐이다. 나는 그 자신도 동성애자이면서 작품에서 동성애를 소재로 삼는 것을 금지하고 싶어 하는 공화당 의원에게 화가 난다. 어떻게 자신이 속하는 무리의 사람들을 적대시하는 무자비한 연설을 할 수 있는가?

나는 연방대법원의 유일한 흑인 대법관 클라렌스 토머스Clarence

Thomas를 싫어할 만큼 잘 알지 못한다. 그러나 그의 판결들에서 조금이라도 동정심이 엿보였다면 그에 대해 더 좋은 감정이 되긴 했을 것이다. 어떻게 자신이 그 혜택을 입어놓고도 소수민족 우대정책에 반대할 수 있는가?

천재와의 인터뷰는 어떤가?

나는 노벨 화학상을 수상한 독일 사람과 인터뷰를 했었다. 그는 번식과 관련된 뭔가를 발견한 공로로 상을 받았던 사람이다. 내가 그에게 말했다.

"생명의 신비는 어디에 있습니까?"

그는 최대한 간결하게 설명을 했다.

"말하자면 이렇습니다. 세상 사람들 누구라도 한 사람 한 사람에 대해 100페이지짜리 책을 쓰는 것이 가능합니다. 이 책에는 염색체, 유전자, 머리카락, 혈액형에 대한 기록이 들어갈 수 있지요."

그는 인터뷰 자리에 작은 단지를 들고 나왔었는데 그때 그것을 들어올리더니 말을 이었다.

"그런데 전 인류를 만든 모든 정자를 다 모아도 이 단지를 다 채우지 못할 겁니다."

이렇듯 천재의 얘기라도 우리가 이해할 수 있는 것이 있다. 물론 우리가 이해 안 되는 것도 있다.

말론 브랜도와 가깝게 지내면서 무엇을 배웠나?

언젠가 말론과 저녁을 먹고 있는데 그가 가까이에 있는 한 쌍의 남녀를 가리키며 말했다.

"저 두 사람은 지금 행복하지 않군."

"어떻게 아세요?"

"남자가 다리를 꼬고 있는 모양을 보게. 게다가 남자의 시선이 여자의 얼굴이 아니라 여자의 어깨 너머에 있잖나."

그의 천재성은 사람들을 관찰하는 데서 비롯된 것이었다.

더 잘 알고 나면 다시 보게 될 만한 의외의 사람이 있는가?

앨 고어다. 그는 비현실적인 사람이 아닐뿐더러 가끔씩 아주 재미있을 때도 있다. 언젠가 라디오와 TV 기자단 만찬에서 고어는 빌과 힐러리 클린턴 부부와 가까이에 앉아 있다가 자리에서 일어나더니 말했다.

"제가 가장 많이 받는 질문은, 미국의 대통령과 심장 고동이 들릴 정도로 아주 가까이에 있으면 기분이 어떠냐는 것입니다. 그러면 저는 언제나 이렇게 대답하죠. '힐러리의 기분과 같지 않을까요?'"

앨 고어는 나의 뮤추얼 라디오 쇼에 출연하여 나와 재미있는 시간을 갖기도 했다. 그는 가까이에 살고 있었고, 그래서 가끔씩 밤에 직접 차를 몰고 찾아오기도 했다. 한번은 고어의 책 《위기의 지구Earth in the Balance》가 출간되었던 무렵에 나, 고어, 허비, 아트 버크월이 함께 레스토랑 팜에서 점심을 먹고 있을 때 고어가 TV 토크쇼에 나가 자신의 책에 대해 이야기할 수 있겠느냐고 물었다.

"담당피디에게 물어봐야 해요."

나는 고어에게 답하며 타미의 전화번호를 알려주었다. 내가 그녀에게 그 문제를 꺼냈을 때 그녀는 이렇게 말했다.

"환경 문제는 따분한데. 그도 따분하고요. 사람들이 채널을 돌려버릴 거예요."

고어는 직접 그녀에게 전화를 걸었다.

"검토해보겠습니다."

잠시 후에 고어가 나에게 다시 전화를 걸어 말했다.

"당신네 피디가 나를 무시했어요."

그로부터 얼마 안 되어 빌 클린턴이 자신의 부통령 러닝메이트를 발표했는데, 바로 앨 고어였다! 타미는 돌연 그를 출연시켜야 된다고 말했다. 나는 그에게 전화를 걸었다. 그는 아주 자상하게도 과거는 잊어주었다. 그리고 전당대회가 열리기 전에 멜빵을 멘 차림으로 토크쇼에 출연했다.

앨 고어는 2000년 대선 때 선거인단 투표에서는 패배했지만, 선거인단을 뽑는 일반투표에서는 대략 60만 표 차이로 부시를 앞섰다. 이것은 근접한 표차도 아니었다. 그가 대통령이 되었다면 세계는 어떻게 되었을까? 알 수 없는 일이다. 다만 한 가지 확실한 점이 있다면, 이라크전은 일어나지 않았을 것이다.

고어는 강경 진보주의자가 아니며, 베트남전에 참전한 바 있는 온건파 민주당원이다. 그리고 훌륭한 아버지이기도 하다. 야구 경기를 보고 나오다 그의 아들이 차에 치였을 때 그 심정이 어땠을까? 그는 약 33일 동안 집에도 가지 않고 쉼 없이 병원을 지켰다. 결국 아들은 극복해냈다. 고어는 그 얘기를 별로 하지 않았지만 그것이 오히려 많은 것을 말해주고 있었다.

내가 CNN 토크쇼를 진행하면서 가장 격렬하고 가장 떨렸던 밤들 가운데 고어와 관련된 때도 있었다. 당시엔 NAFTA가 상원의 표결을 앞두고 있었다. 부결될 것이 예상되는 상황으로 별 가망이 없었는데,

고어가 아침 일찍 내게 전화를 걸었다. 나는 침대에 누워 있다가 전화를 받았다.

"당신이 토론 하나를 진행해주면 어떨까요?"

"누구랑 누구의 토론을요?"

"내가 NAFTA를 주제로 로스 페로와 토론을 하고 싶어서요. 백악관에서는 대통령 말고는 아무도 여기에 찬성하지 않아요. 페로에게 전화 좀 해주겠어요?"

내가 페로에게 전화해서 물어보니 그도 고어와의 토론에 찬성했다. 방송은 5일 후에 있었다. 그날 고어는 백악관의 모든 직원과 함께 나타났다. 그만큼 이것은 그들에게 중대한 문제였다. 반면에 페로는 한 사람만 데리고 왔다.

페로는 큰 실수를 저질렀다. 토론의 주제를 알았고 전에도 그 문제를 토론한 바 있어서, 그날의 토론을 경시하고 있었다. 그는 고어가 하버드대학교에서 토론 챔피언이었던 사실을 잘 몰랐다. 페로가 준비되어 있었다면, 고어는 초고도로 준비되어 있었다. 게다가 NAFTA가 클린턴이 상정한 법안이라 고어는 절실함이 대단했다. 한편 페로에게는 그저 자신이 반대하는 정책 정도일 뿐이었다.

토론에 들어가기에 앞서 우리는 규칙을 정해, 휴식시간에 보조자들이 토론 참가자들과 이야기하지 못하도록 했다. 토론자들은 아무런 도움 없이 혼자 힘으로 토론을 해야 했다. 방송 시작 직전에 고어가 카메라 쪽으로 가더니 그 앞으로 몸을 기댔다. 나중에 내가 물어봤다.

"거기에서 뭐하고 있었던 겁니까?"

"기도 드렸어요."

고어는 토론이 시작되자, 1930년에 2만 개 이상의 수입품에 대해 관세를 인상하는 보호법안을 통과시켰던 의원들인 리드 스무트Reed Smoot와 윌리스 홀리Willis Hawley의 사진부터 꺼내보였다. 그러면서 많은 경제학자들이 이 관세법을 대공황의 주 원인으로 생각하고 있다는 말을 했다. 그가 암시하는 바가 뭔지를 이해하기란 어렵지 않았다.

'이봐요, 로스. 이 사람들을 잘 보시오. 미국을 망쳐놓은 이들이오. 이들 옆에 당신 사진이 나란히 놓이고 싶소?'

페로는 격분했다. 그러나 고어는 가차 없었다. 페로는 막다른 곳까지 몰렸고, 그것은 확연해 보였다. 그는 수세에 몰려서 벗어나질 못했다. 그러다 페로가 고어를 거짓말쟁이라고 부르는 우스운 순간까지 이르게 되었다. 그때 내가 끼어들었다.

"잠시 후에 계속하겠습니다."

그래서 우리는 2분 30초 동안 광고를 내보냈다. 보조자들은 그 시간 동안 무대 쪽으로 올 수 없었다. 무대에는 나와 두 명의 토론자들뿐이었다. 이 자리는 일반 시민과 부통령 간의 최초의 토론 자리였는데, 시민이 방금 부통령에게 거짓말쟁이라고 말한 상황이었다. 하지만 고어는 아주 너그럽게 이 상황을 잘 넘겼다.

"사람 감정이라는 것이 어느 정도까지 흥분될 수 있는지를 잘 알고 있습니다."

페로는 사과하려 하지 않았다. 그러나 고어는 사과할 필요 없다고 말했다. 토론을 마치고 모두가 나갈 때 클린턴의 백악관 직원 한 명이 나에게 말했다.

"대통령께 이 토론이 실수하는 것이라고 말씀드렸었는데, 제 생각이 틀렸네요."

우리는 당시에 15년째 최대의 케이블 가입자수를 기록하고 있었다.

NAFTA는 통과되었다. 비현실적인 사람이 하기에는 훌륭한 일이다.

완벽한 게스트의 조건은 무엇인가?

게스트의 자격은 직업과는 무관하다. 배관공이라도 훌륭한 게스트가 될 수도 있고, 정치가라고 해도 형편없는 게스트가 될 수 있다. 토크쇼에서 원하는 게스트란 자신이 아주 잘 아는 분야에 대해 설명할 수 있고 그에 대한 열정과 유머감각 그리고 약간의 불만이 있는 사람이면 된다. 그런 이유로 시나트라는 훌륭한 게스트였다. 그런 면들이 있는 사람이라면 시청자들은 채널을 고정하게 마련이다.

지금껏 만난 사람들 중에 가장 비범한 인물을 꼽는다면 누구인가?

주저 없이 넬슨 만델라가 20세기의 가장 비범한 인물이었다고 말하겠다. 나는 남아프리카에 가서 그를 만났었다. 그가 취임식에 자신의 예전 감옥 간수들을 초대한 일은 지금 생각해도 여전히 놀랍다. 다른 사람이 그런 상황에 처했다면 한바탕 뒤집어엎었을지도 모를 일이다. 정말로 믿기 어려운 관대함이며 숭고한 정신의 발로다.

UFO를 주제로 한 토크쇼를 좋아하는가?

UFO 얘기는 재미있는 주제가 될 수 있다. 대부분의 사람들이 우주인의 존재를 믿고 싶어 하기 때문에 시청률도 좋다.

1980년대에는 믿을 수 없는 밤을 맞은 적도 있었다. 그날 밤의 게스트는 마지막 순간에 섭외가 되어서 나는 출연하기로 한 게스트가 정확히 누구인지조차 몰랐다. 타미는 《커뮤니온Communion》이라는 책의 저자가 나온다고만 말했다. 나는 그 책의 내용을 전혀 모르고 있었다. 그러나 그런 식으로 인터뷰를 하게 된 것이 마음에 든다. 그 사람은 아주 착한 남자였고 넥타이를 매고 나왔다. 위틀리 스트리버Whitley Strieber가 바로 그의 이름이었다.

사실, 커뮤니온에는 여러 가지 뜻이 있다.

"위틀리 씨, 책의 내용이 뭡니까?"

"글쎄요, 어느 날 밤에 제가 잠을 자고 있는데 뒷마당에서 어떤 소리가 들렸습니다. 밖을 내다보니 정말로 우주선이 있었습니다. 제가 문가로 다 가기도 전에 문이 열리더니 수백 명의 소인들이 방 안으로 들어왔어요. 저는 덜컥 겁이 났습니다. 그런데 이 소인들이 콧구멍을 비롯해서 제 몸의 온갖 구멍으로 들어오는 겁니다."

이런 말을 들으면 어떻게 하겠는가? 나는 참을 수가 없었다. 나는 손으로 테이블을 탕탕 치면서 웃음을 터뜨렸다. 귀에 조정실에서 내려오는 말이 들렸다.

"좀 참아봐요."

그러나 나는 참을 수가 없었다.

"제 얘기가 우습게 들리는 것은 이해합니다. 하지만 킹 씨, 그 일은 그렇게 재미있는 것이 아니었습니다."

"그 다음엔 어떻게 됐습니까?"

"그 다음엔 그들이 나를 우주선으로 데려갔고 우주선이 허공으로 떴습니다."

나는 정말로 웃음을 참을 수가 없었다.

"또 그 다음엔 어떻게 됐습니까, 위틀리 씨?"

"그들이 또 다시 제 몸의 온갖 구멍으로 들어가기 시작했습니다."

얘길 듣고 있자니 소인들이 그의 항문으로 올라가는 모습이 그려졌다. 그런 마당에 어떻게 껄껄 웃지 않을 수 있겠는가?

"그들이 뭘 조사하고 있었던 것 같습니까?"

"그렇게 말씀하시는 것도 다 이해합니다, 킹 씨. 제 얘기가 얼마나 믿기 어려운 줄 잘 알고 있으니까요."

토크쇼가 끝난 후에 내가 말했다.

"타미, 다들 짜고 날 골탕 먹인 거 아니에요?"

나는 나중에 그 책이 베스트셀러가 되었고 영화로 만들어졌다는 것을 알고 경악을 금치 못했다.

지미 카터도 UFO를 여러 번 봤다고 말했다. 애리조나 주지사는 UFO의 존재를 믿지 않았다가 어느 날 UFO를 보았다. 나는 여러 조종사들에게서 밤에 어떤 물체를 보았다는 말을 들었다. UFO는 사람들을 깜짝 놀라게 한다. 그래도 나는 사람들이 UFO에 겁을 먹는다고는 생각지 않는다. 우리는 다른 행성에 생명이 있다는 것을 알고 싶어 한다. 사람들이 겁먹을까봐 정부에서 UFO에 대한 정보를 공개하지 않고 있다는 주장은 믿을 수가 없다. 사람들은 오히려 흥미로워할 것이며, 그것이 사실이기를 바랄 것이다.

잘 이해되지 않는 것이 있다면 무엇인가?

나는 사람들이 왜 나스카 자동차경주를 보러 가는지 모르겠다. 아침에 일어나서 "좌회전하는 것을 구경 가자."고 얘기하는 것이 아닌가?

인터뷰해보고 싶은 사람이 있다면 누군가?

내가 늘 입버릇처럼 하는 말이지만, 하나님과 얘기해보고 싶다. 그리고 가장 먼저 이렇게 묻고 싶다.

"자식이 있으십니까? 왜냐면 그 대답을 궁금해 하는 사람들이 많아서 그렇습니다."

농담 말고 진지하게 대답하자면, 교황과 인터뷰해보고 싶다. 나는 모든 교황들이 다 신기하다.

"왜 교황이 되고 싶어 하셨습니까? 어떻게 신앙을 지키십니까?"

나는 종교 지도자들이 흥미롭게 느껴진다. 그들은 나를 자극한다. 무엇보다 흥미로운 점은, 교황이 나를 알지도 모른다는 가능성이다. 그가 TV 옆을 지나가다 TV에서 나를 보고는 멈춰 서서 지켜볼지도 모른다는 얘기다. 우리는 언젠가 요한 바오로 2세로부터 '어쩌면'이라는 답을 받은 적이 있었다. 어쨌든 나쁘지 않았다.

우리 방송팀에서는 찰스 황태자를 몹시 섭외하고 싶어 한다. 나는 시청자들만큼 흥미로워하지는 않지만, 어쨌든 그동안 '여왕이 이것이나 저것을 어떻게 생각했을까?' 같은 왕족에 관련된 토크쇼들이 진행되었던 것을 보면 미국인들이 왕족에 대해 흥미로워하고 있음이 확실하다. 그러나 정말로 찰스 황태자가 토크쇼에 출연한다면 나도 흥미로울 것 같다. '왕이 되길 기다리는 기분은 어떨까? 왕족으로서의 부담감은 어떨까?' 등등. 나는 그가 되고 싶다고 생각한 적은 없다. 하지만 왕족으로서의 부담감을 어떻게 다루는지는 알고 싶다.

내가 정말로 만나고 싶은 사람은 작가 J. D. 샐린저J. D. Salinger다. 그는 현재 아흔이다. 나는 《호밀밭의 파수꾼Catcher in the Rye》의 주인공 홀든 콜필드[34]와는 거리가 멀었지만 그래도 그 아이가 이해되었다. 내 경험과 겹치는 것은 없었지만 그래도 공감이 되었다.

그런데 J. D. 샐린저는 전성기 때 은둔 생활에 들어갔다. 나는 그에게 왜 은둔자가 되어 세상으로부터 멀어지려 했는지 묻고 싶다. 왜 글

쓰기를 그만둔 것인지, 아니면 계속 글을 쓰고 있지만 출간하지 않고 있는 것인지도 알고 싶다.

나는 친구들을 위해서 실현 불가능한 일에 기꺼이 나서주는 사람을 알고 있다. 그는 나의 실현 불가능한 일이 J. D. 샐린저와의 인터뷰라는 얘기를 듣고는 샐린저가 어디에 사는지 알아내 약 640킬로미터를 차를 몰고 가서 그 집 문을 노크하여 샐린저의 아내를 만났다. 그가 J. D. 샐린저를 섭외할 수 있는 가장 좋은 방법이 무엇이냐고 묻자, 그녀는 샐린저는 인터뷰를 절대 하지 않는다고 답했다. 그러나 그와 연락할 수 있는 가장 좋은 방법은 편지를 쓰는 것이라고 알려주었다. 그래서 나는 좀 전에 그에게 편지를 보냈다. 정말로 그와 이야기를 나누고 싶다.

지금까지 가본 곳 중에서 가장 신났던 장소는 어디인가?

핵잠수함이다. 잠수함에 탔을 때 마음에 드는 것 한 가지는 언제나 훌륭한 음식이 마련되어 있다는 것이다. 이 사람들은 한번 잠수함에 타면 6개월 동안을 물밑에서 지낸다. 그러니 훌륭한 음식이 없다면 폭동이 일어날지도 모른다.

언젠가는 중동에 평화가 올 것이라고 생각하는가?

나는 이스라엘과 팔레스타인 문제에 대한 토론을 할 때마다 양측의 주장이 모두 옳다는 생각을 하지 않을 수 없다. 물론 폭력은 잘못 된 것이다. 그러나 '이 땅은 우리의 본토'라는 양측의 원칙은 옳다.

"이 땅은 하나님이 우리에게 부여해주셨던 땅이다."

"하지만 그곳은 우리가 살던 땅이다."

이런 식으로 논쟁이 계속되며 끝날 줄 모르고 있다.

사람들이 북아일랜드의 평화 실현이 불가능할 것이라고 생각했으나 결국 그곳에는 평화가 찾아왔던 일을 기억해야 한다. 나는 상원의원 조지 미첼George Mitchell과 이야기를 나눈 적이 있다. 그는 북아일랜드의 평화를 이루어낸 장본인이다. 그런 그조차도 이스라엘과 팔레스타인의 상황이 더 어렵다고 생각한다. 이스라엘과 팔레스타인의 상황은 영혼 깊숙이 뿌리내린 문제다.

나는 이츠하크 라빈Yitzhak Rabin이 1992년에 이스라엘 총리에 오르기 위해 선거전을 펼치고 있었을 때 그와 이야기를 나누어봤다. 그는 내게 "전사들보다 전쟁을 더 싫어하는 사람도 없지요."라고 말했다. 그러면서 사람들의 죽음에 넌더리가 날 지경이라며, 이제는 평화 말고는 달리 갈 길이 없다고 했다.

서안 지구로 팔레스타인의 의원 하난 아쉬라위Hanan Ashrawi를 만나러 갔을 때는 눈앞이 밝아지는 느낌이었다. 그녀는 내 토크쇼에 여러 차례 나오기도 했다. 어쨌든 서안 지구를 방문했을 때 재미있었던 일은, 팔레스타인인들과 유대인들이 얼마나 흡사한지를 알게 된 것이었다. 그곳에는 문맹자가 없다. 미국에는 문맹자들이 있지만 이스라엘의 유대인들은 교육 수준이 높다. 팔레스타인인들 역시 교육 수준이 높기는 마찬가지다. 사실, 세계에서 가장 저명한 시인들 중 몇 명은 팔레스타인인이다. 한편 그들은 서로 문화도 음식도 비슷하다. 민족 계통도 서로 형제뻘이다. 이런데도 서로에게 격한 생각을 품고 있다는 것이 믿을 수가 없다.

나는 하난의 집에 갈 때 동생 마티, 내 에이전트 밥 울프와 함께 갔다. 우리는 1시간쯤 있다 가려고 계획했었다. 그런데 하난이 말했다.

"저녁도 안 먹고 가려고요? 하루 종일 음식준비를 했는데! 좀더 있다 가는 걸로 알게요."

우리 도라 이모를 보는 것 같았다. 또한 그녀는 꼭 도라 이모가 그랬던 것처럼 나를 데리고 집을 쭉 돌았다.

"이리 와봐요. 얼마 전에 도배를 새로 했는데 보여줄게요. 주방도 좀 구경해요."

우리는 근사한 식사를 했다. 마티와 밥, 나는 돌아가려고 차에 탔을 때 서로를 바라보았다. 그때 내 입에서 가장 먼저 나온 말은 이것이었다.

"어떻게 이렇게 비슷한 사람들이 서로 원수처럼 지낼 수 있을까?"

이스라엘과 팔레스타인의 상황은 풀 수 없는 문제일지도 모른다. 그러나 최근의 그 모든 분쟁 속에도 낙관론을 품을 만한 근거가 싹텄다. 최근에 조지 미첼이 중동특사로 임명되었는데, 확실히 그는 올바른 태도를 가지고 있는 것 같다. 그는 언젠가 나에게 이렇게 말했었다.

"900일의 나쁜 날들이 있을 수 있다. 하지만 필요한 것은 단 하루의 좋은 날이다."

이름을 공식적으로 래리 킹으로 개명한 것인가?

나는 1959년에 공식개명을 했다. 라디오 방송을 시작하고 2년 후였다. 내가 공식개명을 한 이유는 AFTRA(TV·라디오방송예술인연맹) 때문이었다. 그 연맹에 소속된 방송예술인 중에 같은 이름이 두 명 있을 수 없어서였다. 본명이 래리 킹인 다른 사람이 있다고 가정해보자. 그러면 래리 킹 에스콰이어나 그 외의 다른 이름으로 등록해야 한다.

개명은 어렵지 않았다. 법원에 가서 판사에게 개명하려는 이유가 방송일을 하기 때문이라고 말하면 되었다. 주변에 이름을 바꾸고 싶어 하는데 좀 망설이는 사람이 있다면 그 사람에게 들려줄 만한 좋은 이야기가 있다. 저지 슈먹Judge Schmuck(schmuck은 속어로 얼간이란 뜻임)이라는 뉴욕의 판사 얘기를 해주면 된다. 이름을 바꾸고 싶어서 그의 앞에 나가려면 합당한 이유가 있는 편이 좋을 것이다.

가장 큰 깨우침을 준 게스트는 누군가?

아주 많지만 스와미 사치다난다(인도의 요가 수행자)가 뮤추얼 방송의 토크쇼에 나와서 해준 말이 특히 더 마음에 들었다. 그는 사리에 아주 밝았다. 그에게서는 경탄스러울 만큼의 평온이 느껴졌다. 나는 그가 삶의 어느 시점에서 오랫동안 침묵을 지켰던 것처럼 느껴졌다. 그의 얘기를 듣고 있으면 푹 빠져들었다.

"왜 걱정을 합니까? 왜 흥분합니까? 당신이 아침에 눈을 떠보니 날씨가 흐리거나 비가 내린다고 칩시다. 당신이 벌 받아서 날씨가 그런 겁니까? 그것이 당신 때문입니까? 아니에요. 따라서 그것은 선물입니다. 선물에 대해 당신 자신에게 고마워하고 멋진 하루를 보내면 됩니다.

이번엔 식당에 갔는데 당신이 주문한 토스트가 타서 나왔다고 가정해봅시다. 이때 맛있는 토스트를 먹을 수 있는 가장 좋은 방법이 뭘까요? 식당 종업원에게 소리를 지르며 '이봐 아가씨! 토스트가 다 탔잖아! 이거 가져가고 새로 갖다줘!' 라고 말하는 걸까요? 아니면 그냥 '아가씨, 귀찮게 하기는 싫지만 토스트가 내가 좋아하는 스타일보다 조금 더 탔네요. 괜찮으면 토스트를 살짝 구운 것으로 가져다주면 정말 고맙겠는데요' 라고 말하는 걸까요?"

그래서 나는 그에게 두어 가지 난제를 주어봤다.

"좋습니다, 스와미. 제가 당신에게 내일 공항에 태워다주기로 했다고 가정해보죠. 당신이 저한테 비행기 시간을 알려주고 우리는 만날 시간을 정합니다. 그리고 제가 '걱정 마. 제 시간에 올 테니' 라고 말합니다. 하지만 제가 나타나지 않아서 당신은 비행기를 놓치고 맙니다. 나중에 제가 전화를 걸어 사과를 하고 당신은 몹시 화를—."

"아닙니다. 저는 화를 내지 않을 겁니다."

"왜죠?"

"내 친구 래리가 걱정되어서죠. '내 친구 래리가 어떻게 된 거지? 약속 시간에 오지 않다니 무슨 일이 있는 걸까?' 그래서 전화벨이 울리고 당신의 목소리가 들리는 순간, 당신이 미안하다는 말을 꺼내기도 전에, 이렇게 말할 겁니다. '괜찮은 건가, 친구? 별 일 없는 거지?' 라고. 비행기야 얼마든지 다른 비행기를 타면 됩니다. 하지만 친구 래리가 괜찮아야 마음이 편하죠. 그리고 그때 그 순간을 누가 지배하게 되겠습니까?"

"좋습니다, 스와미. 이번에는 마지막으로 한 가지만 더 질문하겠습니다. 어느 날 당신이 좀 일찍 퇴근해서 집에 옵니다. 그런데 위층으로 올라가보니 당신의 아내가 다른 남자와 한 침대에 있습니다. 어떻게 하시겠습니까?"

"당신이라면 어떻게 하시겠습니까?"

"미쳐서 날뛰겠죠."

"그렇겠죠. 하지만 당신이 방에 들어가서 그 장면을 보게 될 때 당신에게 필요한 한 가지가 뭘까요?"

"모르겠는데요. 뭐가 필요하죠?"

"정보입니다. 당신의 침대에 있는 그 남자가 누구인지 알아야 합니다. 어떻게 그런 일이 일어나게 되었는지 알아야 합니다. 그런 정보를 얻을 수 있는 가장 좋은 방법은 뭘까요? 이렇게 말하는 겁니다. '내려가서 차를 준비하겠소. 다들 내려와서 우리 셋이 함께 차를 마시며 얘기 좀 합시다.' 이제 그 순간을 누가 지배하게 될까요? 당신이 지배하는 겁니다. 그러면 광분하지 않습니다. 따라서 당신의 아내와 같이 있던 그 남자도 당신에게 미쳤다고 말할 수 없겠죠. 당신은 그 순간을 지배합니다. 당신에게는 순간을 지배하는 것이 뭔가를 배우는 가장 좋은 방법입니다. 그렇다고 해도 그 순간이 당신에게 슬프지 않은 것은 아니겠지요. 그 순간이 당신에게 고통스럽지 않은 것은 아닙니다. 다만 그 순간에 당신에게 필요한 것은 정보라는 얘깁니다."

그는 이어서 다음과 같이 말했다.

"생각해봐요, 래리. 당신은 정보를 어떻게 얻습니까? 적절한 질문을 던져서 얻고 있지요. 당신은 질문을 던지는 상대방들에 대해 관심을 갖습니다. 그리고 그들의 질문에 공손히 귀 기울입니다. 당신이 그들에게 고함을 지르면 어떻겠습니까? 그렇게 해도 같은 답변을 얻어낼까요?"

나는 그의 말을 결코 잊지 못한다. 그러나 스와미가 권한 방식대로 살아갈 수 있느냐고 묻는다면, 그 대답은 '아니오' 이다.

여러 게스트들과의 인터뷰를 통해서 돈에 대하여 얻은 교훈은 무엇인가?

나는 수제 오먼(여성 금융전문가)과 재무장관들을 인터뷰하는 등 돈과 관련된 인터뷰를 아주 많이 했다. 그래서 돈이 돈을 벌며, 일하러

다니지 않아도 되는 사람은 오로지 부자들뿐임을 잘 안다. 다시 말해, 당신이 은퇴한 버스 운전사라면 당신도 부자다.

토크쇼에서 좀더 많이 다뤘으면 좋겠다고 여기는 부문은?

내가 아쉽게 생각하는 일 중 하나가 바로 방송에서 스포츠에 대한 이야기를 많이 못하는 것이다. 뮤추얼 방송의 라디오 쇼에서는 스포츠 얘기를 많이 했었는데, CNN에서는 스포츠 부문을 별로 다루지 않는다. 스포츠는 정말 재미있다.

"뉴욕 양키스는 아주 역겨워. LA 다저스는 좋아. 템파베이는 운이 좋은 팀이야."

이렇게 스포츠에 대해서는 어떤 생각을 해도 상관없다. 스포츠는 게임이므로 선수에 대해 어떤 의견이든 가질 수 있다.

"라파엘 퍼칼Rafael Furcal은 데릭 지터보다 더 좋은 팔을 가진 것 같아! 피트 로즈Pete Rose는 명예의 전당에 등극해야 마땅한 선수야!"

내가 어떻게 말한들, 그들이 나에게 어떻게 할 수 있겠는가? 아주 재미있는 이야기를 하나 해주겠다. 칼럼니스트 딕 영이 어떤 선수에 대해 아주 혹평했을 때의 일이다. 그는 그 선수를 지금까지 지상에 발을 디딘 인간들 중에서 가장 최악의 표본이라며 비난했다. 그런데 나중에 그 선수와 우연히 마주쳤을 때 그가 어떻게 말했는지 아는가.

"개인적인 감정이 있어서가 아니었으니 그렇게 받아들이지 말아요."

사인을 해달라는 사람들 때문에 귀찮은가?

LA 다저스의 토미 라소다에게 들은 이야기가 있다. 그는 열두 살 때 아버지와 함께 야구장 폴로 그라운즈 밖에서 선수가 나오기를 애

타게 기다리고 있었다고 한다. 그때 한 선수가 경기장 밖으로 나왔다. 라소다는 그 선수에게 다가가 공을 내밀며 부탁했다.

"사인 좀 해주실래요?"

"저리 꺼져, 꼬맹이."

8년 후에 라소다가 마이너 리그에서 투수를 맡고 있을 때 바로 그 남자는 야구 인생에서 내리막길을 걷고 있었다. 처음 상대하게 되었을 때, 라소다는 그의 어깨를 맞혔다. 또 다음번에는 다리를 맞혔다. 그러자 그는 다음번에 타석으로 나오면서 소리를 질렀다.

"어이, 애송이!"

라소다도 소리를 질렀다.

"왜 이 멍청아!"

라소다는 나중에 그를 만나서 이렇게 말했단다.

"사인해줘요."

지금까지 온갖 행사에서 사회를 맡았는데, 장례식에서의 사회에 대해 해줄 조언이 있나?

밥 울프가 사망한 날은 내 삶에서 가장 슬픈 날로 꼽을 만한 날이었다. 그의 딸이 전화를 걸었고 나는 수화기를 들면서 장난칠 생각을 하고 있었다.

"안녕, 잘 지내지?"

"아빠가 돌아가셨어요."

그 말을 듣는 순간 나는 침대에 털썩 주저앉았다. 우리 프로그램의 담당피디 웬디는 내가 크게 망연자실해 있는 것을 알고는 CNN에서 사람을 몇 명 조문 보내고 싶어 했다. 나는 장례식에서는 앞에 잘 나서지 않는 편이지만 다른 사람들과 함께 추도사를 하기로 했다. 나는 추도사에 유머를 좀 섞을 만한 방법을 고심했다. 자기비하적 유머는 어느 때든 환영받는다.

대단한 장례식이었다. 밥이 인기가 워낙 많았던 터라, 유대교 회당 밖에 스피커를 설치하여 밖에 있는 사람들도 장례식 의식을 들을 수 있게 했을 정도로 조문객들이 많이 왔다. 밥은 래리 버즈가 운영하는 에이전시의 에이전트였다. 그러나 래리는 너무 수줍음이 많아서 추도사를 못했고 내가 마지막에 추도사를 했다. 나는 일어나서 말했다.

"밥의 사무실에 전화벨이 울렸고 전화선 이쪽엔 래리 버즈가, 저쪽엔 제가 있었다면 통화중에 잠시 대기하고 있던 사람은 누구일까요?"

물론, 이것은 그 사람이 땅속에 묻히는 것을 바라지 않으면 더 재미있게 들릴 이야기이다. 언젠가 연예인 앨 존슨Al Jolson의 장례식에 왔던 누군가가 말했다.

"와, 사람들 정말 많이 왔네."

그때 그 말에, 아마 코미디언 조지 제셀George Jessel이었던 것으로 기억하는데, 그가 이렇게 대꾸했다.

"그러게. 다들 믿기지 않아서 확인하고 싶어서 온 거야."

할리우드의 흥행주 해리 코헨Harry Cohen의 장례식에 어마어마한 군중이 몰려들었을 때도 제셀이 다음과 같이 말했던 것 같다.

"사람들에게 그들이 원하는 것을 주면 언제나 모여들기 마련이지 (해리 코헨 자신이 입버릇처럼 하던 말이었다고 한다)."

그러나 내가 장례식과 관련하여 특히 즐겨 하는 얘기는 다음의 우스갯소리이다. 어느 장례식에서 랍비가 자신의 추도사를 끝낸 후에, 고인에 대해 짤막하게 좋은 말을 해주고 싶은 사람이 없느냐고 물었다. 조문객 중에는 일어서는 사람이 없었다.

"뭔가 얘기할 사람이 아무도 없습니까?"

쭈뼛 쭈뼛대는 사람조차 없었다.

"고인에 대해 좋게 말해줄 뭔가가 그렇게 없단 말입니까?"

그러자 한 사람이 일어나 외쳤다.

"그의 형은 더 나빴습니다!"

당신에게 화가 나서 토크쇼 도중에 나가버린 사람이 있나?

내가 CNN에서 토크쇼를 20년이 넘게 진행했을 때쯤(2007년)에 한 게스트가 중간에 나가버렸다. 힙합 뮤지션 카니에 웨스트의 어머니가 사망하기 전날 성형수술을 받았던 의사 잰 애덤스 박사였다. 애덤스는 우리의 인터뷰 섭외에 동의했다. 그러나 웨스트의 가족이 그에게 출연하지 말라고 요청하는 편지를 보냈다. 그리고 그가 스튜디오에 도착했을 때 그의 변호사는 인터뷰를 하지 말라고 조언했다.

그래서 그는 방송에 나와 웨스트 가족의 바람을 존중하여 아무것도 말하지 않겠다고 했다. 그러고 나서 마이크를 떼고 나가버렸다. 나는 당황하지 않았다. 나는 내 가족 중 누군가가 저녁시간에 늦으면 미칠 지경이 되지만, 전국에 생방송되고 있는 중이었음에도 그런 상황 앞에서는 당황하지 않았다. 나는 그냥 "그러면 잠시 광고 후에 오겠습니다."라고 말했다. 다시 방송이 이어졌을 때 우리는 패널을 구성해놓고 토크쇼를 계속했다.

라디오 방송을 하던 시절에도 그냥 가버린 게스트가 있었다. 그 여자의 이름은 절대 안 잊혀진다. 믹키 대네였고 영매였다. 나는 방송에 들어가기 전에 그녀에게 물었다.

"물어볼 게 있습니다. 당신은 재키 케네디의 마음에 닿을 수 있다고 말하는데, 지금 우리는 마이애미에 있고 그녀는 매사추세츠주 하이애니 포트의 자택에 있어요. 그 중간에는 약 4,000만 명의 여자들이 있는 겁니다. 어떻게 그 4,000만 명과 충돌하지 않고 재키에게 닿을 수 있죠? 어떻게 하면 그게 가능한 겁니까?"

나의 물음에도 그녀는 묵묵부답이었다. 그러더니 결국에는 그냥 나가버렸다.

블라디미르 푸틴과의 인터뷰는 어땠는가?

알고 보니 푸틴은 아주 다정한 사람이었다. 나는 인터뷰중에 주제가 가장 좋아하는 장소로 바뀌었을 때 특히 놀랐었다. 그때 그는 뉴욕에 있던 터라 나는 뉴욕을 좋아하느냐고 물었다. 그는 뉴욕이 괜찮은 곳이긴 하지만 가장 좋아하는 곳은 아니라고 말했다.

"그러면 어디를 가장 좋아하십니까?"

"예루살렘입니다."

뜻밖의 놀라운 대답이었다. 그는 KGB에서 근무할 때 그곳에 자주 갔었다고 말했다. 나를 놀라게 한 일은 한번 더 있었다. 러시아의 잠수함이 침몰했던 일을 기억하는가? 나는 그 얘기를 물었다.

"그 잠수함은 어떻게 된 일입니까?"

나는 장황하고 상세한 대답을 기대했다. 그가 때때로 정교한 면을 보일 때가 있어서였다.

"그냥 가라앉은 겁니다."

그냥 가라앉았다?! 그것으로 끝이었다.

"예, 그냥 가라앉았군요."

네이트 앤 알 델리의 전용 식탁에서 아침을 먹는 기분은 어떤가?

그 식당 메뉴판 8쪽에는 래리 킹 마초 브리[35]라는 요리가 올라와 있다. 그러나 나는 네이트 앤 알 델리에 들어갈 때 내가 '래리 킹'이라는 우쭐함에 젖는 법이 없다. 자리에 앉으면 내 친구들과 함께 그냥 보통 사람이 될 뿐이다.

그곳에 가면 시드가 있다. 시드는 내가 아는 사람 중에 가장 인맥이 넓은 친구다. 그는 내 일에 마음을 많이 써준다. 나에게 문제가 생기면 잠도 잘 못 이룰 정도다. 또한 시드는 나에게 거절의 말을 하지 않는다. 나도 그에게는 거절의 말을 못하기 때문이다. 사실, 시드는 일요일에 미식축구 내기를 하면, 한 명을 빼고 다른 사람에게는 백전백패라고 해도 무방하다. 그 한 명이 바로 나다! 내가 돈을 줄 때 그의 얼굴에 떠오르는 미소를 보여주지 못하는 것이 안타까울 따름이다. 다른 모든 패배는 중요하지 않다는 듯한 그런 미소인데 말이다.

그곳엔 시드와 유치원 때부터 친구인 애셔도 있다. 애셔는 관절염을 앓게 된 지금까지도 좋은 면을 보려는 긍정적인 친구다. 그는 우리에게 비가 언제 내릴지를 이틀 앞서서 알려줄 수 있는 것에 대해 뿌듯해 한다. 애셔는 현재 허리까지 안 좋아져서 날마다 식당을 찾지는 않는다. 그래서 선거일에 그가 왔을 때는 열렬한 환영을 받았다.

우리는 만나면 이것저것 잡다한 얘기를 나눈다. 30분도 안 되어 천식환자용 흡입기, 구스스텝[36]의 유래, 공화당 부통령 후보 사라 페일린, 빌 마의 새 영화, 비타민 E의 성적(性的) 효능, 은행털이범 윌리 서튼, 다저스팀의 예상 선발투수, 연예인과 프로선수들의 단골 식당 댄 타나스즈의 스테이크, 총기단속법, 라스베이거스에서 아가씨들이 칩을 슬쩍 훔쳐가는 수법에 대한 얘기가 다 오갈 정도다. 우리 사이에서는 어떤 문제든 답이 내려진다. 틀린 것일지라도 어쨌든 답이 나온다.

우리는 어위니즘을 놓고 걱정하기도 한다. 어위니즘이란 세상에서 어윈이 아니면 누구도 하지 않을 이야기들을 일컫는다. 어윈은 제약업에 뛰어들어 엄청난 성공을 거둔 사업가이지만, "이봐, 래리, CNN에서도 취임식을 보도하나?"와 같은 물어보나마나한 얘기를 한다. 일리노이 주지사 로드 블라고예비치Rod Blagojevich가 버락 오바마의 대통령 당선으로 공석이 된 상원의원 자리를 경매처분하려다 체포된 후에는 "이 일이 주지사의 정치경력에 흠이 될 것 같은가?"라고 말하기도 했다.

한편 이런 말들은 언제나 조지에게 농담거리가 된다.

"그러면 사람들은 자네에게 약을 지어달라고 하나?"

조지는 전에 〈래프인Laugh In〉이라는 프로그램을 연출하기도 한 사람이다. 그는 민주당 지지자이면서도 공화당을 지지하는 보수 성향의 폭스 채널을 시청한다. 내가 어떻게 그럴 수 있느냐고 하면 그는 "내가 교통사고를 구경하고 있다는 이유만으로, 내가 그것을 좋아한다고 얘기할 수는 없네."라고 답한다.

그래도 드와이트 같은 공화당의 골수 지지자가 가까이에 있으며 균형을 맞춰주고 있어서 괜찮다. 드와이트는 즉시 이사가 가능한 조건으로 집을 한 채 샀다. 그런데 '약간'의 손질 작업을 마친 지 12개월이 지난 후에도 아직까지 이사 갈 날을 기다리고 있다. 그리고 이 자리에서 버드라는 친구 얘기도 빼놓을 수 없다.

버드는 입을 떼는 법이 없다. 계속 손으로 턱을 괴고만 있으면서 음식을 먹지도 않는다. 한 가지는 확실하다. 여종업원 글로리아가 탄 토스트를 가져와도 그는 절대 고함을 지르지 않을 것이다. 그런 점에서 비키가 오면 좋은 점은, 그녀는 우리에게 먹지 말아야 할 것을 딱 딱 알려준다는 것이다.

가끔씩 지나는 길에 들르기도 하는 샘도 있다. 샘은 지금까지 카네기 인간관계론 강의를 10번이나 들었고, 영화 〈모리와 함께 한 화요일Tuesdays with Morrie〉[37]은 50번, 〈늑대와 함께 춤을Dances with Wolves〉은 60번이나 봤다. 샘은 식당에 오면 음반 프로모터인 브루스 옆에 앉는다.

브루스는 자신보다 30센터미터쯤 키가 크고 나이 차이가 서른 살이나 나는 아름다운 브라질인 5종경기 선수를 만났다. 그는 무성하게 기른 턱수염에 온몸에 털이 덥수룩한 모습을 하고는 결혼을 하러 그녀를 데리고 판사에게로 갔다. 판사는 두어 번이나 그녀와 그를 번갈아 보다가 그녀를 보고는 물었다.

"이 결혼을 자발적으로 하는 겁니까, 아니면 억지로 끌려온 겁니까?"

그래도 두 사람은 앞으로도 25년 정도는 거뜬히 잘 살 것 같아 보인다.

한편 마이클 비너는 아침마다 두 끼씩 먹고 있다. 칠면조 샌드위치와 베이크드 빈즈(삶은 콩을 베이컨 등과 함께 구운 요리)를 같이 먹는 정도면 두 끼가 아닐까? 좀 과장된 표현이지만 말이다. 그래도 아침으로 닭고기 스프를 먹는 사람은 드물지 않을까 싶다. 마이클은 이따금씩 딸 테일러 로즈를 데려오는데, 언젠가 테일러 로즈는 아빠를 따라 닭고기 스프를 주문했다가 먹지 않겠다고 말했다. 그때 내가 그녀에게 말했다.

"너 므두셀라[38] 얘기 모르니? 900년이나 산 사람 말이야. 그렇게 오래 산 게 900년 동안 날마다 닭고기 스프를 먹어서 그런 거였어. 그런데 처음으로 닭고기 스프를 먹지 않은 날 바로 급사해버렸잖아."

"므두셀라를 아셨어요?"

"물론이지! 아침마다 이 탁자에 앉아서 아침을 먹었지."

일흔다섯 살 나이에 여덟 살과 아홉 살의 자식을 둔 느낌은?

그것은 한 장(章)을 할애해야 할 만큼 긴 얘기다.

21

감격스러운 순간들

아마 내 나이가 꼭 일흔 살로 접어들 무렵이었던 것 같은데, 그때 나는 아들 챈스의 첫 번째 티볼게임[39]을 보러 갔다. 챈스가 타석으로 나와 센터필드로 공을 쳐냈다. 그리곤 공을 쫓아 뛰었다. 1루로 뛴 것이 아니라 센터필드로 곧장 달렸다. 그러자 수비팀 아이들이 모두 챈스를 쫓아갔고, 또 챈스의 팀 아이들 전부가 수비팀 아이들을 쫓아갔다. 그렇게 모두가 공을 잡으려고 뛰어드는 바람에 결국에는 아이들이 산처럼 겹겹이 포개져버렸다. 나는 뒤로 넘어갈 만큼 깔깔대며 웃었다.

나는 다저스팀 경기에 챈스와 캐논을 데리고 가기 시작했다. 아이들은 첫 번째 따라온 경기에서는 뭐가 뭔지를 몰라서 4회쯤에 잠이 들었다. 다음번에는 그래도 5회까지는 잠들지 않았다. 그러다 얼마 후부터 "왜 볼은 4갠데 스트라이크는 3개에요?"라고 질문을 하기 시작했다.

프레드 윌폰이 메츠 대 다저스 경기에서 챈스에게 시구를 하게 해주었다. 프레드는 메츠팀의 구단주였고 나와 고등학교 동창이기도 하다. 숀은 챈스에게 그것이 아주 영광스러운 일이라고 말해주며 메츠팀의 셔츠를 입고 마운드에 나가라고 했다. 하지만 챈스는 반항했다.

"메츠팀 셔츠 안 입을래요. 나는 다저스 팬이란 말이에요."

"그래도 입어야 해."

"싫어."

"입어야 된다니까."

"싫다고."

숀은 하는 수 없이 억지로 셔츠를 입혔다. 그런데 챈스는 곧장 다저스팀 덕아웃으로 가더니 선수들 한 명 한 명을 보며 "엄마가 억지로 입힌 거예요."라고 말했다. 챈스는 그런 후에야 마운드로 올라갔고 나는 그 뒤에 서서 아들이 완벽한 스트라이크를 던지는 모습을 지켜봤다. 다저스팀 덕아웃에서 박수갈채를 보냈다. 다저스의 2루수 제프 켄트Jeff Kent가 해바라기씨 한 봉지를 주었고 챈스는 그것으로 선수들을 흉내 내며 껍질을 뱉어댔다.

캐논은 한 경기에서 홈런 3개를 쳐냈다. 구경하고 있던 어떤 남자는 아이들 경기에서 이런 것은 처음 봤다고 말했다. 나는 아들이 그 작은 몸으로 베이스를 도는 모습을 지켜보며 생각했다.

'도대체 저런 재주가 어디에서 나왔을까? 나는 타자로서 재능을 보인 적이 없었는데.'

나는 아이들에게 야구라는 선물을 주었고 그들은 내게 젊음이라는 선물을 주었다. 그 뒤로 내게는 기대하지 못했던 내 생애 최고의 감격적인 순간들이 펼쳐졌다. 나는 아이들을 쿠퍼스타운에 있는 명예의 전당으로 데려가 아이들이 재키 로빈슨이 제일 처음 입었던 유니폼을 안아보는 모습을 지켜봤다(아이들은 흰 장갑을 껴야 했다). 다저스팀의 춘계훈련 캠프장에도 갔다. 춘계훈련장에서는 구내식당에서 선수들과 함께 앉아 있을 수도 있었고 같이 어울릴 수도 있었다.

한때 나는 에베츠 필드에 들어갈 입장권도 살 수 없을 만큼 가난한 시절이 있었는데, 이제는 토미 라소다가 생일 케이크를, 나와 챈스와 캐논 그리고 두 아이들의 친구들에게까지 가져다주는 모습을 흐뭇하게 지켜보기도 했다. 그때의 느낌을 말로 전하려면 내게는 한 가지 표현법밖에는 없다. 즉 유대인의 고유어 'kvelling'으로밖에는 달리 표현할 수가 없다. 이 단어는 다른 누군가의 감격을 보며 큰 기쁨을 누린다는 뜻이다. 말하자면 아이들이 느끼는 감격이지만 그것이 나에게까지 연장되는 것이다.

그런 것보다 더 뿌듯한 느낌은 없다. 최근의 토크쇼에서 브래드 피트가 말했던 것처럼 아버지가 되는 것이야말로 가장 기분 좋은 일이다. 그 다음으로 기분 좋은 일이 무엇이든 간에 아버지가 되는 것의 느낌에 비하면 뒤처져도 크게 뒤처진다.

나는 이제 증조할아버지가 되어 더욱 더 기쁨이 넘치는 아버지로 살고 있다. 그것은 무엇과도 비교가 안 되는 기쁨이다. 그러나 아이들이 내게 가져다주는 그 벅찬 기쁨이 나에게 고통을 안겨주기도 한다. 그것은 아이들이 여행을 떠날 때, 그리고 내가 여행을 떠날 때면 찾아오는 고통이다. 그럴 때마다 지금 챈스의 나이가 아버지가 돌아가셨을 때의 내 나이이고, 캐논은 불과 한 살 더 어리다는 것을 의식하게 되어서이다.

언젠가 나는 내가 어린 시절을 보냈던 아파트를 보여주려고 챈스를 데리고 다시 브루클린에 갔었다. 우리는 에베츠 필드가 있었던 곳에 들렀다. 그 동네는 주택개발에 들어간 상태였다. 길 건너의 약국 창문들에는 빗장이 대어져 있었다. 우리는 연석에 걸터앉았고 나는 아들에게 내가 가장 좋아하는 노래를 불러주었다.

바로 여기에 야구장이 있었다네

야구장이 있었다네.
후끈후끈하고 생기가 넘치던 필드 위에서
내가 지금껏 본 적 없는 그런 희열에 넘쳐
열광적인 경기를 펼치던 선수들이 있었던 곳이라네.
핫도그와 맥주의 냄새가 감돌며
야릇한 공기가 느껴졌던 곳이라네.
그래, 야구장이 있었지, 바로 여기에.

막대사탕이 있던 그곳
7월 4일이면 불꽃이 펑펑 터지며
여름 하늘을 온통 수놓고
사람들이 그 광경을 경이로움에 젖어
구경하던 그곳
사람들의 웃음소리와 환호가 얼마나 대단했던지….
그런 야구장이 있었지, 바로 여기에.

이제 그 아이들이 그때 그 모습을 찾으려다
자신들의 눈을 의심하네.

예전의 팀은 이제 경기를 하지 않고
새로운 팀은 거의 노력을 안 하네.
그리고 하늘은 너무 찌푸려져 있네.
예전엔 그렇게도 맑았던 하늘이었고
그 시절에는 여름이 너무도 빨리 가버렸는데….

그래, 그런 야구장이 있었네, 바로 여기에.

나는 챈스에게 프랭크 시나트라가 이 노래를 선택하면서 했던 얘기를 들려주었다. 그는 그 노래가 그냥 야구장 얘기만은 아니라고 말했었다. 그 노래 안에는 인생과 변화와 성장에 대해서도 담겨 있다고 말이다.

그 시절에는 여름이 너무도 빨리 가버렸는데….

챈스는 주위를 빙 둘러보면서 말했다.
"여기로 다시 이사 오면 안 돼요?"
내가 그럴 수는 없다고 말하자 아이가 말했다.
"그럼 여기를 비버리힐즈로 옮기면 안 돼요?"
챈스가 없었다면 내가 다시 에베츠 필드에 가서 연석에 앉아 그 노래를 부르게 되었을까? 아닐 것이다. 챈스와 캐논이 내게 선사해준 것을 생각하면 신비롭기만 하다. 나의 야구에 대한 열정은 내가 LA로 이사 가던 무렵부터 시들해졌다. 나는 1950년대에 다저스팀이 브루클린을 떠났을 때 더 이상 다저스를 응원하지 않게 되었다가 오리올스팀이 마이애미에서 훈련을 했을 때 오리올스의 팬이 되었다. 그러나 숀을 만났을 때쯤에 나는 그저 건성건성 응원하는 팬이었다. 경기를 시청하곤 했지만 그것이 다였다.

아이들이 야구를 점점 더 좋아할수록 나도 점점 더 푹 빠져들었다. 그리고 2년 전에는 시즌 자유입장권을 샀다. 이제 나는 다시 예전처럼 야구에 열광하게 되었다. 그렇게 된 것이 다 아이들이 있어서였다. 아이들이 나를 예전으로 돌려놓았다.

지난 몇 년 사이에 나는 많은 것을 되찾았다. 래리 주니어가 클 때 나는 그의 곁에서 같이 아침을 먹어주지도 못했다. 그러나 이제 아들이 집에 찾아오면 챈스와 캐논은 달려가 형을 껴안고 같이 펜케이크를 먹곤 한다. 그는 챈스와 캐논에게 그저 큰형일 뿐이다. 그들은 그것을 자연스럽게 받아들이고 있다.

래리 주니어가 내 삶 속으로 돌아오면서 카이아에게 그 사실을 말해야 했을 때, 나는 카이아가 어떻게 생각할지 불안했다. 화를 낼 수도 있을 테고, 자신의 위치에 대해 의문을 가질 수도 있었다. 사람들이 어떤 반응을 보일지는 알 수 없는 노릇이다. 그런데 허비와 내가 카이아를 앉혀놓고 그 얘기를 했을 때 그녀는 두 팔을 벌리며 말했다.

"언제 만날 수 있어요?"

이제 래리 주니어와 앤디는 마이애미대학교 대 플로리다대학교의 미식축구 경기를 보러 다니는 사이다. 그리고 앤디가 오토바이를 몰고 집에 찾아오면 챈스와 캐논은 거기에 타보려고 야단을 피운다. 나는 숀의 첫아이 대니가 선수로 뛰는 고등학교 미식축구 경기에서 중계를 했던 적이 있었다. 그때 대니가 터치다운을 성공시키는 것을 본 후에 나는 PA(강당이나 옥외의 확성장치)에 대고 소리쳤다.

"대니, 오늘 밤에는 밖에서 늦게까지 놀아도 된다! 엄마도 괜찮다고 말했다!"

이제 대니는 챈스와 캐논의 플래그 풋볼[40]팀에서 플레이 계획을 짜주고 있다. 챈스와 캐논의 유모 립 립은 아이들이 연습하는 모습을 촬영해주면서 내 어린 시절에 벨라 이모가 그러했듯 가족이나 다름없이 지내고 있다.

래리 주니어는 손자 셋을 안겨주었고 앤디도 손자 둘을 안겨주었다. 그리고 두 사람은 내게 증손자 둘까지 생기게 해주었다. 그래서 나는 숀이 세상에서 제일 나이 어린 증조할머니가 되었다는 농담을 즐겨 한다. 증손자들은 갓난아이들이라 아직 말을 못한다. 그 아이들이 증조할아버지를 뭐라고 부를지 궁금하지만, 얼마 후면 직접 확인하게 될 것이다.

나는 솔로몬이 아니다. 하지만 아버지로서 아주 많은 경험을 해왔다. 입양한 아들 한 명, 잃어버린 딸 한 명, 다시 찾은 아들 한 명과 딸 한 명, 샤론과의 결혼으로 얻었고 내 힘이 닿을 때마다 기쁜 마음으로 도와주는 의붓딸 두 명, 숀과 함께 새 식구가 된 의붓아들 한 명 그리고 챈스와 캐논 모두가 다 나의 자식들이다.

이런 가족의 관계가 어떤 관계인지는 말로 설명하기가 어렵다. 하지만 챈스가 티볼에서 처음으로 공을 때렸던 것과 비슷할 것이다. 다시 말해, 우리 가족은 누구든 원하기만 한다면 저마다의 방식대로 센터필드로 달려와 서로 포개질 수 있다.

또 다른 관점

숀 사우스워 킹

아이들과 함께 있을 때의 래리의 모습을 볼 때면 말 그대로 감동적이다. 그 모습을 보고 있으면 마음이 뿌듯해진다.

카이아 킹

우리는 모두 삶과 환경으로부터 난타를 당하곤 한다. 어쩌면 지금 아버지는 어린 동생들과 함께하면서 그 상처의 치유를 받고 있는지도 모른다.

래리 킹 주니어

챈스와 캐논이 태어나면서부터 변화가 시작되었다. 아버지는 전통적 의미에서 볼 때 여러 자식들에게 유년기를 함께 해주지 않았다. 그러나 챈스와 캐논은 아버지가 우리에게 해주지 못한 그 모든 것들을 쏟아부을 수 있도록 해주었다.

립 립(유모)

사람들이 내 말을 잘 믿을지 모르겠지만 정말이다. 나는 지금까지 유모로 일해 오면서 그토록 세심한 아버지는 처음 본다. 그는 아이들의 친구들을 모두 알고 있다. 아이들에 대해 모르는 것이 없다. 아이들이 학교에서 상장을 타게 되면 그 자리에 참석해주기도 한다. 그것도 의무감 때문이 아니라 진심으로 원해서 참석하는 것이다. 게다가 아침이면 학교에 데려다줬다가 다시 태우러 가기까지 하여, 일명 주부전용 벤치라고 부르는 곳에 앉아서 아이들이 나오길 기다린다. 사실, 그곳은 그가 가장 좋아하는 장소 중 하나다. 그는 그곳에 있으면 마음이 안정되는 것 같다. 마치 처음으로 보금자리에 깃들며 아늑함을 느끼게 된 것처럼 말이다.

얼마 전에 우리는 〈벤자민 버튼의 시간은 거꾸로 간다The Curious Case of Benjamin Button〉라는 영화를 보러 갔다. 래리는 그 영화를 너무 좋아했다. 나는 처음에는 지루한 영화라고 생각했었다. 그러나 래리는 그 영화 얘기를 자주 했고 그 얘기를 들으면 들을수록 그의 심정이 이해되었다. 영화 속에서 브래드 피트는 계속해서 젊어지는데, 그것은 래리가 바라마지 않는 꿈이다. 그는 챈스와 캐논과 함께 하는 바로 지금이 자신의 생애 최고의 시간이며, 그래서 이 시간이 계속되길 바라는 것 같았다. 나는 이렇게 말했다.

"래리, 크리스마스 선물로 거꾸로 가는 시계를 사줄 수 있다면 정말 그러고 싶어요."

래리 킹 주니어

우리는 챈스와 캐논이 더 어렸을 때 플로리다의 버쉬가든(동물원 겸 놀이공원)에 갔었다. 나는 두 동생과 함께 코스터라고들 하는 뱅뱅 도는 놀이기구를 탔다. 아빠는 우리를 지켜보고 있었는데 나는 놀이기구가 아빠 쪽을 지나갈 때마다 소리를 질렀다.

"아빠, 아빠, 여기 보세요."

나는 그때 마흔네 살이었지만 깔깔 웃으면서 소리를 질러댔다.

"아빠! 아빠!"

나는 나중에 아빠에게 다섯 살 때 해보지 못해서 그랬다고 말했다. 그래서 그때 꼭 해보고 싶었다고 했다. 어린 시절에 나와 같은 처지에 있었던 사람들 중에는 자신이 누려보지 못한 것에 대해 섭섭해 하는 이들이 있다. 그러나 나는 엄마의 가르침 덕분에 그렇게 생각하지는 않는다. 그저 아빠와 함께 하는 모든 순간이 소중할 뿐이다.

카이아 킹

아빠는 아빠 같으면서 할아버지 같기도 하다. 나 역시도 누나 같으면서 고모 같기도 한 느낌이다. 옛날에는 누나들이 고모처럼 동생들을 돌보는 경우가 흔했다. 이제는 문화가 바뀌었지만, 나는 챈스와 캐논에게 옛날의 그런 누나와 같은 존재란 느낌이 든다. 다만 멀리 살다보니 매일 매일 곁에서 돌봐주지 못하고 있다. 하지만 우리 가족들은 언제나 사이좋게 지내고 있다.

가족 관계에 대해 설명하려 할 때는 언제나 머뭇거려진다. 보통 가족과 다르지 않다고 느끼기 때문이다. 그런데 우리의 경우엔 보통과 같다고 말하면 틀릴지 모른다. 아빠의 삶이 보통 사람과 같지 않았기 때문이다. 하지만 따분하지는 않다. 나는 한번도 싫증난다는 느낌을 가진 적이 없었다.

대니 사우스윅(아들)

래리 킹이 고등학교 미식축구 경기에 나타나 중계를 해줬던 것은 믿을 수 없는 일이었다. 아니, 믿을 수 없는 일이라는 말로도 그 굉장함을 표현하기란 부족했다. 아저씨는 보통의 PA 중계자들처럼 하지 않았다. 정말로 경기를 생생히 중계했다. 내가 스냅[41]을 하면 그 특유의 목소리가 들렸다.

"사우스윅이 공을 뒤로 패스하고…."

아저씨는 방송에 나가서 재미있게 노는 것에 거리낌이 없다. 데이비드 레터먼의 토크쇼에서 짐 캐리와 욕조 안에 들어갔던 장면 봤는가? 못 봤다면 유튜브에서 검색하여 꼭 보라고 말하고 싶다.

캐논 킹(아들)

들어본 적이 있는지 모르겠지만, 우리 아빠가 랩을 부르는 것을 듣고 있으면 정말 웃긴다.

챈스 킹(아들)

아빠는 방송에서는 안 그래 보이지만 실제로 보면 재미있는 실수를 많이 한다.

대니 사우스웍

아저씨는 성공하는 것과 관련하여 많은 것을 가르쳐주기도 했다. 아저씨는 자신이 원하는 것을 정확히 알고 있으며, 성공한 사람들은 모두 그런 특성, 즉 결단성이 있다고 말해주었다. 자신이 하고 싶은 것이 뭔지를 알고 나면 그것에 전력을 다해야 한다고도 했다.

래리 주니어도 관심을 가지고 나를 챙겨준다. 앤디와 카이아는 플로리다에 살고 있지만 같이 있을 땐 아주 친근하게 어울린다. 챈스와 캐논을 코치해주는 일은 내가 지금까지 꽤 오래 미식축구를 해오면서 경험한 가장 재미있는 몇 가지 일에 꼽힌다.

우리 가족은 모두 래리에게 영향을 받았다. 이혼 가정에서 자라고 있었다면 힘들었을 것이다. 삶에서 지금의 모든 식구들과 함께 하게 된 것은 무엇과도 바꾸고 싶지 않은 경험이다.

래리 킹 주니어

나는 아버지 집에 갈 때면 내 아이들에게 해주는 것과 똑같은 일을 하곤 한다. 다시 말해 동물이나 LA 다저스 마크 모양으로 팬케이크를 만들어준다. 그래서 내 동생들을 내 자식들처럼 대하듯 하곤 한다. 아버지는 내가 팬케이크를 만들 때 동생들과 함께 식탁에 앉아 있다. 나는 아이들을 돌보는 아이가 된 듯한 기분에 기이해지지만, 그래도 어색하지 않다.

우리는 서로를 골려대며 놀기도 한다. 동생들은 다저스를 응원하고 나는 템파베이 레이스를 응원하면서 말이다. 그것은 형 앤디와 함께 있을 때도 마찬가지다. 당시에는 몰랐지만 내가 관람석에 앉아 망원경으로 아빠를 보고 라디오로 아빠의 목소리를 들으며 돌핀스 경기를 보고 있었을 때, 형 앤디는 사이드라인에 있었다고 한다. 이제 앤디는 미식축구팀 중에 플로리다대학교의 게이터스팀을 응원하고 나는 마이애미대학교의 허리케인팀을 응원하면서 서로를 골리며 지내고 있다.

앤디 킹

아빠는 자신이 원하는 것에 자신의 삶을 집중시키고 매진할 수 있는 재능을 가졌다. 어린 나이부터 벌써 아서 고드프리 같은 사람이 되고 싶어 했고 결국에는 그 꿈을 이루었다. 아니, 그 꿈을 넘어섰다. 이제 아빠는 현업에서 떠날 날이 다가오면서 그 집중력을 가족에게 돌리고 있다.

카이아 킹

아빠의 삶은 이제 제자리를 찾았다.

챈스 킹

카이아는 어렸을 때 펩토 비스몰(배 아플 때 먹는 핑크색의 걸쭉한 물약)을 음료수인 줄로 알았단다.

캐논 킹

내가 꼬맹이일 때 일인데, 아빠가 집에서 나간 뒤에 엄마가 TV를 트니까 아빠가 그 안에 있었다. 그것을 보고 내가 말했다.

"거기엔 어떻게 들어가신 거예요, 아빠?"

챈스 킹

아빠가 나의 리틀리그 경기중에 어떻게 쫓겨난 줄 아는가? 내가 투수를 맡고 있었는데 아빠가 심판의 판정에 항의했다. 아빠가 항의하자 심판은 "CNN으로 돌아가시오!"라고 말했다. 그 다음에 이어진 말을 들으니 농담으로 하는 소리가 아니었다.

"주차장으로 가지 않으면 이 경기를 몰수경기[42]로 선언할 것이오."

그래서 아빠는 주차장으로 갔다. 그때도 아빠가 말했지만, 아빠는 잘못된 판정을 보면 항의하지 않고는 못 배기겠단다. 아빠의 몸속에는 레오 듀로처의 기질이 있다.

캐논 킹

아빠는 야구에 완전히 미쳐 있다. 같이 스포츠채널 ESPN을 보고 있으면 아빠는 소리소리 지른다. 내가 이렇게 말할 정도다.

"아빠, 아무리 그래도 선수들은 못 듣는다고요."

챈스 킹

가끔씩 아빠는 큰 소리로 브루클린 스타일의 말을 내뱉는다.

"버러지 같은 놈들!"

사실 아빠에게서 브루클린 특유의 말을 들을 때가 훨씬 더 재미있다.

캐논 킹

지금은 어려서 장난치고 놀지만 나이가 들면 다른 사람들을 돌볼 것이다. 나는 아빠가 영원히 내 곁에 있었으면 좋겠다. 아빠를 생각할 때 이런 느낌을 갖게 된다는 것은 정말로 행복한 일이다.

22

상처의 치유를 향해

8년 전에 누군가 나에게 하와이 출신의 한 흑인에 대해 애기하며 대통령 당선 가능성을 애기했다면, 즉 백인 할머니 밑에서 크면서 하버드대학교를 졸업하여 인텔리 변호사가 되었고 민주당 정치인으로서 진보당 최대의 득표율을 기록하며 상원의원에 오른 한 흑인이 미국의 전쟁 영웅인 백인 후보를 물리치고 대통령에 당선될지도 모른다고 말했다면, 나는 이렇게 답하고 말았을 것이다.

"당신 미쳤소?"

그러나 4년 전에는 어떤 징조가 있었다. 어느 날 저녁, 버락 오바마는 민주당 전당대회에서 연설을 하여 청중을 사로잡았다. 나는 그 당시에 공화당 상원의원 밥 돌과 함께 있었는데 돌이 내게로 몸을 숙이더니 말했다.

"미국 최초의 흑인 대통령감이로군."

오바마의 당선은 우리 평생 동안의 가장 역사적인 사건이다. 우리가 위대한 국가로 기록되는 데 가장 큰 장애는 노예제도였다. 그것은 오랜 세월이 지나도 씻겨지지 않는 불명예다. 노예제도의 상처는 아직도 우리 속에서 노예들의 손자로 존재하는 이들이 있음으로써 여전히 아물지 않고 있다. 그런데 믿을 수 없는 사건이 일어났다. 노예들의 손자들이 그의 당선을 직접 목격하게 된 것이다. 이와 같이 대단한 일은 또 다시 없을 것이다.

오바마의 승리는 웅변의 힘을 입증한 것이다. 사실, 웅변에는 장점이 많다. 특히 웅변에는 평온함을 주는 뭔가가 있다. 사람들은 위기의 순간에 웅변가에게 의지하기 마련이다.

오바마는 변화의 바람을 몰고 왔고 우리에게는 확실히 변화가 필요했다. 물론 힐러리 클린턴이 당선되었다면 그것도 변화이긴 했을 것이다. 그러나 부시에서 클린턴으로, 또 다시 부시에서 클린턴으로 이어지는 대통령이라면 변화라고 보기에 미진하다. 한편 오바마는 희망의 상징이었다. 또한 그는 흑인이지만 백인이기도 하여 균형을 이루고 있다.

그에게 추잡한 비방이 퍼부어지면서, 그는 반미주의자나 테러리스트로 몰리는가 하면 사회주의자로도 불렸다. 그러나 그의 침착함 때문에 무엇도 잘 먹혀들지 않았다. 나는 이 일을 지켜보며, 우리의 끔찍한 역사가 점점 힘을 잃고 있음을 확신했다. 또한 우리가 계속 치유 중에 있다고 생각했다.

나는 재키 로빈슨이 첫 번째 경기에 나왔을 때 그 자리에 있었을 뿐만 아니라, 그가 세상을 떠나기 직전에 인터뷰를 나누기도 했다. 당시에 그는 당뇨병으로 시력을 잃어서, 어떤 사람이 그에게 사인을 받으려고 책을 주었다가 사인을 제 위치에 할 수 있도록 책의 방향을 돌려주어야 했을 정도였다. 그런데 그 인터뷰에서 재키는 이렇게 말했다.

"제가 약속들만 가슴에 떠안은 채로 무덤에 들어가게 하지 마십시오. 저는 약속 같은 것은 필요 없습니다. 약속은 평생토록 들었습니다. 이제는 그 약속을 실현시켜주십시오. 그러면 죽어도 여한이 없겠습니다."

나는 마틴 루터 킹 목사가 FBI로부터 감시를 당하는 와중에 전국민을 진보시키는 과정을 지켜보았다. 흑인 가수 해리 벨라폰테에게서 민권법이 통과되었을 때 백악관에서의 의식에 대해 듣기도 했다. 그는 린든 존슨 대통령과 악수를 나누기 위해 앞으로 나서며 "감사합니다."라고 말했다고 한다. 그런데 잠시 뒤에 이런 생각이 들었단다.

'잠깐, 나의 타고난 권리에 대해 왜 감사하다고 말해야 하는 건가. 내가 왜 누군가에게 내 생득권에 대해 고마워해야 하지?'

이제 우리는 흑인 대통령을 당선시켰고, 우리 안에서 최선의 것을 이끌어낸 선거를 치러냈다. 내 아내는 존 맥케인에게 투표했지만 그의 당선에 감격스러워했다. 내 동생 마티는, 유럽에서 맥케인의 패자 승복연설이 민주주의의 올바른 역할로서 환호받고 있음을 지적했다. 조지 W. 부시는 오바마의 승리에 내포된 역사적 본질에 대해 이야기하면서 감동적인 연설을 했다.

오바마에게는 앞으로의 길이 쉽지 않을 것이다. 백악관에서 빌 클린턴과 창밖으로 펜실베이니아가를 지나가고 있는 사람들을 내다보고 있었을 때 그가 했던 다음의 말이 아직도 잊혀지지 않는다.

"저 사람들이 부럽군요. 저렇게 거리를 맘껏 걸어 다닐 수도 있으니 말이에요. 여기는 외로운 곳이에요. 정말 외로워요."

그러나 우리 모두가 상처의 치유를 아주 간절히 원하고 있으므로,

우리는 언젠가 그 치유를 이루어낼 것이다. 나는 선거일 밤에 내 아이들이 선거 결과에 환호하던 모습을 잊지 못한다. 어제는 아이들이 친구 단테의 집에 갔다가 단테의 부모가 차려주는 저녁도 먹고 왔다. 아이들은 흑인과 백인을 구분하지 않는다. 어쩌면 우리 아이들이 그 상처의 치유를 이끌어낼지도 모르겠다.

23

하루에 한 명씩

래리 킹 심장재단은 내게 가장 감격적인 몇 가지 일에 드는 부분이지만, 막상 그에 대한 이야기를 하려면 멋쩍다. 사람들이 내게로 다가와 다음과 같은 말들을 해서다.

"당신의 심장재단에서 개최한 자선공연에 갔었어요. 정말 대단한 일을 하고 계세요. 자부심을 가지셔도 될 만한 일이에요."

사실 내가 당혹감을 느끼는 것은 이런 칭찬의 말들 때문이 아니라, 칭찬을 듣는다는 것 자체가 과분하게 여겨져서이다. 내가 무엇을 했다고 칭찬을 듣는단 말인가? 심장재단은 한 가지 질문으로부터 생겨난 것이었고, 그 질문을 던진 장본인마저도 내가 아니었다. 그 질문을 받게 된 것은, 혈관우회술을 받고 6개월가량 지났을 때 듀크 제이버트의 식당에서였다. 때는 1988년이었는데 어떤 사람이 심장이 어떠냐고 묻기에 이상 없다고 대답했더니, 그가 물었다.

"그럼 수술비는 얼마나 나왔어요?"

"글쎄요. 보험회사에서 지불해서요."

그 얘길 들으니 문득 드는 생각이 있었다.

'정말 수술비가 얼마나 나왔을까? 보험에 가입이 안 된 사람들은 어떻게 하지?'

사실, 혈관우회술은 비응급수술이다. 다시 말해, 심각한 혈관 막힘이 있어도 보험회사에서 치료비를 지불해줘야 할 의무가 없다. 그래서 수술대에 오르도록 강요되지 않으며, 보통은 건강에 더 좋은 식습관을 갖고 운동을 하도록 권고 받는다. 수술을 받을 수 있는 유일한 방법은 심장마비에 걸리는 것이다. 즉, 구급차에 실려 응급실에 도착해야만 보험 적용을 받는다.

이런 이야기를 하기 위해 처음으로 라디오에 출연했을 때 나는 래리 킹 심장재단 같은 단체가 없다는 것이 전적인 비극이라고 말했다. 이스라엘이나 스웨덴, 혹은 영국에는 이런 단체가 없어도 된다. 선진국 중에 국민건강보험이 없는 국가는 우리뿐이다. 말할 권리처럼 건강도 하나의 권리라는 것이 내 절대적인 신념이다.

그래서 나는 몇 명의 사람들을 모아 볼티코어의 한 고등학교에서 조촐한 모금행사를 열었다. 행사에는 유명한 쿼터백 조니 유나이타스 Johnny Unitas, 토미 라소다가 참석해주었고, 한 백화점에서는 패션쇼를 마련하기도 했다. 한편 나는 연설을 하며 중간 중간 웃음을 선사했고 토미는 감동적인 연설을 했다. 그날 우리는 수십 만 달러를 모금했다.

우리가 처음으로 펼친 일은 가톨릭교계 고등학교에서 일하는 어떤 코치에게 이식 수술을 해준 것이었다. 그가 처한 난관은 상시직 교사가 아니라는 점이었다. 그는 학교에서 오로지 코치로만 활동하고 있었고, 그래서 급여는 받지만 보험혜택은 받지 못하고 있었다. 이 사례의 가장 멋진 대목은 그가 건강도 회복하고 아이도 얻었다는 것이다. 그는 그 아이의 이름을 래리라고 지었다.

우리는 워싱턴에서 열린 두 번째 모금행사에 그 코치를 불렀다. 그는 가슴 깊이에서 우러난 감사의 마음을 표하고 싶어 했다. 그렇게 목숨을 구한 사람으로서는 지극히 자연스러운 일이다. 하지만 그를 돕는 데 내가 무슨 일을 했다고? 내가 한 일이라곤 내 심장수술비가 얼마나 나왔는지 몰랐던 것과, 고등학교 연단에 올라서서 이목을 끌기 위해 말을 좀 한 것뿐이었다. 그러니 이제는 내가 왜 과분하다고 말하는지 이해가 될 것이다.

어디 한번 찬찬히 살펴보자. 내가 대체 무엇을 했는가? 나는 응급실에서 심장마비가 왔고 리처드 카츠 박사 덕분에 목숨을 구했다. 또 혈관우회술이 필요해서 웨인 이솜 박사에게 수술을 받았다. 그리곤 재단을 설립했다. 그 후에 카츠가 우리 재단 위원회에 들어오면서 조지 워싱턴대학교 병원과 제휴를 맺어주었고, 이솜과 뉴욕장로교 병원도 우리와 함께 하게 되었다. 그로써 우리는 훌륭한 의사들과 훌륭한 병원들을 지원자로 얻게 되었고, 이렇게 되기까지 내가 한 일이란 거의 40년 동안 하루에 3갑씩 담배를 피우고 기름진 램찹을 먹으며 살다가 가슴 통증으로 응급실에 걸어 들어간 것, 그것이 다였다.

초기부터 재단의 기금은 대부분 우리의 연례 모금행사를 통해 들어왔다. 우리 행사에서는 마빈 햄리쉬Marvin Hamlisch가 피아노 연주를 하고 빅 데이몬이 노래를 해주었으며 돈 리클스는 자신이 연기했던 장면들 중 하나를 보여주기도 했다. 이럴 때도 내게는 찬사와 감사를 받을 자격이 없음을 느꼈다. 언젠가 리클스가 청중에게 내 소개를 하면서 다음과 같이 놀린 적이 있었다.

"그렇게 여러 가지로 튀지 좀 말아요. 당신은 그렇게 위대하지 않아요."

나는 그런 말을 들어도 마땅했다.

리클스는 50년째 나를 골려오고 있는 친구다. 언젠가 마이애미에 있었던 그를 소개시켜주려고 어머니를 데리고 나갔던 때가 기억난다. 그때 우리가 앉아 있던 자리에 배우 시드니 포이티어Sidney Poitier가 와서 앉게 되었는데 어머니가 내게 귓속말을 했다.

"정말 잘 생겼다!"

마침 그 순간 리클스가 들어와서 말했다.

"이런, 래리, 이제는 아무하고나 만나고 다니는군. 시드니, 여기서 보다니 반갑네. 나쁜 소식을 알리기는 싫지만 우리 자리에 프라이드 치킨이 다 떨어져가는데."

그런 후에는 언제나처럼 밴드 쪽으로 돌아서서는 가짜로 겁먹은 목소리를 내며 한마디 더했다.

"좀 있으면 그 사람이 무대에 올라오겠죠?"

우리 모금행사에는 모튼즈 스테이크하우스를 운영하는 사람이 온 적이 있었다. 그는 몸무게가 136킬로그램 정도 되었는데, 그때 리클스는 이렇게 말했다.

"일어나시게 해서 소개해드리고 싶지만 오늘밤에는 우리 크레인 기사가 쉬는 날이라 아쉽습니다."

또 다른 모금행사에서는 코미디언 신바드Sinbad가 나와서, 로우스 호텔의 조나단 티쉬를 놀리며 그에게 말했다.

"당신은 근사한 호텔을 갖고 있습니다. 하룻밤에 500달러짜리 방들도 있고 환상적인 베개들도 있지요. 하지만 스니커즈초코바는 하나에 5달러밖에 안 하는데, 뭐, 한턱 좀 쏘시죠!"

딕 체니가 우리 모금행사에 나온 적도 있었는데 그가 심장수술이 필요하다는 것을 알았던 때가 기억난다. 그는 1988년 공화당 전당대회에서 뉴올리언스 슈퍼돔의 계단통에 나와 함께 앉아서 말했다.

"앞으로 어떻게 될지 말해주게. 하나도 빼놓지 말고."

한편 조지 C. 스콧George C. Scott은 혈관우회술을 받기 전에 나에게 전화를 걸었다. 스콧은 패튼 장군을 연기한 바 있었고 그 영화에서 강인한 모습으로 나왔다. 그런데 심장수술에 잔뜩 겁을 먹고 있었다. 앤소니 퀸Anthony Quinn도 전화를 걸어 어떻게 수술에 임해야 할지 알고 싶어 했다. 그렇게 얼마 지나지 않아 나는 심장수술과 동의어가 되다시피 했다. 나는 또 다시 '내가 여기에서 뭘 하고 있지?' 싶은 순간들을 맞았다.

'그 보잘 것 없던 래리 자이거가 심장재단의 모금행사에서 스티비 원더Stevie Wonder와 '에보니 앤 아이보리Ebony and Ivory'를 부르고 있다니?'

내 아들 챈스는 소울음악의 대부 제임스 브라운James Brown과 함께 춤을 추기도 했다. 지난 수년 동안 모금행사에서 자선공연을 하겠다고 나선 사람들을 대자면, 셀린 디온Celine Dion, 글레이디스 나이트Gladys Knight, 로드 스튜어트Rod Stewart, 리키 마틴Ricky Martin, 실Seal, 팀 맥그로우Tim McGraw, 루이스 블랙Lewis Black, 마크 앤소니Marc Anthony, 토니 베넷Tony Bennett, 샤니아 트웨인Shania Twain, 다나 카비Dana Carvey, 콜비 칼레이Colby Caillet, 마이클 볼튼Michael Bolton 등 실로 대단했다.

한 모금행사에서는 마술사 조 로마노Joe Ramano가 나왔는데, 그가 어떤 장신구를 만들고 그것에 입김을 불자 행사장 전체의 지붕에서 눈이 떨어지기 시작했다. 그것은 조작을 부린 것이 아니었다. 천장에는 아무것도 없었는데 어디서 왔는지 모르게 행사장 전체에 눈을 만들어냈다. 모두들 그러한 광경은 처음 보았다.

재단이 성장하면서, 보험도 없고 우리 재단에서 도와주지 않으면 수술할 형편도 안 되는 사람들에게 1년에 6, 8건의 전화를 할 수가 있게 되었다. 막 좋은 소식을 전해들은 사람의 감격스러운 목소리를 들으면 너무 흐뭇해서, 세상에 그보다 더 기분 좋은 순간도 없었다.

나는 수술을 1년에 20건으로 늘릴 수 있다면 더할 나위 없이 좋겠다는 생각을 하게 되었다. 그러다 얼마 뒤에 래리 킹 주니어가 내 삶 속으로 들어왔다. 그는 인튜이트에서 운영진으로 있었고, 우리는 그를 위원회의 일원으로 참가시켰다.

래리 킹 주니어

나는 인튜이트에서 소방수 같은 역할을 했다. 즉, 여러 지사를 다니며 문제를 해결하고 일을 진척시켜놓고는 다른 지사로 이동하곤 했다. 그래서 끊임없이 이사를 다녔다. 아내와 나는 11년 동안 7번이나 이사를 했다. 그러던 중 템파에 있을 때 나는 직업상의 갈림길에 놓이게 되었다. 계속 인튜이트에서 일하려면 캘리포니아로 돌아가거나 또 다른 곳으로 이사를 가야 했다.

당시에 우리는 막 쌍둥이를 얻었고 이제 아이들이 셋이었다. 아내는 플로리다에서 살고 싶어 했다. 샤논과 나는 가정다운 가정을 꾸려본 적이 없었다. 집은 있었지만 진정한 가정은 못 가져봤다. 이 방 저 방에 상자들을 그대로 놓은 채 살았고 그중에는 아예 풀지 않는 것들도 있었다. 상자들은 그저 이 집 저 집으로 옮겨지는 짐짝일 뿐이었다. 나는 인튜이트에서 일하는 것이 정말 좋긴 했지만 안정된 가정을 갖고 싶었다. 플로리다에 계속 머물고 싶었다. 답답한 마음에 아빠에게 의논을 했다.

"그러면 재단 회장이 곧 다른 곳으로 자리를 옮기는데, 6개월 동안 회장직을 맡아 재단 일을 도우면서 무엇을 할지 생각해보면 어떻겠니?"

나는 그동안 실리콘밸리에서 우상시되는 이들과 같이 어울리며 사업을 구축하는 요령을 지켜봐왔던 터였다. 아빠는 뛰어난 아이디어를 가지고 사업을 시작하는 설립자의 전형적인 모범이나, 사업을 확장시키는 쪽으로는 걸맞는 유형이 아니다. 나라면 재단이 지향점을 모색하는 데 필요한 정보를 제공해줄 수 있을 것도 같았다.

재단 일을 하게 되면 대폭적인 급여의 삭감을 감수해야 할 터지만 불과 6개월이었다. 낮아지는 급여는 그리 장애가 아니었다. 오히려 나에게는 나의 정체성을 내걸어야 할지도 모른다는 것이 가장 큰 장애였다. 그때까지는 누군가가 내게 직접적으로 "당신이 래리 킹의 아들이오?"라고 묻기 전까지는 내가 누구인지를 굳이 말하지 않을 수 있었지만, 더 이상은 그러지 못하고 적극적으로 내 정체를 밝혀야 할지 몰랐다.

나는 언제나 자신 있게 살고 싶었다. 그런데 이제부터는 래리 킹 심장재단의 명함을 내밀며 "래리 킹 주니어입니다."라고 말해야 할 테고, 처음에는 그것이 거북할 것이 뻔했다. 그러나 생명을 구하는 일을 돕게 된다는 생각에 그 일을 맡았다.

처음엔 래리 킹 주니어가 되는 것과의 싸움이었다. 나는 CEO들을 만날 때면 아빠 덕으로 그 자리에 앉아 있는 것 아니냐는 식의 비아냥을 감지할 수 있었다. 그러다 대화가 무르익고 내가 전략적 구상과 사업추진의 기준들에 대해 얘기하기 시작하면, 그들은 놀라서 눈을 크게 뜨기 일쑤였다.

래리 킹

어느 날 래리 주니어가 나를 찾아와 말했다.

"격차분석을 좀 해야겠어요."

"뭘 해?"

아들은 격차분석이란 현재의 사업을 평가하여 향후 지향하는 기준과 비교를 함으로써 두 시점 간의 격차를 판단하는 것이라고 설명해줬다. 그러더니 꿈같은 이야기를 늘어놓았다.

"아빠, 우리는 심장수술이 필요한 사람에게 날마다 한명씩 수술해줄 수도 있어요."

날마다 한 명씩 수술을 해준다고? 나는 처음 이 얘길 들었을 때 아들이 제 정신이 아니라고 생각했다. 하루에 한 생명씩 구하려면 어마어마한 금액의 돈을 모금해야 하는데, 무슨 수로 그런단 말인가.

래리 킹 주니어

6개월째 접어들 무렵 나는 재단의 가능성에 눈뜨기 시작했고, 그것은 정말로 흥분되는 경험이었다.

하루에 한 생명씩 살리기 위해서는 매년 1,500만 달러의 기부금을 모아야만 했다. 그러나 내가 포춘지 선정 500대 기업 안에 든 회사들에서 일하며 얻은 경험이 도움이 되어, 우리는 각 환자의 수술비를 60

퍼센트까지 낮출 수 있었다. 이것은 의사들의 시간 기부, 기업들의 의료품 무상 기부, 협력 병원들의 수술비감액 감수로써 가능해진 일이었다.

그 후에 정말로 눈이 번쩍 뜨이도록 놀랄 만한 일이 일어났다. 그것도 마흔세 살의 나이에 심장마비로 숨을 거둔 아버지를 둔 열한 살짜리 소년이 일으킨 일이었다. 맷이라는 이름의 그 소년은 아버지가 돌아가시고 난 며칠 후에 '심장을 지키는 데 방심하지 마세요' 라는 글이 찍힌 팔찌들을 만들었다. 팔찌 모양은 랜스 암스트롱Lance Armstrong이 암투병 환자 기금마련을 위해 썼던 그 노란색 팔찌들과 아주 비슷했다. 맷은 학교에서 팔찌들을 2,000달러어치가 넘게 팔았다. 그러고 나서는 그 돈을 편지와 함께 우리에게 보내왔다.

"킹 아저씨, 저 같은 아이가 또 나오지 않도록 이 돈으로 한 아버지를 살려주세요."

우리는 맷을 모금행사에 불렀다. 맷은 행사에 나와 연설을 했다. 그리고 우리는 맷과 맷 덕분에 목숨을 구한 한 아버지를 무대 위에서 만나게 해주었다.

맷 마켈(친구)

무대에 올라갔을 때 나는 정말로 긴장했다. 수술을 받아 목숨을 구하게 된 에버렛 아저씨를 껴안았던 그 순간은 내 평생에 가장 감격스러운 순간이었다. 그 느낌은 말로는 다 표현할 수가 없었다. 그래도 내 능력이 닿는 한 가장 가깝게 표현한다면, 내 삶에 목적이 생긴 듯한 느낌이었다. 그리고 아빠가 그 자리에서 나를 지켜보고 있는 듯한 느낌도 들었다.

나는 지금까지도 아빠가 돌아가셨다는 것이 믿기지 않는다. 아빠는 돌아가시기 불과 몇 시간 전까지도 우리와 트램펄린 위에서 같이 뛰며 놀았다. 우리에게 아빠는 너무 건강해 보였다. 그런데 그날 밤에 소란스러운 소리에 깨어 방에서 나와 보니 의사들이 보였다.

엄마는 래리 킹 심장재단에 대해 얘기해주었다. 나는 유명인들과 함께 한다는 것에 대해서는 별로 생각이 미치지 못했다. 그냥 돈을 모아서 편지를 보내면 누군가가 그 편지를 읽을 거라고만 생각했다. 그런데 얼마 뒤에 래리 킹에게 전화를 받았다.

우리는 어떻게 돈을 보내게 된 것인지에 대해 이야기했고, 래리 아저씨는 자신도 어린 시절에 아버지가 심장마비로 돌아가셨다고 말해주었다. 그 후에 모금행사에서 아저씨를 직접 만나게 되었다. 나는 그날 무대에 오르고 나서야 내가 한 일이 무엇인지를 제대로 실감했다. 무대에서 내려왔을 때는 모든 사람들이 내게로 몰려들더니 정말 대단한 일을 했다고 말했다. 그 순간 더 많은 일을 하고 싶어졌다.

래리 킹 주니어

그 행사장 안에 있는 사람들 누구에게나 믿기 힘든 순간이었다. 나는 나의 느낌을 차마 말로 설명할 수도 없었다. 그 자리에는 아버지가 있었다.

아버지는 아홉 살 때 심장마비로 할아버지를 여의었고 아버지가 설립한 재단 때문에 열한 살짜리 아이가 다른 아이의 아버지의 목숨을 구할 수 있었다. 내가 자랄 때는 아버지가 곁에 없었다. 그런데 이제 나는 그런 순간을 만드는 데 힘을 보탤 기회를 얻고 있었고 그런 순간을 맞는 아버지를 지켜보고 있었다.

나는 수술을 받게 된 아버지가 그 소년을 안는 모습을 지켜보는 순간, 아버지는 그 모습을 보며 무슨 생각을 하고 있을지 너무도 알고 싶었다.

래리 킹

그것은 현실 같지가 않았다. 그 모습을 지켜보는 일은 거의 꿈꾸는 듯한 경험이었다. 이 아이가 한 일은 실로 대단한 일이었다!

나는 그때 아버지의 죽음에 대해 생각하지 않았다. 평상시에도 나는 아버지의 죽음에 대해 깊이 생각하지 않는다. 그리고 이제 나는 더 이상 아버지가 나를 버렸다고 생각하지 않으며, 그것이 아버지의 잘못이 아니었음을 잘 안다. 나는 아버지의 죽음에 매달리는 대신에 앞만 보고 나아갔고, 결국엔 이런 상황에 이를 수 있는 위치에 놓이도록 해준 열광적인 삶을 살았다. 이것에 대해서는, 내가 나 자신도 믿기 어려운 그런 삶을 살아왔다는 말로밖에는 표현이 안 될 것 같다.

래리 킹 주니어

그런 순간을 맞고 나자, 도저히 소프트웨어나 신용카드를 파는 다른 직업으로 옮겨갈 수가 없었다. 맷은 3만 달러를 더 모금하여 10명의 아버지들을 더 살려냈다. 그리고 내가 회장직을 맡게 된 처음 1년 동안에 우리 재단에서는 22명에게 수술비를 대주었다.

두 번째 해에는 그 수가 100명 정도에 이르렀다. 다음 해에는 150명가량으로 늘었다. 그리고 2008년에는 300명에 달하게 되었다. 이제 곧 우리가 계획한 대로 하루에 한명씩 수술해주게 될 것 같다.

우리 이야기가 점점 많이 알려지면서 점점 많은 사람들이 도움을 원하고 있다. 현재 래리 킹 덕분에 살아 있는 사람들은 LA에서만 110명이다. 뿐만 아니라 래리 킹은 이런 놀라운 이야기로 전세계의 사람들에게 감동을 주고 있다.

래리 킹

나에게 가장 잊기 어려운 이야기 중 하나는 아프가니스탄의 한 소년을 수술해준 일이다. 소년은 국방부의 도움으로 이곳까지 실려와 워싱턴 소아병원에서 수술을 받게 되었다. 나는 그 소년과 소년의 아버지를 만나러 갔었다. 그들은 영어를 못했지만 두 사람이 무슨 말을 하는지 굳이 이해할 필요는 없었다. 그들의 얼굴에서 다 읽을 수 있었기 때문이다.

래리 킹 주니어

단 1층도 계단을 오를 수 없었던 젊은 여자가 있었다. 그녀의 언니가 우리에게 도움을 청하는 편지를 보내왔고 우리는 그녀에게 수술을 받게 해주었다. 그 후에 그녀는 일자리를 얻었고 재혼을 했으며 크리스마스 날에 첫 아이를 낳기도 했다. 그리고 현재는 다른 사람들을 돕기 위해 기부를 해주고 있다.

크리스라는 이름의 남자도 있었다. 조그만 사진관을 운영하는 사람인데, 당시에 보험 가입이 안 된 상황에서 심장판막수술을 받아야 하는 처지에 있었다. 이제 그는 매년 우리의 모금행사에 와서 무료로 사진촬영을 해준다. 두 사람 외에도 더 얘기하고 싶지만 그러자면 하루 종일 해도 끝이 없을 것이다.

나에게는 아버지의 바람과는 별개로 아버지를 위해 계획해둔 목표가 있다. 아버지는 이미 저널리즘 부문에 유산을 남겨놓았으나, 내가 계획한 목표는 그것과는 다른 무엇이다. 지금부터 30년이나 40년 후면 사람들은 CNN에서 래리 킹을 보지 못할 것이다(이따금씩 짤막한 녹화 영상이 나올지는 모르겠지만 말이다). 그러나 나는 아버지가 날마다 누군가의 생명을 구하는 일을 일으킨 장본인으로 남기를 바란다. 아버지의 이름이, 손자들이 살아갈 평생 동안에도 사람들의 입에 자주 언급되기를 바란다. 그러면 아버지의 삶은 앤소니 로빈스Anthony Robbins가 우리의 최근 모금행사에서 했던 말처럼 될 것이다.

"삶을 가장 훌륭하게 이용하는 방법은, 삶을 마친 후에도 계속 살아갈 뭔가에 할애하는 것이다."

래리 킹

정말로 실감이 나지 않지만, 내가 그동안 40만 명 이상의 사람들을 인터뷰했다고 한다. 어쨌든 내가 많은 사람들을 만난 것은 틀림없는 사실이다. 그런데 래리 주니어만큼 나에게 감동을 안겨준 사람들은 그다지 많지 않았다.

래리 킹 주니어

나는 이 재단이 나에게서만 끝나지 않고 더 훗날까지 이어지길 바란다. 챈스와 캐논도 크면 이 재단의 일을 거들게 될 것이고, 내 아이들 애셔, 맥스, 스텔라 역시 장래에 재단의 일에 뛰어들 것이다. 도움의 손길을 필요로 하는 한 이렇게 우리 가족은 이 재단을 돌볼 것이다.

얼마 전에 내 아이들이 학교에서 컵케이크를 팔아 재단에 기부할 돈을 모금했다. 그때 나는 학교 안에 들어가 아이들이 3년 전에 맷이 만들었던 그런 조그만 빨간색 팔찌를 손목에 차고 여기저기 돌아다니는 모습을 보았는데, 마음속에서 흥분이 솟구쳤다. 뿌듯한 순간이었다.

내 큰아들은 할아버지에게 편지를 써서 이 재단과 연관을 갖게 된 것이 너무 자랑스럽다고 말했다. 아들은 할아버지와 스스럼없이 가깝게 지낸다. 그리고 내가 어릴 때 할아버지와 가깝지 않았다는 것을 이해하지 못한다. 그저 현재 보이는 모습 그대로만을 이해할 뿐이다.

우리는 얼마 전에 우간다에 한 무리의 의사들을 파견했다. 사람들의 생명을 구하는 데 도움을 주는 한편 훗날 더 많은 생명을 구하기 위해 현지 의사들을 훈련시키려는 목적에서였다. 그리고 나는 내 아들이 지켜보는 앞에서, 1달러를 기부해준 어떤 독일인에게 감사의 편지를 쓰고 있다. 결국 독일에 사는 이 사람은 우리 아버지와 연결되고 나와 연결되고 또 내 아들과도 연결되어 있는 셈이다.

24

슬리퍼

마이애미에서 막 방송을 시작했던 젊은 시절의 어느 날 밤이었다. 나는 약간 피곤함을 느끼며 집으로 돌아왔다. 그날은 금요일 밤이었고, 나는 라디오 방송과 TV 프로그램을 마치고 나서 개 경주까지 중계하고 온 상태였다. 마침 그 다음 이틀은 일이 없던 터라 알람시계도 맞춰놓지 않았다. 눈이 떠지면 그때 일어나자는 생각에서였다. 잠자리에 누워 다음 날 저녁의 데이트 약속을 떠올리니 기분이 좋았다. 게다가 일찍 일어나면 황홀한 토요일 밤을 보내기 전에 경마장의 오후 시합에 시간을 맞추어 갈 수도 있었다.

그렇게 나는 잠이 들었다. 잠에서 깨었을 땐 기분이 너무 좋았다. 시계를 보니 10시였다. 환상적인 시간이었다! 그 정도면 느긋하게 아침을 먹고 오후에 경마장에서 신나는 시간을 보내고 집으로 돌아와 샤워를 하고 데이트를 하러 갈 수 있었다.

당시 아파트에 살고 있었던 나는 신문을 가지러 로비로 나갔다. 날씨도 아주 화창했다. 그런데 신문을 뽑아들었다가 놀라서 눈을 깜박거렸다. 신문에 찍힌 날이 일요일이었던 것이다.

"내가 어떻게 된 거 아니야? 어떻게 하루 종일 잘 수 있어."

나는 그 자리에 서서 생각했다. 그 후의 일은 정확하게 기억나지 않지만, 아마 정신을 차리고 욕실로 들어갔을 것이다. 토요일 밤에 내가 태우러 오길 기다리고 있었을 그 여자와는 어떻게 되었는지 궁금한가? 그녀는 다시는 나와 데이트를 하지 않았다.

문득 지난 11월 19일이 생각난다. 아침에 눈을 떴을 때 내가 이제 일흔다섯 살이라는 것을 알게 된 날이었기 때문이다. 일흔다섯 살이라니! 엊그제만 해도 아이였던 것 같은데 어느새 일흔다섯 살이라니 믿을 수가 없었다. 나는 아무리 해도 일흔다섯 살이라는 나이를 받아들일 수가 없었다. 쉰이 되었을 때도 아주 기분이 나빴었다. 쉰을 맞이했던 해의 어느날, 차를 타고 가던 중에 라디오를 틀었더니 어떤 광고가 나왔다.

"쉰을 넘기셨나요? 이제 AARP(미국퇴직자협회)에 가입하실 수 있는 자격이 되셨습니다."

기분이 상해 얼른 채널을 바꾸었더니 이번에는 이런 소리가 흘러나왔다.

"쉰 살이 넘으면 지하철 티켓을 20퍼센트 할인받게 됩니다."

그런데 일흔다섯 살이라면? 내 친구들과 나는 어렸을 때 일흔다섯 살인 사람을 만나면 '맙소사!' 라고 생각하며 놀라워했다. 당시만 해도 그 나이까지 사는 사람들이 많지 않았다. 그랬던 내가 어느 날 갑자기 일흔다섯 살이 되어 있다니?

"말도 안 돼!"

나는 네이트 앤 알 델리에서 아침을 먹다가 주먹으로 탁자를 내리치며 말했다. 그런 내 모습을 지켜보던 누군가가 말했다.

"밝은 면을 보라고. 비록 일흔다섯 살일망정 아직 탁자를 주먹으로 내리칠 힘이 있잖나."

"그렇긴 하지. 하지만 이제는 손이 아프구먼."

뒤돌아보면 몇 가지 후회되는 일들이 있다. 정말 8번씩이나 결혼하는 것이 아니었는데, 후회된다. 그러나 나는 후회에 집착하는 성격이 아니다.

샤론의 아버지는 아마추어 야구선수였고 아주 좋은 분이었다. 그러나 그는 마린스팀에 들어가고 나서 얼마 후에 아버지의 강요로 우체국에서 일하게 되었었다. 언젠가 나는 샤론의 아버지를 데리고 오리올스팀의 경기에 갔었다. 마침 경기장에 들어가니 타격 연습이 벌어지고 있었고 우리는 펜스 뒤에 서서 선수들의 연습 모습을 구경했다. 그것은 해마다, 또 매 경기마다 보는 그런 흔하디 흔한 광경이었다. 그런데 내가 샤론의 아버지를 쳐다보았을 때 그의 얼굴에서 눈물이 흘러내리고 있었다.

"왜 그러세요?"

"그때 끝까지 노력했어야 했는데…."

나는 그 말을 절대로 잊지 못한다. 나에게도 후회되는 일들이 없지는 않다. 그러나 나는 '그때 위험을 감수했어야 했는데' 같은 식의 말은 절대로 하고 싶지 않다.

나는 여전히, 마이애미에서 일자리를 찾으며 라디오 방송국을 찾아갔을 때의 아이처럼 호기심 많던 그 자세를 갖는다. 요기 베라는 언젠가 이렇게 말했다.

"나는 내 안의 아이를 내보내고 싶지 않아요."

그 말에 100퍼센트 동감한다. 그러나 나는 이제 현실적이 되기도 했다. 내가 일흔다섯 살이라는 것을 받아들이지 않을 때가 있는 반면, 네이트 앤 알 델리의 탁자에서 일어나면서 'Oy, abrucht(나이는 못 속인다)' 라는 근사한 유대인 고유어를 툭 내뱉는 순간도 있다. 나는 유대인 고유어를 사랑한다. 이런 짧은 표현들로 그 뜻하는 바가 정확히 전해지니 말이다. 일흔다섯 살이 된 것을 'Oy, abrucht' 보다 짧게 잘 표현해놓은 단어는 없을 것이다. 예전에 어머니가 자주 이 말을 내뱉었었는데, 이젠 나도 그 뜻을 잘 안다. CNN과의 계약이 만료되는 2011년이 되면 나는 일흔여덟 살이 된다. 일흔여덟 살은 대체로 3년이나 4년의 계약이 들어오지 않는 나이이다.

사람들은 곧잘 잊어버리지만, 예전에는 예순다섯 살이면 퇴직을 했다. 월터 크롱카이트도 예순다섯 살에 CBS에서 은퇴해야 했다. 그것이 회사방침이었다. 그러나 오늘날의 일흔여덟 살은 예전의 예순으로 봐도 무방할 것이다. 나는 아직도 좋은 시청률을 올리고 있다. 내가 방송일에서 떠나면, 자신의 장수에 대한 공로를 매일 밤마다 내 토크쇼를 시청하는 것으로 돌리는 아흔아홉 살의 여인은 어쩌란 말인가? 얼마 전에는 그녀에게 생일 축하 전화를 걸어주었는데 말이다.

나는 피터 제닝스에게서 감격스러운 편지를 받기도 했다. 그가 암으로 숨을 거두기 직전에 보내준 것으로, 다음과 같은 내용이 담겨 있었다.

"과거에는 당신의 방송을 별로 보지 않았지만 이렇게 아프게 된 이후로는 자주 보게 되었소. 그래서 당신이 얼마나 잘하고 있는지를 꼭 말해주고 싶었소."

이런 편지를 받고 나면 아침에 일어나서 해야 할 토크쇼가 없는 상황을 상상하기가 힘들다. 역사상 가장 뛰어난 클라리넷 연주자로 꼽히는 아티 쇼Artie Shaw는 얼마 전에 90대의 나이로 사망했다. 그는 IQ 190의 명석한 사람이었다. 언젠가 내가 그를 인터뷰했을 때 그는 50대에 클라리넷 연주를 그만두었다고 말했다.

"왜죠?"

"더 이상 배울 게 없어서입니다. 더 이상 연주할 것이 없어서요."

나는 그와는 정반대다. 팀 러서트를 생각하면 여러 가지 이유로 매우 안타깝다. 특히 내가 그렇게 생각하는 이유는 그가 갑작스럽게 사망한 후에 잃어버린 것들 때문이다. 그는 정치를 사랑했고 정치 속에서 호흡했다. 그러니 그가 살아서 사라 페일린의 후보지명을 둘러싼 소란을 목격하지 못한 것이, 나에게는 이루 말할 수 없이 안타깝다. 그가 위에서 그것을 지켜봤다면 이곳에 내려오고 싶어 죽을 지경이었을 것이다. 물론, 그는 이미 죽은 몸이지만 그래도 그러고 싶어 죽을 지경이었을 것이다.

커크 커코리언도 말했듯, 나이를 먹으면서 겪는 일 중에 가장 힘든 일은 친구들이 세상을 떠나는 것이다. 시나트라가 죽음을 앞두고 했던 말이 떠오른다.

"내가 아는 모든 사람들이 세상을 떠났네."

허비, 시드, 혹은 애셔가 나보다 앞서 간다면 죽을 만큼 괴로울 것이다. 나는 그런 고통을 겪고 싶지 않다. 차라리 내가 먼저 가고 싶다. 내가 아무리 죽음을 두려워해도 그러고 싶다.

그러나 나는 그럴 수가 없다. 내 아이들 때문에 그럴 수 없다. 사실, 막내 두 아이들이 내 삶에서 너무도 소중해서 죽는 것이 두렵다. 언젠가는 아이들 곁을 떠날 날이 오리라는 것을 잘 안다. 아흔 살까지 살 수 있을지 어떨지도 알 수 없다. 만약에 여든다섯 살까지 산다면 챈스와 캐논이 고등학교를 졸업하는 모습은 볼 수 있을 것이다. 나는 이따금 아버지 얘기를 하는 선수들을 만나는데, 챈스와 캐논이 커서 어린 시절에 아빠를 따라 놀러 다녔던 이야기를 하는 모습을 너무 보고 싶다.

얼마 전에 나는 유산상속계획을 시작했다. 보통은 유언장에 서명하는 절차에 착수하게 되면 죽음에 대해 생각하지 않을 수가 없다. 그런데 나는 온통 유머들만 생각났다. 그때 형 헤니 영맨의 유언장에 담긴 유머도 떠올랐다.

"내 유언장에 자기 이름이 거명되지 않을 것이라고 말했던 내 동생 헨리에게 이것을 전한다. '안녕, 헨리!'"

그래서 나는 내 유언장에서 이렇게 써두었다.

"내가 생명유지 장치에 연결되어 누워 있게 된다면, 그리고 내가 아직 숨을 쉬는 데 고통을 느끼지 않는다면, 조금이라도 가망이 있다면, 플러그를 뽑지 말길 바란다. 우리가 무일푼이 되더라도 뽑으면 안 된다. 길모퉁이에서 아이들에게 레모네이드를 팔게 해라. 제발 플러그를 뽑지 마라."

나는 우디 앨런의 말에 동감이다. 나도 죽음이 두렵지는 않다. 죽음을 맞았을 때 그곳에 있고 싶지가 않을 뿐이다. 그리고 내가 세상을 떠난다면 내 몸을 냉동시켜주길 바란다! 몸이 냉동되는 것은 세상을 떠나는 좋은 방법이다. 그것이 세상을 떠나지 않을 좋은 방법일 수도 있기 때문이다. 나는 땅속에 묻힐 생각을 하면 싫다. 화장 역시 싫다.

내 바람이라면 근처에 머무르는 것이다. 그러니 나를 냉동시켜 달라. 혹시 나를 되살려낼 수 있을지도 모른다고 생각하여 그래 달라.

문득 우디 앨런의 영화 〈슬리퍼Sleeper〉가 생각난다. 이 영화 속에서 우디 앨런은 소화성 궤양 수술에 들어갔다가 수술이 잘못되어 질소탱크 속에 들어가게 된다. 그리고 그곳에서 200년 후에 깨어난다.

지금부터 200년 후에 내가 영화 속의 주인공처럼 깨어난다면 나는 뭐라고 말할까? "월드시리즈에서 시카고 컵스가 이긴 적이 있습니까?"라고 말할까? 어쨌든 지금까지의 내 삶이 그러했듯, 그때도 '내가 여기에서 뭘 하고 있지?' 라는 생각이 들리라는 것만큼은 확실하다.

그러나 나는 이런 일들을 깊이 생각할 만한 틈이 없다. 잠시 쉬면서 일흔 살 생일 파티의 스크랩북을 들춰보거나 나와 전설적인 왼손투수 샌디 쿠팩스Sandy Koufax가 10대 시절에 길모퉁이에서 여러 아이들과 함께 찍은 사진을 들여다볼 시간도 없다. 나는 뒤를 잘 돌아보지 않는다. 왜인지 아는가?

내 휴대전화 벨이 계속 울려서다. 나는 보통 1시간마다 대략 25통의 전화를 받는다. 웬디는 내게 전화를 걸어 오늘 밤에 누굴 섭외했는지 알려준다. 내 조수 패티는 내가 할 일들을 20가지 정도 말해준다. 어윈이 전화해서, 경마에 걸었던 내기에서 내가 이겼으니 와서 돈 가져가라고 말하기도 한다. 래리 주니어는 심장수술 비용을 대주기로 결정된 사람들에게 그 사실을 통지해줘야 할 일로 자주 전화를 한다.

래리 주니어 얘기가 나왔으니 말인데, 믿지 못할 일이 있었다. 숀과 래리가 컵스팀과 함께 계획하여, 나와 아이들이 '나를 야구장으로 데려가 주오'[43]를 부르게 해주었던 것이다. 내가 요즈음에 시카고 컵스 홈구장 리글리 필드에 가본 적이 없다는 것을 아들이 어떻게 알았을까?

나는 요즘 은행에 자주 가야 할 일이 생겼다. 챈스와 캐논이 저축에 막 눈을 떠서다. 챈스는 나에게 6달러를 주며 예금시켜달라고 했고, 캐논도 이자의 신통함에 대해 듣고는 58센트를 주며 자신의 계좌에 넣어달라고 했다. 나는 여러 가지 일들을 하다가 학교에 가서 수업을 마치고 힘차게 학교 정문을 뛰어나오는 아이들을 태우고 집으로 돌아온다. 그 후에는 스튜디오에 가야 한다.

이제 토크쇼에 들어갈 시간이다. 그만 가야겠다.

• 감사의 말

《래리 킹, 원더풀 라이프》에 함께 하며 도움을 준 사람들이 너무 많아서 그들에게 어떻게 감사를 전해야 할지 걱정이다. 아무래도 그 명단만 실어도 책 한 권이 더 출간되지 않을까 싶다. 하지만 실제로 그렇게 할 수 없으므로 욕심을 접고 이 지면을 통해 반드시 얘기해야 할 사람들 몇 명만 적어보기로 한다.

우선 내게 열정과 용기를 주고 지원을 아끼지 않은 하비 와인스타인에게 감사의 인사를 꼭 전하고 싶다. 또한《래리 킹, 원더풀 라이프》가 올바른 방향으로 나아갈 수 있도록 지혜를 나눠주고 지도해준 피닉스북스의 마이클 비너와 에이전트인 데이비드 비글리아노에게도 감사의 인사를 전하고 싶다.

발행자 주디 호텐센, 크리스틴 파워스를 비롯하여 이 책이 목적을 달성할 수 있도록 뛰어난 정신력과 노력을 발휘해준 웨인스타인북스의 모든 이들에게도 감사의 마음을 전한다.

허브 코헨, 시드 영, 애셔 댄은 평생 동안 래리 자이거의 친구로 있어주었다. 한편 작가 칼 퍼스먼은 일흔다섯 살이라는 나이에도 불구하고 새로운 친구를 사귈 수 있음을 알게 해주었다.

그리고 네이트 앤 알 델리에서 나와 함께 시간을 보내준 모든 아버지들도 빼놓을 수 없다. 사실, 그들은 굳이 이 책이 없어도 내 인생 이야기를 잘 아는 사람들이다.

물론, 언제나 내가 의지하고 있는 〈래리 킹 라이브〉의 스태프들에게도 꼭 감사의 말을 전하고 싶다. 가끔씩 나를 보스라고 부르는 스태프가 있지만, 그럴 때면 나는 놀라서 움찔하게 된다. 나는 어쩌다 진행자가 되었을 뿐이며 우리는 모두가 함께 일하는 동료다.

다른 모든 사람들에게도 거리에서 만나면 확실하게 감사의 인사를 전할 것이다. 거리에서 만나지 못한다면, 글쎄, 그렇다고 해도 이 페이지에 실리지는 않을 것이다.

• 미주

1. 심장혈관에 심한 협착이 일어났거나 폐쇄된 부위가 있는 경우에 이 부위를 우회하여 혈류가 흐를 수 있게 만들어주는 모든 수술을 일컫는다.

2. 유대인들은 고기와 함께 우유나 치즈 등의 유제품을 한 식탁에 같이 두고 먹지 않는다.

3. 소련의 핵탄도미사일을 쿠바에 배치하려는 시도를 둘러싸고 미국과 소련이 대치하여 핵전쟁 발발 직전까지 갔던 국제적 위기 상황이 있었다.

4. 1963년 8월 28일, 미국 워싱턴 DC에서 했던 연설에 붙은 별칭이다. 이 연설의 주제는 흑인과 백인의 평등과 공존에 대한 요구였다.

5. 케네디 대통령에 의해 제안된, 인종차별을 전면 금지하는 법이다.

6. 당시 전당대회 대회장 안에서는 반전파와 당권파가 격돌하고 있었고, 대회장 밖에는 미국 전역에서 몰려든 급진파들이 봉기를 목표로 데모를 벌이고 있었다. 이에 전당대회의 순조로운 진행을 위해 시카고 시장은 경찰로 하여금 시위대를 폭력적으로 진압하게 했고, 결국 이 기간 동안 도시는 피로 얼룩지게 됐다.

7. 1968년 멕시코의 멕시코시티에서 열린 올림픽에서 미국의 토미 스미스가 남자육상 200미터 경기에서 세계신기록을 수립하며 우승했다. 그는 시상식 때 동메달을 딴 존 카를로스와 함께 맨발 차림에 한손에는 검은 장갑을 끼고 올라서서, 국가가 연주되는 동안 고개를 숙인 채 장갑 낀 그 손을 불끈 쥔 채로 들고 서 있었다. 미국 내 인종차별과 소수 민족의 생활 여건에 대한 항의의 표시였다.

8. 신랄한 에세이와 탐구적인 소설로 널리 알려진 미국의 대표적 흑인 작가이다.

9. NBC방송국에서 1959년부터 1973년까지 방송한 무려 404개 에피소드의 장기

연재 드라마. 최초의 컬러 촬영 서부극으로도 유명하다.

10. 금실 좋은 부부가 주인공인 TV 시트콤이다.

11. 〈2000살 먹은 노인〉은 1960년경에 멜 브룩스와 칼 라이너가 만든 가상인물이며, 멜 브룩스가 이 노인의 역을 맡고 칼 라이너가 인터뷰어 역할을 맡아 진행했던 TV 코미디 시리즈인데 나중에 그것들을 모아서 앨범으로 냈다.

12. 일본의 유명 영화감독 구로사와 아키라의 1950년도 작품. 한 사무라이의 죽음을 둘러싸고 그의 아내, 산적, 나무꾼, 죽은 사무라이의 영혼의 증언이 각각의 관점에 따라 진술을 하면서 사건은 진실이 무엇인지 알 수 없는 미궁으로 빠지고 만다.

13. 케네디 대통령 암살 직후인 1964년 케네디에 이어 대통령이 된 린든 존슨에 의해 구성된 암살조사를 위해 꾸려진 위원회이다.

14. 중경비 교도소에 비해 경비의 수준이 완화된 교도소로 비교적 경미한 죄를 저지른 이들이 수용되는 교도소를 말한다.

15. 두 마리의 말을 골라 1등과 2등을 순서대로 맞추는 방식이다.

16. 이란 대학생들이 미국으로 망명한 팔레비 전 국왕을 돌려보내라며 미국 대사관에 진입, 직원들을 444일간 억류한 사건이었다.

17. 대통령 선거의 선거인단 투표를 코앞에 둔 10월에 터지는, 선거에 결정적인 영향을 미칠 대형 사건을 말한다.

18. 통신 위성을 통해 전국의 케이블 시스템에 프로그램을 제공하는 독립 TV 방송국을 일컫는다.

19. 미국방송협회와 조지아대학교 이사회가 주최하는 미국의 방송상이다.

20. 예술가·작가가 많이 사는 뉴욕의 주택지구. 1960년대에 크리스토퍼가를 중심으로 동성애자 사회가 형성되었다.

21. 짐 배커가 자신이 진행하던 프로그램명 'Praise The Lord'의 머리글자를 따서 설립한 선교방송국.

22. 하계 올림픽과 그 다음 하계 올림픽 사이 미국과 러시아가 4년에 한 번씩 교대로 개최하는 국제 종합 스포츠 대회. 터너가 양국 화해를 위해 창설하고 재정을 지원했다. 이때 터너는 미국 대통령 후보로 거론되기까지 했다.

23. 베트남전 당시 미군 고위 장교였던 스톡데일은 포로수용소에 갇혀 8년 동안 많은 고문을 당하면서도 가능한 한 많은 포로가 살아남아 고향으로 돌아갈 수 있도록 만든 전쟁 영웅이다.

24. 법정에서 원고 또는 피고의 성격·인품 등에 관하여 증언하는 사람.

25. 배심원들의 일거수일투족을 감시하여 재판을 유리한 방향으로 이끌어 나가도록 하는 일종의 로비스트다.

26. 할리우드 대로와 바인 스트리트 사이의 2.5킬로미터에 달하는 거리의 명칭. 영화, TV, 음악계 스타들의 이름이 새겨진 별 모양의 동판들이 도로에 박혀 있다.

27. 린다 트립은 조지 H. 부시 행정부(조지 W. 부시의 아버지) 때부터 백악관에서 일했다. 그녀는 부시대통령 부부의 사생활을 취재하는 기자들의 주요한 '정보원'이었던 것으로 알려져 있다. 특히 그녀는 1994년 백악관에서 국방부로 전출된 후인 1997년 여름, 미국의 시사주간지 〈뉴스위크〉에 클린턴이 또 다른 백악관 직원인 캐슬린 윌리를 성추행했다는 내용을 폭로하여 백악관의 분노를 샀다. 하지만 이 사건은 유야무야되었다. 이후 트립은 다시 클린턴을 공격할 좋은 기회를 만나게 된다. 백악관에서 같이 근무하지는 않았지만, 백악관·국방부라는 같은 근무경력을 지닌 르윈스키를 국방부에서 만나게 됐고, 르윈스키가 클린턴과 맺었던 관계를 그녀에게 털어놓

자 이를 몰래 녹음했던 것이다. 그녀는 폴라 존스 양 사건 변호인들로부터 참고인 조서에 응하라는 영장이 제시되자 특별검사인 케네스 스타 사무실로 찾아가 녹음테이프를 전하면서 스캔들 확산의 결정적 역할을 한 사람이다.

28. 1986년 11월 미국이 비밀리에 이란에 무기를 판매하고, 그 대금을 암암리에 니카라과의 반정부 게릴라 조직인 콘트라에 지급한 사건. 레이건 대통령의 연루 의혹이 있었으나, 레이건의 요청으로 설립된 타워위원회는 조사결과 사건이 발각된 1986년 11월 이전에 레이건 대통령이 알고 있었는지에 대한 증거는 발견되지 않았다고 발표했다.

29. 국가 보안·세계 평화·문화 등의 공헌자에게 대통령이 수여하는 훈장.

30. 1979년 이라크 대통령에 취임하였고, 쿠웨이트를 기습 점령하여 걸프전을 일으키지만 패배하였다. 이라크가 보유한 대량살상무기(WMD)를 제거한다는 명분으로 미국과 이라크 사이에 발발한 전쟁에서 패배 후 체포되어 전범재판에 회부되어 사형당했다.

31. 제2차 세계대전 중 아우슈비츠의 참상에 대한 구체적 정보가 흘러나오던 1944년 여름 무렵에, 여러 유대인 단체들에서 아우슈비츠로 가는 선로 및 그곳의 독가스 시설을 폭파해서 홀로코스트(대학살)를 중단시켜달라고 애원했으나 미국정부에서 나서지 않았던 일을 가리킨다.

32. 고수익을 미끼로 투자자들을 끌어들인 뒤 나중에 투자하는 사람의 원금으로 앞 사람의 수익을 지급하는 다단계 사기수법.

33. 불우 아동을 지원하는 자선단체로 로마에 본부를 두고 있다.

34. 열여섯 살의 고등학생으로 머리는 좋지만 학습에 흥미를 못 느끼고 동급생이나 동교생들의 여러 가지 치사한 행태를 지겨워하며 정신적 방황을 하는 인물이다.

35. 원래는 프렌치토스트와 유사한 것으로, 유대인의 무발효빵 무교병을 달걀과 우유를 섞은 것에 담가 살짝 구운 것을 가리킨다.

36. 군대 따위에서 무릎을 굽히지 않고 다리를 높이 들어 올려 걷는 행진 보조.

37. 동명의 소설을 바탕으로 영화한 것이다. 주인공 마치는 우연히 대학교 시절 은사가 루게릭 병으로 인해 죽음을 앞두고 있음을 알고 찾아가게 되고, 모리 교수와 세상을 떠나기 전 서너 달 동안 매주 화요일에 만나 인생을 주제로 얘기를 나누면서 깨달음을 얻는다는 내용이다.

38. 구약성서에서 가장 오래 산 인물. 노아의 홍수 전시대에 구백예순아홉 살까지 살았다고 전해진다.

39. 어린이들이 야구와 소프트볼을 쉽게 배우게 하기 위해 개발된 스포츠로 T자 받침대 위에 고무 재질의 공을 올려놓고 방망이로 때리는 경기.

40. 미식축구의 변종으로 공을 가진 선수의 허리에 매달린 깃발을 뺏으면 플레이를 중단한다. 깃발을 뺏기지 않고 상대진영에 공을 들고 들어가면 득점을 하게 된다.

41. 공이 놓인 위치에서 쿼터백이 큰 소리로 신호를 외치면 쿼터백 정면에 위치한 센터가 다리 사이로 쿼터백에게 공을 전달하는 것으로, 바로 이 스냅으로 공격을 시작한다.

42. 어느 한쪽 팀이 과실을 범하여 경기를 진행하기 힘들다고 판단될 경우 과실이 없는 팀에 승리가 선고되는 경기.

43. 미국 메이저리그에서는 행운의 숫자 7회에 좋은 일이 일어나기를 기대하면서 7회가 시작되기 전에 관중들이 일어서서 잠시 동안 스트레칭을 하는데 이때 부르는 스트레칭용 노래다.